URSULA K. LE GUIN

娥蘇拉・勒瑰恩——著

洪凌——譯

世界誕生之日

諸物語

THE BIRTHDAY OF THE WORLD

AND OTHER STORIES

「共眾」與「宇宙級爐灶」的創造者：紀念娥蘇拉・K・勒瑰恩

洪凌

在得知你去世的當下，絲縷如銀線的「各種雪」[i]湧上思緒，既是語言，亦是被「更廣闊的真實」召喚出的物質化身。不假思索就寫下這段話：「回歸瀚星宇宙吧，長翅膀的貓貓們也會與你無涯與共，你們互相呼喚人類不可得知的彼此真名。親愛的UKLG，這是個漫長而（相對）完滿的創作歷程，在此致上身為評論者、譯者、論文書寫者的敬重與惜別。」過了二十四小時，赫然發現短短一小段，囊括了「瀚星（為源頭的）故事環」、「地海系列」，以及我個人非常珍惜喜愛的「翅膀貓兒」（Catwings）圖文小書系列。如果說要對你致敬，這些或磅礡或細微、擊破對常態現實的認知，或是

i 關於這些「雪」的描述，在《黑暗的左手》有著精緻迷人的描繪：「正在墜落的雪，新近墜落的雪，漫長的大雪，繼一場雨後所降的雪，重新結凍的雪……無論是卡亥德語或奧爾戈語，都有應對這些狀態的辭彙。就卡亥德語而言（比起奧爾戈語，我比較熟悉這這種語言），根據我的計算，他們總共有六十二種辭彙，用以描述各種類型、狀態、年歲與質地的雪，這些都只是用來形容『已經墜落的雪』。至於正在墜落的雪，另有一套辭彙；還有一套獨特的辭彙，用來形容冰；約有二十來種詞語來描繪溫差範圍、或風勢大小、或降雪（雨）量程度之類。就在那個晚上，我坐在那裡，試圖在腦海中背出這些詞語，弄成一張表格。每當我想起一個新的辭彙，就會按照字母順序，將它塞入那張腦海內的表格，重複背誦一次表格。」

重塑了原先被視為不起眼真實的書寫，都同等重要。在你創作的宇宙，並沒有任何作品該被極端高舉或輕易忽視，也沒有任何故事內外的生命注定充當階序的底端。

在我首度知道你與你的作品，剛好是近二十五年前。當時讀完了一些酷兒新浪潮作者代表作[ii]的我，是個堪稱好學的科幻宅（nerd）大學生，在一本充滿洞見的性別科幻理論書當中，作者描繪你的語言「結合了性與性別的驚異與幻設（the fantastic）力量」，尤其在「國王已經懷孕了！」這樣的陌生化、但又自我完整的世界構築。若要以塞薄空間（cyberspace）的迷人寓言《駭客任務》來形容你這位世界構築者，你既是其中的創建者（architect），也是神諭師（oracle）。可惜的是，在緬懷你的中文書寫當中，最大比例還是（只）提及「地海系列」。或許，原因在於這是一套讓中文讀者或任何非西方認同者感到真摯情念的群島體系奇幻傑作：在這套六部曲，你反轉了東方主義的視角，讓西方成為「世界的其餘」（the rest of the world）。在地海島嶼群生活的生命體們並不是傳統史詩奇幻或「劍─魔法」次文類的典型英雄主義型態，即使是龍，亦是睿智而深沉的非西方存有。

然而，對我來說，你的「瀚星故事環」是最刻骨銘心的科幻星體群。在這個名稱之內，包括統稱為「放逐與幻術的世界們」（*Worlds of Exile and Illusion*）三部曲[iii]，三本長篇小說（包括最被經典化的《黑暗的左手》與《一無所有》），一部顯然隱喻著對越戰批判、但將作品的幻設語言力量發揮到超克「文以載道」的中篇作品《世界之名即為森林》（*The Word for World is Forest*），一本「四連環扣」的故事集，宛如四個樂章彼此共振的女性主義書寫《四種寬恕之道》（*Four Ways to Forgiveness*），以及從一九六四年寫到一九九九年的十幾個短篇。在此，藉著其中兩個短篇故事，我想分析何謂「瀚星為起點（但絕非核心或統治位置）」的宇宙觀。

在你寫過三個版本的〈冬星之王〉（1969）[iv]，這則帶出《黑暗的左手》的前導作，身體構造相對於其他世界而言、奇異又完滿的人們，生活在極寒的邊陲行星（後來葛森星成為加入「伊庫盟」的第八十四個世界），既是寄寓了這個世界（地球，也就是瀚星宇宙的Terra）的性別異端奇麗不從的生命，也是你開始從事生命與思想實驗的起始。以瀚星為各個世界輻臻點與穿針引線使者的這個宇宙，「伊庫盟」的字源來自希臘文的oikoumens，粗略翻譯為「有生命居住的世界」（the inhabited world）：在你的設定，它意味著「爐灶」，繼而引申為非血緣關係的「宗族」。在〈冬星之王〉的一段對話，年少聰慧且充滿雌雄同體魅力的君王對著來自瀚星的年長男性大使提問：「伊庫盟的夢想是要重建太古原初的同源，要讓所有的異星種族共處於同樣的爐灶之下？」在你筆下總是以「反武裝的

ii 這些處理酷兒情慾與異質生命的新浪潮科幻作家包括（但不止於）拉思（Joanna Russ）、狄鐳霓（Samuel R. Delany）、巴特樂（Octavia E. Butler）、史達貞（Theodore Sturgeon）等人。

iii 簡單地說明：這三部曲是瀚星宇宙的初試啼聲。第一部曲《羅卡南的世界》（*Rocannon's World*）以葛維爾・羅卡南這位主角為孩童的拯救者，處理異族殘殺與救贖的議題，《流刑之星》（*Planet of Exile*）書寫具有超感應能力的少女讓兩個類似又劇烈差異的世界進行繁衍與交流。第三部曲《幻映之城》（*City of Illusions*）以一名失去記憶的男人為主角，遊蕩於地球文明遭到異族Shing毀劫並統治此星球的鬥爭，是勒瑰恩處理歷史廢墟與末世議題的佳作。

iv 在這三個版本當中，首先是將冬星（葛森星）的生理構造視為一般人類，重點是書寫近乎光速的旅行讓前任君王保持年少模樣，而與他爭奪王位的兒子則是年邁的老者。這是個「反轉伊底帕斯常規」的練習作。第二個版本與第三個版本的冬星人都是「中性─性別不定─雌雄同體」的構造，前者都使用英文的he為第三人稱代名詞，後者都使用she。第三個版本的實驗最成功，連帶創造了日後在《世界的誕生：諸物語》的酷兒性／別風格。

綿長互動」為打交道原則的大使，悠然說出「伊庫盟」的信念與使命：「（這些世界的）血脈源頭遠在一百萬年或更許久之前，回到瀚星的遠古世代。太古的瀚星曾建立了一百個不同的行星世界。」他肯認了冬星之王的洞察力：「伊庫盟的夢想是重建太古原初的同源，讓所有的異星種族共處於同樣的爐灶之下……在諸世界之間織造出某種和諧。生命本身熱愛知曉自身的過程，探索自身的極致；擁抱複雜性是生命本身的喜悅，我們彼此的差異就是我們各自的美。這些不同的世界、互異的心智與肉身與生命之道——整個加成起來，將形成壯麗的和諧性。」

如此交織串連各個行星的心思與「道」，或許就是勒瑰恩版本的中國與所有周遭邦國的最理想互動？在深受老子《道德經》所影響的你，在幻設文學的領域打造了最完整的非武力征討歷史觀，藉著細膩協商與說服的各種術法，狡黠且真誠地運籌帷幄v。在我的閱讀，伊庫盟是個藉由超越光速的文字與「近乎光速」的飛行技術所生成的共同體，血緣因素不是前提而是個參照點。在這些充滿誘惑、謀略、對峙，以及在《黑暗的左手》反覆重述的權謀與背叛、友誼與忠誠，伊庫盟的核心既是串起這些宛若珍珠行星的絲線，也是滋潤這些珍珠的宇宙規模之非典型多元家族，個中包括了各種模式的肉身慾望、文化政治、社會構成，以及競逐著生命該怎樣「活出滋味」的意識形態。

第二個例子是收錄於《世界誕生之日：諸物語》的其中一則，〈賽亞黎星情事〉。你曾經描述讓你寫這個作品的淵源，來自於女嬰與男嬰在某些地區的極端不平衡，以及被習俗化的「殺女嬰」行為。你這篇故事過於深沉，以至於不夠政治正確，它並非血氣方剛的淺碟義憤，同時蘊藉著地海巫師的冷然智慧與清晰洞觀。在這則充斥各方聲音（在地諸眾、伊庫盟使節、來自男權世界的誤識者）的故事，絕非只是一篇性別「反轉」的說教文，而是以澄澈視野與複雜敘事來處理「人類總體」最黏稠難解的權力與階序議題，以及，拒絕僅僅以「政策制定」為輕易解套的複雜情慾政治寓言。在賽亟黎這個星球，同時被珍視呵護與無所不用其極監控拘禁的男性群體，不只是隱喻生理性別的「男」，而是包括在我等居住的這個現實仍然被如此對待的種種邊界性生命（marginal sexual beings）。閱讀你的書寫，必須將這些陌生化的思想實驗皿視為嚴厲深情的政治交鋒與世界改造，而非顢頇地讀成「多元文化主義」的一環。

最後，我想摘錄一段你在二〇一四年由「國家書籍協會」（National Book Foundation）頒發的「美國文學傑出成就獎」的演說，來為這篇既是書寫你、亦是攸關旁若文學整體社群的文字，做為漫長又暫時的告別。寫到此處，無法不感到不情願寫出結尾的難捨。這情懷一方面是對於你的離去、三度修繕《黑暗的左手》的種種愉悅與艱辛，同樣重要的是，在我們這個小島嶼，一個命名為「繆思」的出版社，在過去這十五年來，製作了許多你與你這些被「現實主義者」排除的同儕們的神思煥發作品。在這篇文章，對你的道別同時也是對「繆思出版」的這場美好戰役告一段落的緬懷。

v 關於伊庫盟的作為與方針，奇異地讓我聯想起中國社會主義學者汪暉對於「一帶一路」的願景與期許：「『一帶一路』必將是一個針對資本主義經濟模式進行改革的漫長過程，也必然是將歷史文明與未來的社會主義相互連接的進程。說歷史文明，是因為這一新計畫的四個關鍵概念，即路、帶、廊、橋，正是亞洲跨社會體系或歷史文明的紐帶；說這一計畫不可避免地具有社會主義色彩，是因為如果不能克服任由資本主義經濟邏輯主宰這一廣闊而複雜的網絡局面，這一計畫必然遭致失敗和報復。『一帶一路』不是單一國家的計畫，不是一個以領土及其擴展為目標的帝國再造計畫，而是一個以『互聯互通』為中心概念的、以多重複合的參與為基本內容的動態過程。」全文可參照《當代中國歷史巨變中的台灣問題——從二〇一四年的「太陽花運動」談起》。

「我打從心底感謝贈予我這道美麗獎項的人們……我接納此獎項的歡欣必須與許多長久以來、被排除在這等獎項之外的作家共享。這些人是我的同儕：奇幻小說與科幻小說的作者們，滿載想像力的作家們。在這五十年來，她們只能眼睜睜地目送這美好的獎座被那些所謂的『寫實主義者』拎走。」

再會了，親愛的娥蘇拉．K．勒瑰恩。希冀我們再度交會於冰原的跋涉或某一度的卡瑪屋、眾星球的交鋒與博奕、共居於一個如何使用第三稱人代名詞都無關緊要的宇宙。屆時，我希冀彼此成為長了翅膀的貓型生命巫師，使用真名與太初龍語，對著你訴說也傾聽你敘述「坐落在天際星辰的諸世界，以及住在那些世界的生命，還有她們的故事。」

目錄

作者序

創造宇宙是種艱辛的工作。耶和華在第七天休息，毗濕奴[1]不時小睡。科幻小說宇宙僅是文字世界的微小顆粒，但即便如此，仍會消耗腦力。與其為每個故事架構出一個全新的宇宙，作者可能持續使用且回歸某個宇宙，直到它邊角破舊磨損，變得柔軟，自然而然，彷彿一件老襯衫。

雖然我將一籮筐的東西放入我的小說宇宙，但我不覺得自己是它的發明者。我誤打誤撞進入其中，迄今還是毫無系統地在裡面闖跌——在此處遺漏了千年、在那邊忘記一顆行星。誠實勤懇的人們稱呼它為瀚星宇宙（Hainish Universe），試著將它的歷史劃入時間軌跡線。我稱它為伊庫盟（Ekumen），而且認為此舉是註定絕望的任務。伊庫盟的時間軌跡線如同小貓從毛線籃挖出來的玩意，而且它的歷史鴻溝處處。

這些不一致，除了作者本身的粗心大意、健忘，以及無耐心所致，它們有存在的道理。畢竟，太空的本質就是鴻溝。有生命居住的世界彼此距離甚遠。愛因斯坦說人們無法以超越光速的速度旅行，

1 一般而言，毗濕奴天（Vishnu）在印度神話系統應屬於調和、治理、維護宇宙的神（性），創生發明的神則是梵天（Brahma），濕婆天（Shiva）則屬於此三合一神（性）的破壞與轉變者。

所以我通常只讓我的人物以逼近光速來從事星際旅行。這表示當他們穿越太空時，幾乎沒有變老，感謝愛因斯坦的時間膨脹理論。但是，他們抵達目的地時，的確比出發時跨越了好幾十年或幾百年的光陰，而他們只能使用我發明的方便好用儀器——共時通訊機（ansible）——來回顧出發世界農莊上的情景。（有意思得很，請想想看，共時通訊機比數位網路更早出現，而且更快速——我確實讓資訊共時傳遞。）於是，在我的宇宙，同時在這個宇宙，無論是此寰宇或彼寰宇，讓歷史顯得不清不楚且沒有用是件挺好的事。

當然，你還是可以去詢問瀚星人。他們已經存在非常久遠的時間，他們的歷史學家不僅僅知道許多過往事蹟，而且知道許多正在發生與將要發生的……他們就像是《傳道書》（*Ecclesiastes*）[2]的主人翁，在這個或那個太陽底下尋找毫不新鮮的事情，但他們更為歡樂快活。

至於別的星球住民，雖然源自瀚星，但自然不願相信宿老之言。於是他們開始編造歷史，於是歷史再度重新開始。

我並未計畫設定這些世界與人物。我找到他們，就在寫故事的歷程，零碎逐漸地發現他們。如今，我持續尋探新的世界與人物。

在我書寫的前三本科幻小說，那兒有個諸世界聯盟，集結著我們這個銀河系的在地已知行星，包括我們的地球。這聯盟突然間異變為「伊庫盟」，某個無指導原則、資訊採集取向的諸世界聯合體；它不時違背自己「非指導取向」的原則。我在我父親的人類學書籍中遇到希臘字彙「oikumene」，意同「不同教派的合一體」（in ecumenical），後來當我需要某個字眼來稱呼從原初氏族散逸開來的不同人類，我想起這個字。於是，我將它拼為「伊庫盟」。有時候，倘若你寫的是科幻小說，你可以將事物拼寫為你喜歡的模樣，但只是有時候。

本書共計八個故事，前六個故事發生於伊庫盟的諸世界，這是我創造出、具備約略一致性的宇宙，但它的漏洞依然頻仍。

在一九六九年出版的小說《黑暗的左手》，首位敘述者是一個伊庫盟的機動使，一名旅人，將報告傳回瀚星的常駐使。這些辭彙隨著敘述者而來到我身邊。敘述者說他的名字是真力・艾。他開始說故事，我開始書寫。

逐漸且顛滯重重，我與真力・艾搞懂我們置身於何處。之前他從未來到格森星，但我有，在某個短篇故事〈冬星之王〉（*Winter's King*）。首次造訪非常匆促，我甚至沒有注意到關於格森人性別的某種奇異狀況，如同許多觀光客。雌雄同體？啥雌雄同體？

在書寫《黑暗的左手》的過程，當我尚未理解這個故事走向時，神話與傳說的斷簡殘章在需要時前來我腦海提供助翼。第二重聲音，格森星的聲音不時攫取這個故事。然而，第二位主角埃思特梵的性情深沉保留，而且情節讓我的兩個敘述者飛快地闖入眾多麻煩事，許多問題根本得不到解答，甚至來不及發問。

當我開始寫此書的第一個故事〈成年於卡亥德〉，經歷二十五年或三十年之後，我重返格森星。

2 舊約總集的某部書，其內容主要在反映所謂的人類虛榮浮華。關於作者，其中一種說法是此書為所羅門王（King Solomon）所著。

這一回，我身邊沒有那個誠實但充滿困惑的地球男性來擾亂我的感知。我可以傾聽心胸敞開的格森星人說話，這個主角不像埃思特梵，並無需要隱藏之物。這一回，我沒有該死的情節需要照顧。我可以搞清楚格森星的性是怎麼玩起來，我終於可以進入卡瑪屋，總算嘗到樂趣。

〈賽亟黎星情事〉是一組在賽亟黎行星採集的社會報告集錦，在漫長的年歲由不同的觀察者述寫而成。這些文件來自於瀚星的歷史學家資料庫，瀚星人看待報告就如同迷戀核果的松鼠。

這篇故事肇源於我讀到的某篇文章，陳述在這個世界（對，我們的世界，地球）某些地域由於持續墮胎與屠殺女嬰所造成的生理性別失衡狀態。在那些地區，只有男嬰才值得存留。由於非理性與難以遏止的好奇心，從思惟實驗演變為這個故事，我反轉了性別失衡的兩造，增添失衡程度，並且讓生理性別的失衡成為長久狀態。雖然我喜歡在賽亟黎星遭遇的那些人物，而且很享受與這些琳琅滿目魂魄相通的經驗，這並非一場愉快的實驗。

（我並不是說真正的魂魄相通。這個辭彙只是簡潔表達我與這些小說人物之間的關連。這是小說，沒錯吧？請別再寄信告知我前生來世。我已經有足夠的前世來生供我使喚。）

在《內陸海洋的漁夫》（*The Fisherman of the Inland Sea*）這本合集的同名短篇，我為歐星人發明某些社會規則，它們與瀚星頗類似，倘若就世界之間的對位而言。如同往常，這個世界是我剛剛涉足的地方，是個需要探索的場所；然而，我花費了誠意十足的思惟，值得敬重、系統性的思惟，仔細建構歐星人的婚姻與親族風俗。我繪製圖表、勾勒女性與男性象徵，拉線畫箭頭，從事非常科學的設定。我需要那些圖表，因為我不時會搞混。本故事初刊雜誌的編輯挽救了某個恐怖的大紕漏，遠比亂倫更糟糕的紕漏——我把我的半族（moiety）混淆了。她抓出錯誤，我們修正它。

既然都花費這麼多工夫來解決繁複系統，或許是為了節能使然，我重返歐星，但我想真正的原因是我喜愛這個星球。我一直思索著，與另外三人結婚，但你只能與其中兩人發生性關係（兩種生理性別的兩人，但和你分屬不同半族。）我喜歡思索這種複雜的社會關係，它生產出高度張力的情感關係，而且滋生挫敗。

以這等層面而言，你可以稱〈別無選擇之愛〉與〈荒山之道〉這兩篇故事是攸關社會禮儀的喜劇。或許對於那些認為科幻小說就是書寫手持光束槍的人們而言，這很怪異。但是，其實這兩篇故事並不會比珍・奧斯汀筆下的英格蘭怪異到哪兒去，或許，它們還不比《源氏物語》的世界那麼怪異呢。

在〈孤絕至上〉這個故事，我出發到伊庫盟的邊緣角落。我來到某個地方，類似當我們在一九六〇年代或七〇年代、還相信「核浩劫」與「世界末日」與「皮奧利亞閃耀廢墟之變形生命」。你說對了，我還是相信有核浩劫，但書寫相關故事的契機尚未到來，而且我所認識的世界早已經終結好幾回合嘍。

造就〈孤絕至上〉的主角文明滅亡的原因（八成就是人口因素）已經是許久之前的事，也不是這故事關切的核心。本故事攸關的是生存、忠誠，以及內省。鮮少有誰寫出內省者的好故事，外向者主導這一切。這真是件怪事，尤其當你領悟到十之八九的寫作者都是內省者的時候。

我們被教導為要羞恥於自己不外向的特質。然而，一個寫作者的工作就是往內在出發。

這些生存者、本故事內的住民，就如同本書其餘故事的成員，發展出特定的性別與性愛結構，但完全不安排與婚姻相關的制度。對於真正的內向者，婚姻顯得太外向了。這故事的情人們就是偶而見見對方，不時分道揚鑣，各自獨居而且很快樂。

〈老音樂與女性奴隸〉是本書的第五座轉輪。

我的故事系列《四種寬恕之道》（*Four Ways to Forgiveness*）由四個彼此相關的中篇小說組成。我得再度為這種形式乞求一個名字，以及此種小說形態該有的辨認度：這樣的小說書寫起碼從伊利沙白・蓋斯凱（Elizabeth Gaskell）的虛構城鎮組曲《克藍芙》（*Cranford*）就存在，而且經常被沿用，發展出種種趣味。這形態由一系列故事組成一本書，經由某個地域、某些人物、主題與運作，形構成一體成形的敘述，但它並非屬於長篇小說。有個充滿奚落意味的英語辭彙「重組」（fix-up）描述了那些認為短篇故事集賣不出去的作者，刻意將毫無關連的篇章以文字形式的輸送帶黏成一團。然而，真正的事物並非隨意的組合，例如巴哈的無伴奏大提琴組曲。此形式操作著長篇小說並不經營的事物。它是某種真實的形式，應該擁有一個真正的名字。

或許我們可稱呼它為「故事組曲」（story suite）？我大概會這樣辦。

這套故事組曲呈現兩個星球，維瑞爾（Werel）與亞歐威（Yeowe）的晚近歷史。（這裡的維瑞爾並非在《流刑星》出現的維瑞爾星，兩者並不同。我已經說過，我忘記自己寫過那些星球。）這兩個世界以奴役制度為基礎的社會經濟體正進行著革命性改變的歷程。某個評論家由於我竟然將奴役制度視為值得書寫的議題而責備我。我疑惑他究竟生活於哪個行星？

「老音樂」這個名字是某個瀚星男人名字的翻譯版本，其全名為伊思達頓．阿雅。他在組曲的四個故事其中三篇出場。就時間而言，這個新故事延續前情發展，成為第五樂章，陳述維瑞爾內戰時發生的某樁事件。不過，這故事也獨立存在。書寫它的起源在於我參觀南加州雀斯頓，走訪它位於上游的某個巨大奴隸莊園。見識過這座莊園的讀者或許辨認得出那座花園，那棟房子，鬼影幢幢的土地。

至於書名標題作〈世界誕生之日〉，或許發生於伊庫盟，或許不然。我真的不知道究竟何者為真。這點重要嗎？它並非發生於地球：這個世界的人們與我們的長相稍有差異，但我用在此故事的模本在某些層面影射著印加帝國。如同在偉大的上古社會，如埃及或印度或祕魯，王與神為同一體，神聖者就如同麵包或呼吸一般親近且尋常，而且容易喪失。

以上這七個故事共用某個模式：以某種法門、透過內部結構或某個觀察者的凝視（此觀察者可能跨越藩籬，成為在地者），體現了與我們有所不同的人們的社會，其形體樣貌甚至不同於我們，但與我們擁有類似的感受。首先我創造出差異（為了經營歧異性），接著讓人類情感的火焰環弧躍然，彌合差異的鴻溝。這等想像力的雜耍秀讓我感到眩惑且心滿意足，別無他物可比擬。

最後的漫長故事〈逝樂園〉並非奠基於上述模式，而且，它絕對不是坐落於伊庫盟的故事。它發生於伊庫盟之外的宇宙，此宇宙也是個正常運作的模式：普遍分享、科幻小說式的「未來」。在這個故事的版本，地球送出星艦飛往別的星球，這些星艦飛行的速度是根據目前現有知識運算、多少顯得寫實主義些的速度，至少顯得較為可行。這樣的星船要花費好幾十年、幾百年來抵達目的地。在這兒，沒有瓦普九號，沒有時間膨脹，只有真實的時間。

換句話說，這是個關於世代星船的故事。兩本很棒的著作——馬汀森（Harry Martinson）的《安妮亞拉》（*Aniara*）[3]與葛羅斯（Molly Gloss）的《璀璨長日》（*The Dazzle of the Day*）[4]，以及許多中短篇故事，都已經運用過這個題材。泰半的中短篇故事讓星船成員在離開地球時進入某種深層冬眠，設定於抵達終點時甦醒。我一直想寫的是真正生活於航行過程的那些人，那些不知有離境地也不知有終點鄉的中間世代。我試了好幾回，但一直無法寫出這個故事，直到某個宗教性的主題現身，方才成形。它纏繞著封印於死寂真空的星船，星船宛如蟲繭，充斥著異質生成、演化形變，無形體的生命。它是蛹的軀體，長翅膀的靈魂。

（寫於二〇〇一年）

3 諾貝爾文學獎得主的敘事長詩，運用世代星船為母題與譬喻。此作品共有一百零三篇章，敘事核心為一艘來自滿目瘡痍的地球、預計抵達火星的殖民星船。此移民星船遭逢變故，被彈出太陽系之外，於焉發肇漫長的存在性掙扎。

4 一九九八年出版的長篇科幻小說，處理移民星船遭逢的種種困境、人類與異質生命的互動，以及有別於科技想像的解決之道。

成年於卡亥德

作者：愛柏—塔吉部爐的索孚・薩特，格森星[1]卡亥德王國芮耳城居民

我住在這世界上最古老的城市。早於卡亥德有君王之前，芮耳就是座城，充當東北地區、平原區及坷姆地的市集與聚匯點。遠在一萬五千載前，芮耳的修士堡即為學府、庇護所，以及仲裁處。在亟潔君王一脈統治下，卡亥德成為國家，亟潔王朝長達千年之久。就在第一千載蒞臨，薩旦・亟潔——後世稱為「非王」——將王冠自皇宮塔頂擲入滔滔的艾珥河水中，宣示亟潔王族治世終了。自斯時起，後世稱為芮耳繁花時期、永夏世紀。直至哈季部爐取得王權，遷都至重重山脈之外的珥恆朗，始得告終。舊皇宮自此荒廢數百年，然而它挺拔不墜。芮耳永不傾覆。年年的融雪季，艾珥冰洪淹遍市街隧道，窮冬雪暴帶來三十呎高的積雪，然而芮耳永恆佇立。無人知曉屋舍的年齡，因為人們總是無休無止地重建。每棟屋子悠然憩息於自身的庭園中，無須與鄰居比肩擦踵，猶如曠古山脈，碩大、橫溢遍野。覆著簷頂的街道與運河在屋舍間九彎十八拐，芮耳城處處可見轉角。我們打趣道，哈季王朝

1 在作者創造的「瀚星世界」中，格森為終年嚴寒的星球，其居民為雙性同體的人類，生理性別構造依情慾—非情慾週期而變：在非情慾（瑣瑪）期間生理十分中性，也毫無情慾；而進入情慾（卡瑪）期時身體會變化出性別，並產生情慾。對格森星社會文化較詳細的描述，可見於作者另一部長篇小說《黑暗的左手》。

之所以遷都，是源於她們畏懼轉角處可能蟄伏不明事物。

此地時光異於別處。在學校，我學得奧爾戈、伊庫盟，以及寰宇大多數族群計數年歲之道。她們以某個壯麗事件的興發為第一年，接著逐年遞增；在這兒，每年都是恆始年。就在新年時節，甫逝的恆始年成為過往年，將至年成為新的恆始年，永世恆常。這景況就像芮耳一樣：世事驟變，唯獨城市本身始終如是。

我在滿十四歲那年（恆始年，五十個過往年之前）成年。近來，我經常懷想那段光陰。

彼時是個全然相異的世界。當時，我們從未見過異來者（那時我們是這麼稱呼外星訪客），可能透過收音機聽過機動使[2]之演說，在學校見過異來者的照片——濃密毛髮環繞嘴巴周邊的異來者顯得野蠻醜陋，頗為滿足我們的想像。然而，絕大多數的寫真令人失望，外表與我們幾無二致，你甚至無法看出來她們總是處於卡瑪期！照說，女性的異來者該有壯觀的胸部，但是呢，與我母親同胞的朵麗卻遠比照片上的人們要波光豐滿。

當護教者把異來者趕出奧葛漢，恩倫王在邊境之戰失去王都珥恆朗，甚至當她們的機動使成了罪犯之身，必須躲藏於坷姆地的伊絲崔，她們就是安靜地躲藏。她們足足隱匿了兩百年，驚人的耐心宛如寒達拉修士。然而，她們倒是做了某件事：為了阻止一樁陰謀，她們護送我們年少的君王航行至異星，六十載後，再度護送該君王回返，終結她血肉之子的動亂治世。阿格梵十七世是史上唯一將治世分為二的君王：在她的孩子即位前，她統治四年；推翻她孩子的亂世之後，她繼續掌政四十年。

我誕生的那一年（恆始年，或是六十四個過往年之前），阿格梵十七世的第二度治世肇始。在我這乳臭未乾小娃能夠注意肚臍眼之外的世界時，戰爭已然告終，西瀑再度歸屬卡亥德，王都重回珥恆朗，而在推翻恩倫王的動亂期間對芮耳造成的損毀，此時已然修葺完好。老房屋重建，舊皇宮重新修補。宛若奇蹟般，阿格梵十七世重登王位。一切行將回歸常態，回歸往昔，也該是如此——大家都這麼說。

誠然，那是一段寧靜歲月，修復創傷的過渡期。其後，阿格梵十七世、首位離開格森星的格森人，終於帶領我們融入伊庫盟。我們終於成為異來者，進入種族的成年式。我的幼年生活一如芮耳居民永恆不變的生涯。如今我再三斟酌思念的是這段時光，這種生活，這個無時無涯的世界、轉角的世界；如今我也試圖描述這個世界給從未知曉的人們聽。然而，當我書寫之際，我同時洞悟到，這一切都未改變，還是永在的恆始年，一如每個孩子終將迎接成年式，每個情人總會墜入愛戀。

愛柏諸部爐[3]的成員大約兩、三千人，其中有一百四十人居於我的部爐。愛柏—塔吉——我的全名為愛柏—塔吉部爐的索孚．薩特——依然遵循芮耳的古老命名之道。出生以來，我最初的記憶是一處充斥闇影與尖嚷的黑暗碩大所在，我穿過一道金光，往上落入黑暗。我驚恐害怕，尖聲大叫，隨

2 機動使（mobiles）與常駐使（stabiles）均為伊庫盟的駐外使節，負責到諸星球執行文化觀察記錄與外交結盟任務。機動使須時常變換駐星，且多半前往新世界做前導，常駐使則通常長期駐守於一個星球上。

3 部爐（hearth）：是格森星的特殊家庭／部族模式，簡言之就是擴充所謂的直系血緣家族結構，以同一宗族（clan）的人群共同組成互助互動的（擬）公社結構。

即被接住、擁住，緊緊抱住。我抽噎著，一道聲音如此挨近我，彷彿自我體內流出，柔聲呼喚：「索孚，索孚，索孚。」接著，甘美的食物送入我口中，如此甜潤細緻，此生未曾再品嘗過此等美味。

事後設想，該是我那些狂野的同爐年長手足們正把我舉高高拋著玩，而後我的母親取些祭典蛋糕來餵食我。沒多久，我自己也變成此等野小鬼，把初生嬰兒拋高玩耍，而她們總是高聲尖叫，或許出自恐懼，或許源自喜悅，又或許兩者皆然。這是我們這些孩子們能夠描述「飛翔」概念的最企近辭彙。我們有數十種不同的辭彙來描述落雪、降雪、滑冰、風雪、雲層移動、冰層漂流、船隻航行；但是，沒有「飛行」一詞，那時還沒有。是以，我不是記得「飛翔」，而是記得自己沐浴於金色暉芒中，直往上方墜落。

芮耳的家屋總是圍著一間中央大堂而建，每一層樓都建有內露臺，一層層露臺正好環在大堂上方。我們就稱呼這一整層樓為露臺，連同各房間與設施一塊兒。我的家人起居作息在愛柏—塔吉部爐的第二層露臺。我家人丁眾多，我祖母生下四個小孩，每個小孩各有子嗣，所以我有一大票表親，以及年長與年幼的血緣手足各一。「在卡瑪期，薩特家的人通常都轉形為女子，而且都能夠懷孕呢。」我聽得鄰居們竊竊私語，語氣夾帶欽羨、不欲苟同，以及欣賞。「可是，她們都不履行終生愛誓！」也有人這麼磕牙。前者算是誇大其辭，後者卻是如假包換。我們小孩子從不知何謂父親。好幾年來我從不知道自己的種親是誰，壓根連想也沒想。薩特家氏族觀念很強，不願把外人帶入家族——即便是同部爐的遠親也不輕易接納。倘若年輕人開始談戀愛，談及終生愛誓，祖母與母親可是殺氣騰騰、不留餘地。「終生愛誓？你以為你自己是什麼蔥啊，貴族人士嗎？想搞怪嗎？卡瑪屋對我而言就足矣，對你這小孩也該是如此。」母親們會對痴心戀棧於情愛的小孩這麼說，並遠遠流放到鄉間愛柏－塔吉部爐領地，讓她們做牛做馬地屯墾，直到愛情的魔力淡化。

是以，打從我是個孩子以來，我就是結夥行動的一份子。一大票孩子呼嘯跑過房間，拆樓梯似的上上下下登登跑，成群上工、結黨上學、一起看顧嬰兒——以我們野孩子的德性，並不時以我們的壯大人數與噪音來威嚇較文靜的部爐成員。據我所知，我們這群小鬼的翻天覆地並未造成真正的損傷，搗蛋的程度都還在安全範圍之內；這棟幽靜、曠古的部爐大屋給予我們保護，而非約束。唯一一次讓我們遭到處罰的經驗，是我的表親薩絲爾提議，如果我們把一根長長的繩子綁在二樓的露臺欄杆上，然後在繩端打個大繩結，攀著繩結往下跳，一定很刺激好玩！「我先！」薩絲爾說。結果哩，她的斷腿與欄杆是修復了，可我們這些小孩得清理全部爐大屋的所有廁所——所有！——整整一個月。我猜想，全部爐的人達成共識，該是讓薩特家的小鬼們學點紀律的時候。

雖然對於自己究竟是個怎樣的小孩，我不復記憶，但我猜測倘若自己能夠選擇，雖然一樣野性勃發，但我會比同儕們更安靜些。我向來熱愛聽廣播節目，是以，當同伴在冬季闖蕩各露臺、探險部爐大堂，在夏季成群逛大街或遊賞花園，我會躲在母親的臥室，蜷縮於床後方，挨著瑟倫木製的老收音機聽上數小時，轉得低聲，不讓同伴發現我在這兒。我什麼都愛聽，像是歌謠、戲劇、部爐故事、宮廷新聞、農作收穫分析，乃至於詳細的氣象報導。有一整個冬季，我天天收聽一齣沛林風暴界的古老傳奇劇，有雪怪、背信忘義的叛徒、血腥的斧頭凶殺案——這些林總讓我晚上膽怯瑟縮，無法入眠，只得爬到母親的床上尋求慰藉。我年幼的同胞早已窩在那團溫暖、氣息柔和的黑暗中。我們會睡得蜷曲成一團，彷彿一窩珮絲翠鳥。

我的母親，愛柏─塔吉部爐的葛兒．薩特，個性無甚耐心，古道熱腸，而且行事公允。她不會嚴厲管教我們三個親生小孩，但會適當照看。薩特家的成員都是商家人士，在愛柏部爐的店面工作，沒啥銀兩可花。然而，在我十歲時，葛兒買了一座新的收音機為贈禮，當著我的血親手足面前對我說：「你無須與人分享這禮物。」長年以來，我珍視這份饋贈，直到我自己的肉身之子誕生，方才與她分享。

年歲流逝，我逐漸通解人事，沐浴於傳統大部爐與家庭的溫馨、緊密，以及確定的成長之路。無止境的梭子律動紡織出無數的絲線，編織恆始不變的習俗、行為、工作，以及關係。從此時回首眺望，我無從分辨今昔年歲的差異，無從辨識自己與別的孩子有何不同，直到十四歲的成年式。

同部爐的大多數人們之所以會牢記這一年，主因是我母親的血緣手足朵麗邁入恆持的瑣瑪期，舉行宴席來大肆慶祝，命名為「朵麗之永恆瑣瑪慶」。是年冬天，我的母胞親姨朵麗停止卡瑪情慾期。當人們不再滋生情慾，某些人啥也不做，某些人會儀式性地前往某修士堡住上數月，甚至定居。朵麗啊，一點都沒有屬靈宗教層次，她說：「倘若我就此不再有小孩，不再有性愛可享用，就此變老等死，起碼我要開個盛大饗宴！」

當我敘述這個故事時，備感麻煩的就是必須使用這種只有性別化代名詞、毫無中性瑣瑪代名詞的語言來記述。在尚有卡瑪期的最後幾年，大多數人們由於激素平衡狀態改變，在卡瑪期通常變化為男性。朵麗維持男性性別已經超過一年，所以我姑且稱她為「他」。然而，真正的重點是，從此而後，朵麗不再是女性或男性。

總而言之，他的告別卡瑪盛宴真是壯麗盛大。他邀請部爐的所有成員，也邀請愛柏大部爐的兩個鄰近部爐，熱鬧了三天三夜才罷休。冬季漫長，春寒料峭，人們早就引頸期望某些新鮮事，某些熱鬧。我們烹煮了一星期份的食物，儲藏室塞滿了啤酒麵包。好些人也正處於卡瑪期將告終的最末期，或是已然中性、但先前啥也沒做，就來此盛宴湊湊熱鬧，補足壯年期屆滿的儀式。我的記憶栩栩如生：三層樓高的大廳堂火光熊熊，三、四十人圍成一圈，或中年或老者，或唱或跳，敲鼓為樂。他們渾身充盈鮮烈精力，灰髮散亂，就著鼓聲用力踩跳，腳掌幾乎沒入地面，他們聲音低沉強壯，笑聲健朗。觀望這些長者的年輕人，相形之下顯得蒼白空乏。我凝視這些舞者，心中大惑：為何他們如此歡愉？他們不是老邁衰竭嗎，何以顯得自由奔放？這到底是什麼滋味？卡瑪是什麼玩意？

嗯，在此之前，我甚少思及卡瑪。想它做啥呢？年紀未到，我們沒有性別、沒有性，也沒有激素造就的種種麻煩事。居住於城市的部爐大屋，我們未曾見過某個處於卡瑪期的成年人。她們會吻別離去。蔓巴跑哪兒去啦？她去卡瑪屋了，愛兒，乖乖吃粥吧。蔓巴幾時回家啊？很快就回來了，愛兒。幾天之後，蔓巴果然回家了，昏昏欲睡、神采飛揚、清爽又耗竭殆盡。像是洗了長長的一場澡嗎，蔓巴？嗯，有點像，小愛兒。我不在家這幾天，你生出哪些禍端？

當然，七、八歲大的我們玩起卡瑪情慾的角色扮演遊戲。這是一間卡瑪屋，我要當女生喔！不要，我來當！不行啦，這是我想出來的玩法！我們耳鬢廝磨，翻滾在一起笑鬧，完事後，我們或許會塞一顆球在襯衫下，佯裝懷孕。接著，我們生出小孩，然後把小孩當球來玩耍。孩童會嬉仿大人們的活動，但卡瑪情慾不光是個遊戲。卡瑪遊戲通常會以彼此搔癢為收場，然而，在青春期之前，泰半的孩子甚至不怎麼敏感。

朵麗的告別卡瑪宴會之後，我在部爐的育兒院值班，直到春末的吐瓦月；夏季到來，我開始學徒生涯，在第三監護區的一間家具行打工。我熱愛早起，沿著路邊屋簷跑步前進，邁向大道旁的邊鑲石。融雪大雪雨之後，許多道路還是盈滿積水，足以讓路舟或篙船航行。空氣沉靜、清澈，冷寂；太陽會從舊皇宮的高塔升起，殷紅似血，城市周邊的塔樓與窗戶會漾滿金紅色光暈。在家具行，空氣充盈新鮮鋸木的香甜，成人與我為伴。她們都是勤勉工作、充滿耐心的長者，對我不假辭色，嚴厲要求。我不再是個孩子啦，我告訴自己。我是個成年人，我是個有工作的人。

但是，何以我還是隨時哭泣？何以我依然隨時想睡？為何我總還是對薩絲爾感到惱怒？為何薩絲爾老是與我相撞，然後以她那種蠢蠢的低沉嗓音說「抱歉嘍」？為何我對那具電子車床如此不上手，以至於毀了六根椅腳？「把那個孩子帶離車床！」老馬斯說。我懷抱羞辱地退開，我無法成為木匠，我不是個成年人。誰管什麼椅子腳啊！

「我想要在花園工作。」我對著母親與祖母懇求。

「把目前的訓練課上完，明年夏天你就可以改去花園了。」祖母說，母親也點頭稱是；但在當時看來，這等合理的協議卻是毫不容情的不公義，這是愛的毀棄，棄我於絕境而不顧。我垮下臉，怒氣沖沖。

「到底家具行有啥不好？」經過幾天的怒意與臭臉，長輩們這麼問。

「為什麼那個蠢薩絲爾要在那裡！」我吼道。薩絲爾的媽媽朵麗聽見，揚起一邊眉頭，微笑起來。

下工之後，我無精打采地走進露臺。「你還好嗎？」母親問道。「我沒事啦！」我抓狂大叫，跑到廁所去嘔吐。

我生病了。背痛不已，頭疼，沉重且暈眩。有個難以名狀的事物，在靈魂的某處，痛個沒完沒了，一種尖銳孤寂的刺痛。我害怕我自己：我的狂怒、我的眼淚，我的病情，我笨拙的肉身。我不覺得她是我的肉身，那不是我。我的形體不屬於自己，她是異物，不合襯的外衣，發出異味的厚重大衣，她屬於老者，屬於死者。這不是我的身體，這不是我！乳頭如遭細針戳刺，如遭火燙。當我瑟縮著環抱胸口時，我知道，大家都明白我出事了。大家都可以嗅到我的氣息，酸味濃郁如血，宛若生剝獸皮。我的小陰蒂腫脹得緊，它從陰脣處竄出，可又立刻皺縮委靡如無物，小便時備感疼痛；我的陰脣紅腫刺癢，彷彿被什麼可惡的害蟲嚙咬。在我的腹腔深處有東西在游移，某個怪誕物抽長。我感到丟臉無比，我快要死掉了啦！

「索孚。」母親呼喚我。她坐在我的床沿，嘴角泛著一抹奇異、溫柔、意味深長的微笑。「我們是否該決定你的卡瑪初葉日了？」

「我又還沒有進入卡瑪期！」

「是還沒有，」葛兒說：「但我想，下個月你就會了。」

「不會的！」

我母親撫觸我的頭髮、面頰、手臂。我們形塑別人為人類。當老人以這等漫長、徐緩且柔和的手勢撫摸嬰兒、孩童，或是另一個人，她們這麼說。

過了半晌，我母親說道：「薩絲爾也將進入卡瑪期，但比你稍晚，大約晚一個月吧。朵麗說，不妨來上一場雙卡瑪初葉日，但我想你該在自己的時辰進行卡瑪初葉。」

我爆淚大哭。「我不要卡瑪初葉，我不要！我只想要……只想要走得遠遠的！」

「索孚啊，如果你真想如此，你可以遠行到格洛達愛柏的卡瑪屋，那兒沒有人認識你。但我認為，最好還是在這兒，大家都認識你，大家都會很高興，為你感到開心。哎，你祖母會非常以你為豪呢！『你可曾見過我的孫兒，索孚？你可見過這樣一個小美人兒，這麼個小瑪鶴！』這些讚美，大家都聽得耳朵快長繭啦！」

「瑪鶴」是個方言俚語，芮耳一地的用語，用以形容俊俏、強健、良善、向上的人，一個可靠的人。祖母，我母親的嚴格母親，總是發號施令、表達謝意，但從未讚美人。這樣的祖母竟然稱許我是個瑪鶴！我嚇了一跳，淚水竟然就此止住。

「好吧，就在這兒舉行，但不要下個月，還太早了啦。」

「讓我瞧瞧吧！」我羞得火燒身，但也因為鬆了口氣，我順從地站起來，把褲子解開。

母親瞥了一眼，短促但精細的一眼，然後摟抱我。她說：「下個月就是良辰吉時，這一、兩天內你會覺得舒適多了。到了下個月，一切就大不相同啦，真的。」

果真沒錯，到了翌日，頭疼與刺癢已經消失。雖然我還是不時感到昏昏欲睡，但工作表現不再顯得笨拙。再過數日，我又回復原先的自己，輕快自如，肢體敏捷。然而，要是我想到它，某種奇詭的感受就會浮現——它不屬於身上任何一個部位，有時非常痛苦，有時相當奇妙，這是我幾乎想再品嘗一回的感受。

我的表親薩絲爾與我在同一間家具行當學徒。我們先前並未一同出門上工，是因為幾年前的攀繩跌倒事故讓薩絲爾的腳微瘸，只要街道尚能行水路，薩絲爾就搭篙船的順水舟。艾珥水門關閉後，無法陸上行舟，薩絲爾只得步行。於是，我們一起出門。剛開始的幾天，我們沒有多說話，我還是生薩絲爾的氣——由於薩絲爾，我不能再於晨曦中奔跑，只能以瘸腿的速度步行。除此之外，薩絲爾總是在我身邊晃，比我高，又比我會操作車床，還有一頭閃亮濃密的長髮。為何有人會想要把頭髮留長？我總是看到幢幢影像，彷彿薩絲爾的頭髮就在我的眼前盪漾。

在夏季的初月，我們疲憊地步行回家，那是個燠熱的黃昏。我看得出來，薩絲爾的腿微瘸，但她試圖忽視與遮掩，趕上我快速的步伐，直挺且蹙眉地行走。強烈的憐愛與欣賞讓我全身悸動，那股不知道是啥的東西，滋生於我體腔與靈魂內裡的異物，那股新的存有，無論它究竟是什麼，它為此動容，轉向薩絲爾。我感到心疼，而且渴望。

「你是否即將進入卡瑪期？」我以某種嘶啞低沉的聲調問。在此之前，我從未以這樣的聲音說話。

「幾個月之內吧。」薩絲爾嘟噥著，並未正視我，身形僵硬，緊皺著眉。

「我啊，我可能得在最近就，就做，嗯，你知道的，這檔子事。」

「我希望，」薩絲爾說：「盡快就完事。」

我們沒有望向彼此。逐漸地，以不為人注意的態勢，我緩下步伐，直到我與薩絲爾以輕鬆的步調並肩行走。

「有時候，你可覺得自己的小胸尖像是著火了？」我壓根不知道自己會脫口說出這些話。

薩絲爾點點頭。

過一會兒，薩絲爾說：「那個……你的尿尿端是否……？」

我默然點頭。

「那必然是異來者的德性。」薩絲爾厭惡地說。「這個，這東西就這樣突出來，變得這麼腫大……這麼礙事！」

接下來的一哩路，我們繼續交換彼此的症狀。能夠把這些給講出來、找到一樣悲慘的同伴，起碼是種解脫。然而，聽到自身的悲慘處境從另一人身上得到印證，也讓我恐懼莫名。薩絲爾爆發了：「我告訴你吧，我討厭的是什麼東西！我最厭惡這玩意的是什麼，就是它讓我變得非人化！被你自個兒的身體呼攏撥弄，無法克制。我無法熬過這個念頭，自己只是個性機器，別人就是你性交的搭檔！你知道嗎？要是有人處於卡瑪期的時候，正好身邊沒有處於卡瑪期的對手可以做，可是會發狂而死喔！她們會抓狂到攻擊別人，即使是她們的母親！」

「她們不會的啦。」我震驚無比。

「會的，她們這樣告訴我。某個卡車司機在行經高卡加夫山的路途，卡瑪期發作了，她變成個男的。她，他變得巨大強壯，他抓狂了，然後強迫他的同伴跟自己搞。他同伴處於瑣瑪期，因此真的受傷了，真的很痛，因此同伴想要甩脫他。最後，這名司機脫離卡瑪期後，自殺了。」

這個恐怖故事將我胃部最深處的噁心感給拉扯回來，我無話可說。

薩絲爾繼續講。「處於卡瑪期的人根本就不是個人，但我們竟然得這樣，必須這樣搞！」

那股可怕的、陰慘的恐懼整個敞開來。把它講出口並不會造成解脫，反而摧枯拉朽，洞口愈扯愈大。

「這事蠢透了，」薩絲爾說。「原始時代必須靠這麼做來延續種族，文明人無須這麼做。如果想懷孕，人們大可藉由注射；這樣在基因層次不會有問題，你可以選擇你孩子的種方，不會造成血親交媾，同代同胞相幹，宛如動物。我們何必當動物呢！」

薩絲爾的怒火讓我激動起來，我分享她的情緒，也從「相幹」這個字眼體驗到震驚與亢奮，在此之前，我從未聽過這個字詞。我再度凝視表親：那張瘦削、激動泛紅的臉龐，那頭厚重閃亮的長髮。她與我同年，但顯得更成熟些。由於一條跌碎的斷腿，半年來的療養時光讓這個原先愛冒險的淘氣孩子為之改觀，變得陰暗深沉，受傷的經驗教會她憤怒、驕傲，以及承受。「薩絲爾，」我說。「聽著，這些都無關緊要。你是個人類。即使你必須從事那玩意，那些……相幹，你還是個人，你是個瑪鶴。」

「就是庫思月的第一日吧。」祖母說。那時是夏季的頂點。

「我還沒準備好耶。」我說。

「到時，你就準備好了。」

「我想要與薩絲爾一起舉行卡瑪初葉。」

「薩絲爾還有一、兩個月的時辰呢，不過也快了。不過，看來你們兩個的月陰週期類似，都是暗月人兒，我年輕時也是如此哦。所以啊，只要你跟薩絲爾保持類似的月陰頻率，你們倆啊……」之前，祖母從未以這種笑容面對我，某種把我當成平輩的笑法。

我母親的母親當時六十歲了，個頭矮，身材結實，臀部寬大，眼神炯炯清澈。她是一棟貨真價實的石廈，也是部爐裡無人可違逆的獨裁者。我竟可與這個震懾人們的老者平起平坐？這等感受讓我觸近某個念頭：發展卡瑪或許會讓我更逼近、而非遠離人類性。

「我建議，」祖母說：「接下來這半個月你可以待在某個修士堡，但你自個兒作主吧。」

「修士堡？」我感到訝異。我們薩特一族都是寒達拉宗派的信徒，但只是應付了事的層次。我們慶賀最大宗的節慶、敷衍喃喃著一字箴言，並未實踐任何修煉之道。那些年長於我的同爐手足，並未在卡瑪初葉前去寒達拉堡靜修；是否我出了什麼差錯？

「你的腦袋瓜子挺不賴，」祖母說。「你和薩絲爾都是聰明小孩。我想看到，有朝一日，你們兩個能夠投射自身的暗影。薩特一族向來安居於部爐，宛若佩絲翠鳥生養後代。如此便足矣嗎？倘若你們之中，有誰把頭顱伸往窩外探看，該是件很棒的事。」

「修士堡的人們都在做些什麼？」我問，祖母坦白告知。「我也不知道，你自個兒去探索。她們會教導你，指點你如何掌控卡瑪情慾。」

「好，我去。」我迅速應答。我會告訴薩絲爾，修士有辦法掌控卡瑪，或許我學得會如何操控它，然後回來把訣竅傳授給薩絲爾。

祖母讚賞地望著我，我已經接下戰書了。

當然，短短半個月內，不可能讓我熟習控制卡瑪之道。來到修士堡的前幾天，我甚至懷疑自己可否掌控思鄉之情。我橫越部爐所在的城市，原鄉是溫暖沉暗的一列列房間，人群屯聚一堂，談話、酣睡、吃喝烹煮、洗滌衣物、彈奏蕾瑪琴、演奏音樂，孩童四處奔跑，雜音壅塞，這是熟悉的家族。跋涉千里路後，我來到一棟巨大乾淨的屋子，屋室冷峻安靜，陌生人居住其間。她們彬彬有禮，以敬意接待我。我簡直嚇壞了！何以這樣一位年屆四十、具備超人類魔法與堅毅力道的寒達拉上師，這樣一位能夠橫越暴風雪、預言未來光景的法師，擁有一雙我生平見過最睿智、最平靜的雙眸，竟然以敬意接待我？

「因為，你是如此的無知。」綸赫拉上師說，以溫柔的神采對我微笑。

由於她們只與我相處半個月，寒達拉修士並不怎麼影響我與生俱來的無知特質。我每日修習內斂洞觀數回，且挺喜歡此種練習。光是如此，就夠讓她們滿意了。修士們不吝稱讚我。「在十四歲時，大多數人光要規矩緩慢行動就夠難受啦。」我的老師說。

在修士堡居住的最後六、七日，某些卡瑪期的症狀復發，像是頭疼、下體腫脹、激烈的刺痛，以及易怒的心性。某日，就在我安靜祥和的小房間內，床單上染抹血漬。我怒瞪汙漬，備感厭惡驚恐。我猜想，自己八成在睡夢時摩擦癢得難受的陰部，因此刮傷了；然而，我也知道血漬所彰顯的意義。我禁不住開始哭泣，但我得把床單洗乾淨。這下可好，我竟然搞髒了修士堡，這麼嚴峻、乾淨、美麗的處所。

一位修士見我在洗衣間竭力清洗床單，不發言評論，但取來一些肥皂，讓我將汙漬刷洗乾淨。接著，我回到自己的小房間。以往我並不知道何謂隱私，此時我熱烈愛上專屬於自己的小室；我蜷縮在光禿禿的床鋪，身懷悲慘之情，每隔幾分鐘就檢查一次，確認自己沒有再度滴血。由是，我錯過了修習內斂洞觀術的時段。巨大的屋子闃靜無比，平靜感沒入我的內裡。我再度感受到奇異的情愫，但此時的感受並非痛苦——此等感受猶如薄暮時分的冷寂空氣，猶如在嚴冬清澈的黃昏、目睹西邊高聳的卡葛夫山峰。這是某種無限擴張的感受。

綸赫拉上師敲門，在我應答之後進房。她看了我半晌，溫和地詢問。「怎麼了呢？」

「萬象奇妙異常。」我說。

上師的笑容燦爛無比。「說得好哪！」

我知道，綸赫拉上師非常珍惜敬重我的小兒無知，以寒達拉之道。在那時，我只知道我不知其所然，但正中要害，說出讓我亟欲取悅的人備感欣喜的話語。

「我們正要演習歌謠，」綸赫拉告訴我。「你會喜歡的，來聽聽吧。」

實際上，她們正在演練仲夏歌祭，在庫思月第一日之前戮力練習，晝夜不分，長達四日。歌者與鼓手隨己意來來去去，大多數演唱者吟唱某個音節隨興融入合唱，只靠鼓聲帶領與歌譜的提示。現場若有獨唱者，其餘歌手就會為她唱和。起初，我聆聽到的聲音有限：就在安靜、微妙的節奏之內，一道厚實的音流以愉悅的調性從容流貫。當我聽得無聊了，覺得自己也可以做得到，於是我張開嘴，唱出「啊」聲。我聽得許多聲音，齊唱著「啊」，聲音或在我的音域之上、或居下，直到我無法聽得自身的音色，只聽得到合唱之音；接著，只有音樂本身。驟然間，令我震懾的一股清澈銀色音流闖蕩各部的織造合唱，與之撞擊，接著溶入、消逝，再度清揚高拔……綸赫拉上師觸摸我的手臂，晚餐時間到了。自從第三時辰以來，我就沉浸於合唱。晚膳之後，我再度回去合唱廳堂；夜食之後，我還是跑回去唱歌。其後三日，我都待在合唱廳堂；要是大人們允許，我一定夜以繼日。我不再昏昏欲睡，反而湧現一股無止境的能量，無法入眠。獨處於自己的小房間時，我會對自己唱歌，或是閱讀她們給我的唯一一本書籍，書寫著奇妙的寒達拉詩篇；或者，我也會演習內斂洞觀，試圖忽略自身體內的熱浪與冷流、冰柱與火焚。破曉到來，我又能再度練唱。

接著，第二十六日到了，此為仲夏夜，我必須回到自己的部爐，進入卡瑪屋。

讓我訝異的景象發生了。我的母親、祖母、偕同部爐長輩們，她們來到寒達拉堡接我回家。她們身穿儀式長袍，面容嚴肅。綸赫拉把我交給她們，道別詞非常單純：「汝當歸返我等。」

就在仲夏的燠熱清晨，浩蕩的家人引領我行過街道。花朵蓬勃綻放，香氣襲人，花園的樹木繁花盛開、結實累累。「這真是舉行卡瑪初葉的吉日良辰。」祖母以賢達智慧這麼判斷。

自從我造訪過修士堡後，對照之下，我部爐的宅院顯得異常陰暗，萎縮。我尋覓薩絲爾的蹤影，發現今日並非假期，薩絲爾還在上工。這樣的情境，讓我聯想到某種意外取得的假日，頗為愉悅。位於二樓露臺的爐灶房舍，祖母與家族長輩為我呈上一套全新衣物，從腳尖到頭顱，全都是簇新物件：精製的靴子，繡花繁複的正式外套。在贈衣儀式中，伴隨一套祝禱詞，並非寒達拉宗派的規矩，而是我部爐遵奉的傳統典儀：源自千載之前的語言，古老且陌生。祖母說出祝禱之詞，彷彿吐出小碎石，之後將外套披在我的肩頭，每個人都齊聲唱誦：「嗨呀！」

所有的家族長輩、連同一堆看熱鬧的小表親，紛紛七手八腳地幫我更衣，彷彿我是崇高的君王，或是無能的小嬰兒；某些長輩想要給我忠告——最終勸誡，她們這麼說。因為，在你卡瑪初葉之後就轉大人了，你會有自身的習縛規色；對於具備習縛規色的成年人不能給予忠告，那代表侮辱。

「你啊，你要遠離那個老艾比奇喔。」某個長輩尖聲叫嚷。我的母親相當不快，立即發難。「把你的陰影留著自己用吧，塔達西！」然後，母親對我說：「別聽那個老阿怪塔達西胡說，這個賤嘴傢伙。索孚，你要好好聽我說。」

我乖乖聽從。葛兒把我從眾人身邊拉開，語氣凝重尷尬。「記住，與你進行初葉的對手相當重要。」

我點頭。「我了解。」

「不，你不懂！」我母親生氣了，忘記先前的尷尬。「算了，總之要記住這點。」

「那個，嗯，」我開口，母親等著。「如果我變成了，嗯，女性，那我應該要，要怎麼……？」

「哦，」葛兒說：「甭擔心，在你能夠創生、或是播種胎兒之前，還要一年或更久呢，這回不用操心。老手們也會留神，她們都知道這是你的初葉。總之，切記慎選第一次的對手，你就接近艾比奇，或是卡利德，或是某些人。」

「來吧！」朵麗喊著，我們又重新列隊前進，走下樓梯、來到大廳堂，大夥兒齊聲歡呼。「嗨呀，索孚！嗨呀，索孚！」廚師們敲著爐鍋，我差得快斷氣啦。但是，大家都如此興高采烈，為我感到歡欣，希望我快樂。嗯，其實我也想好好地活下去。

我們從西門離家，行經庭園，來到卡瑪屋。塔吉家族與愛柏大部爐的另兩家族共用卡瑪屋。這是一座美麗的建築，處處雕欄畫棟，洋溢著古王朝風格；歷時數千年之久，斑駁處處、風霜深重。家人送我到血色石階，紛紛親吻我，喃喃念誦「禮讚黑暗」或「汝將臨受創生聖儀」。最後，母親朝我肩頭猛力一推，這是習俗稱為「推雪橇」的動作，為了帶給處子好運。我別過家人，進入卡瑪屋的門扉。

守門人正在等待我。此人長相古怪，微駝，皮膚粗糙且蒼白。

此時我恍然，原來這個守門人就是她們談論的「艾比奇」。之前我並未見過他，但我聽說過他的相關事蹟。他就是我們部爐卡瑪屋的守門人，而且，他是個「半死廢者」——意思是說，他正如那些異來者，持恆處於卡瑪發情期。

偶而，總是有這樣的人誕生。有些人可以治癒，無法或不願進行治療的人，通常會選擇入寒達拉堡修道，學習規訓自身的情慾力；或者，她們可以成為卡瑪屋的守門者。對於這些半死廢者與正常人而言，這樣的職業選擇都是方便好用的去處。畢竟，除了這些人，有誰能夠長期住在卡瑪屋呢？然而，此等安排倒不是沒有不良副作用。倘若你在索哈蒙時期（情慾滋生、即將分化性別）來到卡瑪屋，遇到一個全然分化後的男性，他的費洛蒙會誘導你立即成為女性，無論你這個月想成為哪種性別皆然。倘若沒有收到邀約，盡責的守門人會遠離來客；然而，長期處於卡瑪狀態不等同於性格上的盡忠職守，更何況，當你出生以來就被視為怪胎或半死廢人，我猜想情況更是不妙。顯然，我的家人並不信賴艾比奇，認為他不會安分守己、將自己與其費洛蒙與我保持距離。但是，她們的偏見顯然不公平，他與其餘人們一樣，敬重卡瑪初葉儀式。他首先喚名迎接我，接著告訴我在哪兒脫下嶄新靴子。接著，他開始一面念誦太古儀式祝辭，一面倒退行走，引我至大廳。這是數十年來、聆聽無數次儀式歡迎祝辭的首度場景。

汝將跨越母土。
汝將橫渡水澤。
汝將穿越冰層……

當我們將抵達大廳時，祝辭的終段顯得歡騰勃勃。

吾等同行，穿越冰層；
吾等並肩，回返爐灶；
化入生機，創締新生。
創生之聖儀，吾等禮讚！

這首鄭重的祝辭讓我感動異常，因此從張力十足的自我意識內抽離開來。如同修士堡，我體會到類似的確認感，自身處於某種壯觀古老的事物之內，即使對我而言，它顯得陌生且古怪。同時，我的身心敏銳異常，打從早上開始，感官就顯得激活鮮烈。我體受到周遭的一切：牆垣上塗畫的美麗藍漆，我輕盈敏捷的行走身段，赤足下木頭地板的質感，儀式詞語的意義與音質，以及守門人。他蠱惑了我。艾比奇並不是個英俊的人，但我注意到，他的低沉嗓音猶如音樂，蒼白的肌膚比我料想的更具吸引力。我認為，他的生命必然恆遭詆毀，他的生涯必然奇異。我想要與他交談，但他已經吟完太古祝辭，側立一旁，讓我進入大廳。某個修長的形影突然冒出來，興沖沖地大跨步迎向我。

見到熟識的面孔，我不禁鬆一口氣。來者是我們部爐的廚師，卡利德．阿拉吉。就像大多數的廚師，卡利德是個脾氣火爆倔強的人，但對我挺不賴的，會以某種戲謔、挑戰的神色，把我從孩子堆裡揪出來，丟一些小點心給我喫——「喫吧，小東西，瘦骨伶仃的，要多長點肉啊！」然而，此時我專心注視卡利德，多重感知的視野全然開啟：卡利德全身赤裸，但裸體不同於部爐內任何人的裸身。她的裸體彰顯強烈的意味。她不是我之前認識的那個卡利德，而是另一個人：卡利德變成了「他」，某個美麗的男性。正如同我母親的警語，我渴望觸摸卡利德，同時我恐懼他。

他把我整個人抱起來，緊緊擁住；他的蒂核在我的雙腿間摩擦，彷彿一隻拳頭。「呃，輕柔點吧。」守門人告訴卡利德，其餘人們也從屋內走出來。我的視線模糊，舉目所及淨是隱約迷濛的光影，視野內遍布霧氣與陰影。

「別擔心，甭擔心！」卡利德對著我與眾人說，笑聲硬朗。「我不可能傷害自己播種的孩子，我只想要與女子之身的她進行卡瑪初葉，像個道地的塔吉家人。小索孚啊，我想要給予你歡愉。」他說，一邊為我寬衣解帶，手勢粗獷、快速，手掌寬大、灼熱，他扯下我的外套與襯衫。守門人與旁人專心觀望，並未干涉他的舉止。我感到全然無助、防禦盡失，橫遭羞辱。我激烈掙扎，掙脫卡利德的懷抱，想把襯衫穿上。我全身顫抖，感到異常脆弱，幾乎無法站立。卡利德笨拙地幫助我，巨大的手支撐著我。我倚靠著他，感受到他熱力十足的肌膚貼近自身，感受異常美好，宛如沐浴於朝陽或火焰的光熱。我更加倚向他，舉起雙臂，好讓身軀更貼合他。「哎呀，這個……」卡利德說：「索孚，你這個小美人啊，誰來把她帶走吧，這樣是行不通的。」他立即從我身邊退開來，雖然繼續朗笑，但是看得出他很驚駭，蒂核豎立起來。我站在原處，衣衫不整，雙腿僵硬如橡膠，困惑莫名。我的雙眼霧氣蒸騰，啥都看不清楚。

「來這兒。」某個人兒說，牽住我的手。這人的手柔軟清涼，全然不同於火性爆發的卡利德。這個人兒來自別的部爐，我不知道她的名字；在黯淡潮溼的背景，她似乎閃耀著金色光芒。「哎呀，你變化得好迅速！」她笑著說，一邊欣賞且慰藉我。「來吧，進來水池裡舒緩一下。卡利德這傢伙，不該如此惡虎撲羊！但是你可真幸運，卡瑪初葉就是個女生。這可真希罕，我到了第四回才變成女生呢！每一次我都好惱怒，每當我正要發展性別，我的可惡好友們都先行成為女子。甭擔心我的影響，我敢說卡利德造成的印痕會持續下去。」她又笑了起來。「哦，你長得真漂亮！」她彎下頭，在我知道這人兒要做什麼之前，她舔著我的乳尖。

這滋味真是鮮美，淨化了其他方法都無法淨化的體內刺痛之火。她幫我把全身衣物褪盡，手攜手一起滑入主房正中央的溫水池。水域寬敞清淺，這就是房間瀰漫霧氣、四處盈滿奇妙回音的緣由。水流覆蓋我的大腿、性器、腹部。我挨近新認識的友人，開始親吻她。這是她之所欲，也是我的慾望，一切都如此自然而然。我希望她能夠再度舔吮我的乳頭，她欣然遂行。好長一段時間，我們在水池裡行魚水之歡，我覺得自己可以永遠這樣玩下去。可是呢，有個闖入者從背後抱住我的朋友，她仰起身軀，宛若金色魚兒在水澤歡暢一躍，甩動頭顱，就這樣與新來的傢伙玩了起來。

我從水池裡跨出來，擦乾自己，感到憂傷、羞怯，遭到捨棄的失落；同時，我對於自己身體的變化感到無比興趣盎然。肉體的感觸鮮活，如遭電擊，浴巾環繞肌膚的粗糙質感讓我由於歡愉而戰慄。某個人接近我，某個一直觀望我與我朋友在水池嬉戲弄玉的窺視者，此時終於現身，坐在我身邊。

來者是我的大部爐同伴之一，年長我幾歲，名叫雅拉狄．恬赫鳴。去年夏季，我與雅拉狄在花園一起上工，我挺喜歡她。他長得神似薩絲爾，黑髮濃密，臉龐瘦長；此時，他全身籠罩著卡瑪屋居民共有的那層暉暈，閃耀的光華瀰漫在這些女子與男子身上。如此鮮活之美，我之前從未在任何人身上見識過。

「索孚，」他訥訥開口。「我想要，呃，與你共度你的，初葉……你是否？」他的雙手撫摸我的身軀，我也熱情回報。「來吧！」他說，我追隨前往。他帶領我進入一間美麗小室，房間內別無它物，唯獨火焰熊熊燃燒的壁爐，以及寬敞大床。雅拉狄將我納入懷抱，我也擁抱他；接著，我的雙腿之間湧起一股悸動，我往上墜落，直墜入金色光流。

雅拉狄與我共處竟夜。除了沒完沒了的燕好，我們胃口大好，狼吞虎嚥豐盛餐食。之前我沒想到卡瑪屋也提供食物；我本以為，來到卡瑪屋之後就只能胡天胡地、相幹得沒日沒夜。其實，食物相當豐美，隨處置放好讓你唾手可及。至於飲料的提供就比較受限，某個長期性別為女性的半死廢者是此處的總管，她會敏銳觀察你的動向，要是你顯現出狂亂或愚蠢的徵兆，就不能再喝啤酒了。我不需要啤酒，也不需要沒日沒夜地相幹。我感到完滿充盈，永恆無邊地與雅拉狄旖旎愛戀。但是，由於雅拉狄比我早一日進入卡瑪期，做完之後就倒頭大睡，根本醒不來。接著，某個陌生人接近我，他叫做鶴瑪。他以手指上下逡巡撫觸我的背脊，滋味美妙無比。沒多久之後，我們就親密相擁、逕自翻雲覆雨。鶴瑪的風味與雅拉狄大不相同，我恍悟到，自己真正愛上的人應該是鶴瑪才是。然而，在此度之後，桀哈韃是我的下一名對手……輪番入帷幕，直到我領悟到最後的真實：卡瑪屋的奧祕所在，就是人人皆愛欲我，我亦欲愛人人。

這是近五十年的前塵往事，所以我必須承認，我不復記憶每一名初葉對手。我所銘心刻骨的對象包括卡利德、雅拉狄、鶴瑪、桀哈韃，以及年長的圖巴霓——成為男性的圖巴霓，是我遭遇到的陽剛對手中做愛技巧最為精緻細膩、出神入化的高手。當然，我永難忘懷的人兒貝瑞，我的金色魚兒——直到終末，我們在公共廳堂交歡，從事夢寐般、安詳、狂喜的造愛，直到雙雙入眠。當我們再度醒來，我們既非女子、亦非男人。我們的卡瑪期已然告一段落，此時的我與貝瑞非男非女，就是兩名年輕的成年人。

「你還是好生美麗啊！」我這麼說。

「你也是，」貝瑞說：「你在哪兒工作？」

「某個家具店，第三監護區。」

我試圖舔貝瑞的乳頭來取悅對方，但這回沒有效果。貝瑞稍微瑟縮，我說：「抱歉哪！」結果，我們兩人都開懷失笑。

「我從事廣播業，」貝瑞說。「你可曾考慮過以此為業？」

「製作廣播機器嗎？」

「不是的，是擔任廣播員。我的時段是第四時辰，播報新聞與天氣概況。」

「那個廣播主持人就是你？」我備感震懾。

「找時間來電臺塔吧，我會好好招待你的喔。」貝瑞這麼說。

如此，我找到自己的終身職業與這輩子摯愛的好友。我回部爐大屋後，試圖告訴薩絲爾：卡瑪經驗並非我們揣測的形貌，比起粗略的想像，卡瑪是複雜無比的祕辛。

薩絲爾的卡瑪初葉儀式是在初秋的首夜，也是月之暗面的時辰。我們部爐的某個人讓薩絲爾催化為女性，薩絲爾則催化了我，這是我首度成為男性的卡瑪經驗。如祖母所言，我們兩人處於相似的月陰波長，我們總是在同一段時間享用魚水之歡。由於我倆是血族表親，又受到某些當代倫理規範的影響，我們沒有一起生小孩。不過呢，每逢月陰時期，我與薩絲爾就進行乾坤陰陽的歡愉，玩遍了各種變奏模式。之後，薩絲爾引導我的孩子完成卡瑪初葉，塔摩爾的初葉當然是個少女，一如典型的塔吉家族成員。

之後，薩絲爾前往修士堡，成為發誓靜修的寒達拉修士。如今，薩絲爾已經是位道行高深的上師。我常去修士堡造訪她，有時加入歌頌儀式，有時練習內斂洞觀，有時單純造訪。每隔一陣子，薩絲爾也會返家度假。我們總是交心傾談，無論是述及往昔或是追想未來、處於瑣瑪期或卡瑪期，愛意恆久如是。

賽亟黎星情事

瀚星紀元第九三循環紀第二四二年，賽亟黎星與外界進行首度接觸。航自金牛座第四星愛歐的漫遊巡弋船遠離故星六世代，降落於賽亟黎星。船長於星航日誌中記錄下這次接觸的始末。

奧勞．歐勞船長的報告

在這個人稱為絲麗或耶哈栗的星球，我們駐留近四十日夜，受到充分招待，離開此星球時，我相信此星居民處於蠻荒不毛的史前狀態。此星球的男人居住於壯觀巍峨的建築，人稱「城堡」，周遭環繞壯麗公園，外圍是乾枯焦熱沙漠悉心改造成的蘭花溫室，於焉成為最絕美的地景。此星球的女人居住於城堡外圍的村落與城鎮，所有的農務與磨坊工事皆由女子執行，人力相當豐沛。她們都是一般平民，居住的城鎮屋舍都屬於城堡內的貴族。村民居住的屋子內混居牛羊等動物，有些是體型壯碩的家畜。女子身披厚重衣物，總是集體行動；她們不能進入城堡的領地，只是將食物與必需品委予守衛城門的男人。她們非常恐懼厭惡我們，我的幾個男性部屬試圖尾隨路邊的女孩子，城鎮的女人彷彿抓狂的野獸，成群跑出來作勢威嚇。是以，我的男性部屬認為，還是回到城堡比較妥當。城堡內的男人們勸告我們，還是別在城鎮任意走動，這樣比較理想。我們照辦了。

男人們可以在公園領域自由行動，從事各種遊戲活動。夜晚蒞臨時，他們來到（隸屬的）城鎮，挑選喜歡的女子燕好行房。女子會付錢給男人，我們得知，要是日後因此產下小孩，女子會付更多錢。於是，夜晚通常是徹夜不眠的翻雲覆雨，白晝則從事百花撩亂的運動競技。最引人注目的運動競賽是某種搏鬥技，彼此扭纏角力，將對方摔往半空，對於此等活動我們看得傻眼：他們神奇地不會受傷，總是凌空翻躍，落回原地繼續格鬥，軀體四肢靈活矯健。此外，男人以鈍劍進行擊劍，以長棍比武。除此之外，他們還常玩某一種球賽，以手控球，雙腳踢球或絆踢對手隊員，許多選手在高亢興奮的賽程中受傷或拐到腳。這種運動帶來強烈的視覺享受：對立的部隊身穿色彩鮮豔的制服，細緻華服與狂恣的肢體運動揮毫成一體，上下四方滿場追跑；某個隊員突破對方人牆阻擋，引球奔向場子另一端，眾人在身後狂烈追逐。這種球賽的場地稱為「戰役場子」——此處並無城堡四面高牆的阻擋，女子也會來球場觀賽。她們會高聲喝采助興，為自己最喜愛的選手鼓舞助陣，加油助興的言辭相當粗俗猥褻。

十一歲大的時候，小男孩就從母親的家裡被帶到城堡，為的是要讓他好好接受男人的教育。我們目睹小男孩離家、進入城堡的慶賀儀式，簡直如盛宴般歡騰雀躍。據說是這樣的：懷孕的女人很難讓男性胚胎順利孕育為嬰兒，即使順利生產，無論如何細心照料，男嬰的夭折率還是相當之高；是以，女性的數目遠遠超過男性。以這個野蠻星球的生態為例，我們目睹上帝無所不在的威能。他嚴厲懲罰那些不信唯一真神的人——這些拒絕悔改信神的刁民，耳聾目瞽，無法吸收真正的道統，無法見識神聖之光。

此星球的男人對於藝術是茫然無知，熟稔的技藝僅是某種跳躍式的舞蹈；他們的科學發展相當貧乏，只比原始人進步一丁點兒。我與某位道貌岸然的長輩談話，他身穿金紅色華貴衣飾，城堡眾人尊稱他為「王儲」或「大爺」，然而他智識貧乏的程度讓我驚訝：他認為群星是居住著人類與動物的諸世界，詢問我來自於哪一顆星。他們唯一擁有的交通工具由蒸汽發動，航行於陸地與水面上，並無任何飛行概念，對太空船或飛機都顯示出一無所知。當我詢問時，他們對此等事物毫無興趣，不屑地回應，「這是女人們的工作！」事實上，每當我問及普遍的知識體系，諸如機械、紡織、全相視域傳輸等議題，這些偉大的男子都會諄諄教誨我，不該談論唯有女子才得以通曉的學理，我們的對談必須符合男性規矩。

至於他們身處於城堡牆垣內的生活，像是在公園領地養育凶猛家畜、以女子供應的布料來縫製衣物等事務，這些男人倒是相當熟稔擅長。他們遵從自家星球習俗、彼此花枝招展打扮較勁的熱中，已經到了不大像是一般男人的程度；要不是他們身強力壯，活躍於運動與格鬥競技，脾性高傲，彰顯出某種火爆、纖細的榮譽心性，我實在很難視此星球的男性為一般的正常男人。

經過十二世代的星際航行，奧勞．歐勞船長的星航日誌隨同星船返回愛歐本星，保存於寰宇聖神資料庫；在動亂頻仍的涂穆內戰時期，典誌散佚，最後，這份文件以零星片段的形式收藏於瀚星。直到第一任機動使出任務之前，伊庫盟並未與賽亟黎星進行二度接觸；第一次任務的時間點是第九三循環紀第一三三三年，這對使節是瀚星女子G．墨利梅與雅特拉星男子卡薩．艾吉。這兩位使節駐留於衛星小艇長達一年，繪製地圖、拍攝照片、記錄資料、研究廣播訊息、分析並學習某種主要語言，經過如此縝密的準備，兩名使節終於登陸賽亟黎星。由於星球文化的脆弱屬性，兩名使節並未揭露自身的真實身分，只佯稱是船難倖存者，她們的漁船來自於偏遠荒僻小島。如同先前的預測，這兩名使者立刻被當地人拆散，卡薩．艾吉被帶往城堡，G．墨利梅被引往城鎮。艾吉沿用他的本名，這名字並不違逆當地的語言脈絡，G．墨利梅改名為尤德。我們只收到她的報告，報告中摘錄了以下三篇文章。

呈交伊庫盟的賽亟黎星勘測簡報

作者：潔林度．烏塔哈悠德威．眉藍德．墨利梅

遞交時間：第九三循環紀，第一三三三年

34／223。賽亟黎星的貿易與資訊網絡相當發達，以致於她們對於本星發生的種種事端所知甚詳，我實在無法維持扮演裝模作樣、愚笨頂透的「外國逐放之民」角色。愛克豪今天傳喚我，開誠布公地談話。

「要是今兒我們擁有個值得高價購買的種男，或是我們的競賽隊伍正在大舉獲勝，我會猜測你是敵方派來的奸細。老實說吧，你到底是誰啊？」

「你願意讓我前往海格卡學院嗎？」

「為什麼？」她問道。

「科學家在學院裡，我需要與她們對話。」

這讓她覺得合理可信，她發出「嗯」聲示意贊同。

「我的好友能否與我一起前往？」

「好友，你是指榭思珂嗎？」

我們雙方都莫以名之地困惑了好一陣子。她完全不解，一個人怎可能會稱呼男人為自己的「好友」，而我還沒有當榭思珂是自己的密友。她還那麼嫩，我沒法當她是自己的對等平輩。

「我是指卡薩，與我一起獲救的男人。」

「男人，去學院？」她感到無比驚異。她正式凝視我，提問：「你到底從哪兒來的？」

真是個公允的問題，並非滋生於敵意，也不是挑釁。我真盼望自己可以說出實情，但如今我愈發察覺到，實情可能會對當地人造成損傷。嗯，這正是我懼怕的，如今我們正面對「雷思赫梵納的抉擇」。

愛克豪為我負擔旅費，榭思珂前來迎接我。如今，當我認真沉吟反省，我承認榭思珂真的是我的好友。她帶領我進入母屋，說服愛克豪與阿茲曼，做人必須要善意好客；從一開始到最終，在我身邊照料張羅的都是榭思珂。由於她所作所言都顯得非常傳統，我當時根本不了解她的悲憫實質上肇生於情慾。當我們的小巴士匍匐前進，我試圖對她表達謝意，榭思珂會說一些老生常談的俗話，像是「哎呀，我們都是一家人呀！」「人們總是得互助啊！」或是「無人能離群索居。」

「沒有獨自生活的女性嗎？」我問她，因為我遇到的人們都隸屬於某個母屋或某個女兒屋，無論是甜蜜小家庭模式，或是祖孫三代的大屋，像是愛克豪的家族——三個老人家，五個女兒，以及四名小孩，其中三個是女生。她們全都寵愛撫弄唯一的小男孩。

「嗯，當然有這樣的人。」榭思珂說：「要是她們不想有妻室，她們可以保持單身。也有些老祖母，當她們的妻子去世之後，就不再結締，獨居至去世為止。通常呢，老人家都會去女兒屋度過晚年。在學院呢，尊高的費芙擁有獨居的屋子。」縱使榭思珂秉性保守，對於提問，總是視為鄭重要事，知無不言，同時慎重思考自己的答案。她是我非常重要的資訊提供者，同時，由於她不會窮追猛問我到底來自何方，我在此地的生活不至於難受之極。那時我輕蔑榭思珂，誤以為她毫無疑問的態度源自缺乏想像力的人生，以及青少年慣有的自我中心。此時我恍然領悟，這是她細緻體貼的心意。

「『費芙』就是指老師嗎？」

「嗯。」

「所以說，在學院教書的老師們深受敬重？」

「這就是費芙一詞的意思。她們尊稱愛克豪的母親為費芙卡卡烏。雖然她並未接受學院教育，卻是深思熟慮的智者；她的智識來自於生命，教導我們甚多。」

是以，能教學者等同於受崇敬者，唯一表達敬意的辭彙，就是女性之間尊稱的費芙。所以說，由於她教導我，榭思珂取得對自身的敬意，以及（或許）我的尊敬。這個觀點讓我對此星球文化風土結構原先的看法強烈改觀。原先我誤以為對此地人民而言，財富是最重要之事。蕾哈的現任市長薩迪鞮，以豐饒華誕的財產備受眾人激賞，但我注意到，她們對市長大人並未冠以費芙這個尊稱。

我問榭思珂：「由於你教導我許多事情，我可否稱呼你為費芙榭思卡？」

她顯得又窘又樂，忸怩咿唔了好一陣子。「別，別這樣，別這麼說。」接著，她對我說：「尤德，要是你再度回到蕾哈城，我希望能與你共結愛侶之緣。」

「我以為你愛的是種男薩達？」我脫口而出。

「嗯，我是喜愛他啊！」榭思珂骨碌碌轉動眼珠，神情夢幻，彷彿身心融化；當談及種男，她們大多都現出此等表情。「光是幻想他跟你相幹，啊啊，我就不能自已，我就高潮濕透了！」她傻笑著扭動身子，這回換我尷尬，而且難以掩飾。「你不喜歡薩達嗎？」她的提問如此天真，我壓根無法忍受。她表現得像是個傻呼呼的青少年，可我明知她不是。「不過啊，我付不起買他的錢。」

所以，你索性退而求其次，轉向我求歡？我暗自惡毒地想著。

「我要開始存錢了。」過了一會兒，她宣稱。「我覺得，明年我會想要生個寶寶。當然，我買不起種男薩達，他是個冠軍種丁呢，但是，如果今年我不去凱達奇看競技活動，我就存得下錢來買個夠好的種男，像是我們當地畜幹屋的神男羅斯拉。我是這樣冀望的哪，我知道這聽來很蠢，但我還是要說出來。我一直盼望你能夠當我孩子的愛侶共親，我知道你不能被家庭羈絆住，你要去大學。我只是想對你告白，我愛你。」

她握住我的雙手，擱在自己的面頰，將我的手掌壓住她的眼瞼，半晌之後放開。她依然微笑，但我的掌心沾滿她的淚水。

「噢，榭思珂！」我感到動容萬分。

「沒事的，我只是想哭一場。」她就這樣哭了，無視於大庭廣眾的眾目睽睽，彎身絞手，輕聲啜泣。我拍撫她的手臂，感到很羞恥。乘客們以同情的嘟噥聲援，一個年長女性說：「這樣好，這樣讚，真棒！」幾分鐘之後，榭思珂停止哭泣，以衣袖擦拭鼻子與臉頰，深深吸一大口氣，然後對我微笑。「沒事了。」接著，她呼叫司機：「我想要小便，可以停一下嘛？」

司機是個長相嚴峻的人，雖然不大情願地嘀咕，還是把巴士停在寬敞、野草橫生的路旁。榭思珂與另一個女子下車，就地小便在野草叢內。這星球的人們呈現出某種令我欽羨的單純性，大多數場合，單一的生理性別造就這樣的單純屬性。或許，我還不確定，但在我為自身感到羞恥時，我猜測：是否，在這個星球的社會結構，並沒有害羞的概念？

34／245（口述聽寫記錄）。卡薩依然音訊全無，先前把共時通訊儀留給他的決定是正確的。我希望他能夠與某個人取得聯繫，我希望他可以連絡到我。我必須知曉，城堡之內究竟是何等情狀。

總之，在蕾哈城觀賞競技賽之後，我較能掌握此星球的生態結構。在成年人之間，十六個女性當中只有一個男性；以出生率而言，是六個女嬰對一個男嬰，但男性胚胎畸形與死產的比例相當高，到了青春期，女男比例達到十六比一。我的瀚星祖先在玩弄這星球移民先鋒的染色體結構，必然樂趣十足。即使是百萬年的前塵舊帳，我還是深感罪孽；我必須學習拋棄羞恥心，但同時要善用罪惡感。蕾哈是一個小城，它與別的城鎮共享種男城堡。

在我抵達蕾哈城的第十天，當地居民帶我去看了一場讓我滿頭霧水的獵奇競賽，大致情況是阿瓦加城堡試圖在大賽擊敗某個來自北方的城堡，但還是節節落敗。這樣的出賽結果，顯示阿瓦加城堡無法參與即將展開的決賽，決賽在蕾加城南方的法韃嘉舉行，在法韃嘉決賽致勝的隊伍，將取得參與最終壯大總決賽的資格，遠征薩思克，上百名競技選手與成千上萬的觀眾，都將湧入決戰競技場觀賽。對我而言，這一堆堆的競技賽宛如一團團糨糊，彷彿兩造無武器配備的軍隊在彼此廝殺；不過，我猜想，在競賽過程，技巧與腦力也是必需吧。取得勝利的隊伍，每名成員在當年都封上某個特別的榮譽稱號，終生都可配備另一個榮譽稱號；如此，勝利的種男隊伍取得榮耀，光宗耀祖地回報滋養他們的城堡與支援城鎮。

由於學院並不直接支援種男城堡，來到學院之後，我得以從體制外觀察此地的社會文化結構，大約明白其中的運行模式。這裡的人們並不真正迷戀運動、體操，或是性感種男，她們不像某些蕾哈的年輕女子或成年人，醉心於種男的色情誘惑；這裡培養出的制度，實際上是某種義務性的耽迷。身為公民，就是得為自家的競技隊伍加油、支持那些勇猛壯男，以及（義務地）讚美地方男英雄。這樣的運作結構很對，畢竟，種男伎院只需要強壯、飽富生殖力的男人，就讓社會淘汰制度來強化自然界的物競天擇吧。然而，我非常樂意遠離那些加油的吆喝、昏眩迷醉的情景，以及海報上懸掛的有胸無腦男，遠離那些腫脹的肉體、爆漲雞雞、等同於臥房性道具的眼神。

我已然做了「雷思赫梵納的抉擇」，選項是「告知當地人，說明的條目要少於所有的真相」。學院的修葛達、絲戈韃等老師，我們語言會稱為教授，她們都是智識崇高、心智開明的人士，完全足以理解星際旅行的觀念，攫取科技相關的議題。對於她們的提問，我把答案侷限於科技發展的層次。我讓她們自行斷定——對於單一發展的星球文明而言，人們通常會斷定地想像異星文化與自家文明類似。當她們赫然領悟個中截然不同的差異性，革命性的激盪會因此滋生。在賽亟黎星的此時，我並未接收到指令、理由，或是個人希冀，來造就一場風起雲湧的性別革命。

截至目前，根據我蒐集的田野資料，賽亟黎星的生理性別結構導演出此等性別文化：男性享有特定的特權，女性掌握所有的權力資源。顯而易見，這是長久穩定的性別社會結構。根據她們的歷史記載，此等體系已經至少持續兩千年之久，或許就更古老的口述史而言，遠超過兩千年。然而，要是她們開啟星際社群的接觸，接觸到所謂的常態人類性別，此等性別體制就會遭到巨大衝擊。我無法斷言，男人是否樂意維繫他們有限的特權，或是爭取平權自由；但我可以確定，女性不會樂意放棄主宰數千年的權力體系，同時，她們的情慾結構與愛情模式一定會因此瓦解崩裂。即使賽亟黎星的人們逆轉了原先的生物性別染色體結構，也得要好幾個世代才能回復常態的女男比例。我不願意當那聲召喚雪崩的低語。

34／268（口述聽寫記錄）。絲戈韃教授試圖詢問阿瓦加城堡的男子們，但一無所獲。她必須謹慎地提問，要是透露出卡薩是個異星人、或是具備任何獨特之處，他可是會惹上殺身之禍。這些城堡種男會認為，這是炫耀優越性的表徵，如此，炫耀者必須在體能或技藝的種種試煉關卡取得勝利，印證他的優越。如此，我的論證是種男城堡實施某種僵化的尊卑系統，某個男子的權位高升或下滑，全賴他在某一場義務性或自願性的競技比試結果。女性身為觀眾所凝視的武力競賽，不過是種男城堡內部無止境同性爭鋒較量的生死械鬥之表面花絮。身為未受武術訓練的成年男性，卡薩處於非常不利的位置。絲戈韃教授說，能夠確保卡薩活路的方式，就是佯裝他是個病人，或是智障者。她推測卡薩應該有裝病或裝傻，因為迄今至少他還活著。這是絲戈韃教授能問到的全部資訊——出現於塔哈蕾哈城的遇難男子，目前還活著。

雖然女性餵養、提供住宿與衣物，在經濟層面包養城堡的那些種男，她們對於這些彼此內鬥、不願合作互助的種男性格，早就習以為常。絲戈韃教授很高興能取得這點兒資訊，我也是。

但是，我們得快點將卡薩從那座該死的城堡給救出來。絲戈韃教授透露得愈多，我就感受到更深一層的危險。縱使我一直以「被慣壞的小鬼頭」來設想這些賽亟黎星男人，實際上，他們更像是軍事主義下住在軍營受訓的士兵，只是，這場訓練至死方休。要是他們在競技試煉中獲勝，便會取得種種類似軍階的稱號，像是「將軍」之類。某些「將軍」，主上或師尊等男人是運動場上的偶像，也是種男伎院的紅牌，像是可憐的小榭思珂就會對這些男人青睞有加。然而，這些名種男的老年卻頗為悲慘，他們試圖從女性顧客陣營求取往日榮光，也竭力在種男同儕之間爭取權力；他們於焉變身為種男城堡的暴君，對某些「更次等」的男人頤指氣使，直到老耄終末、終至被驅趕出局。年邁的種男只能住在城堡周邊的小房子，形容落魄，大家都認為他們是危險的瘋子——離群索居的浪男。

對我而言，這真是再黯淡悲涼不過的人生。這星球上的男人從十一歲之後，只能從事城堡內的運動競技，在種男伎院較量賣淫；年滿十五歲之後，他們競爭的是賣淫次數與賺取的金幣多寡。除此之外，一切免談，你沒有別的人生選擇，不容許從事任何行業，沒能學得任何維生技藝。除非每年一度的跨城大競技，種男不得自行出城堡門，不可以自由活動。男人是不能進學院的，無法讓自己的心智得到自由。我詢問絲戈韃教授，何以智力足夠的男性，連到學院就讀的機會都不可得？她的回答是智識活動不適合男性，那會降低他的榮譽感，弱化他的肌肉，而且讓他失去生殖功能。「男人上面的腦袋精華，其實跟下面那一球差不多；養了上頭就損了下頭。」她這麼說：為了男人們著想，他們不能夠接受學院教育。

我試圖化身為接納萬事萬物的流水，但我的厭惡之情必然溢於言表。絲戈韃教授可能感受到這一點，因為過了半晌，她悄悄告訴我「祕密學院」的事。某些在學院受教育或教書的女性，會偷渡手邊可提供的資源給城堡內的男人，那些可憐的畜生則祕密聚會，用這麼點物資來教導彼此。以城堡的性別結構而言，十五歲以下的小孩之間的同性愛會受到鼓勵，但是，兩名成年男子之間若有情慾交換，將是不可容忍之舉。絲戈韃教授說，「祕密學院」通常由同性戀男子來擔任教師。他們當然要保持隱密，一旦被那些主導的主上師尊給逮到了，可是會遭到苛毒無比的嚴刑重罰。絲戈韃教授告訴我，「祕密學院」的成員呈現過一些很不錯的成果，但她必須仔細回憶才找得出例子。某個男子發現了很有趣的數學定理，另一個男子是素人畫家，他的作品雖然技術上還不成熟，卻獲得藝術學院教授們的讚賞。然而，絲戈韃教授記不得這些男人的名字。

無論是藝術、科學，所有的智識學科、所有的專業技術，全都稱為海亟雅，意指技藝純熟的工作。這些學科在學院內不分科，普遍無區隔地傳授，鮮少製造出特定學問的專家。教師與學生們相互混搭學藝專長，某個專業科目的教授未嘗不是另一學科的學生。絲戈韃教授是生理學的費芙，並書寫戲劇作品，同時也追隨一位歷史費芙研讀歷史學。她思路敏銳、周延，無所畏懼；我們在瀚星的學府能夠從這兒的學院取得佳妙借鏡。這裡的學府是個絕好場所，充滿自由睿智的個體；然而，這樣的靈智發展只屬於其中一個性別，這是缺了一角的自由地景。

我盼望卡薩在城堡內組成某個祕密學院，至少先暫且與種男城堡的生態共存。他雖然夠強壯，但是，這星球的男人從出生以來就接受競賽訓練，而且多半十分暴力。女人們毫不在意，揚言要我安心——「別太過憂心忡忡啦，我們不會讓他們宰掉彼此的；我們會保護男人，他們可是我們珍貴的資產呢。」愛說笑！從全景光電螢幕上，我目睹競賽失手的男人被砸得腦震盪，對手把他當陀螺般甩來扔去，接著就被抬出場了。「唯獨經驗不足的競技者才會受傷啦。」真是十分令人安心啊！除此之外，他們也舉行鬥牛賽，在那些稱為「大決賽」的混亂集體毆打械鬥陣，男人們刻意打斷對手的小腿與腳踝。「沒斷過腿，怎生稱得上是個英武種男？」是啊，也許這樣才安全吧，只是斷個腿，之後就不用再活生生任人宰割，無須不斷證明自己是個英武鬥男。但是，卡薩究竟還要證明自己什麼呢？

我情商絲戈韃教授，希望她為我探查出卡薩的下落，是否他現在被安置於蕾哈城的種男伎院？可惜的是，阿瓦加城堡侍奉（沒錯，這是她們的用詞；她們對種牛也是同樣的說法）周遭四個城鎮。是以，卡薩很可能被遣送到任一個城鎮；但也可能根本沒這回事，因為沒能贏得競技賽的男人不能充當育種的男伎；取得此侍奉的殊榮者，唯獨競技場上的冠軍，以及十五到十九歲之間的生嫩小男孩——年長女性暱稱他們為迪皮達，一如小貓小狗小羔羊之類的幼嫩動物。當她們到種男伎院，倘若以生育為目的，她們只會付費找冠軍種男。可是，卡薩已經是三十六歲的成熟男人。他不是小狗、小貓咪，也不是小羔羊。他是個男人，對於男人而言，這個星球是個異常恐怖的地方。

延宕許久，阿瓦加城堡的男性主掌者終於透露這項事實：機動使卡薩已然身亡；但他們拒絕揭露卡薩死亡的緣由。此悲劇發生一年之後，墨利梅使節以電訊傳呼登陸艦艇，離開賽亟黎星回返瀚星。她對於此星球的田野經驗結論是：繼續觀察，但避免正面接觸。然而，常駐使派遣另一對機動使出使二度接觸任務，不過，這一回的兩名使節當然都是女性：機動使愛力．椰優與颯燐．吳。在第一任機動使的三年駐期過後，這對機動使在賽亟黎星駐守了八年。椰優之後成為伊庫盟駐賽亟黎星首任大使，又駐留了十五年。她們兩位實踐了另一種模式的「雷思赫梵納的抉擇」，也就是「循序漸進地披露事實」。初期的首度接觸，只允許兩百名異星探訪者登陸賽亟黎星。經過數個世代的交流與接觸，賽亟黎星的人們逐漸習慣了異星訪客，政府機構開始考慮要接受邀約，成為伊庫盟的一員。至於伊庫盟提議的全星球人民公投、決議是否實施基因改造術，則立即遭到政府機構否決——除非女性全部拋棄投票權，男性的票數才有作用可言。直至這份報告書提出的時間，賽亟黎星尚未實施全面重大的基因改造，但她們已經學得並實施局部性技術，使得男嬰出生率稍有提高。如今，生理女男性別比例大致是十二比一。

下列文件是一份追憶錄，作者是一位住在烏絲市的賽亟黎公民。她是駐星大使維絲之艾利修的朋友。此篇文章寫於瀚星紀元第九三循環紀，一五六九年。

親愛吾友，你請求我書寫這篇文章，盼能讓異世界人們了解我的生涯，以及我星球同胞們的生命風貌。請相信我，這項任務實非易事。我不確定，是否自己願意讓任何他人窺看我的生命片羽？我知道，對於外星人們、實踐雙性平等的族裔，我們必然顯得古怪。外人八成斷定，我們賽亟黎是個落後、偏遠，甚至變態的小星球。或許，數十載之後，吾星將決定重新建構自身的樣態。屆時我已然化為風與塵埃，我自己則並不想參與改革未來的計畫。我喜愛這些狂暴、凶猛、體態美麗的男人，不希望他們成為女性；我喜愛這些篤實、充滿威力、慷慨良善的女人，不希望她們成為男人。然而我可以明白，按照伊庫盟的信念，每個人，無論生來是女性或男性，都具備各自獨一無二的本體與天性。但我就是說不上來，在解放改革的漫長道路，我們終將失去些什麼。

在我幼年時，我有一個小我一歲半的弟弟，他的名字是伊闍。我母親當年來到城市，付出五年來的積蓄，雇用我的種父，一位在舞蹈競賽取得冠軍、擁有尊者頭銜的種男。至於伊闍的種公，則是村落種男院的一名落魄老男人，她們戲稱他為「淪落的雄尊」。他從未取得任何冠軍頭銜，數年來從未順利育種過一個小孩，甚至願意免錢服務，只求有個顧客垂憐他，與他共度一宵。我的母親總是嘻笑訴說這段往事：當時她還在哺乳我，理當無須避孕，而且賞了「淪落雄尊」兩枚銅板！當她發現竟然不可思議地中獎時，簡直氣壞啦；測驗結果出來，是個男胚胎，她更是暴怒，就等著給它流產好了。然而，出乎意料之外，伊闍健康活潑地出生了。於是，我母親賞給那個老種男兩百枚銅板，慷慨犒賞致謝他無意間造就開花的這場烏龍服務。

伊闍並不像大多數男孩那麼脆弱，但你怎可能不保護與寵愛這個小男孩呢？我全心全意地照護他，心底刻滿小筆記，哪些是我的小弟弟可以做的，哪些不能讓他做，我得保護他避開哪些危機。我非常自豪於自己的責任感，也感到莫名的虛榮，因為我有個小弟弟可以保護！在我們的村落，只有咱們家的母屋擁有個活生生的小男孩呢。

他是個可愛的孩子，一顆小星星。他的頭髮柔軟如羊毛，是典型的烏絲人特色；而且他有雙大眼睛，生性甜蜜、歡欣雀躍，是個非常聰明的小孩。孩子們都喜愛他，想當他的玩伴，但是他與我最喜歡兩小無猜地獨處，沉浸於我們精心設計的角色扮演遊戲。我們擁有一整組十二個動物玩偶，是一位村裡的老人家以葫蘆殼精心雕刻製作。（人們總是很高興地贈送伊闍各色禮物。）這組小動物玩偶是我們最親暱遊戲的最佳演員：我們的十二個小動物主角，生活在蘇悉國度，竟日冒險犯難，像是攀爬高山、發現新大陸、泛舟探險等等。無論是我們的村落也好，所有村落亦然，動物聚落的權力位序如下所示：老母牛擔任領袖，公牛群與大夥兒隔離；偶不逢時，某一頭公牛會造訪母牛群，從事儀式性的性服務，接著，他必須與蘇悉國度的男人打仗。我們以泥土捏塑城堡，以火柴充當男性士兵；我們的英雄公牛總是大獲全勝，將那群火柴士兵揍得七零八落滿地找牙；有時他發威起來，甚至力拔山河，將整座泥城堡砸成碎土灘。然而，我與伊闍製作的傀儡戲曲，最棒的作品是由兩隻小母牛擔綱；我的主角是歐霹，伊闍的主角是烏蹄。有一回，我們偉大的兩位小牛主角在村外的河流泛舟冒險，船隻不受我們的操控，逕自漂流而去。我們終於在下游的一根擱淺伐木覓得小船，然而水流湍急。僅剩下我的小牛在船上，我們不斷潛水搜索，就是找不到小烏蹄。小烏蹄溺死了，蘇悉國的動物聚落為她舉行隆重的葬禮，伊闍苦澀地哭泣哀悼。

伊闍深切哀悼自己勇敢的玩具小牛，他一直這麼悲傷，我不禁開口詢問畜牧管事德加荻，可否讓我們兩小孩擔任打工助手——我私自認為，接近活生生的牛群會讓伊闍變得開心。她可樂得有兩個免費助手。（當母親發現此事後，她要求德加荻每天付給我和伊闍四分之一枚銅板的工資。）我們騎乘的是兩頭脾氣溫和的老牛，牛背的鞍具尺寸非常龐大，伊闍都可以躺在上頭。我們每天的工作，便是騎乘老牛、指揮小牛群進入沙漠，敦促小牛啃吃厄塔草好讓植物長得更好。我們的職責便是防範小牛落單走失，或失蹄墜溪；當牛群想要歇個腳、反芻食物，我們得把牠們集合在某處適當地域，好讓牛糞成為滋養植物的肥料。事實上，我們騎乘的老牛包攬大多數的工作。母親特地外出，檢視我們的工作情況。她判定我們的活動有益無害：整天在沙漠裡鍛鍊身體，有助於我們的發育均衡、體魄健康。

我們熱愛自己騎乘的牛群，但牠們心性嚴肅、認真負責，一如母屋的成年人。至於小牛犢，那可是完全兩碼子事：當然，牠們都是座騎，並非細緻的動物，而是草莽村落所培養的動物。小牛犢以厄塔為主食，吃得體態肥美、精力充沛。伊闍與我一起練習騎乘小牛，不佩戴鞍具，只以一條尾韁繩進行操控。剛開始時，我們總摔得四腳朝天，眼睜睜看著小牛昂然踢蹄、尾巴高豎奔馳。一年的鍛鍊下來，我們都成了騎牛高手，悉心與我們的座騎演練花招，像是交換座騎跑一整圈，或是鬥牛舞技，伊闍成為最高段的舞牛技高手。他以弦線喇叭訓練一頭三歲大的菊花青公牛，這雙搭檔的舞姿足以媲美我們在光電螢幕見識的最高級舞牛技表演。在這塊不毛的沙漠，我們宣揚自身的技藝，於是我與伊闍開始呼朋引伴，邀約別的孩子到鹽泉區來觀賞壯觀的舞牛特技秀。當然，大人們必然聽聞此事。

我們的母親是個勇敢的人，但即使以她的韌性而言，這種危險的招搖運動也已經越界了。她冷冷地對我發怒：「原先我信賴你，以為你可以好好照顧伊闍。結果，你讓我失望了。」

村裡的大人開始嘮叨，像是這種遊戲伎倆會危害到男孩子寶貴的生命，他們可是孕生的泉源，生命的寶藏地。無論如何，我母親的指摘最傷我的心。

「我照顧伊闍，他也照顧我。」我鮮少祭出與生俱來的天賦人權，但在此時，我以孩童的正義熱情駁斥母親。「我們兩人都心知肚明，何謂真正危險的炫技，我們沒有搞愚蠢花招。我們熟諳自己的座騎，而且結伴練習。當他必須到城堡時，他得做上更多危險無比的事情，起碼，現在他從容駕馭其中一項運動技巧。何況，屆時他必須單獨練習；此時，我們在練習的時段總是照看彼此。我，沒有，讓你，失望。」

我們的母親直勾勾凝望我與伊闍。當時我近十二歲，伊闍十歲。猛然間，母親的淚水爆發，她索性坐在泥地上哭嚎。我與伊闍都跑過去，爭相擁抱母親，大家都眼淚盈盈。伊闍一直說：「我不去，我才不去那座見鬼的城堡。她們無法強迫我。」

我呆呆地相信他，他相信自己。然而，母親通曉世情，知其不然。

或許，遙遠的將來，男孩可以決定自己的人生歸宿。吾友啊，在你的故星，男性的身體並不會宰制形塑他的命運，是吧？或許，將來我們會迎接如此自在的風景。

自從小伊闍出生以來，我們的駐鎮城堡——悉達嘉城堡——向來密切監控他的成長發育。我母親每年固定寄送醫生的檢查報告到城堡，當伊闍滿五歲時，我母親與她的妻侶們一起攜帶伊闍，前往城堡舉行「證成儀式」。伊闍告訴我，這場儀式讓他同時感到尷尬、厭惡，以及沾沾自喜。他竊竊地告訴我：「城堡裡都住著老老的男人，他們聞起來氣味古怪，拿著測量的東西，竟然量起我的小尿根！然後，她們說我的小尿端很棒，是一個不賴的東西。對了，什麼是落地生根啊？」這並非首次他提出的無解謎題，而我照舊瞎編答案。「落地嘛，表示你可以生一根寶寶了喔！」

後來印證，當時我胡湊的答案竟然歪打正著，雖不中亦不遠矣。

我聽說有些城堡的行事策略會培養小男孩的期待心。在男孩屆滿九歲或十歲，城堡會派遣年紀較長的少男前來甜言蜜語哄拐騙誘，諸如贈送競賽的票券，帶他們遊覽公園與城堡建築；是以，當男孩將近十一歲大時，會渴望進入城堡生活。然而，我們這等窮鄉僻壤之民，在沙漠的邊陲處生根立命，始終保持殘酷的古老道統。除了五歲的證成儀式，小男孩會渾然無知地生活下去，未曾與城堡的男人進行任何接觸，然後，就是十一歲舉行的「斷絕式」，從那天之後，絕對割除過往的所有聯繫，他所認識的人們將他帶往城堡，送他入一群陌生男人群集居住之處，從此，他的一生註定閉鎖囚禁。到了現今年代，我們沙漠民族的女性與男性依然執迷不悟，堅信此等從一而終的生命腰斬將會培養出良好的男人。

費芙烏胥吉生育過一個兒子，也有個男孫，連任了五、六屆的市長。即使她並不富裕，人們還是非常敬重她。她聽說伊闍堅決不肯進入該死的城堡，便在翌日來到我們的母屋，要求與伊闍單獨談話。事後，伊闍對我轉述這回對談的內容。

她並未粉飾太平或甜言蜜語，只是簡潔地告訴伊闍，他生來就是要服務本星球的人民。他的生命只建構於唯一的神聖責任：年紀成熟時，擔任種男，生育小孩。他始終不二的人生義務，就是成為一個強壯勇猛的男人，要比其餘男人更強壯勇猛，於是，女性就會選擇他擔任自己孩子的種公。她告知伊闍，他必須活在城堡的牆垣之內，因為男性無法生存於女性所主宰的世界。聽得此言，伊闍詢問市長，「何以如此？」

「你真的問啦？」我驚嘆於伊闍的勇氣，因為費芙烏胥吉是一位形容威嚴、令人望之生畏的老人。「是啊，可是她並未真正回答我。她花了許久時間，先是凝視我，視線轉開好半晌，然後再度注視我，終於說：若不如此，我們會毀了這些男人。」

「這真是鬼扯，」我說：「男人是寶貴的東西啊！她為何這麼說呢？」

伊闍自然不可能知道箇中緣由，但是他專注沉思於費芙烏胥吉的這句話。我相信，這是在整場談話之中，最讓他動容震撼的一句話。

經過全村的討論，村長老群、我母親及她的妻侶們決議如下：伊闍可以繼續練習鬥牛舞技，這有助於他在城堡生涯取得榮耀；但是他不能再從事畜牧培訓。他不能跟隨我練習牧牛，不可以與村裡的孩子們一起工作遊戲。「在此之前，你與波兒形影不離；」她們說：「然而，她應該與女生們一起行動，你該自行演練技藝，學習當個守規矩的男子。」

她們對伊闍的態度很是慈善，對我們卻非常嚴格，要是大人目睹我們有誰與伊闍互動，她們會訓誡我們，別理會那個男孩，專心做自己的工作。要是我們不遵守大人們的告誡——伊闍與我約定好暗號，偷溜到鹽泉處練習牧牛；有時我們會結伴到祕密遊戲基地，在溪旁的小峽谷談心共處——當我們的淘氣行為遭到揭發，大人以冷淡的沉默對待伊闍，試圖激發他的羞恥心，但我會被處罰。首次的犯行，她們把我關在舊磨坊的纖維處理房（這是村落權充囚室的處所）；第二回的處置，關我整整兩天兩夜。當她們第三回逮到我與伊闍相處，這下可好，我被關了整整十天十夜。一位名叫費思克的年輕女子每日為我送飯食，確認我飲用足夠的水，並且沒有生病；除此之外，她不與我說上半句話。這就是我們這個村子懲罰有罪者的方式。薄暮時分，我傾聽孩童在街道來回行走的聲音。夜色落下，我終於可以沉睡。一整天的工夫，整整十個日夜循環，我沒事可做，失去工作，只專注思索：她們看不起我，待我輕蔑，認為我背叛了長輩的信賴。這一點都不公平，為何只有我受到處罰，伊闍卻如沒事人一般？

當我終於被釋放出獄，我的感受變得不大一樣了。某個東西在我體內永久封印，就如同我的某部分永久封印於囚室。

當我們在母屋與大夥進食，家人費盡力氣，為的就是分隔我與伊闍；有好一陣子，我們甚至不再交談。我回到學校就讀，繼續我的日常工作。我並不知道伊闍如何打發他的漫漫長日，我停止思考這些事。距離他的十一歲生日，只有五十天的時間。

某一晚，我正要就寢，在陶土枕下發現一張紙條。「溪旁峽谷，今挽（晚）。」伊闍不怎麼會寫字，他所有的讀寫能力都是我私下偷偷教的零碎玩意。我又害怕又憤怒，但還是等到家人都已經熟睡，才悄悄爬起來，溜向風大朔野、星光滿布的夜色，前往溪畔的小峽谷。已經是乾旱季末期，溪流幾乎乾槁枯盡。伊闍就在溪旁的蒼白土堆上，抱膝瑟縮，一團小小的黑影。

我開口的第一句話，就是嚴厲苛責。「你是要害我再吃一回牢飯嗎？她們說，下一次的刑期是整整三十天！」

「她們可是要把我關上一輩子喔，五十年有吧。」伊闍說，並未望向我。

「我能怎麼辦呢？這就是世間的常規啊！你是個男人，你有男人的本分要守。畢竟她們又不會一輩子關著你，你會巡迴各地參加競技賽，到許多城鎮提供服務。你才不知道被關起來的滋味是什麼呢！」

「我想要逃到沙拉達城。」伊闍講話的速度飛快，眼神閃亮地凝視著我。「我們可以驅使家裡的牛群，騎乘牠們一路前往雷丹。我把零用錢都存起來了喔，現在共有二十三枚銅幣呢！我們可以在雷丹搭乘巴士，一路前往沙拉達。抵達雷丹之後，咱們就先釋放牛群，讓牠們自行返回村落。」

「你區區一個小男孩，在沙拉達城能成什麼事？」我態度輕蔑，但心裡很是好奇。在我們這個偏僻村落，從沒有人造訪過首都。

「衣褲盟人的使者就在沙拉達。」

「是伊庫盟！」我糾正伊闍。「那又怎麼著？」

「他們可以帶我遠走高飛。」伊闍說。

他這麼陳述時，我心底的感受甚為奇異。我還是表現輕蔑與憤怒，但某種哀愁宛如黑水，從我的內在浮現。

「他們為何要帶你走？跟一個小男孩談話，有什麼好處？你要怎麼找到那些異星人？橫豎二十三枚銅幣是不夠用的，沙拉達距離我們村子可是天高皇帝遠。這念頭真蠢，你辦不到的啦。」

「我本以為你會願意帶我出走。」伊闍說，聲調更為柔和，但他竭力抑制顫抖。

「我才不幹這等蠢事呢！」我暴怒地說。

「好吧。」伊闍說：「但你不會去密告吧？」

「我不會這麼做！」我怒氣昂然。「但是，你不能這樣搞，伊闍，你不能這樣夾著尾巴竄逃，這是，這——這有失貞節道統。」

這一回，他的聲音劇烈發抖。「我才不在乎呢！」他說：「去他的貞節道統！我想要自由！」我們都猛然飆淚。我與伊闍依偎並坐，如同童年的親暱時光。我們哭泣半晌，沒有太久。我們都不習慣哭泣。

「你不能這樣做。」我低聲說：「這是行不通的，伊闍。」

他點點頭，接納我睿智的箴言。

「在城堡的生活，也沒那麼糟嘛。」我這麼說。

過了一陣子，他輕輕脫離我的懷抱。

「我們還是會見面啊。」我說。

他只是問：「何時？」

「競賽時節，我可以去觀看你參賽。我敢打賭，你一定是個冠軍騎士與最高竿的舞牛選手，你會贏得所有的獎項，成為大賽總冠軍。」

他盡人事地點點頭。他知道我也知道，我背叛了我們之間的愛意，以及與生俱來的公理正義感。他深刻明白，自己失去了僅存的希望。

那是最後一回，我們獨處長談。在此之後，我與他之間不再有機會進行任何一度真正的交談。

約莫十天之後，伊闍離家出走。他當真驅趕牛群，一路直奔雷丹。不過，大人們輕而易舉地追上他，午夜之前就把他帶回村子。我不知道，他是否懷疑我畢竟出賣了他？我只顧著自慚形穢，痛恨自己沒有擔當，無法帶他逃亡，我根本無法正視伊闍。我自動閃避他，大人無須設法分隔我們。從此而後，伊闍再也不設法與我交談。

當時我正值青春期。伊闍的進城生日儀式前夜，我的初血降臨。像我們這麼保守的村子，正值月週期的女性不能夠靠近城堡大門。如此，伊闍的斷絕式當天，我站在遙遠的後方，連同一些少女與大人，看不清楚儀式的細節。當她們唱起歌謠，我沉默俯視土壤與裹在新涼鞋的腳丫子，我感到子宮的拉扯與疼痛，血液神祕的流動，為了失去伊闍而哀悼。即使是幼小的彼時，我深切知曉，這份哀悼之痛將伴我終生。

伊闍進入城堡，城門關閉。

他果然成為年輕的舞牛技冠軍選手，在他十八歲與十九歲的高峰期，蟬連兩年寶座。有好幾次，伊闍回到村子來進行服務，但我再未見過他一面。我的某個朋友去種男伎院與他相幹，雀躍地對我回報這場經驗，欣喜地訴說伊闍是多麼棒的一個種男，誤以為我聽到這些消息會感到歡喜，但我要她閉嘴，在一股不可遏抑的狂怒之下離去。我朋友與我都無法明白，我的怒意究竟是怎麼一回事。

二十歲時，伊闍被賣到東海岸的另一座城堡。在我女兒出生之後，我開始寫信給他；我連續寫了好幾封信，全都石沉大海，伊闍始終未曾回信。

我並不確定從這段往事我洩漏了故星與同胞的什麼片段。我甚至不確定，我是否希望你知曉這些苦澀的往事。但我確認，這是我必須訴說的故事。

以下本報告所引用的此篇小說，寫於瀚星紀元第九三循環紀，一五八六年。

作者是哀妲城一位暢銷作家，桑・古利狄潔。賽亟黎星的傳統古典文學形式為敘事詩與戲劇，古典史詩與劇作通常由數名作者合作書寫；無論是最始初的形式，或是後世改寫的文本，作者通常佚名。賽亟黎星的文學傳承並不重視「真實」本文的保存，她們視作品的書寫為綿延不絕的傳承。或許是基於伊庫盟的影響，自從十六世紀末期，個體作者開始書寫短篇散文，包括歷史文類與虛構小說。此文類逐步受到歡迎，尤其在某些大城市，不過它從未獲得史詩或戲劇作品的廣大閱讀群體。直接地說，每個人多少都知道史詩的劇情，透過書本或光電劇場，人們知曉不少著名經典的引用片段；幾乎每個成年女子都見識或參與過某幾齣知名戲劇的公演。這些古老的文學作品是一股源頭，凝聚了賽亟黎星的單一性文化傳統。剛好相反，靜默閱讀的散文作品是讓文化得以受檢視的器具，此類作品可讓閱讀的個體來檢視自身的道德操守。保守的賽亟黎人反對此類型文本，認為它的存在會危害到凝結力高強、集體培力的社會結構。小說文類不得進入文學院教導的經典殿堂，而且經常被大眾輕視地奚落——小說是男人才看的玩意。

桑・古利狄潔總共出版了三本故事集。她平鋪直敘、唐突痛快的敘事，堪稱賽亟黎短篇小說的典型風格。

沉淪失格之愛

作者：桑・古利狄潔

亞茲珂成長於河岸下游的母屋社群，毗鄰鐵絲提麗磨坊區。她是個聰明的孩子，家人與鄰居都以她為傲，群力培養供給她上學院就讀。學成畢業之後，她回返家鄉，在一間磨坊公司擔任經理。亞茲珂工作表現優異，與員工相處良好，她的生命正值黃金歲月。對於未來數年的生涯，她已然擬定清晰的計畫：尋找數名夥伴與愛侶，建構自己的事業與女兒屋。

她是一位美麗的年輕女子，正值情慾旺盛的年華，漁色興致高亢，尤好與種男交歡。雖然她野心勃勃，計畫籌備自己的新興事業，但她也不吝花錢於色情享受，經常光顧種男伎院，偶而甚至會婊兩個種男。她最喜歡觀賞種男之間的慾火較勁，彼此相濡亢奮，達致單獨服務時所不及的暴烈火熱；要是有一方萎軟，另一方便毫不容情地羞辱他。亞茲珂認為一根軟兮兮的陰莖異常噁心，要是某個種男無法在一夜燕好之際服務她三到四回，她會不客氣地把這個爛貨退回去。

她的城鎮購入一位曾於東南岸取得城堡舞蹈競技冠軍的新秀種男，很快就送他到當地的種男伎院，點紅燭迎客。在此之前，亞茲珂觀看過光電螢幕轉播的舞蹈決賽，早已見識到這個年輕舞者的流利曼妙舞姿，以及他的美色，她迫不及待地希冀對方的肉體侍奉。他的價碼是一般男伎的兩倍高，但亞茲珂砸重金不眨眼。這個年輕的舞者種男長相英俊、談吐友善，服務態度熱切又柔和，技巧高超且溫馴順從。就在第一夜的交合，雙方有五度的高潮時光，當她滿意地離去時，她付給對方豐厚的小費。就在同一星期，亞茲珂又登門指名陶德拉。他的侍奉取悅道行細緻美妙，亞茲珂儼然陷溺其中，無法自拔。

「我真希望能夠單獨擁有你！」某個夜晚，肉身依然緊密交纏，慵懶且完滿，她這麼告訴陶德拉。

「此亦為我心所願，」陶德拉說。「我真希望自己成為你的僕人。除了你之外，前來此地的客人都無法喚醒我的肉慾，我只想要你。」

她猜想，對方究竟是在枕邊蜜語還是當真？下一回，亞茲珂來到種男伎院，她不經意地問起經理，陶德拉是否如同經營者的期盼，大受顧客歡迎？

「才不哩。」經理說：「別的客人都紛紛抱怨，他要花好久的時間才會熱起來，而且服務態度草率敷衍，做得心不甘情不願。」

「這真是奇怪呢。」亞茲珂說。

「才不奇怪。」經理反駁她：「因為這男孩愛上你啦！」

「某個種男會愛上光顧他的女人？」亞茲珂說著，開懷嘻笑。

「這是常見的愛情劇。」經理說。

「我以為，只有女子之間才可能愛上對方。」亞茲珂說。

「有時候女子也可能會愛上一個男人。這是反常的行止，敗壞倫常之舉。」經理說：「我可否給予點建言，亞茲珂？愛情只能夠滋生於兩名女子之間，發生於種男伎院的愛情劇是失格之愛，淪陷者的下場總是不得善終。我是想賺錢沒錯，但我想拜託你，偶而指名別的種男，不要固定於陶德拉一個。你明白嘛，倘若你總只是指名他，你等於在鼓勵他僭越自身的地位，妄想不可能的、終會傷害他的幻夢。」

「但是，你與他可是從我這邊撈了不少錢啊！」亞茲珂說，依然當這場對話是某種荒唐的玩笑。

「要是他沒有愛上你，他會取悅更多的顧客，賺取更多的錢。」對亞茲珂而言，相較於陶德拉給予的肉體歡快，這場爭論的重點顯得薄弱無力。

「要是我哪天厭倦他了，他儘管去服務任何想要他的客人。此時，任何時候我要幹他，我就是要指名他！」

是夜，就在交歡告一段落，亞茲珂問陶德拉：「經理告訴我，你竟然愛上我了。」

「我早就告訴過你啦。」陶德拉說：「在此之前，我已經告白過，我只想成為你的人，只想要被你擁有，只想單獨侍奉你。我願意為你而死，亞茲珂。」

「這想法太愚蠢了。」她說。

「難道你不喜歡我？我無能取悅你？」

「你比任何男人都更能夠取悅我，」她說，一邊親吻陶德拉。「你非常美麗，而且無比可人，我甜蜜的陶德拉。」

「你不會想要這兒的其他男人吧？」他問。

「才不會呢。較諸我美麗的舞者，他們都是醜陋的大公牛。」

「聽聽我的夢幻計畫吧！」突然間陶德拉從床上坐起來，語氣嚴肅。他是個二十二歲的年輕男子，身材苗條，肢體修長且肌理滑潤，長有一雙大眼睛，脣薄而敏感。

亞茲珂懶洋洋地躺臥，撫弄他的大腿，腦海的思緒淨是陶德拉的可人與可愛之處。

「聽我說，」陶德拉說：「我在舞蹈演劇的角色都是女性，當然，因為從十二歲以來我就專事小旦。人們總是驚嘆，不相信我是個男人，因為我可以出神入化地化身為女性。倘若我得以逃脫——逃離這裡，逃離城堡，奔向你居住的屋子，從此，我可以長期扮裝為女性，擔任你的傭人——」

「你在瞎說什麼?!」亞茲珂目瞪口呆。

「我可以住在你的屋子，」他激昂陳情，俯身向她。「與你長久廝守。我會一直乖乖守著你，你可以免費每夜享用我，只要負擔我少少的飲食費用即可。我樂意服侍你，不但在床上服務你，我還可以打掃屋子，做家事，做什麼都可以！亞茲珂，求求你，我心愛的，我的主人，我懇求你擁有我！」當他見到亞茲珂傻眼震驚的表情，他不斷急切地乞求。「要是你某日當真厭倦了我，你可以把我趕走——」

「然後怎樣？你以為到時你乖乖回城堡就沒事了？一個潛逃種男被抓回城堡，他們會把你鞭打致死，你這個傻子！」

「我是貴重物品，」他說。「他們會處罰我，但不會把我搞死。」

「你錯了。近年來你未曾表演過一場舞蹈，而且在此地的種男伎院，除了我之外，你根本不願意好好服務客人。你的商品價值已經滑落跌股，經理這麼告訴我。」

淚水浮現於陶德拉的眼眶。亞茲珂非常不願意傷害他，但她被那個狂野的白日夢計畫給嚇壞了。

「倘若你被人們揭穿真實身分，我親愛的，」她溫和地遊說。「我會被眾人恥笑，遭到無地自容的羞辱。這個計畫太過孩子氣了，陶德拉，拜託你別再設想這種光怪陸離的玩意。不過呢，我真的非常、非常喜愛你，我只想寵愛你，我不想要任何別的男人。你能夠相信我嗎，陶德拉？」

他點點頭，遏止自己的淚水。「此刻，我相信你。」

「不僅是此刻，而且是長遠的時光，我親愛的、甜蜜美麗的舞者！我們將長相廝守，我們會在一起許多許多年歲！你必須好好服侍那些顧客，不要讓城堡有藉口可以把你賣走，求求你！倘若我失去你，我會非常難受！」同時她以熱烈的情愛緊抱住陶德拉，立即活化他的慾望。亞茲珂全然敞開，迎接對方的愛意，須臾片刻之後，雙方由於潮水般澎湃的愛悅而激動哭喊。

縱使亞茲珂無法全然把陶德拉的愛意當真——畢竟，他提議的那種兒戲似的變性扮裝策略，不但愚蠢，也導因於慾望錯置的情愛。然而，亞茲珂不禁以柔情回應陶德拉，此等情緒高度增添了做愛時雙方的快悅。長達一年的時間，亞茲珂的每星期有兩、三個晚上光顧種男伎院，徹夜享用陶德拉，這是她金錢上能負擔的極限。經理希望能夠勸阻陶德拉的浪漫情愛，是以，縱使他並沒有多少客源，還是不願意降低他的過夜費讓亞茲珂能夠多指名陶德拉。亞茲珂在他身上花了不少白花花的銀子，但是除了付給伎院的錢，自從第一夜之後，陶德拉就再也不收她給的小費了。

接著，奇事發生。某個試用過伎院所有種男的顧客，由於都無法懷孕，於是終於試用了陶德拉。她立即懷孕，而且順利生下一名男嬰。另一名顧客也如法炮製，結果赫然一模一樣，產下一名健康的男嬰。於是，陶德拉成為多人指名的種男，城市各處的女性都前來使用陶德拉。這等情況顯示，他必須在顧客的排卵期服務對方，而無法與亞茲珂共度，即使她試圖行賄經理也沒有效。陶德拉厭惡自己的知名度，但是亞茲珂試圖慰藉他，殷切反覆地讓他安心，她以陶德拉為豪，他的性服務業不會損及兩人之間的愛情。事實上，她並未真正遺憾陶德拉的時間被別人占據，因為她已經結識新歡，開啟另一重新鮮的夜間生活。

她愛上的人是工作同事薩韃，在磨坊擔任機械維修技師。薩韃長得高眺俊美，亞茲珂首先注意到的，就是對方迷人的神采：薩韃奔放自在、強而有力的步伐，傲慢的站姿。她找了些有的沒的藉口，藉故與對方熟識。亞茲珂知道，薩韃同樣欣賞自己，但是結識了好一段時日，她們僅維持友情關係，並未進一步勾引對方上床。她們常常結伴出遊，不時光顧舞廳、在遊樂場嬉戲。亞茲珂赫然領悟，自己喜歡這等公開的約會模式，遠勝過禁閉在種男伎院的一間小臥室，只有陶德拉相伴。她與薩韃開始討論彼此合作，想合夥經營一家維修機械工具的店面。亞茲珂非常著迷於薩達，那具美麗的身軀總是深深烙印於她的思緒。終於，某日黃昏，就在她的單人公寓，亞茲珂終於向她的好友告白。她愛薩韃，但若薩韃對她並無對等的情慾，她無意窮追猛打，以愛情為名目來造成對方的負荷。

薩韃立即答覆她。

「當我第一眼注視你，我就想要你，但我不願意表達自己的慾念來煩擾你。我以為你偏好男人。」

「在此之前是這樣沒錯，可我非常想要與你相好。」亞茲珂這麼說。

起初，亞茲珂的做愛顯得怯懦，但是薩韃是箇中高手，床笫間的技藝精妙。她能夠延長亞茲珂的高潮，成就亞茲珂從未經驗過、做夢也難以想像的銷魂滋味。她盛讚薩韃：「是你讓我成為一個真正的女人。」

「那麼，讓我們結締為愛侶吧。」薩韃歡欣地回應她。

她們舉行結婚儀式，搬到城市西方，離開磨坊的工作職位，開始建構兩人的新事業。

在這段時間內，亞茲珂並未對陶德拉透露她的新戀情，只是逐漸減少彼此見面的頻率。對於自己的懦夫行徑，亞茲珂感到羞慚，但是她猛找理由，告訴自己，沒事，陶德拉可忙著呢，種男的服務業讓他應接不暇，他不會真的那麼思念她。畢竟，縱使陶德拉聲稱醉心於亞茲珂，他畢竟是個男人。對於男人而言，擔任種男、滿足相幹的慾念，就是生命最重要的任務。女人與男人不同，性與愛情只是女人多采多姿生命的一部分，而非全局。

亞茲珂與薩韃結為愛侶後，寄了一封分手信給陶德拉。她陳言：自己與陶德拉之間已經無法持續前情，兩造漸行漸遠。同時，她將要搬遷離鄉，無法再去看他了，不過她將永遠懷抱舊日的好感，不會忘記陶德拉。

她立即接到陶德拉的回信，哀求她前往種男伎院，哀求她來看自己，哀求她相見懇談。這封信充斥沸騰的熱情與不渝的誓約，拼字錯誤百出，幾乎不忍卒睹。這封信不但感動了亞茲珂，但也讓她感到無比羞愧困窘，她根本無能回信。

陶德拉持恆無間斷地寫信給她，企圖透過亞茲珂新開店面的光電網絡取得聯繫。薩韃告誡她千萬別回——光是講空話鼓勵對方、但又無法給予承諾與實踐，徒自是一種殘酷。

她們的新興事業發展良好。某日黃昏，她們工作返家，忙碌於片削蔬菜、準備晚餐，此時傳來敲門聲。「進來吧。」亞茲珂說，以為訪客是秋琦，她是亞茲珂與薩韃考慮要迎接為第三位婚姻伴侶的人。入室的卻是某個陌生人，某個美麗高䠷的女子，絲巾環繞臉龐。這個陌生人走近亞茲珂，以某種近乎絞首氣絕的聲調哀求她：「亞茲珂，亞茲珂啊，求求你，請讓我與你在一起。」絲巾掉落，長髮乍現，亞茲珂認出來者就是陶德拉。

亞茲珂非常震驚，而且有點害怕。然而，她認識陶德拉已經如此長久，而且很是喜愛對方。這份心情促使她張開雙手，歡迎對方。從他的面容神情，亞茲珂讀出了恐懼與絕望，她為陶德拉感到非常難過。

然而，薩韃猜出了訪客的身分，感到驚怒交加。她手執切菜刀，從門縫閃出去，前去通報駐城警察。

薩韃回家時，看到那個男人不住懇求亞茲珂讓他藏身於此、即使身為僕傭也好。「我願意做一切事務來侍奉你，」他說：「求求你，亞茲珂，我唯一所愛的人，拜託你，我無法與你分離！我無法侍奉那些女人，她們只想從我身上搾取生殖的服務。我無法再跳舞了，我朝思暮想著你，你是我唯一的曙光。我可以改裝易容為女性，別人不會發現的，我會把頭髮剪短。」他喋喋不休，幾乎是語帶要脅，但那份激情亦充滿惹人憐憫的悲情。薩韃冷冷傾聽這番乞求泣訴，心底覺得這是個瘋男人。亞茲珂以痛楚與羞慚之情傾聽且回應。「不，不成的，這是行不通的。」她一再回絕，但陶德拉就是不肯退去。

警察到來時，陶德拉認出前來逮捕他的人馬。他立即奔向後門，企圖逃脫。警察在臥室逮捕他，他以窮途末路的力氣抵抗，但她們粗暴地制服他。亞茲珂大喊，請警察不要傷害他，但她們無視她的懇求，猛力反扭他的手臂、重擊他的頭部，直到他終於放棄抵抗，警察把他拖出去。警長留下來，在屋內採集證據。亞茲珂企圖為陶德拉求情，但是薩韃毫不粉飾地說明事實，還加上她自己的評語：她認為陶德拉失去神智，而且相當危險。

經過數日，亞茲珂向警察局查詢陶德拉究竟得到什麼處分，她們告訴她，陶德拉已經被遣回城堡，警察局提出申誡警告，命他在一年之內不得回到鎮上的種男伎院服務，直到城堡的長老判定他可以為自己的行為負責，禁足令才會解除。亞茲珂感到很不安，難過於陶德拉可能遭受嚴厲的處罰。薩韃不以為然。「她們不會傷害他的啦，他很貴重呢。」陶德拉自己也這麼說過。亞茲珂很樂意這麼相信，骨子裡她感到如釋重負，終於不再受到陶德拉的情感騷擾。

首先，亞茲珂與薩韃邀請秋琦加入她們的事業，之後再邀她成為第三位婚姻伴侶。秋琦出身於碼頭一帶，性情強悍且幽默，既是一位勤奮的工人，也是很棒的情人。她們的三人愛侶生涯非常愉悅，事業發展蓬勃。

如此，歲月匆匆，兩年荏苒流逝。亞茲珂回到故居，經營維修工程，接頭的對方是兩名來自磨坊的工人，她們是她第一份工作的同事。她問起陶德拉，她們告訴她，陶德拉不時會回到種男伎院服務，也取得本年度冠軍種男的頭銜。如今他的價位更高，被指名的熱烈度大增。他讓許多女子懷孕，許多次懷孕亦順利生出男嬰。不過呢，她們告訴亞茲珂，陶德拉的功能並非給予性愛歡愉，傳聞他名聲不佳，床第之間的行為粗魯、甚至暴戾。唯獨想要生小孩時，顧客才會指名陶德拉。亞茲珂回想起她們在一起的時光，彼時的陶德拉溫柔細緻，她難以想像行止粗暴的陶德拉是何等模樣。種男城堡施加的殘忍處罰，必然讓他性情轉變，她這麼想。然而，亞茲珂就是不願想像，難以承認陶德拉已經完全變成另一個人。

另一個年頭也高高興興地過完了，亞茲珂與秋琦開始認真討論生養小孩的議題。薩韃對於生小孩沒興趣，但她樂意一起養育小孩。於是，大事談妥。在當地的種男伎院，每當秋琦偶而在愛侶之外的肉體身上找找樂子，她都是固定光顧自己最偏愛的那名種男。如今，她開始在自己的排卵期前往尋歡，這位種男是個不錯的育種公，很快地，秋琦就開花結實。

自從與薩韃結婚以來，亞茲珂甚少光顧種男伎院；她熱切遵奉婚姻愛侶之間的忠誠守約，只與薩韃與秋琦做愛。當她開始考慮想有個小孩，她赫然發現，自己往昔對男人的情慾喜好已經枯竭耗盡，想到與雄性之間進行性關係，甚至讓她感到嫌惡。她不怎麼喜歡從精子銀行取得針劑來注射成孕，但要讓某個陌生的男人潛入她的體內，更讓她反感無比。躊躇思量之餘，她想起陶德拉，這是她先前真心喜愛、雙方共享性愛愉悅的男人。如今，陶德拉已然是一個冠軍種男，首席種公的名號響徹全城，除了陶德拉，她不可能再找到另一個讓她享受異性情慾的搭檔。況且，他曾經如許深愛她，願意置自身的職業、甚至性命於不顧，只為了與她廝守。當然，不負責任的激情年代已然不再；已經好長一段時間，陶德拉未曾與她連絡，倘若他的神智或可信度確實有問題，城堡的長老或伎院經理自有裁決，決計不可能讓他接客。亞茲珂這麼設想，經過如此漫長的分隔，至少她能再度慰藉陶德拉，給予他等候許久的歡愉。

她知會當地的種男伎院，告知對方自己的排卵週期，並且指明要陶德拉的服務。可惜，陶德拉先前已經被預定了，他們提議，何不提供另一名同樣優良的種男？但她寧願排隊等候，預約了下個月的排卵週期，進行交媾。

秋琦已然懷孕，而且興高采烈。「快點兒共襄盛舉，」她說：「我們可以來創一對雙胞胎！」

亞茲珂察覺到自己的嚮往，她期待再度見到陶德拉。之前最後一度的相見，後果必然在他身上烙下暴力與痛苦的痕跡。於是，她寫了以下的信札：

我親愛的，我盼望上一度的分離與苦惱，能夠在這一度的聚首得以消弭。我亦盼望你同樣愛我，我也愛你如昔。由你擔任我的種男，我非常喜悅，希望會是個男嬰。深切渴盼我們即將的聚首，我美好的舞者。你的亞茲珂。

在陶德拉回信之前，亞茲珂迎接了下一度的排卵週期。薩韃還是非常不信任陶德拉，好說歹說都想要讓亞茲珂打消主意。她陰鬱不快地說聲：「祝你好運啦。」秋琦將某個母親孕生護符掛在她頸間，接著亞茲珂就出門了。

種男伎院經理換了新人，是個面容桀驁的年輕女性。「要是有麻煩，趕快跑出房門。雖然他是個冠軍種男，但生性粗暴；要是他膽敢傷人，我們決不會饒過他。」

「他不可能會傷害我。」亞茲珂滿懷笑意，進入熟悉的臥室，進入她與陶德拉共赴多次性愛歡愉的床笫。正如往昔，他站在窗口等待，一如過往地等待她。陶德拉轉身，正是她記憶中的模樣：修長肢體，髮梢如絲，瀑布般流瀉於背部，一對大眼睛深深凝視她。

「陶德拉！」她呼喚對方，張開雙臂。

他抱住亞茲珂，呼喊她的名字。

「你收到我的信了嗎？你是否感到高興？」

「是啊。」他如此回答，面帶微笑。

「經過年少時期的不快事件，關於愛情的衝動愚行是否告一段落？我很遺憾你受到傷害，陶德拉，此事並非我所情願。我們是否能夠回返往昔，就讓你與我共度今宵？」

「是哪，一切都已經告終。」他這麼說：「我很高興能再度見到你。」他輕柔地將她拉入懷裡，同樣柔情地為她寬衣，愛撫她的姿勢如同往昔燕好之時。她記起彼此取悅的訣竅，一如他取悅自身般取悅陶德拉。她們赤裸互擁躺臥，她撫弄對方的陰莖，雖感興奮，但相隔許久之後卻不怎麼意欲插入式性愛。就在此時，他移動手臂，彷彿姿勢不甚舒適。她稍微離開陶德拉的懷抱，卻注意到他暗藏一把刀，先前必然是藏在床褥之間。他手執刀子，以背部掩藏武器。

她連子宮深處都發冷寒顫，但她繼續撫弄陶德拉的陰莖與睪丸，不敢大聲疾呼，也不能硬把自己拉扯開，因為陶德拉的另一隻手緊擁住她。

驟然間，他往前攻向她，陰莖硬生生闖入她；那攻擊是如此劇痛，剎那間她以為刺進來的東西是那把刀子。陶德拉立即爆發高潮，當他的身子高昂弓起，她立即從對方的身體掙脫，撞撞跌跌奔向門口，跑出房門外呼救。

陶德拉在身後追逐，以刀子攻擊她，在經理、顧客與種男們得以拉開他之前，刀子刺傷她的肩膀。那些種男簡直暴動狂怒，把他打得不成形，連經理抗議他被打得太嚴重都勸阻不得。陶德拉全身赤裸，沾滿血汙，昏迷不醒，五花大綁地被遣送回種男城堡。

伎院的大家都簇擁環繞亞茲珂，她的肩傷還算輕淺，已經料理包紮妥當。她處於巨大的震驚與困惑，只能問：「他們會怎麼對待他？」

「你以為他們會怎麼對待一個身懷謀殺企圖的種男強暴犯？」經理嗤之以鼻。「當然是閹刑。」

「但，這其實是我的不對。」亞茲珂說。

經理瞪大眼注視她。「你嚇傻啦？快回家去。」

她機械般地回到接客臥室，將衣服穿上。她注視自己與陶德拉雙雙躺臥的床鋪，她凝視陶德拉站立的窗臺。她追憶過往，記得自己初會陶德拉，他在競技場取得冠軍、翩然起舞的身影。「我犯下不得了的人生過失。」然而，亞茲珂不知道該怎麼彌補這一切的錯謬。

賽亟黎星的文化社會機構的確有所變遷，她們經歷的震盪未如同機動使墨利梅悲觀預測，並未掀起龐大的災難禍端。變革之路遙遠漫長，走向曖昧不明。瀚星紀元第九三循環紀，一六〇二年，泰哈拉學院首開風氣，允許男性就讀，邀請周遭的種男城堡遞送入學申請表。此創舉讓三名男子得以進入學院就讀；接下來數十年，大多數學院陸續解禁，許可男性就讀。然而，一旦畢業，男學生只能歸返城堡，要不就搭乘星艦離開故星。本地男子的歸宿只有兩條：短暫居留於學院，或一輩子由種男城堡支配。直到瀚星紀元第九三循環紀，一六六二年度，城門開放法令通過之後，方才興起巨大變革。

即便城門開放法實施，種男城堡依然是女性禁地；大舉解放出城的男性數目遠低於預先的設想，以及反對黨派先前的疑慮。在某些地區，培訓男性成為農民與建築工人的就業輔導計畫，算是不錯的成果：男性編列為彼此競爭的隊伍，由女性經營領導，並且與女性區隔開來。晚近這些年，不少賽亟黎星人來到瀚星學府深造，令人驚訝的是男性數目超過女性，即使她們的性別權力的巨大落差依然可觀。

以下的自傳素描，就是其中一名來到瀚星深造的賽亟黎男性所撰。這是特別值得留意的資料，因為作者直接涉入了城門解禁法令的那場動亂事故。

機動使艾韃．戴茲的自傳素描

我出生於瀚星紀元第九三循環紀第一六四一年，賽亟黎星的拉克韃鎮。拉克韃鎮的氣質溫吞安逸，物產豐饒，民風保守。我出生於傳統的性別社會結構，是三代同堂、母屋視為共有寵物來疼愛的小男孩。若不計廚房成員，母屋人口總數是十七名：我的曾尊阿祖，兩位祖母，四位母親（我生母與她三位妻侶），九個姊姊，以及我。我們家算是中上階級，每個人都曾是或現任城鎮陶藝店的經理，或為技巧優異的鍛燒師——陶藝業是拉克韃鎮最主要的外銷貿易事業。我們的假日過得熱鬧精神，將整棟大房子以西拉利旗幟粧點彩繪，以華麗的扮裝慶賀豐收節，每隔數星期就舉行某個家人的生日宴會，眾人紛紛遞送交換禮物。正如前述，我家人頗為寵愛我，但不至於過度溺愛；我的生日儀式並不會比姊姊們過得更豪華隆重，我得到家人允許，可以與姊姊們奔馳玩樂，彷彿我也是個女孩子。然而，我總是隱約感應到母親們的視線：她們以某種差異性的眼神投注在我身上，時而陰鬱思索。當我年事稍長，這樣的眼神顯得淒涼悲楚。

在我的證成儀式之後，我的生母或她的生母，每年春天都攜我造訪拉克韃城堡。城門開啟，我只能滿懷恐懼地隻身入內，裡頭是往上盤旋的階梯。我見到與自己同年的小男孩，他們也爬上階梯，坐在壯麗公園的頂端，置身敞篷之內，乖乖坐在墊子上頭。我們在城牆之內的大競賽場觀看示範舞蹈，像是公牛舞、摔角競技，以及種種運動項目。我們的母親在外頭等候，就在白晃晃的光天化日公共空間。城堡內的男人與少男與我們坐在一起，為我們解說遊戲規則，指出舞姿的精確美感點與摔角手的致勝點，以對等的態度招呼我們，讓我們覺得自己是重要的客人。我很喜歡這些儀式，但每當我離開城牆、回返家園，這一切宛如一場惺惺作態的戲曲，某種角色扮演活動。接著，我照常過我的日常人間世，在母屋工作與遊戲，這才是真實的生命。

年滿十歲時，我來到鎮上的男孩學社就讀。早於四、五十年前，男孩學社的成立是為了讓年幼男性能夠有個底子，對將到來的城堡生活有基本的準備與認識，但這些年來，本地的城堡生態變得日益保守，統治愈發高壓，拒絕繼續進行這項教育計畫。統治種男城堡的法索大人嚴禁他旗下的男人外出，只允許他們直接前往種男伎院，車門嚴密封閉，在天光乍亮時就得回返城牆內。於是，沒有任何男人可以外出來到城鎮的學社教導我們。取而代之的是毫無概念的女性老師。她們試圖讓我們建立心理準備，當我進入城堡之後，生活模式將會是何等樣態，可惜的是她們對城堡的真正認識並不比我多上絲毫。老師們立意良善，但她們的說法徒自讓我困惑且害怕。話說回來，恐懼與迷惑倒是入城堡者該攜帶的恰當防身措施。

我無能描述斷絕式的詳情，我真的沒辦法。在我們取得初步的性別解放之前，賽亟黎星的男子具備某種優勢：我們知曉真實死亡的況味。早在肉身之死前，他們就已在象徵意義的層次死去。斷絕式就是一道入黃泉的不歸路：入城門的男孩回顧生命的涓滴點點，環顧家園，凝視自己所愛者的面容。

城門嚴密關閉的那一瞬，你與你的生命就此分道揚鑣。

在我進入種男城堡的那段時間，城堡內部分裂為兩大派系：前者是尋求性別自由解放的祕密學府派，受前任長老伊思禾的鼓勵。後者是所謂的捍衛傳統派，由一群年少力壯的傳統男人所組成。在我入堡時，兩方的對立與分裂之勢非常激烈。現任長老法索的統治手段異常嚴酷，毫無理智可言。他統治的手法不外乎貪汙腐敗、殘暴荼毒，以及獄吏酷刑。城堡內的每個人都無法倖免，要不是祕密學院的抵抗勢力，每個人都早就遭到汙染。學府由兩名年長男子領導，他們是拉嘉茲與緯赫卓特，既是前任長老伊思禾的愛徒，彼此也是戀人。這兩個男人是公開的愛侶，他們的追隨者泰半是男同志，不然就是性向互異的男子與男孩。

我處於卑微幼年宿舍的前幾晚及其後數個月，情緒激烈變化：負面的層次是驚恐、憎恨、羞恥。某些年長的男孩傾向凌辱虐待新來生，說好聽是要讓他趕快長大成男；另一個美好的層面，我感受到慰藉、感激，以及愛意。某些接受祕密學院教導的年長男孩，提供我友誼與保護。他們在遊戲與競賽時助我一臂之力，在夜間也把我弄到他們自己的床鋪上：並非為了一夜之歡，而是讓我躲開那些惡霸的性凌辱。法索大人厭惡成年男人之間的同性愛，要不是鎮議會不允許，他會不惜以死刑來懲罰性異端。縱使他不敢處罰拉嘉茲與緯赫卓特，他以極盡畸零歹毒的肢體酷刑，凌虐那些兩情相悅的年長男孩，諸如將耳朵片片削掉，或將火燙的烙鐵指環強行套入手指。然而，法索鼓勵年長者強暴十一歲或十二歲的小孩子，只為了所謂的男性鍛鍊。我們之中無人可逃生。我們這些年幼孩子最害怕的牛鬼蛇神，莫過於四個十七、八歲的少男，他們自稱為「長老侍衛」。每隔數晚，這些狂犬隊劫掠幼年生宿舍，找出一個小東西來演練集體強暴。祕密學院派的年長生竭盡所能保護我們，假意命令我們去暖床。在他們的床上，我們假意哭嚎與抗議，他們佯裝凌辱嘲笑我們。稍晚之後，在深邃的夜幕之下，他們以糖果來安慰我們。當我們更長大些，要是兩情相悅，這些年長生會以細膩的柔情愛撫我們，彼此的情慾交換顯得祕密且細緻。

在種男城堡之內，你不可能擁有任何隱私權。某些要求我描述內部生活的女性，誤以為可從自身的經驗來理解並同感。「不就是這樣嘛？在母屋的環境，大家分享一切哪。」她們會說：「每個人都任意穿梭在每個房間內外，除非你擁有單身公寓，否則根本沒有獨處的機會。」我無法說清楚講明白，結構鬆散、質地溫暖的母屋，怎可能類似那個僵硬嚴苛的城堡幼年生宿舍？四十張床一字排開，刻意打亮的嚴酷燈光。置身於拉克韃城堡，你沒有任何私人的自我，你只擁有隱密與靜默。我們必須強忍，吞下自己的淚水。

我終於熬過來了。對於我可以活到成年，我感到有些自豪，同時我感激那些不遺餘力幫助我活出一條生路的男孩與男人。我並未自殺，但某些男孩終究尋求解脫；我並未殘殺自己的心與靈魂，但某些人必須如此，換取肉身的生存。多虧這些祕密抵抗者、這些祕密學院的教師，他們充滿母愛的照料，讓我終能長大成人。

何以我稱這些年長男性的關愛為「母愛」，而非「父愛」？在我的世界，並沒有「父親」這種名詞與社會位置。我們只有種男（種公），沒有男人能夠擔任父親的角色。我把拉嘉茲與緈赫卓特當成自己的養母，迄今亦如是。

年歲流逝，法索愈發昏聵，他對城堡的統治儼然是苛刻至極的死亡統治。長老侍衛耀武揚威，恃強凌弱。他們該感到幸運，好歹我們的大競賽隊伍是常勝軍，法索為此榮耀感到驕傲，我們的城鎮擁有第一級的競賽部隊。除此之外，我們也培養出兩名冠軍種男，他們在城裡伎院的客源絡繹不絕。然而，正由於如此，祕密學院的抵抗軍試圖讓鎮議會理解到內部的壓迫，全被輕易推諉為典型的男性撒賴，或是異星文化的敗德影響。從局外者的視線觀之，拉克韃城堡沒啥大問題。

「哎喲，我們可是冠軍競賽隊伍呢！哎呀，我們擁有冠軍種男呢！」於是，女性感到安心，不再深究表象之內的隱情。

何以她們竟然拋棄我們？這該是每一名賽亟黎男孩暗夜哭泣的心聲。為何我母親把我丟到這個人間地獄？難道她不知道，這是個怎樣的畜生道？為何她竟然不知道內情？難道，她不想知道真相？

「當然，怎會有人想知道這種非人道的內情？」當我義憤填膺，激動昂然地來到拉嘉茲的房間，他這樣告訴我。城鎮議會否決了我們提出公聽會的申請訴求。「她們怎可能想要知道我們真正的慘況？你知道的，她們從不進入城堡。美其名為女性禁地，粉飾的說法是我們的長老捍衛男性隱私，得了吧！要是她們當真想進入城堡，哪個長老擋得住啊！我親愛的孩子，我們與女性共謀，宰制與被宰制的雙方維繫此等基礎性的無知與巨大謊言，為的是讓我們星球的文明得以持續下去。」

「所以，我們的母親捨棄了我們。」我說。

「捨棄？哪兒的話。你以為是誰餵養我們、提供衣食住宿，付錢給我們？我們全然依賴我們的母親。倘若我們可以真正成為獨立自主的男性，或許，將來我們可能營造出一個建構於真實地基的社會。」

到此為止，取得自身與男性的獨立，這是拉嘉茲的視野疆界。然而，我總覺得他的心靈推想得更為深遠，通往他無法以肉眼凝視的美景，朦朧、難以強行突變的性別平等之夢。

為了讓城鎮議會得知真相，我們的努力還沒通達到外界，已經在城堡內興起劇烈效應。法索大人認定他的威權遭到要脅，就在數日內的光景，法索的長老侍衛與那些瘋狗男抓住拉嘉茲，指控的名目是累犯的同性戀罪行，以及煽動叛亂。他們偵訊審判，由法索大人宣布判決。每個城堡內的男人都收到強制命令，到競技場去觀看處罰罪犯的執行場面。天可憐見，拉嘉茲已經是個五十幾歲的中年男人，心臟向來虛弱——在他二十幾歲時，為了擔任冠軍隊伍的勝利選手，過度鍛鍊自己的身體。拉嘉茲全身赤裸，被綁在柵欄上，他們以那根名為「長老刑鞭」的惡毒東西糟蹋他——那是一根粗長的皮水管，中空部位灌入鉛塊。長老侍衛貝哈德擔任劊子手，惡狠狠地持續擊打拉嘉茲的頭部、腎臟、性器官。行刑結束約一、兩個小時，拉嘉茲死於醫務室。

拉克韃城堡的叛亂案，肇生於鮮血淋身的是夜。失去了心愛的拉嘉茲，而且年邁蒼老，緙赫卓特傷痛而身毀心慟，無法繼續約束或領導我們。原先，他真正洞視的革命精神將是長遠、非血腥暴力的抵抗運動，就讓那些侍奉長老的瘋狗男自取滅亡。原先，直到拉嘉茲慘死之前，我們都信奉和平革命精神，現在我們無法遵奉它了。我們捨棄真實，攫取武器。「你們怎麼玩這場遊戲，就會導致何等後果。」緙赫卓特企圖點醒我們，但我們已經聽膩了這些賢者的忠告。我們拒絕玩這場耐心遊戲下去，我們要贏得革命，此時，現在，這一刻。

而且，我們真的打贏了。我們取得了血的勝利。早在警察終於聞訊抵達之前，無論是法索大人、長老侍衛，還是他們麾下的瘋狗群，這些劊子手全遭徹底殲滅屠殺。

我記得，這些驍勇的女性飛奔入城門。她們雙眼圓睜，瞪視從未見識過的城堡屋舍，同時目瞪口呆，注視那些首身分離、慘烈肢解、下體遭切割戳刺的血淋淋屍體。迎著警察的注視，最顯著的光景是長老侍衛貝哈德，他被釘在天花板，他自己的刑具（長老刑鞭）硬生生塞入他的喉嚨。警察驚駭地瞪著我們，我們這些叛徒、這些勝利的革命使徒，我們血腥的雙手，以及我們不馴的眼神。她們轉向緯赫卓特，我們視為精神領袖的老者，我們的代言人。

然而，他靜靜佇立不語，吞下自己的淚水。

警察們怕了，她們彼此靠攏，靠向自己的佩槍，警戒環顧周遭。她們嚇壞了，以為我們是一群失去神智的瘋男人。警察們的困惑與驚悚終於引導我們當中一員開口說話。塔斯克這個年輕男人，他是那些喪心病狂屠夫的犧牲品之一，他殘廢的手正是他們的酷刑所造就：燒紅的鐵環，套入他的手掌。「他們以私刑殺死了拉嘉茲！」他說：「那些長老侍衛都是瘋子，你們自己看！」他伸出自己殘廢的手，迎向警察的視線。

帶領的警長沉默半晌，終於說話。「在我們調查清楚之前，你們不得擅自離開這裡。」她匆忙帶領下屬警員離去，離開城堡與公園，將大門深鎖，徒留我們與我們慘澹的勝利。

拉克韃城堡叛亂事故的聽證會與判決，傳遍了全星球；在此之後，人們孜孜研究、討論這場猙獰的事故。我在這場血腥叛變的戲劇中也扮演了謀殺者的角色：我殺死了長老侍衛塔提迪。我們三個少男在健身房圍堵他，以練習用的棍棒毆打他致死。

的確，緋赫卓特還是說對了：我們受訓的廝殺遊戲，為這場造反動亂取得贏面。

叛亂的我們並未遭受處罰。來自數座外域城堡的男人們組成執政團，接管了拉克韃城堡。他們知曉法索的惡毒行止，明白我們叛亂的緣由，但是，即使他們當中心智最開明的男人，都無法不對我們這些棄徒的作為表達至極的輕蔑。他們不當我們是同性別的男性人類，而是無理性、不負責任的低等動物，難以馴養的家畜。就算我們試圖交談，他們拒絕對話。

我真的不知道，我們這些人能夠忍耐冷漠的羞辱統治到幾時才崩潰。不過，轉機出現了，就在拉克韃城堡叛亂事故的兩個月之後——世界評議會通過了城門開放法令。我們彼此致賀，鼓舞對方，這就是我們爭取得來的勝利，這是我們贏得的性別解放。其實，說到底，我們並不相信這勝利是我們造就的。我們爭相說服彼此，我們是自由的個體。在漫長的賽亟黎星歷史，史無前例的首度，任何想要離開城堡的男人，只要跨步即可脫離奴役宰制。我們自由了！

然而，自由男人的命運要如何書寫下去？沒有誰太過關心這個議題。

出生於拉克韃城鎮之外的幾個自由男子，來到社區經營的種男伎院，希望在那裡可以藉著出賣肉體來求取溫飽。除此之外，他們無處可去，無論旅館或客棧都不接納男人為顧客。在此地成長的我們，倉皇逃回我們的母屋。

從黃泉國度歸來的滋味如何？相當辛酸，無論對死而復生者還是對他的家人而言皆是。他原先擁有的一席之地，早已遭時光掏洗更替，往昔無法重現，琳琅滿目的變化、習俗，作為與需求，在在填滿了這個活生生的世界。他早就被取代了！從魍魎國府歸來的我，實質上就是一名鬼魂：在這個活人的世界，鬼魂並無任何駐足的居所。

剛開始一陣子，無論是我或我的家人都天真歡欣，並未發現這等殘忍的事實。我這個二十一歲的成年男人，宛若十年前離家的十一歲小男生，滿懷信賴地跑回家。母親與家人張開雙臂，迎接受苦的孩子，但是，那孩子已經不存在於現世。我究竟是什麼？

好漫長的一段時光，我們這些從城堡逃竄而出的叛徒藏身於各自隸屬的母屋，從外城鎮來的男人紛紛回鄉，通常是哀求旅遊團載他們一程順風車。拉克韃本鎮男子，包括我在內總共七、八人，但我們鮮少見到對方的形影。在光天化日下的街頭，沒有男人駐足的餘地；千百年以來，要是有落單的男人踟躕於街頭，立即就會遭到逮捕。要是我們遊蕩在外，女人們會逃離我們、檢舉我們，或是威脅我們——回到你們各自所屬的城堡！回到圈養你們的種男伎院！滾出我們的城市！她們奚落我們，稱呼我們為嗡嗡亂飛的小公蜂，哎，說的倒也沒錯。實際上，我們一無是處，沒有工作，無法為社區效勞。就連種男伎院也拒絕接納我們，因為我們缺乏城堡的背書，天曉得我們是否夠乖巧，是否身體健康！

這就是我們取得的性別解放自由：我們全都是鬼魂，毫無用處的鬼魂，驚嚇她人，甚至讓自身驚悚，我們是藏身於生命暗角的幢幢陰影。我們眼睜睜目睹周遭的生命洪流奔騰——工作，愛情，生小孩，養育小孩，獲取與耗費，構築與形塑，掌管與冒險——整個廣闊無邊的世界，皆屬於女性，這樣一個光亮飽滿的真實世界，只屬於女性。至於我們，毫無空間可收容我們這些幽魂。自從出生以來，我們所學所有，僅止於肉身競賽，以及摧毀同性別的彼此。

我知道，我親愛的母親與姊姊們簡直絞盡腦汁，為的就是要在她們活潑盎然、充滿生產力的屋舍，為我覓得一席之地。在我出生之前，兩名長老廚師就司掌飲食工程，是以，我在城堡內唯一學得的務實技藝，煮菜，在老家派不上什麼用場。她們為我找些許家務工作，但這些都是多餘的工作，不做也無妨，她們知道，我也心知肚明。我非常非常樂意照顧寶寶們，但是，某個年長的姨媽非常捍衛她的特權，而且，我姊姊們的妻侶對於男人碰觸她們的寶寶，感到很不自在。我姊姊帕朵為我爭取某個在陶藝店當學徒的機會，我熱烈撲往這個出口，然而，陶藝店的經理們經過長時間討論，終究還是無法接納一個男人成為店裡的員工。男性激素會讓這個人不夠可靠，而且，其餘員工會感到不舒服，等等云云理由。全視新聞充斥此等討論與議題，甚囂塵上的演說不遺餘力，抨擊主事者未曾洞見城門開放法的負面後果，她們孜孜討論男人的社會地位、男性有限的能力與限制，性別即命運。反對城門開放新法的保守勢力非常強烈，只要我一打開全視螢幕，總會有一位女性上節目，嚴峻地談論男性生物本質性的暴力與不負責任，他的生物本質不宜參與社會大眾與政治事務的抉擇。在這些節目當中，除了女性演說者，說出類似話語的偶而竟是一位男性。反對新政策的聲浪獲得城堡內保守勢力的激昂支持，那些老男人哀懇社會大眾，請讓城門再度關閉，請讓這些迷途的男孩回到屬於他們該有的安身立命之處，他們的男性命運與榮光只屬於肉體競技場，以及種男伎院的服務行業。

經過漫漫久遠的拉克韃城堡歲月，榮光絲毫無法吸引我，於我而言，這個詞根本就是個貶抑的汙名。我激烈厭惡肉體競技，這讓我的家人們困惑無比；她們都愛看大決賽，熱愛摔角搏鬥。她們反而會抱怨，自從城門開放政策實施以來，參賽運動員的素質大幅滑落了啊！我像個未解人事的處男，嫌惡種男伎院這等情色伎院，我慷慨激昂地演說，男人在伎院的待遇等同於畜生，就是一頭公牛，根本不是人類。我永生永世都不要再踏入種男伎院一步。

「我可愛的小兒子啊，」某個黃昏時分，母親與我獨處，她終於忍不住開口了。「難道，你就這樣終生誓言禁慾之道嗎？」

「我希望不用如此。」我說。

「那麼……？」

「我想要結締婚緣。」

她的眼睛圓睜。經過一番沉吟，母親試探性地說：「呃，跟另一名男子嗎？」

「不要！我要正常的、大家都有的婚姻愛侶。我想要一位妻侶，我也要當她的妻侶。」

即便我爆出驚世駭俗的念頭，母親試圖努力理解我。她皺著眉頭，沉吟良久。

「其實，結締婚姻的意義，」我滔滔不絕地演說，在這麼一長段時間以來，除了思索，我根本沒啥事情可做。「就是我與我的妻侶住在同一處所，如同每一對妻侶；我們會建構自身的女兒屋，對彼此忠誠不渝。倘若她創生了小孩，我就是她孩子的愛誓母親。這樣的做法，沒有道理行不通啊！」

「嗯，我不知道……我也想不出反對的道理。」我母親說。她總是溫和賢明，倘若必須拒絕我的要求，她自己也很難過。「但是，你至少得找到願意接納你的妻侶啊，你知道的。」

「我知道。」我聲調陰鬱。

「讓你去結識新朋友，可真是個問題。」她說：「倘若，你可以到某個種男伎院服務呢……？我覺得，不只是城堡有公信力，母屋應該也可以為你背書啊，我們可以試試——？」

我非常激動地拒絕此提議。由於我不是法索大人的那批小諂媚貨，我很少能夠進入種男伎院服務；少數幾回，都是相當糟糕的經驗。由於我年紀幼小、毫無經驗，又沒啥品質保證，我都是被年老的客戶選上，充當她們的玩物。她們都是經驗老到的顧客，足以撩撥我到高潮，但此舉讓我備感屈辱又狂怒。她們離去時，會拍拍我的頭，賞給我小費。由於我經歷過城堡內溫柔的保護者情愛儀式，這些顧客精細、冷漠的性交儀式，以及她們貶抑我的態度，總讓我感到無比難受。然而，我的性慾無法在男人身上得到滿足，我只會受女性吸引。我的姊姊們與她們的妻侶，如許美麗的身軀環繞在我周圍，裸身或著衣、純真又充滿感官性，唯獨女性的軀體充滿如此美妙的力道、柔軟度，以及堅實性，她們讓我時時刻刻遭到挑逗。每夜我都必須自瀆，幻想我的姊姊們與我共枕燕好。這一切都難以忍受，我只是一抹飄搖的幽魂，滿懷嚮往，襤褸無能，躋身於我無法真正接觸的現實界。

我開始自暴自棄，索性捲鋪蓋閃回城堡，混過餘生便算了！我沉入某種無邊的沮喪，冷淡無感，浸潤於心底深處的冰冷黑沼。

我的家人充滿關切、焦慮，忙碌無比，無法想到適當的方案，為我解決生命的難題，或是索性好好解決掉我。我猜想，大多數的家人都無法不暗地盼望，我還是乖乖回種男城堡，像個傳統男人那樣安分過活，不就沒事了。

某日午後，我最親近的姊姊帕朵跑來找我——家人們為我清空了閣樓，整理出一個房間來安置我；是以，至少實質上的定義，我擁有自己的空（房）間。帕朵目睹的我，處於常態的倦怠乏力，呆躺在床上，啥也沒在做。她輕快地跑入我房間，如同大多數女性，神經大條，難以體察情緒與情感訊號。

帕朵大剌剌坐在床沿，自顧自對我說話。

「哎，你可知道，那個來自伊庫盟的外星男使節？」

我聳聳肩，閉上眼睛。近日以來，我竟然開始幻想強暴戲碼，我變得好怕她喔。

她繼續談論那個異星男人。很顯然，他來到此地的目的是為了研究拉克韃城堡的叛亂事故，「他想與抵抗者進行對話。」帕朵說：「就是像你這樣的男人，闖越城門的男人。他說啊，這些人都躲藏起來，彷彿因為身為英雌而感到羞愧。」

「英雌！」我叫嚷。對我而言，這個詞只有女性才配得上。這個詞指涉近乎神祇、超凡的歷史性史詩主角。

「這就是你啊，」帕朵說，嚴峻的情愫從她原先的輕快態度破水而出。「透過偉大的行止，你扛下責任與承擔，就算你的行為不對吧！在『愛莫城的起始』，薩穌蜜的行為也不正確啊，她讓法拉達遭到殺身之禍，但她終究是一位偉大的英雌啊！她承擔自身的行為，你也是如此。你應該去找這個異星男談話，告訴他事情的真相。沒有人真的知道城堡內究竟發生了什麼事。你欠我們這個故事。」

在我的故星，「欠人一個故事」是句相當嚴重的話，尚未啟齒的故事，將會創生出謊言。任何從事夠格行止的人士，都欠她躋身的社群一個敘述，一個以故事為形式的交代。

這是無與倫比的真相。帕朵看到一扇與我日後命運攸關的門扉，她為我開啟這扇門。我就這樣撲上前去，幸好我還殘存足夠的氣力與清醒神智，迎接轉捩點。

機動使諾安大約四十多歲，數世紀之前出生於泰拉地星，到瀚星接受深造教育，周遊星際。他個子矮小，皮膚黃褐色，眼神機智，非常善於與人交談。對我而言，他並不像是個男性，所以我一直當他是女性——因為，他的行事風格一點都不像是男人。他實事求是，精確地進入正題，才不像我們星球的那些老男人，處處作態，非得在與同性共處時施展權威與高壓手段不可。在此之前，我已經習慣了，男人就是那種閃閃爍爍、彆扭小氣，爭風吃醋的生物；諾安不同，他像一個女人，行事坦蕩率直，而且心性體貼。諾安的細緻與力量，勝過我認識的每個女人與男人，即使是拉嘉茲也不及他的圓熟老練。他的權威其實幅員廣闊，但他並不以此為威嚇，而是舒適地呈現，並邀請你一起安坐於權位之上。在拉克韃城堡的叛徒陣營，我是第一個站出來、敘述自己遭遇事故的男人。取得我的同意之後，諾安記錄下我的口述，他打算寫成報告，交予瀚星常駐使，這份報告將命名為〈賽亟黎星情事〉，他這麼告訴我。第一回會面，我口述叛亂始末大概長達一小時。當時，我以為這一遭就講完了所有的前情後續，但我低估了這些瀚星機動使，他們永難耗竭的求知慾、理解心，以及傾聽故事的熱情。諾安提出一大串問題，我一一回答；諾安對於我的敘述提出思辯與形構，我舉證某些部分；諾安意圖知道所有細節，我知無不言。於是，我敘述了叛亂的始末、叛亂之前的城堡歲月、城堡內的男人，城鎮的女子，我的故星故民，我的生命——涓滴漸進，斷斷續續，全都揉合於一體。每日我與諾安交心對談，長達半個月之久。終於我深刻明白，故事從無真正的起始，沒有任何故事能夠抵達終結。故事總是一鍋雜燴，總是中場；故事從未體現真正的真相，然而，謊言的確是沉寂緘默的子代。

將近一個月的共處，我逐漸喜愛諾安、信任諾安，並且依賴諾安。與他談話成為我存有的唯一理由。我試圖面對事實，清醒地告知自己，諾安不會久留於拉克韃城，我必須在他離去之後自力更生。可是，我到底要做啥？光是靠他自身的存在，以諾安為典範，我體會到男人也可以從事偉大的志業，活出自己的道路。可是，我要怎麼做，才能找出自己的道路？

他敏銳地察覺到我的處境，不允許我再度退縮，躲入恐懼所打造的倦怠無力殼穴。諾安不讓我瑟縮沉默，問了我許多不可思議的問題。

「要是你可以隨心所欲，你要做些什麼？」

我立即、熱烈無比地吶喊出來。「我要成為某人結締愛誓的妻侶！」

如今，我懂得當時他倏忽閃動的眼神，究竟意味何在。他敏捷而仁慈的雙眸來回閃動，凝視著我。

「我想要構築自己的家庭。」我說：「要是長久居住於我母親的屋舍，我永遠是個孩子。我想要工作，想要結締妻侶，我想與妻侶們共度人生，我想要孩子，想要成為母親。我嚮往生命，而非競賽！」

「你無法生出一個孩子。」他柔聲說。

「的確，但我可以當個母親，照料我的孩子。」

「我們把母親一詞特定性別化，」他說。「看來，我比較喜歡你的用法……先告訴我吧，艾韃，你能夠結締妻侶婚姻、遇上一個願意與男性結婚的人，機會有多大？在此之前，在這星球上並未發生過這等結合，對不對？」

我必須承認，據我所知，此舉的確史無前例。

「將來總是會發生的，我敢這麼確認。」他說。（其實，他的確認就是無法真正確定的意思。）

「然而，開創先例的代價總是高昂無比，在社會負面壓力逼迫下建構的私人親密關係，總是緊張無比。這樣的關係會顯得張力十足、防衛性高漲，永無安寧之時。這樣的關係缺乏滋長的空間。」

「空間！」我試圖告訴他，自身內裡那股毫無空間的滋味，身處於自己的星球、卻橫遭窒息的況味。

他注視我，搔搔鼻尖，然後開懷朗笑。

「銀河浩瀚無邊，遍野皆是空間。你知道的。」他說。

「你的意思是說，我，我可以……？伊、伊庫盟會，會願意……？」我甚至不知該如何描摹想問的問題，但是諾安深知我的惶惑，他仔細周到地為我解說。迄今為止，即使以我母星的教育水準而言，我所受的教育實在相當貧瘠，是以，在申請外星學府（例如，位於瀚星的伊庫盟學院）之前，我必須在自家當地學院受教育，至少要兩到三年的時間。當然，他告訴我，之後我所深造的學科與所進入的學院，都端看我自身的志業之所在；當我是個黃毛小兒時的學習，或是城堡的訓練，都未曾助我開發我終生的志業性向。在種男城門解放之後，無論對於一個具備靈智的個體而言，或是從我故星社會結構的觀點視之，我能夠取得的選項實在少得可憐。無怪乎，開放城門的政策並未讓我獲得自由，反而害我浸淫於「真空籠罩的星域，毫無空氣可呼吸的窘境」，諾安這麼說，引用某個異星詩人的詞句。我的小腦袋激速轉動，充斥滿天星光。

「海格卡學院毗鄰拉克韃城堡，」諾安告訴我。「就算只是為了逃離那座可怕的城堡也好，在此之前，你有無考慮過要申請這所學府就讀？」

我搖搖頭。「法索大人總是把送到他辦公室的申請表就地銷毀。要是我們當中有誰膽大包天，妄自申請……」

「你會遭受處罰，甚至痛苦的刑罰，我想是這樣。沒錯，就我對你們學院的有限認識，我敢打包票，你在學校的生活會好過滯留於此地，但我不敢保證，它會是輕鬆愉快的時光。你將會得到位置與工作，但你會遭受壓迫，眾人視你為邊緣或次等民。即使是接受高等教育、心智卓越的女性，還是難以接受男性是智識層次的對等夥伴。你得相信我，這可是我在此地的親身經驗！況且，你在種男城堡所接收的教育，在在指向你必須戮力競爭、贏得優秀的冠冕，你會在學院過得很辛苦。人們要不是無法相信你也可以在知識層次上取得優秀的成績，要不就是對於傳統男性的較量與輸贏概念嗤之以鼻，視同無價值之物。不過，進入學院研讀，至少你會找到一席可呼吸之處。」

諾安為我引介他認識的海格卡學院教授，我終於取得有條件限制的入學權。家人都為我感到高興，樂意支付我的學費。我是第一個上學院的小孩，她們都真心以我為榮。

一如諾安的預言，日子過得並不輕鬆，但在學院的環境，還有別的男子修業就讀，我能夠與他們為友。因此，我並未遭遇到身處母屋時、難以規避的窒息般孤絕感。之後，我培養出足夠的勇氣，終於在女性同學中尋得友人。其實呢，有些同儕並不認可傳統的性別歧視觀念，而且樂意當我的朋友。

到了第三年級，我與某個要好的同學墜入愛河。

這段際遇相當短暫，充滿緊繃與警戒；然而，對我們兩人而言，這段戀情是充滿釋放性質的一則經驗。它為我們開啟了一道啟蒙之門，把我們從過往迷思解放出來：在成年女性與男人之間，並不是只有性器官的接合；除了性的溝通與共處，我們之間還存有別的可能。如同我一般，我的情人伊曼鞀厭惡種男伎院，我們之間的造愛儀式總是短促且羞怯。它真正彰顯的意義，不是淋漓成就肉身的慾望，而是印證我們對於彼此的信任。激情真正奔湧之刻，反而在做愛之後、並肩躺臥，絮絮掏心訴說，話題無所不包，諸如我們各自的生命歷程，遭逢的女子與男子，自身與對方的心事，各自的夜魘、嚮往的美夢。我們總是剪燭傾心交談，這將是我畢生珍惜惦記的美好往事──兩個年少的靈魂找尋到彼此的羽翼，依偎翱翔。我們共飛的時光並不久遠，但卻凌霄直上九重天。首度的飛翔，總是至高無上。

伊曼鞀的肉身已然逝去兩百年之久。她終生居留於吾之故星賽亟黎，與某個母系家庭締結良緣，創生兩個孩子，在海格卡學府教書，享年七十多歲。從海格卡學院畢業後，我遠航至瀚星，來到伊庫盟學院繼續深造。其後，我前往雙星維瑞爾與亞歐威，擔任見習機動使的任務。走筆至此，我的自傳該告一段落了。我之所以書寫這份身世傳記，最實際的用意是為了申請伊庫盟駐賽亟黎星代表職位。如今，我亟欲生活於故星，了解我故鄉的同胞。現今此時，以某種無法斷言的確切體認，我至少明瞭，這個前身為奴男的自身究竟是何許人也。

別無選擇之愛

前言

作者：阿嘩親族的荷歐卡德，來自於歐星歐軻司屬地，布德倫河西南流域，塔革村漪南南農莊

之於每個星際聯盟的世界、之於每一名個體，性愛都是複雜難搞的情事一樁；不過，我以為最繁複的婚姻系統莫過於我自己的星球。當然，對我們來說，這事就是渾然天成、單純得掉渣，試圖描述它的運作模式顯得好生愚蠢，簡直等同於要求描述我們如何行走，如何呼吸。嗯，你知道，你先以單腳為支柱，然後移動另一隻腳……你容許空氣灌入自身的肺臟，然後呼出氣體……你的婚配伴侶是另一半族的女子與男子。

敢問何謂半族？某一位冬星人這樣詢問我。對我而言，倘若要我想像，如同冬星人那般，不知翌晨醒來自己會是女性或男性，反而比較容易；而若要我假想，我不知自身究竟隸屬於夕族或晨族，這可就匪夷所思之極。如許完滿，如許普遍的人種分類——實在難以理解，怎麼會有社會不以夜日二分？若非如此，你怎可能知道誰是誰？你要如何進行崇神儀式，既然你無法詢問誰為詢問者，誰為解

答者？哪一方為灌溉者，哪一方為接納者？毫無晨夕族裔的區隔，你根本無法閃避亂倫禁忌，只得毫無區分地濫交。我必須承認，在我這顆缺乏啟蒙明聖意識灌溉的後腦杓深處，我徹底贊同甘巴特舅公，他老人家這麼說：「哼，那些外來的異星族群啊，他們妄想以單腳佇立。雙腳並行、雙重性別搭檔，雙重族裔，這才真正對勁嘛！」

半族等於一半的人口。我們稱我們的兩個對半各為晨族與夕族。如果你的母親是位晨族女性，則你是晨族人；而所有的晨族人或多或少都可以算是你的手足同胞。你只能與夕族人做愛、婚配、生育孩子。

當我試圖對某一位瀚星同學解釋我們的亂倫禁忌，她感到頗為震驚。「那豈非表示，你無法與這星球上的一半人口做愛！」這時換我頭冒金星，很是傻眼：「呃，難道你意欲與自己星球的一半人口做愛？」

對於伊庫盟諸星球，雙重部族的概念其實並不大希罕。我與幾個來自外星、同樣隸屬二分社會的人交談過，感覺挺自在。其中一位是伊色絲星烏瑪娜地區的納翟亞族女性，當我說出舅公的見解，她點頭後微笑。「但是哪，你們這些歐星怪人，」她說：「你們可是雙雙成四的婚姻體系啊。」

來自異星的人們，鮮少有誰願意徹底相信我們這樣的婚姻制度真正順暢運行；他們多半認為，我們只是無奈地承受傳統制度。然而他們忘記：人類，即使唉唉叫著渴望單純生活，骨子裡卻暗藏著羅織繁複結構的想望。

當我進入婚姻制度——為了愛情、安穩，以及生養孩子——我的婚配伴侶有三位。我是個晨族的男人，於是，我的婚配情慾伴侶是夕族女子與男子各一位，我能夠與這兩位婚姻伴侶進行性愛。我的第三名伴侶是一位晨族女性，但我與她之間不容實踐性愛關係。這位晨族婚伴的情慾搭檔是夕族女性與男性婚伴。這整套婚姻模式，我們以「灑多瑞圖」為名，其中蘊含四套婚配關係：兩對異性結締的婚伴，分別稱為夕婚與晨婚；晨族女性與夕族女性的情愛，稱為日婚；晨族男性與夕族男性的搭配，稱之為夜婚。

這四位搭檔的姊妹或兄弟可以加入灑多瑞圖，是以，全套灑多瑞圖時而暴增至六到七人。處於此婚配體系之內，生育的孩子關係深淺不定，互相稱為手足、至親，或是表親。

顯而易見的是，灑多瑞圖婚配結構需要某些安置措施，我們耗上了不少時間來搞定它。某些婚配的伴侶之間建構於彼此的情愛，在這些配對之間，愛戀是造就灑多瑞圖最鮮明的元素；某些結締則是基於安居便利、門戶習俗、利益交換，或是伴侶之間的友誼等。如何組成，端賴於地域傳統、個體性格，以及諸多成因。灑多瑞圖的四人婚姻結構之複雜，是如此昭彰鮮明，我總是訝異於外域星界的人們卻只關注所謂的禁忌之環，無法准許的交配搭檔。「奇了，為何你的結婚伴侶明明是三個人，但你只能與其中兩造進行性愛互動？」他們總這麼問。

這等問題讓我備感不適。這似乎在假定，性愛的驅力之強烈沛莫能禦，無法以別種形式的關係來容納或轉型。大多數外星社會期待母親與兒子、父親與女兒之間會自然而然保持毫無情慾張力的家庭生活；但就我的印象，常有人憑恃年紀與性別上的優勢權力，而毫不在乎地觸犯亂倫禁令。顯而易見，那些社會結構將人類區分為兩種，以生理性別為區隔的疆界，最基礎的區隔因素就是權力，且賦予某種性別較為強勢的權力。對我等而言，最基礎的區隔在於個體的半族；性別也是重要的因素，但它的重要性屈居於次等位置。對權力的追尋，沒有任何個體能夠占據某種原初即是的、天生如此的特權。如此的人類社群結構，自然決定了我們這星球的人民看待萬物的不同態度。

事實是，歐星的人們欣賞單純的生命結構，一如別的星族生命；我們以自身殊異的方式，設法成就此等單純美感的生活形態。我們這星球的人們，也不過是保守、守舊、自以為是，無趣的人類群體。我們對於改革感到狐疑，盲目抗拒著變革之道。位於歐星的許多屋舍、農莊、神廟，持續沿用古老的名字，迄今已然有五、六千年之久，有些太古的建築物甚至佇立了上萬年的歲月，時光未曾變動它們。長達萬載以上的時光，歐星的人們固守傳承，蹈行始終如一的生命法則，有些傳統維繫了萬年以上的時間。顯而易見的是，吾等相當謹言慎行。我們崇讚自我約束的美德，即使滋生內在的魔怪魍魎也在所不惜；我們激烈火爆地捍衛自身的隱私。我們嫌棄出類拔萃的異端；智者並未孤身獨居於山巔，反而一如常民，生活在人間煙火瀰漫的農莊，周遭環繞眾多親族，小心翼翼地遵循常規。我們沒有城市，只有農莊所組成的村落，每個村落配備一座社區中心。教育學社與技術中心都是由各地村落社區贊助支持的單位。這段漫長的歐星歷史，我們並無拜神的概念，也沒有戰事烽火。外界星域的人們，最常針對我們婚姻制度發問的就是：「在你們的四人婚姻系統，四個人都一起上床做愛嗎？」答案當然是：「差矣，非也。」

這就是我們對外星族裔提問的答話方式。歐星人會願意加入伊庫盟，也是讓人驚詫之舉。我們的地緣位置毗鄰瀚星，約隔四點二光年之遠；在過去的好幾個世紀，瀚星人陸續往返，與我們互動對話，直到我們習慣了他們的存在，終於答允加入伊庫盟。當然啦，瀚星其實是我們的祖星，但我們歐星所踐行的漫長牢固習俗，反而他們瀚星人顯得年少不羈、奔放無度。我猜，或許這是瀚星人喜歡我們的理由之一。

別無選擇之愛

薩都恩河口附近有座岩石嶙峋的島嶼，從河口南岸廣大的沖積平原望去，可見其聳立之姿。島上蓋了座莊園。海水原本會將島嶼灌頂，但數百年來薩都恩河逐漸沖積出三角洲平原，於是，唯獨最高漲的浪濤才能觸及；之後，甚至只有暴風雨加持的驚濤駭浪才可能逼近。最後，潮浪不再橫行，只在西岸晶瑩閃耀著著水色波光。

麥魯歐向來不是座農莊，而是座漁莊，它建在鹽沼的岩盤之上，居民以漁業維生。海面後退時，漁民從岩岸的邊腳挖掘一條通道，直達海潮線。經年累月，海水愈退愈遠，通道也愈發延長，如今它是一條長達三哩的運河。漁船與商船沿著運河，絡繹往返於麥魯歐的港塢之間，而麥魯歐就在島嶼的岩盤上蔓延發展。就在海港、網域，以及乾冷的平原之外，是一片鹽沼牧草原，一群群的亞瑪羊與不會飛的巴洛鳥放牧於在此。麥魯歐人將牧草原租給位於海岸山脈間的薩丹胡村的農莊。那些放牧鳥獸的牲口都不為麥魯歐人所有，麥魯歐人只把眼光投注在海洋，把海域當成自家的農場，要能夠航弋就絕不在陸地走路。除了漁業，真正讓麥魯歐一族致富的是出租的牧草原，但她們將財富投資於船業，鑽挖開鑿那道壯觀的運河。我們將錢財丟進海裡，她們這麼說。

麥魯歐被視為強硬守舊的一族，自我隔絕，不與村落的人民往來。麥魯歐是一座龐大的城砦，總有百人之眾安居其內，於是鮮少與村裡的人結締灑多瑞圖，只彼此婚配。村落的人們說，麥魯歐一族的人們全都是至親。

某一日，某個晨族的男子從東方的奧科特來到薩丹胡暫住。他是為了自己位在海對岸的農莊而來此研習鹽沼放牧的技術。在鎮上一場村落聚會上，他無意間邂逅一名來自麥魯歐的夕族男子，名叫蘇歐路。就在翌日，蘇歐路前來探訪他，再翌日也是如此。到了第四夜，蘇歐路就上了他的床，宛若狂猛的暴風，將他搞得腳軟。這名東方訪客的名字是哈地里，是個青澀老實的年輕人。對哈地里而言，無論是這趟旅程、陌生的地域與異鄉的人們，全都是無比的探險經歷。如今，他赫然發現這些異鄉人之中的其中一人熱烈愛上自己，懇求他前去麥魯歐定居，與他一起生活。「我們可以締結灑多瑞圖。」蘇歐路這麼說：「那兒有六位夕族女孩，而我願意與任何一名晨族女性結婚，只要能夠與你在一起。來吧，前來與我共居，前來岩岸之所在！」麥魯歐人都以「岩岸」這麼稱呼自家莊舍。

哈地里自忖該順著蘇歐路的意，因為蘇歐路如此熱烈地深愛著他。他鼓起勇氣，收拾包袱，行經廣闊平緩的牧草原，來到離鄉遙遠的此地，深暗遠方的天際襯映、屋簷高聳的麥魯歐。麥魯歐從岩地高高矗立，背倚海港、倉庫、船濱，大宅的窗戶背離陸地，遠眺海景，一路迎向漫長的運河與海洋。

蘇歐路迎他入室，為他介紹族家人，哈地里感到驚嚇異常。這些人全都類似蘇歐路，暗色系的人們，容顏美好，性情暴烈躁進，毫無妥協餘地。這群人如此形似，他無法一一辨認，他把母親與女兒混淆，搞錯兄弟與表親，甚至無法區分夜晨族裔之別。她們以冷淡的禮數對待他，他這個不速之客。她們深恐蘇歐路會把他永久安置於此地，他也害怕這一點。

由於蘇歐路的激情如此一發不可收拾，哈地里這個性情平和的人暗自揣測，不久之後，這份烈愛就會燒灼殆盡。「熊熊赤燄難以持久。」他如此告訴自己，從古老諺語得到慰藉。「不久之後，他將會厭倦我，然後我就可以離去了。」他如此思索，並未付諸言語。然而，哈地里在麥魯歐待了十日，接著持續了一個月，蘇歐路的激情依然旺盛如昔。哈地里也見到，在這棟大屋，灑多瑞圖的伴侶之間不乏熱烈激情的配對，性愛的張力通貫於彼此之間，宛如未接地的電線網絡，空氣間充斥電流的火光與擦熱。這些伴侶的相處，已經持續竟年。

蘇歐路這份飢餓難消、情意濃烈的崇拜與愛慾，哈地里受寵若驚；他自認不過是芸芸眾生中的一員。他自己所給予的回饋，永遠無法對等於蘇歐路熾烈的情愛奉獻。蘇歐路的黑暗之美充盈了他的內心，但他的心投往它處，尋覓空曠，只求有個獨處的空間。某些夜晚，翻雲覆雨的陣仗之後，蘇歐路在床上大刺刺地沉睡，哈地里會起身，赤裸且靜默。他會坐在窗邊，凝望星海之下幽長流動的運河。有些時候，他會安靜地哭泣。他的哭泣源自於痛苦，源自於他無法命名解釋的痛苦。

初冬的某夜，他再也難以遏抑那股橫遭剝奪的戕傷，宛如籠中困獸，神經末梢徹底暴露的痛楚。這一切都再也不堪忍受。他靜悄悄地更衣，唯恐吵醒蘇歐路，然後赤腳步出房間，走出屋外——到哪兒都好，只要遠離這棟房子就謝天謝地。他已經快要窒息了。

位於闃闇，龐然巍峨的房子顯得令人迷惑。居住於此的七組灑多瑞圖伴侶各有樓層、套房，或獨立的翼樓，空間寬敞。他向來未曾進入第一組與第二組灑多瑞圖的居域，他們遠遠置身於南翼，況且，對於古老宅第的中央區域，他總是惶然不知所在。不過呢，他想他還認得出北翼區域的路，他相信這條走廊通往向下的樓梯。然而，窄小的樓梯卻是朝上，他拾級前進，進入一間陰影幢幢的閣樓，一扇門扉開往屋頂。

一條有扶欄的長走道沿著南翼屋緣延伸。他亦步亦趨，屋頂的尖峰宛若黑色山脈，在他左方昂然聳立，往下可窺見牧草場、沼澤地。當他來到西側，寬大的運河在褶熠閃爍的星光底下沉眠。空氣潮溼柔軟，落雨的徵兆，一股低垂的霧氣從沼地緩升。他手臂靠著屋簷，凝神注視時，濃霧覆蓋了運河與沼澤地。他欣喜於柔軟、緩慢移動的霧氣，療癒且掩藏的霧氣。微小的平和與慰藉從他的內裡湧出。他深深呼吸，獨自思索。「為何如此？為何我如此哀傷？為何我無法愛蘇歐路，一如他熱愛我？為何蘇歐路這麼愛我？」

他感受到另一個形體逼近，轉身凝視。那是一位女子，一如他來到屋頂，站立在他數碼之遠處，她的手臂抵著屋簷，如同他自己，赤足一如他，身穿一襲長袍。當他掉頭凝視對方，女子亦然，眼神凝注著他。

她是岩區的居民，毫無疑問。黝黑的肌膚，長而直的黑髮，眉睫、顴骨及下巴如雕刻般細緻；然而，他無法判定對方究竟是誰。在北翼的餐室中，他遇見過好幾名二十來歲的夕族女性，彼此為姊妹、表親，或至親，全都單身。他非常害怕這些女子，因為，蘇歐路可能會對其中之一求親。哈地里在性事上非常羞怯，無法跨越性別差異的鴻溝；供他肉身愉悅與慰藉的伴侶通常都是年輕男性，雖然他不時受某個女性強烈吸引。麥魯歐的女性十分迷人，但他不敢想像自己與對方纏綿燕好的情景。在此地，他遭受的痛楚來自於夕族女性的冷漠與不信任，讓他知道自己永遠是個局外者。她們輕蔑他，而他迴避她們。如此，他無法辨認究竟誰是薩絲妮，誰是拉瑪提歐，誰是颯非，誰是伊絲布艾。

他猜測來者是伊絲布艾，因為她的高眺個子，但他無法確認。黑暗或許可以成為藉口，因為他無法在漆黑不見五指的背景辨認出五官顏面。他喃喃地說：「晚安。」但他沒有道出對方的名字。

一陣漫長的靜默，他認命地思忖，或許連在三更半夜的屋頂，麥魯歐的女性還是對他冷眼相待。

然而，對方啟齒了。「晚安。」語調輕柔，聲音帶著笑意，這抹輕緩柔和的聲音降落於他的心底，宛如霧氣，柔而清冷。「請問是哪位？」她這麼問。

「我是哈地里。」他報上名字，再度認命，想說對方知道他是誰，就會對他不屑一顧。

「哈地里？你不是本地人？」

她究竟是誰呢？

他報上自家農莊的名字。「我來自東方，法達南流域。我是個訪客。」

「我之前出外遠遊，甫自返鄉，」對方說。「就在今夜。這是個美好的夜晚，不是嗎？我最喜歡此等夜色，濃霧瀰漫，宛若海潮……」

確實，濃霧匯集，逐漸高升，矗立於岩石上的麥魯歐似乎懸浮於黑暗，飄搖於一片盈然生光的虛空中。

「我也喜歡這樣的夜晚。」他說：「我正在思索……」話沒說完，他就住嘴了。

「在想什麼呢？」片刻之後，她詢問道，如此柔聲，讓他鼓起勇氣，繼續說下去。

「我剛剛在想，與其在臥室內感到悲傷，不如到室外享受悲傷。」他說，伴隨著自覺憂愁的笑聲。「我也不知道，為何自己會這樣想。」

「我知道你的意思，」她這麼說：「從你獨自佇立的姿勢可見。我很抱歉，你是否需要……能夠做些什麼，讓你好過一點嗎？」起初，哈地里以為對方比自己年長，如今她的語氣宛若少女，羞怯孩子與初生之犢的混合體，還有某種拙拙的甜蜜。黑暗的天色與霧氣使得兩人都得以膽大，釋放自身，得以講出真心話。

「我不知道吶。」他說：「我的問題是，我不知道該如何墜入愛河。」

「你何以如此認為呢？」

「因為——哎，因為蘇歐路，他把我帶來此地。」他告訴對方自己的經歷，試圖保持坦誠。「我的確是愛他的，但並非——我的愛不足以回報他——」

「蘇歐路。」她以深思熟慮的語氣回應。

「他是個強者，而且慷慨大方。他給予我他的一切，他全然的生命。但是我並沒有，我無能如此……」

「那麼，你為何留下來呢？」她這麼問，並非意圖指控，只想得到某個答案。

「我愛他。」哈地里說：「我不想要傷到他。倘若我就這樣逃跑了，簡直是個懦夫。我想要讓自己配得上他。」其實，這是四個截然分明的答案，每一則答案都自我獨立，以痛楚的情感坦白說出。

「此情別無抉擇。」她以某種乾脆、粗暴的溫柔情愫這麼說。「哎，這真是艱難。」

如今她聽起來不再是個少女，而是通曉愛情種種的成年女子。兩人交談時，一邊遠眺西方，凝視霧氣之洋，這樣的情境讓交談顯得更順暢。如今，她轉過身子，正視對方。即使身處黑暗，他依然感受到對方安靜的視線。一顆閃亮的明星熠熠發光，坐落於女子的頭頂與屋簷之間。當她再度移動，她橢圓、黑色的頭顱籠罩了星光，光芒織就瀰漫於她的髮梢之間，彷彿她以星光為髮飾。此情景十分動人。

「原先我以為，我的確會選擇愛情。」哈地里開口，對方的話語迴盪在他的心底。「我會在將來的某一天，選擇某個自家農莊的灑多瑞圖，安定下來，我從未試想過別的人生可能性。然而，我離家遠行，來到世界的邊陲……如今我不知所措。我是被選者，我無可選擇……」

他的語氣浮現些許自嘲。

「這真是個奇異的地方。」哈地里說。

「是啊，」陌生女子這麼說：「一旦你見識過如許壯麗的浪潮……」

他的確見識過一遭這樣的浪潮。當時蘇歐路帶著他到一處岬角，居高臨下見識南方平原的潮漲風光。雖說那個地方位於麥魯歐的西南方，不過數哩遠，他們還是繞遠路，在陸路行旅了許久，然後才轉回向西。當時哈地里疑惑地發問：「為何我們不直接走海岸？」

「你馬上就會知道了。」他們在岩石峻峭的岬角上野餐。蘇歐路的視線緊緊專注於伸向西方地平線的灰褐色泥沼地，廣渺無邊，風光惡劣，幾條歪斜蠕動的河流切穿了這片大泥原。「來了！」蘇歐路這麼說，一邊站起來，哈地里也跟著起身。他驚見流光，聽得遠方的雷鳴，以及撲身而來的明亮浪濤線。這等不可思議的巨浪，衝撞廣大無邊的泥原長達七哩，直到它化為碎浪，泡沫擊拍他們腳下的岩石，直接淹向他們所在的岬角。

「它迅雷不及掩耳的浪濤，遠快於你拔腿奔跑的速度。」蘇歐路說，暗色的面容充滿警醒的張力。「在古老的歲月，浪濤就這樣撲向我們的岩域。」

「我們就此與世隔絕了嗎？」哈地里問，而蘇歐路回答。「並未如此，但我渴望如此。」

思及當時的情景，哈地里遐思著，廣闊壯美的海濤就在迷霧之下，環繞麥魯歐，浪濤拍擊岩岸，拍打麥魯歐的城砦牆垣。這等光景，彷彿古老時光重返。

「我猜，這些浪濤將麥魯歐從內陸隔離開來。」他說，她表示同意。「每日有兩次這樣的光景。」

「真是古怪。」他喃喃自語，聽到她輕聲嘻笑。

「一點都不怪啊，」她說：「要是你出生於此……你可知道，嬰兒出生，或臨終者死去時，她們對此等暫歇時節的稱呼？晨間退潮的最低點。」

女子的聲音與話語讓哈地里的心頭糾結，這些聲音是如許柔和，如許奇異。「我來自內陸，來自山脈，之前我未曾目睹過海浪。」他說：「對於海洋，我一無所知。」

「嗯，」她回答。「海洋是麥魯歐一族的真愛。」她的視線落於他的身後，他轉身凝視，見到逐漸黯淡的月色位於就在霧氣之洋的上方，唯獨最深暗、宛如傷疤的新月顯形。他瞪視這枚新月，啥也說不出口。

「哈地里吶，」她說：「請勿如此悲傷，這只是月色。不過呢，要是你再度感到傷懷，就再來這兒吧。我喜歡與你談話，在這裡別無他人可交談……晚安。」她低語，接著從他身邊離去，從來時的路徑消逝於陰影。

他再度滯留一陣子，觀賞霧氣與月亮浮升；霧氣贏得了彼此的競賽，它隔絕了月光，將一切都包裹於冰冷的幽暗。哈地里打了個寒顫，但他不再感到緊張或哀傷。他循路回到蘇歐路的房間，滑入寬敞溫暖的床鋪。當他伸展肢體、幾欲入睡時，他赫然想起，自己不知道她的名字。

蘇歐路起床時，心情頗差，堅持要哈地里陪同，乘滑舟航行運河，為的是要檢查運河支流的安全鎖。這是他的表面說詞，但他真正想要的是與哈地里獨處，而且，置身於船上，哈地里不但毫無用處，而且會稍感不安，無處可逃。就在溫和的陽光籠罩下，他們滑弋於光潔的運河支流上。「你想離我而去，是嗎？」蘇歐路這麼說，這句話彷彿一把刀子，當他說出口時，亦割裂了他的舌尖。

「不是的。」哈地里否認了。他不知道自己究竟要什麼，但他說不出別的話語。

「你不想要在此地結婚。」

「我不知道，蘇歐路。」

「你到底是什麼意思，你不知道什麼？」

「我不認為此地的夕族女子會想要與我結婚，」他這麼說，試圖說出實話。「我知道她們不樂意，她們想要你找一個在地人當晨族的男性伴侶。我是個外來者。」

「她們尚未真正認識你，」突然間，蘇歐路以某種哀懇的柔情這麼說。「我們這一族的人們，總要花上長久的時光才能真正與他人熟識，我們在岩域生活得太久，血脈流動的不再是血液，而是海水。可是，她們會明瞭的，她們終究會真正與你親近，只要你——只要你願意留下來。」他望向船側那方，經過半晌，聲音幾不可聞。「倘若你非得離去，我可以跟你一起走嗎？」

「我沒有要離開啦。」哈地里這麼說。他靠過去，揉弄蘇歐路的頭髮與面頰，然後親吻他。他知道，蘇歐路無法跟著他活下去，無法在內陸的奧科特生活。這是行不通的，這是不成的。然而，這表示他的確要長久居留於此地，為的是與蘇歐路在一起。在他內心深處，一股麻木的冰冷浮竄上來。

「薩絲妮與杜恩是至親關係。」蘇歐路立即接話，聽起來又像是他的常態模樣，自我掌控，張力十足。「自從她們十三歲以來，她們就是情人。倘若我開口，薩絲妮會願意與我結締，只要她與杜恩能夠擁有日婚。與她們倆一起，我們可以組成自己的灑多瑞圖，哈地里。」

麻木感讓哈地里停滯半晌，無能回應。他不知道究竟自己在想些什麼，究竟自己想要的是什麼。終於，他開口詢問：「杜恩是誰？」他感到一股模糊的盼望，希冀杜恩就是昨夜他在屋頂上相遇並交談的女子——那場遭遇發生於另一重世界，瀰漫著霧氣、黑暗，以及真實。

「你知道杜恩是誰。」

「她才剛從某處遠行歸來嗎？」

「不是啊。」蘇歐路這麼說，專注於自己的思路，並未對他的愚昧感到疑惑。「她是薩絲妮的至親，拉穌杜的女兒，是第四組灑多瑞圖的親族。她個子小，瘦削，不怎麼愛講話。」

「我的確不認識她，」哈地里絕望地說。「我無法辨認出她們誰是誰，她們不跟我說話。」接著，他咬緊嘴唇，走到船的另一端，手插入口袋，肩膀瑟縮。

蘇歐路反而驟轉開朗。當他們來到支流鎖，確認防衛運河的機制沒有問題後，他快樂地撲玩水浪與泥巴，接著，經由一股清爽流風的護送，蘇歐路划船將兩人送回主運河。他對哈地里吼叫著：「你的雙腳該要適應海流啦！」他將船滑向運河西方，通往浩瀚的海域。陽光浸潤著霧氣，海風隱含鹽浪的味道，雖然哈地里對於深邃海洋感到畏懼，但蘇歐路以能手的技巧掌控船隻，終於他們在夕陽時分順利滑回運河。夕陽的金紅色光澤灑落於水面，眾多的沼澤鳥群環繞他們飛翔——對哈地里而言，再怎麼說都是很棒的一日遊。

然而，當他重回麥魯歐的屋簷下，進入那些幽暗的廊道和低矮、寬敞、深暗、全部面西的房間，容光煥發的好心情立即低落。他們與第四組和第五組的灑多瑞圖成員共進晚餐。要是在哈地里的農莊家園，倘若你不告而出外遠遊一整天，沒有做你的份內工作，只在晚餐前及時趕回，他們會在餐桌上好生嬉鬧這個出遊者。在這兒，沒有誰會嬉鬧或開玩笑，就算出於厭惡，他們也隱藏得很周到。或許，這樣的反應並非厭惡，而是他們彼此深切信賴，宛如一體成形的共生單位，他們信任你就如同你信賴自己的雙手一般，毫無二話。即便是孩童的嬉鬧與爭吵，程度也遠低於哈地里之前的家庭成員。在這張長桌子上，交談總是低調安靜，不少人甚至從未開口說話。

哈地里幫自己盛取食物時，觀望四周，想找出昨夜他遇見的女子。是否那人就是伊絲布艾？他否決了這個想法。雖然兩者身高類似，但是伊絲布艾非常瘦削，而且舉手投足之間散發著傲慢氣度。那個女子並不在這兒，或許她是第一組灑多瑞圖的成員。這些人當中，誰又是杜恩？

就是她啊，那個小人兒，就在薩絲妮的身邊。他從未與對方交談過隻字片語，因為在眾人當中，薩絲妮是對他表露最強烈厭惡反感的人，而杜恩是她身邊蟄伏的影子。

「來吧！」蘇歐路說著，從長桌這端走過去，坐在薩絲妮的身邊，示意哈地里坐在杜恩的身旁。他照辦如儀。我是蘇歐路的影子啊，他這麼想。

「哈地里說啊，他之前未曾與你交談過呢。」蘇歐路告訴杜恩。那個孩子稍微瑟縮起來，喃喃說些沒有意義的話語。哈地里見到薩絲妮的臉龐閃過一抹怒意，然而，她直視著蘇歐路，帶著一絲挑釁的微笑。這兩人還真像啊，真是一組匹配的好搭檔。

於是，蘇歐路與薩絲妮開始聊天，談論著釣魚和運河鎖，哈地里則埋首進食。經過一整天的出海遠遊，他真是餓壞了。杜恩默默吃完飯，坐在一旁，啥話也沒說。這一族的人們有能耐保持完美的靜止寧定，宛如掠食性動物，或是捕魚為食的鳥類。晚餐的主菜是魚類，當然，向來都是魚類。麥魯歐曾經非常富裕，如今仍保持著富豪的氣勢，儘管資源已經遠不如前。每年度的運河工程耗盡她們的收入，然而海洋依然無情，持續從三角洲抽離而去。她們的捕漁船隊浩大，船隻卻相當老舊，需要經常維修。哈地里曾經詢問，何以這一族人不索性建造新船，既然有間巨大的船廠就位在日漸枯竭的港口上方。蘇歐路解釋，光是木材費用就足以耗盡族產。她們自營的食物唯有一種穀物，以及魚蚌類，其餘種類的食物，以及衣物、木材，甚至飲用水，都得要購買。環繞麥魯歐的泉水是鹽泉。她們從山間村落牽設了一條導水管，供應清水給漁莊居民。

然而，她們以銀杯飲用昂貴的清水，裝盛永恆魚鮮的食器是古老、剔透的藍色艾荻雅陶盤。每當哈地里清洗這些盤子，總是戒慎惶恐，深怕不小心把它們砸碎。

薩絲妮與蘇歐路繼續聊天。哈地里覺得自己愚蠢又充滿怨氣，就這樣呆坐著，不發一言，女孩也以靜默回禮。

「今天是我首度出海的日子。」他開口說，感到血液直衝面頰，漲得通紅。

她以某些嗯啊之類的狀聲字回答，只顧盯著自己空空如也的食器。

「我可否再幫你取些湯？」哈地里問。最後一道菜是粥湯，在這兒的話，自然是魚粥。

「不用了。」她說，眉頭深皺。

「要是在我家鄉的農莊，」他說：「人們會互相為對方裝盛菜餚，這是某種微小的友善禮數。要是你因此舉而受到冒犯，我深感抱歉。」他站起來，走向盛放菜餚的邊桌，以發抖的雙手為自己再盛了一碗湯粥。當他再度回餐桌，蘇歐路以某種揣測的眼神與輕微的笑意凝視他，哈地里為此感到惱怒。她們究竟以為他是誰？她們以為他毫無守則，沒有自己的家人，沒有自己的領域？讓這幾個人結婚吧，他才不要蹚這片渾水。他飛快地把湯粥灌入腹內，不等蘇歐路用餐完畢就走人。他進入廚房，花了一小時幫忙清洗碗盤，以彌補白天遠遊、未曾幫忙煮食的職務。或許這一族人沒有這種家居行事規矩，但他有他自己的原則。

蘇歐路在他們的臥室等候他——那其實是蘇歐路的房間，在這棟大屋，哈地里並沒有自己的房間。這樣的行事之道造就他的折辱，這是不自然的處世方式。要是一間友善的莊園，理應會提供獨立的房間給來訪的客人。

事後他已經不復記憶，當時蘇歐路究竟說了哪些話語，但那些話是點燃炸彈的燎原之火。「我才不要被你們這樣欺負！」他激動地大喊，而蘇歐路立即火勢猛烈猛，質問他究竟是什麼意思。於是，他們大鬧了一場，引爆對彼此的怒火、挫敗感，以及指控。最後，雙方神色灰敗地互相凝視，覺得這一切簡直糟透了。「哈地里。」蘇歐路叫喚他，語帶啜泣；他自己無法停止發抖，全身猛烈打顫。他們最後停戰，緊緊攀附對方，蘇歐路那雙小巧、粗糙、強健的雙手，緊抱住哈地里。蘇歐路肌膚的味道是海洋的鹽。哈地里一直往下沉淪，直到溺斃。

然而，清晨到來，一切又回歸常態。他再也不敢要求擁有自己的房間，因為這會傷到蘇歐路的心。要是他們真的和另外兩人組成了灑多瑞圖，起碼他會有一個專屬自己的小房間，在他的腦海深處，某個微小卑怯的聲音這麼說。然而，這樣是不對的、錯誤的……

他試圖找出之前在屋頂偶遇的女子，有好幾個可能的人選，但他不確定究竟是誰。難道她不願意凝視他，與他說話？她無法在光天化日之下這麼做，無法在眾人之前對他好。嗯，她只能給予有限的好意，就這樣吧。

唯獨到了此時，他才赫然想到，自己並不知道對方是晨族抑或夕族的女子。然而，這一點究竟有什麼打緊？

是夜，霧氣悄然潛行入內。他在深夜驚醒，只見窗外一片濃密的灰；該是從另一翼的窗口透出流光，光色與霧氣混融。蘇歐路睡姿攤平，宛若一方漂流到沙灘上的懸浮物體，徹底的大剌剌，彷彿遭到棄置。哈地里以某種心疼的柔情注視著他好半晌。接著他起身，穿上衣物，再度找到通往屋頂的廊道階梯。

霧氣甚至掩藏了屋頂的尖端，屋脊之上萬物模糊。哈地里必須摸索自己的路，伸手觸摸屋脊。就在他的腳掌下，木質的走道地板顯得潮溼冰冷，然而，當他走向屋頂的小閣樓時，心底浮上一股愉悅之情，在他呼吸霧暈的空氣，轉向屋子西側時，愉悅感持續增生。他佇立好一會兒才開口，幾乎是耳語。「你在這兒嗎？」哈地里問道。

宛如她們第一次交談，起先是一陣停頓，接著那位女子回答他，笑意深藏於她的聲音。「是啊，我在這兒。你呢？」

下一瞬間，她們見到彼此，雖然只是兩抹籠罩於霧色的綽約形影。

「我就在這兒。」哈地里說。他的愉悅顯得荒謬。他往前走幾步，足以看清楚她深色的頭髮，深黑眼眸，淺色的鵝蛋臉。「我想要再與你談話。」他說。

「我也想要再度與你談話。」

「我無法找到你，我本希望你能夠主動跟我講話。」

「在樓下的話是不成的。」她這麼說，聲音輕而冷。

「你是第一組灑多瑞圖的搭檔之一？」

「是啊。」她這麼說。「我是麥魯歐家族第一組灑多瑞圖的晨族妻伴，我的名字是安納特。我想要知道，你是否仍憂忡不樂。」

「是的，」哈地里說。「不——」他試圖看清楚她的容顏，但周遭光線黯淡。「為何你願意與我談話，為何我能夠對你坦承訴說心情，卻無法與這屋子的任何其他人講話？」他說：「為何你是唯一對我好的人？」

「難道——蘇歐路對你不好嗎？」她這麼問，提及蘇歐路的名字時略帶躊躇。

「他從未刻意惡待我，他不會對我不好。只是，他，他會把我弄得團團轉，他會逼迫我……他遠比我來得強悍。」

「或許不然。」安納特說：「或許，他只是習慣自行其是。」

「或是，他比我更沉浸於愛河。」哈地里低語，備感羞慚。

「你並沒有愛上他嗎？」

「不，我愛他！」

她開懷笑了。

「我從未見過他這樣的人，他超逾許多——他的情感如此深邃，他——我無法說盡自己的感受。」哈地里講得結結巴巴。「但是，我愛他，我無與倫比地愛他——」

「所以，究竟是哪兒出錯了？」

「他想要結婚。」哈地里說出口，接著突兀停頓了。他所談論的是她的家族，甚至是她的血親。身為第一組灑多瑞圖的晨族妻子，她是麥魯歐一族的繁複錯綜親族網絡之成員。他到底在莽撞亂扯些什麼呢？

「他想要與哪些人結婚？」她問。「別憂慮，我不會介入干涉。是因為你不想與他進入婚姻結構嗎？」

「不，不是這樣的。」哈地里趕忙澄清。「只是，只是，之前我並未設想要久留於此地，我以為我會返回家……與蘇歐路結婚，這表示，這顯得我，我得到太多，我配不上他。但是，與他結婚會是很棒的，很美好的事！但，但是……這個將成形的婚姻，這一組灑多瑞圖，我覺得並不對勁。」他說：「薩絲妮願意與他結締，而杜恩會與我結締；這樣的話，薩絲妮與杜恩就能夠成就自己的日婚。」

「蘇歐路與薩絲妮，」在說出名字時，又出現輕微的停頓。「兩人並不相愛？」

「不是的。」他這麼說，但稍感猶疑，記起這兩人之間充斥挑釁火花的熱力擦撞。

「那麼，你與杜恩之間呢？」

「我甚至還不認識她呢。」

「哎呀，不可以哦，這樣就不誠實了。」安納特說：「一個人是該選擇所愛，但並非此道……這個婚配結締是誰的想法，她們三者一起合謀嗎？」

「我想是吧。蘇歐路與薩絲妮在討論此事，至於那個少女，杜恩，她啥也不表示。」

「請與她交談。」柔和的聲音這麼說。「請與她好好深談，哈地里。」她凝視著他，如今兩人之間的距離不到咫尺，彼此挨近的程度讓他感受到對方手臂觸及自身的溫暖，縱使她們並未相互碰觸。

「我比較想要與你說話。」哈地里這麼說，轉身面對她。她往後移動，即使是如此輕微的動作，都顯得虛無飄渺，霧氣深濃且陰暗。她伸出自己的手，但並未真正碰到他。哈地里知道，她正在微笑。

「那麼就留下來，跟我談天說地。」她倚在屋脊說道。「告訴我……嗯，請隨意告訴我關於你的事。你與蘇歐路，當你們兩人並沒有在做愛時，都在做些什麼？」

「我們出海遠遊。」他這麼說，隨著敘述，憶起首度出航遠洋的感受，他所感到的驚恐與喜悅。「你是否會游泳呢？」他笑起來，答：「在我家鄉的湖泊，我會游泳，可那是兩碼子事。」她也笑起來，回答：「對，我想像這是兩種不同的情景。」她們繼續聊了好久，然後哈地里開口詢問，她做些什麼呢——「我是指，白晝時光，你的活動。我還沒有在樓下的屋舍遇見過你呢。」

「是啊。」她這麼說：「我在做些什麼啊？嗯，我為麥魯歐一族感到憂心，我也掛念自己的孩子們……我不想再沉浸於這些思緒了。你是怎麼結識蘇歐路的呢？」

在她們的話題將結束時，終於浮升的月光讓霧氣變得清淡，周遭變得寒冷刺骨。哈地里不禁冷得打顫。「回去睡覺吧。」她說：「我習慣這種冷度，你該上床了。」

「都已經結霜了。」哈地里說：「你瞧。」他觸摸銀白色的木製扶欄。「你也該下樓歇息了。」

「我會回去的。晚安，哈地里。」他轉身將離去時，似乎聽到安納特這麼說，或誤以為自己聽到對方的話語。「我會守候，等待浪潮。」

「晚安，安納特。」他以低啞、溫柔的語調叫喚對方的名字。要是這兒的其餘人們都跟她一樣，該有多好啊。

接著他回到房間，挨近蘇歐路，靠向他散發慵懶、美妙熱力的身軀，立即沉睡。

翌日，蘇歐路得在記錄文書的檔案辦公室工作，哈地里不但全然幫不上忙，還會礙手礙腳。於是，哈地里利用自己的獨處時機，詢問幾個態度頗為陰鬱暴躁的女性，找到杜恩的所在地：就在晒魚廠。他在碼頭處找到杜恩，算是好運道，她獨自坐在船塢的邊角，沐浴於霧氣繚繞的陽光，吃著午餐。

「我想要與你談話。」哈地里說。

「為什麼呢？」她說。杜恩不願意正視他。

「我有疑問：為了取悅你所愛的人，同時與一個你甚至稱不上喜歡的人進入婚姻模式，這樣是對的嗎？」

「不對。」她激烈地回應。她依然垂著眼往下看，試圖把裝午餐的袋子折疊整齊，但是她的手顫抖得太厲害。

「那麼，你何以願意這麼做？」

「你又何以願意這麼做？」

「我並不願意。」他這麼說：「主控者是蘇歐路，以及薩絲妮。」

她點點頭。

「所以，你不是參與者？」

她暴烈地猛搖頭，瘦削、黝黑的面孔顯得異常年少。他終於搞清楚了。

「但是，你深愛薩絲妮。」他遲疑地說。

「沒錯！我愛薩絲妮。我總是如此，我會一直愛她下去！但，但是這並不表示我得要順從照辦她的每一項指令。只要是她的願望，我就得要答允，我就得要去做——」杜恩終於正視他，面容如炭火般燒紅，她的聲音戰慄且瀕臨崩潰。「我不是薩絲妮的所有物！」

「嗯，」哈地里說：「我也不是蘇歐路的所有物。」

「對於男性，我一無所知。」杜恩這麼說，依然炯炯怒視著哈地里。「其實，我也不了解任何別的女子，或是任何事物。除了薩絲妮，我從未與任何人在一起過，這一輩子迄今如此！薩絲妮認為，她擁有我。」

「她與蘇歐路的性情頗為類似。」哈地里謹慎地說。

一陣靜默。雖說杜恩的眼眶盈滿淚水，像個孩子似的，她卻昂然作無事狀，並不無謂地擦拭眼淚。她背脊直挺端坐，充斥著麥歐魯一族女性的尊嚴，一邊將自己的午餐便當袋包裝好。

「我也是，對於女性所知甚少。」哈地里訴說，他自己的尊嚴顯得較為單純。「其實我也不懂男人。我知道，我愛蘇歐路，但是，但我需要自身的自由。」

「自由啊！」她這麼說。起初，哈地里以為杜恩在譏笑他，但卻截然相反——她爆哭出聲，將頭顱埋在雙膝之間，大聲抽泣。「我也需要自由，」她說。「我也是！」

哈地里伸出一隻怯怯的手，輕撫她的肩頭。「我並非有意要惹你哭泣。」他說：「請別哭泣，杜恩。這樣吧，如果我們，嗯，如果你與我都有如此的情懷，我們可以一起做些什麼來改善現況。我們不一定要結婚，但我們可以當彼此的朋友。」

她點頭贊同，繼續抽泣了一陣子。最後，杜恩抬起一張淚水濡溼的面孔，以淚光閃閃的晶亮雙眼注視哈地里。「我很樂意結識一個朋友，」她這麼說：「我從未有過任何一個朋友。」

「在這個地方，我只有另一個友人，」他這麼說，到此時他才知道，安納特鼓勵他與杜恩傾心懇談的建議是多麼正確。「那個朋友就是安納特。」

「她是誰呢？」杜恩瞪著他。

「安納特啊，第一組灑多瑞圖的晨族女子。」

「你的意思究竟是？」她並非表示輕蔑，僅是非常訝異。「那一位的名字是塔哈耶。」

「那麼，究竟安納特是誰呢？」

「她的確是第一組灑多瑞圖婚姻搭檔的晨族女性，但她不是活人，她是四百年前的人物。」少女這麼說，依然瞪視著哈地里，視線清澈且困惑。

「請告訴我她的事。」他說。

「她遭海浪襲擊，因而溺死，就在這兒，就在岩岸邊。當時她的灑多瑞圖伴侶與孩子們都在沙灘上，數百年前的浪潮尚未如今日猛烈，尚未侵襲到麥魯歐的領地。當時，她們全都在沙灘上，計畫運河的建構工程，她獨自留在屋內。她目睹西方的風暴變得激烈，風勢將會帶來劇烈的潮浪，於是跑出去警告她的伴侶與孩子。結果，潮浪真的大舉高漲，撲襲岩岸，由於警示，安納特的家族得以倖免，然而安納特卻不幸溺斃了……」

即便他的心底充斥諸多迷惑，關於安納特，關於杜恩，但他始終未曾迷惑，何以杜恩就這樣回答他突兀的問題，並且未曾對他提出任何反問。

沒有經過太久，只約莫半年之後，哈地里才重提此事。「你可還記得，當初我們第一次真正講話——就在船塢的那回——當時我告訴你，我遇見過安納特？」

「我記得。」杜恩說。

她們置身於哈地里自己的臥室內。那是一間美麗挑高的房屋，窗戶眺望東方，就傳統上來說，這房間是由某個第八組灑多瑞圖的成員所居住。夏季的朝陽溫暖她們的床鋪，一陣柔和、瀰漫泥土香的陸地微風吹拂著窗口。

「難道你不覺得奇怪嗎？」哈地里問。當他說話時，頭顱枕在杜恩的肩頭，他感受到杜恩柔暖的氣息在自己的髮稍之間。

「當時對我而言，一切都非常奇異……我不知道，況且，要是你聽說過潮浪的事……」

「潮浪？」

「就在冬夜，在屋子頂層，通常都是在閣樓。你會聽到潮浪入內的聲音，聽見它拍擊岩岸，浪聲流竄於內陸的群山之間。然而，海洋距離內陸有好幾哩遠……」

蘇歐路敲門，等她們應門之後進入臥室。他早就打扮好了。「你們兩個怎麼還在賴床啊！難道不知道我們要到鎮上？」他還是如此頤指氣使，全身雪白的夏衣顯得他華麗耀眼，氣勢輝煌。「薩絲妮都已經準備好，等在庭院了！」

「好嘛，好啦，我們要起床了。」她們這樣應答，一邊暗暗地相互依偎。

「快點，我們要立刻出發啊！」蘇歐路說著，飛快步出房門。

哈地里才剛坐起來，杜恩就把他拉回去。

「敢情你真的見過她？你與她交談過？」

「兩回。自從你告訴我，安納特究竟是誰、她的相關事蹟之後，我並沒有再回去找她。我並非害怕……她的存在，反而是害怕，從此她不再出現於我的面前。」

「她究竟做了些什麼？」杜恩柔聲問。

「她挽救我們倆，不讓我們因別無選擇之愛而陷溺身亡。」哈地里說。

荒山之道

以下的筆記摘要，將為不熟悉歐星文明的讀者解說：

歐星社會區分為兩半，或兩種半族，以遠古的宗教緣由而稱為晨族與夕族。你的部族就是你母親的部族；你不能與同氏族的任何人發生性愛。

歐星的婚姻結構是四重，意即，組成「灑多瑞圖」的四個成員是晨族的女性與男性各一名，以及夕族的女性與男性各一名。你能夠也應該與另兩名不同氏族之人形成情慾關係；與你同氏族的那人，你不可與之做愛。是以，在一組灑多瑞圖之內，有兩重應當如此的異性情慾關係，兩重理所當然的同性情慾關係，以及兩重被禁止的異性性愛關係。

在每一組灑多瑞圖內，應存在的情慾關係如下：

一、晨族女性與夕族男性（晨婚）

二、夕族女性與晨族男性（夕婚）

三、晨族女性與夕族女性（日婚）

四、晨族男性與夕族男性（夜婚）

兩種被禁止的情慾關係，在於晨族女性與晨族男性之間，或夕族女性與夕族男性之間。這兩重禁制關係並沒有特定名稱，它們只是冒瀆。

聽起來，還真是繁雜曲折的玩意呢！然而，泰半的婚姻關係不就是如此嗎？

在戴卡山脈岩石遍布的高地上，農舍零星散居，彼此相隔甚遠。從冰冷的土地，農民耕作出一條活路，她們在有遮蔭的面南坡地上栽植作物，梳下亞瑪羊的毛，將羊毛編織成毛料，販賣給地毯工廠。山區的亞瑪羊又稱為艾利烏，牠們個頭瘦小結實，生性狂野，不需要羊舍的庇護，也不受圈養，因為艾利烏從未跨越記憶深處的古老族群地域界線。每一家農舍就是那群羊獸的族群地域，羊群才是真正的農舍擁有者。牠們秉性高傲、容忍這些人類與自己為伍，為牠們理毛，萬一難產時協助牠們生下幼羊，在牠們死去之後剝下毛皮。農民仰賴艾利烏的存在，但是艾利烏不盡然需要農民；是以，所有權的議題有待辯論爭議，相當曖昧。在丹洛農莊，農民不會說「我們擁有九百頭艾利烏」，而是說「這群艾利烏有九百頭」。

位於歐星歐納蘇區曼河流域的高緯區，有個名叫歐羅的村落，丹洛是歐羅村最偏僻的農莊。居住於此地的山民算是有禮數，但並非很有教養。如同大多數的歐星人，她們以堅守傳統法則行事為傲，但事實上呢，她們是一群冥頑不靈、自行其是的傢伙，修改傳統規範好吻合自己的生活方式，然後奚落「平地人」一點都不懂規範，漠視傳統且真正的歐星之道，也就是荒山之道。

好些年前，由於法倫山崩的意外災難，丹洛第一組灑多瑞圖因而損裂，晨族女性與她的配偶傷重去世。由於此事件而鰥寡的夕族女性與男性，來自別的農莊，因哀傷過度一蹶不振，早衰無力，遂將農莊交給農族的女兒，由她來主掌並料理大小事務。

她的名字是沙赫絲，現年約莫三十歲，是個背脊直挺、身體強壯的矮小女子。她的面頰粗糙通紅，具有山民的矯健步伐，及山民獨具的肺活量。即使在大雪紛飛的時節，她能夠背著六十磅重的羊毛下山，販賣羊毛、付稅金，逛逛村落各處，在夜幕降臨之前，邁步行完崎嶇山路回到家，而這趟路單程就有四十公里長，高度落差達六百公尺。要是沙赫絲或住在丹洛的任何人渴望見到新面孔，就得下山去別的農莊，或去村落社區中心一遊。要走上這麼一大段路，把人帶到丹洛農莊住宿，也是鮮見之舉。沙赫絲甚少雇用幫手，她的家人也不善交際；至於她們的好客心性，正如同這一大段山路，早就因不常使用而愈發冷硬無情。

然而，有位旅行學者並不受這些崎嶇陡峭的山路所嚇阻，大老遠從低地平原沿著曼河一路跋涉來到歐羅村。造訪過一些農莊之後，學者從卡狄恩攀上法倫山，抵達丹洛農莊，對農莊的居民提出一項體面且符合傳統的交換：只要農莊願意提供食宿，她願意在駐留期間分擔主屋神壇的崇拜儀式，帶領居民進行「論辯」討論，教導農莊孩童研習屬靈課程。

這位學者是夕族女性，四十來歲，身材高眺、四肢修長，修剪的短髮是暗褐色，又細又鬈宛如亞瑪羊毛。她無所畏懼，隨遇而安，而且不和人咬耳朵閒扯。學者與那些來自大中央地區、行事機巧圓滑的闡經人士南轅北轍，她亦出身於農莊，而後就學深造。她在論辯課程的誦讀與談話平實，適合她教導的聽眾；她以古老的音律唱出獻祭歌謠與讚美曲，同時，學者以溫和、簡短的課程，教導丹洛農莊唯一的孩童：一個十歲大的晨族小表侄。除此之外，學者與招待她的主人類似：沉默，戮力工作。農莊人們日出而耕，學者甚至不到清晨就起身冥思；靈修之後，她花上一、兩個小時閱讀手邊僅有的幾本書，並寫作。除了清晨的研讀時段，日間其餘時光，她與農莊的人們一起工作，樂意從事任何指派給她的差事。

時值仲夏，也是梳理收成羊毛的季節。農莊的人們竟日在偌大山間勞動，分散人手於每一處羊群領地。每當羊兒躺下來咀嚼反芻物，農民就上前梳理羊毛。

年長的艾利烏喜歡被梳理毛。牠們會怡然倒臥，雙腿併攏，或直挺挺站著，稍微挨近梳毛者，有時發出小小的、顫抖似的低咳聲，顯示出享受這番服務。一歲大的幼羊，羊毛最是幼滑，無論原料還是織好的毛料，都能夠售得最高的價位；但牠們生性淘氣好玩，會不時跑來撞去。若要順利梳理幼羊毛，必須具備無比的耐心。這等梳理者，終究會讓幼羊變得喜愛被梳毛。梳子的細緻梳齒無盡重複著細膩梳入輕耙的動作，幼羊逐漸安靜下來，就在梳理者輕柔單音節的哄誘中，幼羊會在「呼納，呼納，納，納……」的催眠小調伴隨下，漸漸昏沉愛睏。

這位旅行學者——她的宗教法名是伊恩諾——照料新生羔羊非常有一套，高明的手法讓沙赫絲不禁請她試梳一歲羊兒的毛。伊恩諾對於一歲幼羊的技法同樣出色，沒多久，她與沙赫絲（歐羅最棒的梳羊手）就一起工作，日復一日。每天清晨，伊恩諾首先進行例行的冥思與閱讀，之後來到壯闊的山坡地，沙赫絲與羊群等著她，一歲幼羊爛漫奔跑，依偎著母親，與新生羊兒嬉戲。兩人一起工作，每日的成果可達一大袋四十磅重的羊毛，毛質輕盈如絲，有如乳色雲海。她們通常會挑選一對雙胞胎幼羊來梳毛，在這氣候溫煦的年度，雙胞胎幼羊的數目多得超乎尋常。倘若沙赫絲選了雙胞胎的其中之一，另一頭幼羊就會追隨自己的半身，這是艾利烏雙生羊終生的個性；於是，兩人可以在彼此專注安靜的相伴並肩工作。她們只與幼羊說話。沙赫絲會對小羊說：「移開你這隻笨笨的腳！」小羊會以黑色、宛如夢寐的大眼睛注視她；伊恩諾會喃喃念誦著：「呼納，呼納，呼納，納……」當這隻小野獸輕蔑地猛搖優雅的小頭顱，齜牙示意她要幫牠搔搔肚子，伊恩諾會同時念一段祝禱詞，平撫這頭幼羊。接下來半個小時內，無人說話，只有梳毛的細碎聲響、綿綿清風拍擾岩石、小羊羔偶爾輕聲咩咩叫，以及一旁的羊獸扯咬著乾瘦牧草時，帶著韻律的細微咀嚼聲。別無例外，總有一頭年長的雌艾利烏在旁看顧，修長脖子頂著警醒的頭顱高抬，一雙大眼睛顧盼四方山脈之間鋪陳廣闊的平原，下至數哩下的河流，上達數哩上的冰河。遠處頂峰的白雪與石塊凝定，隔遠相望陽光普照的深藍天際。山巔隱入雲層與濃霧之間，又從氣漩渦流間現身。

伊恩諾雙手滿滿抱起她梳理下來的乳色柔毛，沙赫絲打開長長的雙口袋子。

伊恩諾將羊毛塞入袋內，沙赫絲握住她的手。

她們緊握對方的手，隔著半滿的羊毛袋相倚。之後，沙赫絲開口：「我想要——」伊恩諾立即就範：「好，好的！」

墜入情網之前，這兩人都沒有豐富的戀愛經驗，也未曾享受過沛然的性愛歡愉。伊恩諾還是個野生農村女孩時，名字是阿卡爾，不幸的是，年少的阿卡爾與一名男人互墜情網，他是個以殘虐性愛表達情慾的人。當她終於了解，無須忍受對方施加在她身上的性愛虐待，她逃離故鄉，否則她不知道怎麼做才能逃離那個男人。阿卡爾在雅絲達學院找到庇護，也發現自己是從事研究與讀書的料子，同時她熱愛性靈修煉，以及日後的浪跡歲月。學業完成之後，這二十年來，她一直是個以天涯為家的浪遊學者，沒有家人與情感羈絆。如今，沙赫絲的激情為她開啟一道門扉，揭示肉身的性靈面，讓她的整個世界為之轉化變形，先前她彷彿未曾活在其中。

至於沙赫絲，在此之前，她很少想到愛情或性愛，除了攸關婚姻方面的考量。婚姻對她而言是一樁待解決的急迫生意。她現年三十歲，現今的丹洛並沒有完整的灑多瑞圖結構，沒有適合生育的女性，且只有一個孩子。她的任務相當明確。這段時間，她以某種嚴苛、不甘願的情感去招攬鄰近的農莊人手，那兒有幾個夕族男人。要撈到貝哈農莊的候選人，時已晚矣，他已經和某個低地平原人跑了；卡狄高地的鰥夫倒是樂意成為伴侶，但他已將近六十歲，而且氣味難聞。她曾經強迫自己接納米卡舅舅的表親，他來自下游的歐卡巴農莊；然而，這男人唯一的慾望就是要分上一杯丹洛農莊的財富羹湯，況且，這個沒用的東西竟然比米卡還更加怠惰無能。

自從少女時代，沙赫絲就與曇麗相當要好，她是最鄰近丹洛的卡狄恩農莊的夕族女兒，卡狄恩位於法倫山的另一邊。沙赫絲與曇麗分享性愛與友誼，彼此情誼真摯可靠，雙方都希望這份感情能長久持續。她們不時會在沙赫絲的丹洛農莊或曇麗的卡狄恩農莊約會，躺在對方的床上，討論如何形成一個灑多瑞圖家室。村裡的媒人對她們無甚幫助，她們認識每一個媒人知道的候選者。她們會屈指數遍歐羅村的每一個男人，以及歐羅坡地之外的少數幾個男子，但她們會陸續排除這些候選者，要不是對方不可能結締，就是難以接近。唯一留在候選名單的是晨族男人敖多拉，他在村裡的梳毛棚工作。沙赫絲欣賞這個男人，因為他是個可靠的工人；曇麗喜歡這個男人的長相與談吐。顯而易見，敖多拉也喜歡曇麗的長相與談吐，要是卡狄恩農莊有資源讓曇麗成立自己的灑多瑞圖，敖多拉必然熱切追求她；但是卡狄恩是個貧瘠的農莊。至於丹洛的問題，在於沒有適合的夕族男人充當第四個婚伴。若要組成灑多瑞圖，沙赫絲、曇麗與敖多拉必須屈就兩個悲慘的選擇，不是那個恬不知恥的歐卡巴懶蟲，就是住在卡狄農莊、體味惡臭的老鰥夫。光是想到把農莊與自己的床鋪分享給其中之一，沙赫絲就難以忍受。

「要是我找到一個配得上我的男人就好啦！」她以苦澀的精力吶喊。

「就算你找得到，我真懷疑你是否會喜歡他。」曇麗說。

「我自己也不知道。」

「也許，下一年的秋天，就在曼堡……」

沙赫絲禁不住嘆息。每一年的秋天，她不辭勞苦、跋涉六十公里的漫漫長路，趕著一群披掛豐厚毛皮的亞瑪羊獸，來到曼堡市集，目的之一就是要找到一個適合進入婚姻的好男人。然而，那些她會多看兩眼的人，通常都不會注意到她。即便丹洛農莊能保障一個男人生活穩固、衣食無虞，很少人願意生活在這種孤高荒山，住在山脊之上。況且，沙赫絲並不是那種漂亮女人，也沒有溫柔性情來吸引住一個尋常男人。戮力工作、嚴酷氣候，以及發號施令的習慣，已經讓沙赫絲成為一個硬派人物；與世隔絕的生活，讓她秉性羞怯。置身於那些隨和歡暢的買家與賣家之間，她宛如一頭野生小動物。去年秋季，她再度嘗試去市集碰運氣，終究徒勞無功，帶著全身的疲疼與頑強秉性回到山上。最後，她告訴曇麗：「我不想碰任何一個男人。」

就在泠泠的山間寂靜夜色，伊恩諾突然醒來。她見到方型窗框讓星光燒灼得燦亮，身邊沙赫絲的身軀溫暖，但她啜泣得全身顫抖。

「怎麼了，怎麼回事？我親愛的人啊。」

「你會離去的，你會離我而去！」

「但不是現在——我不會在短期內離去——」

「你無法長居於此地，你有自己的使命，你的義——」由於哽咽與啜泣，話語中斷。「你必須成就學院人的義務，你有自己的學者工作，更何況，我不能留住你。我無法把農莊送給你，我無法給予你任何事物，我什麼辦法都沒有！」

伊恩諾——或是阿卡爾，因為她請求沙赫絲在獨處時如此稱呼她，呼喚這個她早已放棄的年少名字——對沙赫絲的言下之意，心知肚明。農莊主人的義務就是要維繫血脈的延續，沙赫絲的祖先賜予她生命，她有責任要賜予她的後代生命。阿卡爾並未質疑這項傳承，她自己也出身於農莊。離家之後，她在學院習得靈魂的喜悅與責任；就在沙赫絲的懷抱，她習得愛情的喜悅與責任。這兩者都沒有妨礙沙赫絲身為農莊主人的義務，她不需要自己生育小孩，但她必須確保有延續香火的後代來繼承丹洛農莊。倘若曇麗與敖多拉形成夕婚，曇麗的小孩就是丹洛的繼承者。然而，一組完整的灑多瑞圖必須同時具備晨婚，也就是說，沙赫絲必須找到一個夕族男子當她的異性婚伴。沙赫絲並非自由之身，可以任意留住阿卡爾，阿卡爾也沒有合理的名目長居於丹洛，因為她阻礙了婚事，她是個不相干的妨礙與破壞者。只要她以情人的身分留在丹洛，她等於是忽略了自己身為宗教學者的職責，同時也干擾沙赫絲該為丹洛農莊盡的責任義務。沙赫絲說出了真相：她必須離去。

她從床鋪起身，走向窗前。縱使寒冷異常，她裸身站在星光底下，凝視晶亮閃爍、從灰色山道鋪陳到巔峰的星群。她必須離去，但她無法離去。生命就在此處，就在沙赫絲的體內，蘊藏於她的乳房、嘴唇、呼吸。她既然找到了生命，就無法迎向死寂。她無法離去，但她必須離去。

沙赫絲的聲音從陰暗的房間傳來。「與我結婚吧。」

阿卡爾赤足悄悄走過光裸地板，回到床上。她鑽入羊毛被褥，渾身發抖，感受到沙赫絲的體溫包裹自身，轉身擁抱她。然而，沙赫絲以強烈的力道握住她的手，再度開口。「與我結婚。」

「當然好，只要我辦得到。」

「你辦得到。」

經過半晌，阿卡爾嘆息，伸直軀體，頭顱壓住枕頭後方的雙手。「此地沒有夕族男人，你自己也說過了。所以，我們要怎麼結婚？我該怎麼辦？敢情是去平地釣一個男人上來，以農莊的利益當釣餌。大概不會有不上鉤的男人，但是我不願與任何人分享你，我辦不到。」

沙赫絲也在動腦筋。「我也不能讓曇麗落單。」她說。

「這又是另一件麻煩事。」阿卡爾說：「這樣對曇麗並不公平，倘若我們當真找到一個夕族男人，她就會被遺留在婚姻之外。」

「不，她不會被擋在外頭。」

「兩個日婚，沒有晨婚？同一個灑多瑞圖家室有兩名夕族女性？這真是個良好的解決方法！」

「聽我說。」沙赫絲說道，沒有聽進對方的話。她坐起來，羊毛被環繞肩頭，音調低沉飛快。「你先行離去，然後再回來。冬季過後，晚春時節到了，人們會沿曼河而上，尋找夏季打工的機會。某個男子會到達歐羅村，詢問村人，是否有農莊缺少技術良好的幼羊梳毛手？就在村落，人們會告訴他，是啊，丹洛農莊的沙赫絲正在尋找一個梳幼羊毛的好手。於是他上山，來到農莊，敲這裡的門。他會說，我的名字是阿卡爾，我聽說你們需要一個梳羊毛好手。是的，我會這麼說，進來吧，進來，而且永久住下來！」

她的手掌宛如烙鐵，緊握阿卡爾的手腕，聲音狂歡激動。阿卡爾靜靜聽她說，彷彿聽取一則童話故事。

「誰會曉得呢，阿卡爾？誰會認出你呢？你比大多數男人更為高眺——只要你把頭髮留長，穿上男裝——你說過，以往你喜歡穿著男裝。不會有人知道這回事，有誰會來到這裡呢？」

「哎，得了吧，沙赫絲！這裡的人又怎麼辦，馬吉爾與瑪度，還有沙思特——」

「老人家有看沒見，米卡是個智障，小孩子不會認出來的。曇麗可以從卡狄恩把老巴瑞思請來這裡，為我們證婚。他連乳頭與腳趾都分不清楚啥是啥，但他說得出證婚祝辭。」

「那曇麗怎麼辦？」阿卡爾說，一邊發笑一邊感到驚擾。這真是個瘋主意，沙赫絲不可能當真吧。

「別擔心曇麗，她願意做任何事，只要能遠離卡狄恩那個鬼地方，我們渴望成立自己的婚姻已有多年之久，現在就可以啦。我們只要把那個晨族男人給她，她挺喜歡敖多拉，而他喜歡分上一份丹洛的資產。」

「毫無疑問，但他也必須分享我，你總知道吧！女性要成就一個夕婚？」

「他不用知道實情。」

「你瘋啦，他當然會知道！」

「那已經是證婚儀式之後的事了。」

阿卡爾的視線穿透黑暗，瞪著沙赫絲，震驚無言。最後，她終於開口。「所以，你提議的妙方是說，我現在先行離去，半年後以男性身分裝扮回到此地，然後與你、曇麗，以及某個我根本不認識的男人一起結婚，然後，終其一生我都以男性的身分活在此地。嗯，也就是說，不會有人猜疑我是不是先前的學者，看透我的身分，或是反對此舉，更甭提我的晨族『丈夫』了。」

「他無關緊要。」

「不能這樣說，他當然攸關。」阿卡爾說：「此舉非常不公平，相當邪惡，冒瀆了婚姻的神聖性。況且，這是行不通的，我不可能唬過每一個人！更不可能說，我就這樣過一輩子！」

「那麼，我們究竟怎樣才能結婚？」

「找一個夕族的丈夫——某處必然有——」

「但我只要你！我要你同時是我的妻子與丈夫！我不要任何別的男人，只要你，與你終生廝守，不讓別人介入，也不讓別人拆散我們。阿卡爾，想想啊，考慮看看吧，或許此舉有違宗教傳統，但它會傷到誰嗎？有何不公平之處？曇麗喜歡男人，所以她會得到敖多拉，敖多拉會得到曇麗，以及丹洛的資產，丹洛會擁有這個婚姻製造出來的後代子孫。至於我，我會得到你，我會永遠擁有你，你是我的靈魂與生命之所在。」

「啊，別，別這樣啊。」阿卡爾劇烈地嗚咽。

沙赫絲抱緊她。

「在此之前，我根本當不了一個女性，」阿卡爾說：「直到我遇見你。而你又要把我變成一個男人！我會變成一個很糟的男人，這樣一點好處都沒有！」

「你不會只是個男人，你是我的阿卡爾，我心愛的人，沒有任何人事物會干涉我們的愛情。」她們哭泣且歡笑，緊抱彼此來回搖晃，羊毛環繞身周，星光如火炬照耀。「我們就這樣做，就這麼辦！」沙赫絲說。阿卡爾回應她：「這真是瘋狂之舉，我們瘋了！」

正當歐羅村民正在八卦猜測，是否這位女性學者將會在高地的農莊過冬，此時她人究竟在丹洛或卡狄恩，學者恰好經由崎嶇不平的山路回到村落。她在歐羅村過了一夜，為村長的家庭念誦祝禱文，於翌日清晨搭乘貨輪，前往戴曼的陽光驛站。秋季初降的第一場風雪，就這樣伴隨學者遠離山巔。

整個漫長的冬季，沙赫絲與阿卡爾都沒有彼此連絡。就在早春時節，阿卡爾打電話到農莊。「你幾時要來？」沙赫絲這麼問。遙遠的聲音如此回答：「就在梳毛的季節。」

對於沙赫絲，冬季是一場關於阿卡爾的漫長夢境。她的聲音就在隔壁的臥室，她頎長的身軀就在沙赫絲身旁移動，共度風雪交織的凜冬。沙赫絲的睡眠祥和，愛意得以確認，愛人即將到來，她安眠於這場搖籃曲。

對於阿卡爾，或該說是平地的伊恩諾，漫長的冬日就在愁慘與躊躇的情緒度過。婚姻是神聖的儀典，而她們策畫的計謀卻是對神聖儀式的冒瀆。然而，這的確是建構於愛情的婚姻。正如沙赫絲所言，這樣的設計並不會傷到任何人——除非欺瞞本身就是傷害。設計敖多拉那男人不可能是對的，他的夜婚姻伴侶並非男性。但是，事先得知這番計畫的人不可能會同意此舉，暫時的欺瞞是唯一的法門。她們必須先行騙過敖多拉。

歐星的宗教並沒有教士或權威學者之類的人物來指引眾生。一般人必須為自己作主，做道德與精神層次的抉擇，這就是何以人們花不少時間在「論辯」課上討論。身為「論辯」學者，伊諾恩知道的問題比一般人要多，肯定的答案卻比一般人更少。

在深暗的冬季清晨，阿卡爾端坐沉思，與自己的靈魂搏鬥角力。當她打電話給沙赫絲，原先她要說的是，不，她無法履行承諾，無法前往丹洛。然而，當她聽見沙赫絲的聲音，所有的罪惡與愁苦悉數溶解，彷彿從夢寐清醒，夢境的內容為之銷融。結果，這通電話的訊息是：「就在梳毛的季節，我將前來。」

春季時節，她與一組工匠合力重建並漆飾自己的學校，雅絲達學院。在那段時間，她把頭髮留長。頭髮長度夠了，她往後梳，像是泰半男性的造型。夏季，她存了一些教書賺取的錢，購買一些男性衣物。在店裡試穿時，她往鏡子裡看，看到了阿卡爾。阿卡爾是個高個子男人，身材瘦削，臉型尖削，鼻子骨感，微笑緩慢燦爛。嗯，伊恩諾喜歡阿卡爾這個男子。

阿卡爾乘坐渡輪抵達最後一站，歐羅村，來到了村鎮中心，詢問是否有人徵求梳毛工。

「丹洛農莊啦！」「農莊主人已經下來徵求兩回嘍！」「要的是細梳幼羊的好手！」「不是啦，是粗毛的梳理工！」七嘴八舌了好半晌，村裡的好事者與老人們終於取得協議：是的，丹洛農莊正在徵求一名優秀的幼羊梳毛工人。

「請問丹洛位於何處？」高個子男人問。

「高處，」老者簡潔地說。「你照料過艾利烏一歲幼羊嗎？」

「是的，往東邊或西邊的高處？」

她們為她指路，阿卡爾沿著東拐西彎的山徑前進，嘴裡哼著一首熟悉的讚美歌。

突然間，阿卡爾停止吹口哨，停止身為男人，疑惑著自己要怎麼做才能假裝不認識農莊的人們，而且她怎可能設想她們會認不出她來？她怎可能瞞過沙思特，她親自教授聖水儀典與讚美詩歌的那個孩子？當沙思特跑到大門口，開門讓陌生客人入內，一股混雜沮喪與羞恥的恐懼席捲她全身。

阿卡爾相當少言，設法讓語調保持低沉，不與孩子四目交會。她本以為沙思特必會認出她，但他的眼神儼然是個甚少見到陌生客的小孩，對他而言，陌生人長得都一個模樣。沙思特跑去找老人家，瑪度與馬吉爾前來歡迎阿卡爾，基於宗教義務，供上丹洛農莊的招待。阿卡爾接納對方的好意，自覺卑鄙低劣，竟然欺瞞這些人——這些人縱使態度粗率、物資稀少，但對她相當友好。同時，她感到一股狂野的笑意，某種勝利感。她們沒有認出她體內的伊恩諾，她們不認識她。這表示她就是阿卡爾，自由自在的阿卡爾。

沙赫絲進入廚房時，阿卡爾正在喝一碗夏季蔬菜熬煮、酸澀稀薄的湯。沙赫絲顯得嚴峻、粗壯，承受風吹日晒，而且全身溼透。阿卡爾進入農莊沒多久，夏季的暴風雨迅速襲擊法倫山地。「那是誰啊？」

沙赫絲問道，卸下溼透的外套。

「從村裡上來的，」老馬吉爾壓低聲音，以私密的語氣告訴沙赫絲。「他說，村裡的人告訴他，你正在徵求梳理一歲幼羊毛的工人。」

「你曾在哪裡工作過？」沙赫絲邊質問，邊轉過身子為自己盛一碗湯。

阿卡爾並無生命史，起碼近期沒有。她支吾了好一陣子。沒有人懷疑她什麼，迅速的回答與機警的談吐徒讓山間居民起疑心。最後，她終於說出自己在二十年前離家棄逃的農莊名字。「阿巴村的布瑞迪農莊，位於歐利修。」

「你是個做梳毛細工的？照料過一歲羊嗎，艾利烏的一歲幼羊？」

阿卡爾呆呆地點頭。是不是連沙赫絲都沒有認出她是誰呢？她聲音平板，並不友善，唯一投給阿卡爾的眼神顯得渾不在意。她拿著湯碗坐下來，狼吞虎嚥地進食。

「下午，你跟我一起去梳羊毛，讓我瞧瞧你的手法。」沙赫絲說：「你的名字是？」

「阿卡爾。」

沙赫絲咕噥幾聲，繼續用餐。不過，她的眼神穿越餐桌，直視阿卡爾，眼底閃現鋒芒，宛若光製的刀俎。

就在山峰之上，雨水與融雪混雜，刺骨寒風與陽光交織，她們緊緊擁抱彼此，兩人都難以呼吸。在一處岩蔭下，她們歡笑、哭泣、交談，親吻，燕好，全身弄得髒兮兮，梳毛的成果只有可憐兮兮的一丁點。馬吉爾告訴瑪度，他實在不懂，要是這高個子男人的技術僅止於此，沙赫絲為啥要雇用他？瑪度回話說，更甚的是，這男人的食量足足有六人份。

大約一個月之後，沙赫絲不再隱瞞她與阿卡爾同床共枕的事，她告知大家，要成立一組自己的灑多瑞圖婚姻。兩名年老的鰥寡夕族夥伴不甚情願地同意。她們也沒有別的同意模式可言。或許阿卡爾相當無知，連鑿子都不知道怎麼使用，但是山下的平地人不都如此？記得那個浪遊學者伊恩諾嗎，去年寄宿於丹洛，她也是這樣啊，長得那麼高又沒好處，對山地農莊的事務一竅不通；不過，伊恩諾樂意學習，阿卡爾也是如此。此外，阿卡爾對於照料羊獸頗有一手，起碼展現出相當的潛力。若不是阿卡爾出現，沙赫絲可能得到更遠處去找一個更糟糕的男人。最重要的是，這表示沙赫絲與曇麗就能夠完成宿願，彼此結締日婚：這是她們盼切久時的願望。要是有適當的夕族男性候選人，這婚姻早該成立了。這年頭究竟是怎麼回事，像樣的男人這麼少，在我們的世代，賢良男子可是俯拾即是。

沙赫絲已經與村鎮上的媒人談妥此事，請她們去向目前升為梳毛棚工頭的敖多拉提親。他接受了正式造訪丹洛的邀約。如此的邀約活動包括共進晚餐，以及留宿一夜：對於丹洛這個荒山偏僻之地，這是必然的安排。然而，此項邀約目的最主要是與丹洛家族成員在神壇共進崇拜儀式，這項活動意義之重大，不言而喻。

於是，全家集結於丹洛農莊的神壇。這是一間低矮冰冷的內室，牆為石砌，但由於此室依山而建，地勢不平，地面則是土石混鋪。一道清淺的噴泉從內室較高的一端湧出，沿著花崗岩渠道流下。這道神聖的泉水是丹洛主屋建造於此，且屹立六百年的緣由。她們彼此分享，一一向旁人奉上清泉，也從對方手中接過聖水，包括那對年邁的夕族伴侶、米卡舅舅與他的小孩沙思特、在此當馱獸師與長工三十年之久的阿思比、新手阿卡爾，以及農莊主人沙赫絲。客人是來自歐羅村的敖多拉，以及來自卡狄恩的曇麗。

曇麗的視線越過噴泉，對著敖多拉微笑，但他並未正視她、或任何人的眼神。

曇麗長得矮小結實，與沙赫絲同樣的類型，但肌膚較為白皙，整體的感覺輕盈些，不似沙赫絲那麼壯實。她的音色清澈得令人驚喜，唱起讚美禱文，歌聲高亢盤旋。敖多拉也是矮壯體型，肩膀寬闊，五官端正，看來是個能幹的男人。不過，他現在看起來非常焦慮緊張，彷彿犯下搶劫神殿或謀殺村長的罪行。阿卡爾感興趣地端詳敖多拉，想著，他神情鬼鬼祟祟，洋溢著罪惡感。

阿卡爾帶著好奇心冷眼觀察敖多拉。她會與對方分享聖水，但不是罪惡。當時她再度見到沙赫絲、觸摸沙赫絲，所有先前的宗教誡律與道德焦慮都突然間憑空墜落，彷彿這些東西無法在山間生存。阿卡爾是為了沙赫絲而生，沙赫絲是為了阿卡爾而活，就是如此純粹。只要有方法讓她們在一起，就是正確的方法。

有過一、兩次，她不禁捫心自問，要是我竟然出生於晨族，而非夕族，那麼該怎麼辦？這是個恐怖又變態的想法。所幸，她不用咬牙實踐極致的變態與冒瀆行止，只需更換性別即可。何況，她的男性身分只呈現於公共場域；一旦與沙赫絲獨處，阿卡爾就是道地的女性，比起任何時候都更是一個女性。對別人來說，她是名叫阿卡爾的男子，這在她並不成問題。其實，她就是阿卡爾這個男人，她也喜歡身為阿卡爾這個男人，這不是所謂的扮演偽裝。對阿卡爾而言，她與別人的相處從未顯得真實，她與別人的關係總是沾染著虛假氣味。她從未確認自己究竟是誰，除了在冥思的某些當下，她的「我念」轉化為「它觀」，在這些瞬間，她呼吸星辰的氣息。然而，與沙赫絲在一起，她就是全然的她自己，處於有限時空與肉身的自己。她就是阿卡爾，沉浸於愛意、深受親密情慾所祝福的靈魂。

是以，她與沙赫絲彼此協議，不用對敖多拉說上什麼，甚至，一開始先不對曇麗揭露她的真實身分。「讓我們先看看曇麗的反應再說。」沙赫絲這麼說，阿卡爾同意了。

去年的滯留時期，有一回，學者伊恩諾在曇麗的農莊留宿一晚，教導曇麗祭神的法則。那次之後，她們在丹洛照面過幾回。今日，曇麗來到分享祝禱的儀式，她首度遇到阿卡爾。在這個陌生男子身上，她可曾瞥見伊恩諾的形貌？曇麗應該沒有認出阿卡爾。她以某種清爽的好意迎接對方，聊談艾利烏養育事務。很明顯，曇麗是在審視這位陌生人，評判且估量對方。但這是自然而然之舉，她是一個女子，正在評估將要一起進入婚姻關係的陌生夕族男人。

「你對山間的農耕方式並不大熟識，是嗎？」她們談了一陣子之後，曇麗好意地說。「我們這邊與下面的差異不小。你在平地時養育的是哪種牲口，是大隻的平原亞瑪羊嗎？」阿卡爾告訴對方，她生長的農莊生活，包括一年有三次收耕。曇麗聽得十分驚異，頻頻點頭。

至於敖多拉，既然沙赫絲與阿卡爾已經串通好要欺瞞他，她們甚至未就此事再多說什麼。阿卡爾刻意逃避這個主題，反正在訂婚的這段時期，他們會逐漸熟稔對方的存在，她模糊地這麼想著。當然啦，她終究要告訴敖多拉，自己不願意與他從事性行為；至於唯一能夠避免侮辱損害他自尊的方式，就是告訴對方，阿卡爾不能與男性發生性關係，但望他能諒解。然而，沙赫絲耳提面命，這件事萬萬不能事先講，必須在婚姻儀式之後再提；要是敖多拉事前就知情，他會拒絕進入這一組灑多瑞圖。更慘的是，或許他會報復，揭穿阿卡爾的性別易裝，那麼她們就永遠無法結婚了。沙赫絲這麼提醒時，阿卡爾再度感到苦惱、困頓，焦慮與歉疚再度湧上。不過，沙赫絲以平和的自信面對這一切，並未感到困擾，不知究竟為何，阿卡爾的罪惡感很快就遭到沖淡，自然而然地滑落。她就是沒再多想。如今，她懷抱同情與好奇心，凝視敖多拉，疑惑對方為何一副視死如歸的神情。他在恐懼著什麼，阿卡爾這麼想。

潑灑聖水、念誦祝詞之後，沙赫絲念起「論辯第四卷經」。她小心翼翼合起古舊的盒裝書，放回書架上，蓋好布套。接著，她照著禮數向瑪度與馬吉爾發言，這兩人是丹洛第一組灑多瑞圖的僅存成員。「吾之異母與異父啊，我將要提親，此屋舍將建立一組新的灑多瑞圖。」

瑪度推擠一下馬吉爾，他神色慌張、面容扭曲，講不出有啥條理的話。最後，瑪度以某種虛弱沒輒的聲調啟齒。「晨族的女兒啊，請告知我們，你將成立的婚姻配對。」

「倘若一切均立於善意與自願的前提下，則晨婚是沙赫絲與阿卡爾，夕婚是曇麗與敖多拉；日婚是沙赫絲與曇麗，夜婚是阿卡爾與敖多拉。」

一陣漫長的停頓，馬吉爾肩膀瑟縮。最後，瑪度頗為焦躁地開口：「嗯，在場的四人都沒問題吧？」這句話等同於標準（即使並非光彩耀眼）的正式詢問，徵求每個婚姻伴侶的意願，通常以華麗的古語道出。

「是的。」沙赫絲清晰地說。

「沒錯。」阿卡爾充滿男子氣概地說。

「同意。」曇麗高興地說。

接著，是一陣靜默。

當然，每個人都轉頭望向敖多拉。他的臉龐本已漲得紫紅，這時臉色轉為死灰。

「我很樂意。」最後，他勉強囁嚅道，接著清清嗓子。「只不過——」他頓住不語。

沒有人說任何話。

周遭的沉默顯得恐怖又痛苦。

最後，阿卡爾終於打破沉寂。

「我們不一定現在就要決定終身大事。我們可以先談談，之後再回到神壇，要是……」

「好的。」敖多拉說。他以壓縮了無數情緒的眼神望向阿卡爾，她無法讀出個究竟。這眼神包含著恐怖、憎恨、感激，以及絕望？「我想要——我需要與阿卡爾談話。」

「我也想要進一步認識我的夕族兄弟。」曇麗以清晰的聲音說。

「是，是這樣沒錯，就是這樣——」敖多拉又頓住了，再度滿臉通紅。他深陷於如此的苦楚與不適，阿卡爾忍不住說：「那麼，我們到外頭去談談吧。」他領著敖多拉步出神壇，其餘人先到廚房去。

阿卡爾以為敖多拉認出了她的扮裝。她感到沮喪挫折，厭惡對方可能會說出的話語。但是，他並沒有製造騷動場面，沒有在別人面前侮辱她，對於這一點，阿卡爾頗為感激。

「我要講的是，」敖多拉以某種僵硬、勉強的語氣說道，在大門口停了下來。「關於夜婚的問題。」他就這樣子，卡在那一句話上頭。

阿卡爾點點頭。她不情願地接話，好讓敖多拉把他必須講的事給講完。「你不必——」她才剛開口，敖多拉就繼續說下去。

「關於夜婚，關於我們，你與我。你明白嗎，我不行的——有些人就是——你懂嗎，如果是跟男人的話，我——」

自我欺瞞的哀愁與不可思議感，讓阿卡爾無法聽清楚對方究竟在說些什麼。當她真正用心傾聽時，敖多拉的結巴遲疑顯得更痛苦。當她終於聽懂對方是什麼意思，她簡直無法置信，但她必須相信。敖多拉終於講完了。

非常遲疑地，阿卡爾也開口說：「我……我也必須告訴你……我唯一有過性關係的男人，他讓性愛顯得，很不好。他逼我——他做了些不好的事，我不知道究竟哪兒出錯，但我之後再也不——再也無法與男人做愛。在那之後，我無法，我無法提起興致。」

「我也是。」敖多拉說。

他們並肩站在大門口，沉思這個奇異的神蹟，這項單純的事實。

「我只想與女性做愛。」敖多拉以顫抖的聲音說。

「許多人都是這樣。」阿卡爾說。

「真的嗎？」

她被對方的卑微疑問所感動，而且心痛。究竟是男性之間的炫耀、或是山民的強硬性情，使得這傢伙背負這樣的無知負擔，以及羞恥感？

「沒錯，」阿卡爾說：「在我所到之處，有不少男子只願意與女性發展情慾關係，有的女性只願意與男性做愛；反過來說，也有不少人只想與同性做愛。這種情況，就像是兩種極端的端點，整體是一道——」她本要說出「光譜」這個詞，突然驚覺這等字眼不可能由梳毛工人阿卡爾的嘴裡講出，也不可能讓紡毛工敖多拉充分理解。於是，她以靈活敏捷的教師能耐，立刻置換字眼。「呃，例如一個口袋，倘若你把東西包裝得好好，大部分的羊毛都會在中間，但還是會有些毛絨掉入兩端，那些毛絨就像是我們。我們或許數量不多，但並沒有錯。」當阿卡爾說到這兒，聽起來並不像男人會對男人說的事，但是說也說了。敖多拉似乎並不怎麼疑惑，但也沒有完全信服的樣子。他正在深思。敖多拉有一張可喜的臉龐，率直、毫無戒備，因為如今他已傾吐出自己不愉快的祕密。他只有三十來歲，比阿卡爾預料的年輕許多。

「但是，既然結為婚姻，」他說：「那就不同於只是做……嗯，婚姻就是——嗯，倘若我不想，你也不想……」

「婚姻不光只是性愛。」阿卡爾說，但她是以伊恩諾的語氣說話，學者伊恩諾正在討論倫常問題。阿卡爾感到瑟縮。

「但是，許多婚姻都會有性愛。」敖多拉回應，他不無道理。

「好吧。」阿卡爾以充滿自覺、更為低沉緩慢的語調說。「然而，要是我不想跟你做，你也不想跟我做，為何就不能是一場良好的婚姻呢？」這段話聽起來非常難以信服，一番陳腔濫調，她自己都差點爆笑出來。她強自克制，愕然以為敖多拉在笑她，然而，不，其實他是在哭泣。

「之前，我無法告訴任何人。」他說。

「我們不用對別人說啊。」阿卡爾說，沒有多想，就將手臂環住敖多拉的肩頭。他以拳頭擦拭淚水，宛如孩童，澄清思緒之後，站起來繼續思索。很顯然，敖多拉正在思考阿卡爾的話。

「想想看吧，」阿卡爾說，同時思索。「我們很幸運呢！」

「是啊，是的，我們很幸運。」他猶豫了一下。「但，但是……如果在宗教層面，兩個人結婚，彼此知情……彼此不會真的做……」他又頓住了。

經過好長一段時間，阿卡爾回答他，聲音柔和，幾乎與敖多拉一樣低沉。「其實我也不知道。」她把自己安慰對方、充滿施恩的手臂從敖多拉的肩頭抽回，把雙手擱在上方的門閂上，凝視著：修長、強健，因農莊活兒而鍛鍊堅實。雙手沾滿泥塵，羊毛脂讓手掌保持靈活。這是一雙農夫的手。由於愛情的緣故，她放棄了宗教靈修之道，不再回頭。如今，阿卡爾感到羞愧。

她很想告訴這個誠實的男人，告知他實情，回報他的坦誠相告。

然而，這樣不會有什麼好處，除非她們放棄成立這組灑多瑞圖。

「我的確不知道，最好的解決方法是什麼，」她再度說。「但我想說，給予彼此愛意與榮耀，才是最打緊的事。無論以什麼形式，我們就照自己的方式來。這就是我們的婚姻，這個婚姻——它的宗教性在於愛，以及榮耀。」

「我希望有個適當的人選，能夠替我們解惑，」敖多拉說，還是感到不滿意。「像是去年夏天有個寄宿於此地的旅行學者，像是那種熟知宗教學說的人。」

阿卡爾一言不發。

「我猜想，盡力做到最好就是了。」隔了一陣子，敖多拉這麼說，聽來像是一句格言，但他明白地補充道，「我願意這麼做。」

「我也是。」阿卡爾說。

像丹洛這樣的荒山農莊，是個陰暗潮溼、貧瘠嚴苛的居所。丹洛裝潢簡陋，除了溫暖的大廚房與華麗的羊毛床鋪，別無奢侈物。然而，丹洛農莊提供的隱私空間可能是其中最奢侈的事物，儘管在歐星人看來，是必要設施。「一組僅有三房的灑多瑞圖」是歐克特司的諺語，意思是說，這是家註定倒閉的企業。

在丹洛農莊，每個成員都擁有自己的房間與浴室，第一組灑多瑞圖的兩名鰥寡老人、米卡舅舅和他的小孩，這四人的房間位於主屋與西翼。倘若長工阿思比沒有睡在戶外的群山之間，在廚房後方，他擁有一個髒兮兮但頗舒適的小窩。新成立的第二組灑多瑞圖占了整個東翼。曇麗選了一間嬌小的頂樓套房，以半層樓的梯距與其餘三人隔開，房間視野美妙。沙赫絲保有原先的房間，阿卡爾也是，兩人的臥房以暗門相通。敖多拉選的是東南方角落的房間，是全屋子日晒最強的臥室。

新建構的灑多瑞圖在某種程度上會依習俗與宗教規定行事。婚禮後的第一夜屬於晨婚與夕婚的兩對伴侶，第二夜屬於日婚與夜婚的兩對搭檔。在此之後，這四人可以隨心所欲地任意配對，但必須先行邀約並獲接納，個中安排必須讓大家都知情。四個靈魂與肉身、彼此長年來的四種生活模式，就在這些邀約與取決中維持平衡。無論是正面或負面的激情，都必須尋得發聲渠道，信任感必須穩固建立，否則整個婚姻結構無法安定，會毀在自私、嫉妒與悔恨的情緒。

阿卡爾熟悉這些習俗與規範，她堅持四人必須嚴格遵守。她與沙赫絲的初夜顯得溫柔，稍微緊張了點。至於她與敖多拉的初夜，亦是溫柔地度過。兩人坐在敖多拉的臥室竟夜聊天，彼此都覺得羞怯，但十分感念對方。之後，敖多拉睡在窗邊的沙發，堅持讓阿卡爾睡在床上。

不出幾星期，阿卡爾便明白沙赫絲的頑拗，她只要阿卡爾當她的情人，完全無意去維持四人之間的情慾平衡，就連設法佯裝的努力也完全匱乏。在沙赫絲看來，曇麗與敖多拉可以彼此照應，這樣就夠了。阿卡爾當然知道，在某些灑多瑞圖婚姻，其中一組或兩組的配對會主控四人，無論是經由激情還是權力欲。真正能夠平衡四重關係的完美結構是種理想，鮮少落實。然而，這組灑多瑞圖的基礎是欺瞞與偽裝，遠比其餘婚姻都脆弱。沙赫絲一意孤行，無視可能慘烈的後果；阿卡爾願意陪她攀登到山頂，但不願追隨她，盲目往絕崖縱身躍下。

這一晚的秋夜星光璀璨，宛如去年的那一夜，沙赫絲對她說：「與我結婚吧。」

「你必須與曇麗共度明晚。」阿卡爾重複地說。

「她擁有敖多拉啊。」沙赫絲重複回答。

「她也慾望你啊，不然她為啥跟你結婚？」

「她已經得到她的心之所欲，我希望她能快點懷孕。」沙赫絲這麼說，舒適地伸展軀體，愛撫阿卡爾的胸部與腹部。阿卡爾止住她的手勢，握住她的手。

「這樣不公平，沙赫絲。這樣是不對的。」

「你還真說得出來！」

「可是敖多拉並不慾望我，你也知道的。曇麗的確慾望你，你欠她。」

「欠她什麼？」

「愛與榮耀。」

「她已經得到她想要的了。」沙赫絲說，以粗暴的一扭甩掉阿卡爾的手。「別對我說教。」

「我回自己的房間好了，」阿卡爾說，輕盈矯健地從床上起身，赤身穿過星光灑落的夜暗。「晚安。」

這一日，阿卡爾與曇麗正在老舊的染坊。直到曇麗入室之前，這間作坊荒廢已久。中央區的紡織匠會以高價購買染成正宗戴卡紅的羊毛絨。曇麗優秀的染色手藝是她的嫁妝，如今阿卡爾是她的助手暨學徒。

「十八分鐘喔，計時器設定了嗎？」

「設好嘍。」

曇麗點點頭，仔細檢視碩大的染缸，查看讀數，然後步出染坊，迎接朝陽。阿卡爾跟上，和她並坐在石門廊的石砌長凳上。植物染料氣味嗆辣、酸甜，緊攫住她們，兩人的衣服與雙手雙臂都沾染了粉紅與深紅的顏料。

阿卡爾很快就開始親近曇麗，驚喜地發現對方是個好脾氣、性情周到體貼的人——在丹洛農莊，這些特質相當少見。原先阿卡爾並無自覺，但後來發現，自己對山民的印象全來自沙赫絲的脾性：強而有力，自行其是，抗拒異端，脾氣暴烈。曇麗雖然也強壯、自足，但沙赫絲拒絕反應的事物，她會感受。在自身部族內的關係對沙赫絲不算什麼；她之所以稱呼敖多拉為兄弟，僅是習俗使然，可沒真當對方是個兄弟。曇麗稱呼阿卡爾為兄，而且以兄妹之情真心相待，阿卡爾孤身寡人已久，非常樂意能有這樣的情誼，她以對等之情回報曇麗的溫暖。她們常常輕鬆地交談，不過阿卡爾得特別警醒，以防自己過於舒暢，洩漏出身為女性的真面目。泰半的時光，身為阿卡爾這個男人並無須特別留神提防，她輕易便擔綱自若；但是與曇麗相處則不然，保持男性框架的任務變得困難，她得要時時留意，才不至說出唯有女性會對自己妹妹說的話。通常，就阿卡爾的心得，身為男子的自制會導致談話變得較為無趣。

起先她們討論染工的下一步驟。突然間，曇麗發話，視線逡巡於庭院的低矮石牆，停留於遠方法倫山麓壯觀的紫色斜坡。「你認識伊諾恩，是吧？」

這問題看似無邪，阿卡爾幾乎自動以欺瞞機制回應——「去年寄宿於此地的學者……？」然而，梳毛工阿卡爾沒道理認識學者伊諾恩，況且曇麗的問題並不是「你是否記得有伊諾恩這個客人？」也不是「你是否認識伊諾恩？」她的說法是：「你認識伊諾恩，是吧？」她自己就知曉答案。

「是的。」

曇麗點點頭，微微笑著，沒有再說什麼。

對於她的微妙體貼與自制，阿卡爾感到動容。對於如此品德純美的女子，要以榮耀回報她的美德並非難事。

「我長久以來離群索居，」阿卡爾說。「即使在我出生成長的農莊，也幾乎總是獨自一人。我從未有過妹妹，我很高興，現在有一個妹妹了。」

「我也很高興。」曇麗說。

她們的眼神短促交會，閃現辨認彼此的光芒。就在那一抹眼神交換，深沉靜默的信任植入，宛如樹根。

「她知道我的真面目，沙赫絲。」

沙赫絲啥也沒說，逕自以沉重的步履行走於陡峭山坡。

「現在我開始揣測，是否她一開始就猜到了，早在分享聖水的時候就……」

「如果你想知道，就去問曇麗啊。」沙赫絲無動於衷地說。

「我不能問。欺瞞者沒有權利去求取真相。」

「騙子！」沙赫絲大喊，硬生生在半途截住步伐，轉身面對阿卡爾。她們此番出行，來到法倫山，是為了尋找一頭失散的老亞瑪羊——根據阿思比的呈報，這頭羊與羊群失散了。尖厲的秋風吹得沙赫絲的臉頰通紅，她站直身子怒瞪阿卡爾，瀰漫淚水的眼神斜睨，宛如刀鋒閃爍。「別再對我說教了！這是你自認的標籤嗎？欺瞞者？我以為你是我的妻子呢！」

「我是啊，但我也是敖多拉的伴侶，你也是曇麗的伴侶——你不能對她們倆置之不理。」

「難道她們在抱怨嗎？」

「難道你希望她們抱怨嗎！」阿卡爾大吼，脾氣失控。「這就是你想要的婚姻生活嗎——天啊，她在那邊。」阿卡爾的語氣突然安靜下來，她指向巍峨的山間岩壁高處。她遠視，加上有隻鳥在那上方盤桓不去，她瞥見亞瑪羊的頭顱在一塊突出地表的巨石上晃動。爭執暫時休兵，她們兩人以謹慎的快步調挨近巨岩。

這頭老亞瑪羊在岩石間滑倒，跌斷了一隻腿。她端整跪坐，但是斷腿無法彎疊在雪白胸膛下方，只能僵直往前伸，整個身軀便往一邊歪斜。亞瑪羊獸脖子伸長，表情輕蔑的頭顱高抬，凝視這兩個女人，凝視她的死亡使者逐步逼近。牠的視線清澈、深不可測，漠然無感。

「難道她不感到痛苦嗎？」阿卡爾問，羊異常的平靜讓她畏怯。

「當然痛了。」沙赫絲說著，坐在受傷的亞瑪羊幾步之遠處，以金剛砂石把刀子磨銳。「如果是你，不會痛嗎？」

她花了好生良久，耐心十足地磨刀，反覆測試且再三磨礪，讓刀刃鋒銳無比。最後，沙赫絲完成最終測試，便坐定不動。下一刻她安靜起身，走到亞瑪羊身旁，將牠的頭顱按向自己的胸膛，在她的喉嚨上迅速劃開一道長口子。血液汨汨湧成一道鮮紅噴泉。沙赫絲緩緩將亞瑪羊兀自凝視的頭顱安放於地面。

阿卡爾赫然發現自己不自覺地念起為死者而唱的祝禱文。身擔之業債已然償還，肉身之所有已然歸返。如今，所失落者得以重獲，所束縛者得以解放。沙赫絲靜靜矗立傾聽，直到禱文的最後一句。

緊接著，就是剝除毛皮的工作。她們會將羊的屍身留給山上的食腐肉生物。第一隻環繞亞瑪羊屍的兀鷹吸引了阿卡爾的注意，接下來還有三頭食屍鳥迎風飛翔而來，等待用餐。剝皮是相當繁雜骯髒的工作，你置身於肉與血的腥臭。阿卡爾毫無經驗，相當拙劣，不只一次割到屍身的毛皮。為了償贖自己的笨手笨腳，阿卡爾堅持背負毛皮；她們盡力把毛皮捲好，以皮帶捆紮背負。她覺得自己是個惡劣的強盜，將雪白的羊毛與褐色羊皮給搶走，將毫無尊嚴、瘦削且遭到支解的剝皮屍首暴露於山間岩石。然而，正當阿卡爾使勁拖拉沉重的羊毛時，心底浮現的意象卻是沙赫絲站起來，抬起亞瑪羊美麗的頭顱，安放於自己的胸間，以流暢的一條長長刀痕割斷牠的咽喉。就在這幅畫面之內，女人與羊合為一體。

需求解決了對方的需求，阿卡爾如是想，正如同問題解答了問題。羊的毛皮散發死亡與排泄物的異味，她的手掌沾黏血跡，隱隱抽痛。阿卡爾緊握住僵硬的皮帶，跟隨沙赫絲走下陡峭的山路，回返家園。

「等一下，我要到村裡去一趟。」敖多拉如是宣布，從早餐桌邊起身。

「那你幾時去梳整那四大袋羊毛？」沙赫絲說。

敖多拉不理會她的詢問，逕自把盤子放入水槽。「有啥需要跑腿的嗎？」他問大家。

「大家都吃完了吧？」瑪度問道，然後把乳酪收回食物儲藏櫃。

「如果你沒把羊毛梳整好，到村裡去也沒用啊。」沙赫絲說。

敖多拉轉向她，怒瞪著她：「何時梳整羊毛，何時帶去村裡，我自有安排。這是我自己的工作，我不要人來發號施令，你明白我的意思嗎？」

停，停下來吧！阿卡爾無言地吶喊，沙赫絲被原本溫馴的好人爆發了一頓，驚呆得只能直勾勾地聽。然而，敖多拉停不下來，他以怒火對決怒火，存心以劇烈的反擊設法討回先前被欺負的怨苦。

「你不能一個人發號施令，我們是你的婚姻夥伴，是你的家人，不是幾個雇來的幫手。沒錯，這是你的農莊，但也是我們的啊！你既然與我們結婚了，就不該高高在上當指揮官，一切都得順你的意才行。」聽到這邊，沙赫絲不疾不徐地走出房間。

「沙赫絲！」阿卡爾在後頭叫喚她，聲音洪亮且決斷。縱使敖多拉的脾氣爆發很是丟臉，但他有理由發難，而且他的怒意相當真實且危險。他是個被剝削的男人，自己也深知這一點。這段時間以來，他容許自己被利用，而且成為這場不良剝削的共謀，如今他怒火橫溢，充滿破壞力。沙赫絲不能背對這個局勢，轉身走人。

然而，沙赫絲沒有回來。瑪度很聰明地閃人了，阿卡爾要沙思特去看看羊群是否吃飽了，喝水了沒。

餘下三人滯留在廚房，或站或坐。曇麗凝視敖多拉，敖多拉凝視阿卡爾。

「你說的沒錯。」阿卡爾告訴他。

敖多拉發出滿意的嘶吼。他怒意灼灼、面紅耳赤的莽撞模樣，顯得頗為英俊。

「我當然是對的，只是我讓這局勢拖延過久。只因為她擁有這座農莊——」

「而且自十四歲起就努力管理這座農莊。」阿卡爾截斷他的話。「難道你期待，突然之間她就放棄發號施令？她一直都在管事啊！沙赫絲向來沒有讓別人分擔管理權，每個人都要在婚姻之內學習。」

「沒錯！」敖多拉反擊回去。「而且，婚姻是四組配對，不是兩組！」

這讓阿卡爾手足無措，她本能地尋求曇麗的協助。不過，曇麗靜靜坐著，手肘擱在桌上，以單手將食物碎屑聚攏起來，組成一座小金字塔。

「曇麗與我，你與沙赫絲，夕婚與晨婚，如此甚好。」敖多拉繼續說：「可是，曇麗與沙赫絲呢？你與我呢？」

阿卡爾感到非常茫然。「我以為……當時我們不是談過了……」

「我說的是，我不喜歡與男人上床。」敖多拉說。

阿卡爾抬頭瞧對方，看到敖多拉眼底閃爍的光芒。輕視？勝利？笑意？

「是啊，你是這樣說。」經過一段漫長的停頓，阿卡爾說：「我也是，我不喜歡與男人上床。」

另一陣靜默。

之後，敖多拉發動攻勢。「這是宗教使命。」

驟然間，學者伊恩諾以阿卡爾的男性嗓音，大聲反駁回去。「別給我瞎扯什麼宗教義務！我研讀宗教學長達二十年，結果我搞出什麼來？我竟然陷在這灘渾水，跟你搞這場亂糟糟的鬧劇！」

聽到此番言語，曇麗發出怪聲，將臉埋入雙手之間。阿卡爾本以為她痛哭失聲，然而她是在狂笑，是那種不常常大笑的人身陷於難受、無助、全身起伏的大笑波動。

「有什麼好笑的！」敖多拉怒騰騰地說，隨後卻無言以對。他的怒氣蒸發，只餘留一股輕煙。敖多拉搜索枯腸，凝視曇麗，她的確在流淚，是笑到流淚。他擺了個無望的姿勢，在曇麗身旁坐下，訕訕說道：「我知道啦，你覺得這場鬧劇很好笑嘛。只是啊，我一直覺得自己是個大呆瓜。」他憂愁地笑了。接著，敖多拉望向阿卡爾，開懷大笑起來。「究竟誰才是真正的大呆瓜？」他問。

「不是你。」阿卡爾說：「究竟有多久……」

「你覺得呢，猜猜我察覺多久啦？」

沙赫絲站在走廊，偷聽到的僅是這些隻字片語，以及她們的笑聲，這三人開懷暢快的笑聲。她一邊傾聽，心頭浮現沮喪、恐懼、羞恥，以及極度的羨嫉。她憎恨她們的笑聲。她渴望加入她們，想要與她們一起歡笑，更想讓她們徹底住嘴。阿卡爾，她的阿卡爾正在取笑她。

她走入工作室，站在門後的陰暗處，試圖大哭一場，但她不知道如何哭泣。自從雙親因故身亡，她就再也無法流淚了，工作繁多如牛毛，根本沒餘裕哭泣。她咬牙想著那幾個人，那三人正在聯手取笑她，因為她深愛阿卡爾，因為她慾望阿卡爾，需要阿卡爾。她覺得阿卡爾站在她們那邊，一起譏笑她，譏笑她是個傻瓜，因為如此深愛對方。她遐想阿卡爾與那男人同床共枕、一起奚落她的場面。想到此時，她不禁取出刀子，試探鋒銳度。昨天她在法倫，刻意把刀子磨得無比犀利，好能夠無痛終結羊兒的痛楚。然後，沙赫絲回到主屋，走進廚房。

她們都還在原地。沙思特也回來了，正在努力纏敖多拉，要對方帶他一起去村裡玩。敖多拉以柔和懶散的語氣回話。「嗯，好吧，應該可以吧。」

曇麗抬頭望去，阿卡爾正凝視著沙赫絲：優雅的頸項，纖細的頭顱，眼神清澈地凝視她。

大家都不發一言。

「我就跟你們一起去吧。」沙赫絲告訴敖多拉，將懷裡的刀子收入鞘內。

她凝視另外兩人和小孩。「如果你們願意的話，」她的語氣酸澀：「大家就一起去村裡玩玩吧。」

孤絕至上

本篇乃〈貧瘠：蘇羅第十一星的第二篇報告〉（人類學家暨機動使節恩賽琳・譚荷瑞歐諾崔圭絲・葉著）的補遺。作者：寧靜，恩賽琳之女。

我母親是位田野民族誌學家，將她在研究蘇羅星系第十一行星居民時遭遇到的艱難處境視為個人挑戰。事實上，光是利用她的兩個小孩來達成目標，她可能會同時獲得大公無私與自私至極這兩種極端評價。如今，仔細閱畢她的報告，我得以明白，她終於認為自己做錯了。既然深知她付出何等代價，但願這篇文字能夠讓母親明白，我對於她允許我自在成長為一個獨絕的個體，抱以何等深刻的感激。

在探測機器人回報於蘇羅星系第十一行星上發現有瀚星人後裔的存在跡象後不久，我母親立即加入衛星小組，擔任第一批降落行星表面的三名觀察員的後備。在此任務之前，母親在鄰近的胡蘇星樹城做了四年的田野研究。我哥哥悅生（小名悅兒）當時八歲大，我五歲。母親希望這趟艦艇待命的任務能持續個一、兩年，好讓我們接受瀚星學府教育。雖說我哥哥很喜歡樹城的雨林生活，而且練得一身矯健體能，擅長猿猴盪繩技能，但他幾乎是個小文盲；而且我們兩個小孩身上長滿黴菌，渾身青藍。在瀚星船艦上，我哥哥學會識字，我學會自己穿衣服，兩人身上的黴菌都得到適當的醫療。在這段時間，觀察員被蘇羅第十一行星搞得非常挫敗，而我母親整個人瘋魔著迷於這個世界的奇異現象。

這些細節都記載於她的報告中，但我還是要再度敘述，因為這是我從母親身上學習的知識，有助於我對一切的理解與記憶。蘇羅十一行星的語言經由探測儀器記錄下來，觀察員花了一年學習當地語。諸地的方言差異提供藉口給她們的怪口音與錯誤語法，而且據觀察員回報，語言根本不是問題。她們面臨的是溝通問題。兩名男性觀察員發現自己遭到孤立，受到當地人的猜疑或敵視，無法與在地男人形成任何連結：每個成年的在地男人，或如隱士般孤身，或成對，皆生活於荒郊曠野。他們找到青少年男子的社群，試圖與這些個體進行接觸，但當這兩名男子進入少男社群的勢力範圍之後，他們不是驚惶逃跑，就是窮凶極惡地想要殺死他們。女性則是居住於「零散荒涼的村落」（小組成員的說法），一旦見到這兩個男人靠近村落，就投擲石頭伺候招待。「我不由得相信，」一名男性成員如此呈報：「蘇羅人唯一的社群活動就是對男人丟石頭。」

這兩名男性的田野調查沒啥斬獲，最豐富的成果是與某個男人有過三次談話。其中一名成員與某個路經他營帳的蘇羅女性進行了性交。他呈報說，雖然這位女性具備明顯的攻勢，興致盎然，但她對於他的交談意圖感到困擾，拒絕回答任何問題。他並說，一旦對方「取得意欲之物後」，就盡速離去。

至於此小組的女性成員，她得到當地人允許，滯留於某個共有七棟屋子的「村落」（在地辭彙為「阿姨環居」）。對於她能夠觀察到的日常生活現象，此成員的報告內容相當優異；除此之外，她總算能夠與幾名成年女性及許多名孩童交談。然而，她發現自己從未受邀進入別人的房屋內，而且不得幫助進行任何工作。有關常態活動的話題會受到成年女子的排斥，孩童是她僅有的線民，她們稱呼她為「碎碎念的瘋狂怪阿姨」。她反常的行為舉止讓這些村民愈發厭惡，逐漸不信任她，最後，連小孩子也被禁止與她接觸。沒輒之下，最後她只能選擇離去。她告訴母親：「成年人不可能在此地學到任何事物。她們不發問，她們不回應。無論這些成人所學何來，她們必然是在孩提時代學得。」

啊哈！我母親暗自叫好，偷偷覷視我與悅兒。於是，她申請了家族單位的調職請求，轉而擔任蘇羅第十一星的觀察員。瀚星常駐使透過共時通訊儀與母親做了漫長的懇談，她們甚至訪談了悅兒與我。我壓根不記得這些了，但母親告訴我，我對著常駐使暢談自己的新襪子。最後，瀚星常駐使同意母親的轉職申請。船艦會在行星的最近軌道繞行，前任觀察員就在船上待命，母親必須與星艦保持密切聯繫，最好是每日一回。

我對樹城的印象模糊，至於在瀚星艦上的生活，隱約只有我與某隻小貓或某種小獸嬉戲的印象。我首度清晰的孩提記憶，始於我們在蘇羅第十一星的阿姨村屋舍。屋子一半位於地底，一半高出地面，以藤枝塗泥為牆。在溫煦的陽光下，母親與我站在屋外。在我們之間矗立著一坑泥水灘，悅兒從中汲水，又跑到溪流去汲取更多的水。我雙手把玩泥巴，直到泥土變得柔滑厚實，這滋味真是美妙。我舉起沾滿泥漿的雙手，揮打一團泥巴到藤編牆面上。母親在旁鼓舞：「這樣很好，做得好！」她以我們的新語言這麼說，我赫然理解，這就是工作，我正在工作。我正在整修屋舍，要把它弄得美好完整。我是個有為的人。

只要我生活於蘇羅十一星，我從未懷疑過自身的能力。

當晚，我們便進駐新屋子，悅兒透過通訊儀與巡邏艦對話。他很懷念我們之前使用的語言，何況，總要有人來報告這些事。母親正在製作某個草籃，一邊咒罵綻裂的蘆葦。我吟唱著一首歌謠，藉以淹沒悅兒的談話聲，不讓別人聽到他以奇怪的語言在講話。況且，我就是喜歡唱歌。那天下午，我在烏麗的屋內學到這首歌。每日我都與烏麗嬉戲遊玩。「凝神覺知，傾聽，傾聽，凝神覺知。」我這麼唱。當母親停止咒罵，她開始聆聽，接著她開啟記錄儀器。烹煮晚餐後尚留少許爐火，柴薪是美好的皮亟樹根，我從來不會厭倦皮亟樹。夜色深沉，屋舍溫暖，充盈皮亟樹根與燃燒度湖葉片的氣味。度湖葉的味道強烈而神聖，能夠驅逐術法與惡兆。當我重複吟唱「傾聽，凝神覺知」，便愈發昏昏欲睡，倚向母親的懷抱。母親的氣味深沉溫暖，聞起來就是母親特有的味道：強大、神聖，充滿美好感受。

生活在阿姨村的日常起居總是周而復始。之後，回到瀚星船上，我察覺到那些以人工方式調理出繁複生活情境的人們，稱呼此等生命模式為「單純」。事實上，無論在何時何地，我並未認識任何真正單純的生命個體。某種生命模式或時代之所以顯得單純，在於你抹除它所有的細節，正如同你從衛星軌道遙望行星，乍看下自然平滑光整。

當然，我們在阿姨村的生活頗為簡便，因為我們的需求頗容易滿足。食物來源豐沛，烹煮相當便利；大量的提瑪絲可以撿拾，織成衣服與床褥；許多蘆葦可以拿來編造籃子或茅屋頂。至於我們孩童，總是有伴可以一起嬉遊，許多個母親照料，以及許多尚待學習的知識。凡此種種都不單純，雖然它們頗為容易，因為你知道要如何從事這些活動，你知覺於這些細節。

對於我的母親，這種種都非常不容易。一切都非常困難且複雜。她必須佯裝自己熟諳這些細節，事實上她還正在學習。她必須思索，要如何呈報此地的生活方式讓某個毫不理解這星球的外族能知曉狀況。對悅兒而言，起初是容易的，直到他身為男孩的身分讓一切變得艱難。對我而言，始終都是無比順遂。我學會如何進行工作，我與孩童們一起遊戲，我傾聽母親們吟唱歌搖。

第一個觀察員說對了一件事：成年女人無法學習形塑自己的神魂。母親不能去傾聽另一個母親吟唱，這樣太奇怪了。阿姨們都知道母親並沒有以正確的形式成長；有些會在她不知情的狀況下暗地教導她許多。她們判斷，我母親的母親八成是個不負責任的成年人，終日出外打野食，並不安頓在某個阿姨村，於是這個女兒沒有得到良好教育。這就是她們施惠的原因：即使是最高傲的阿姨，也願意讓我在一旁與她的孩子分享歌謠教唱。不過當然，成年人不能邀請另一個成年人進入自己的房子，悅兒與我得轉述我們學到的故事與歌謠。母親會將這些資料以無線電傳送出去，或由我們來傳達，母親在旁傾聽。然而，她的理解從不盡正確。她怎可能真正學到歌謠與故事的精髓，她已經是個成年人了！更何況，她的生涯就是與一群魔法師為伍。

「覺知！」她會模仿我，而我模仿的是阿姨與姊姊們嚴肅且惹人惱怒的聲調。「覺知啥？這些人一天到晚要說上幾次？覺知什麼鬼東西？她們毫不知覺那些廢墟為何物——那可是她們自身的歷史！她們更不知覺於彼此是誰！她們甚至彼此不相交談！覺知，是喔！」

當我對母親陳述關於時光之前的太古故事，沙德妮阿姨與諾伊特阿姨對自己的女兒與我訴說的事蹟，她接收到的通常是箇中的錯誤詮釋。我告訴她關於太古遺族的事蹟，她的反應是：「這些太古人是現今蘇羅十一星人民的祖先。」當我告訴她：「如今再也沒有『人群』了。」她聽得茫茫然。我繼續說：「如今，這裡的人們是一個個的個體。」她也是有聽沒懂。

悅兒喜歡那個「與女子們共生的男人」的寓言故事。故事敘述那個男人把女子們關在爐鍋之內，像是某些人把老鼠關在爐灶內，充當餐食。每個女子都懷孕了，生下上百個小孩，每個小孩都變成猙獰的怪物，怪物們吃掉男人、女子們，也彼此相食。母親對這個故事的解釋如下：「這是此星球在上千年前人口控制不良，導致衰敗的某種譬喻敘事。」「不，不是這樣，」我反駁，「這是個道德寓言——」「嗯，也對。」母親說，「這個故事的道德教訓，就是不要生太多嬰兒。」「不，不是這樣的！」我繼續反駁，「即使她們想要，也生不出上百個嬰兒啊！那個男人是個惡術師，他遂行惡質魔法；女子們是他的同謀，於是她們的嬰兒就變成怪物。」

在我們的語言中，此寓言的關鍵詞當然是「泰卡爾」，轉譯為瀚星語，則是名符其實的「魔法術」：意味冒瀆自然法則的技藝或魔力。然而，要讓母親真正理解，這兒的某些人真心認為泰半的人類關係等同於非自然的魔法（冒瀆），卻是一樁非常艱難的文化任務。舉例而言，婚姻制度或政府系統，就是法術師以幻術編造的邪惡符咒。這兒的人們不可能接納此等魔法。

星艦上的人持續追問我們的安危，每隔一陣子，瀚星本部的某個常駐使就會接上共時通訊儀，嚴加質詢母親與我們，情況究竟如何。母親總是再三向對方保證，她決意駐留，儘管遇到不少挫敗經驗，但此時母親的工作進展可是第一組那三名觀察員所望塵莫及；更何況，在初期那幾年，悅兒與我儼然是兩條快樂的小泥鰍。我猜想，即便是母親大人，一旦習慣了緩慢的生活步調與非直接的學習方式，在這個星球也算過得愉快。不過，她的生活頗為孤寂，她思念可以交談無礙的成年人；母親告訴我們，要不是有我們兩個小孩，她早就發狂了。不過就算她思念性愛，這點倒沒有顯露出來。然而我猜測，她的報告在情慾行為上並不周全，或許正由於她對此點感到困擾。我知道，我們最初搬遷到這個阿姨村時，兩個阿姨——赫狄米與貝湖——常常相見、做愛，而且貝湖也對母親示愛。然而，母親無法理解這是怎麼一回事，因為貝湖的言談與母親熟悉的思惟系統無法相容。母親就是想破腦袋也不懂，既然你都可以跟對方做愛了，為何就是無法進入她的屋子。

當時我大概九歲大，聽過一些年長女孩的談話，我問了母親，何不去巡弋找（性）對象。沙德妮阿姨會照料我們，我滿懷希望地對她提議。我實在不想再當一個無知女性的孩子。我想要住在沙德妮阿姨的屋子，像別的孩子那樣。

「母親並不從事打野食性愛。」她輕蔑地回話，就像某個阿姨。

「她們還是會啦，偶一為之嘛。」我堅持。「她們偶而會去野食一下啊！不然，為何會有一個以上的嬰兒？」

「她們去找的是對手，那些安頓在阿姨村附近的成年男子聚落。當貝湖想要有第二個孩子，她去找的是住在紅瘤山的男人。當沙德妮想要與男性做愛，她去找的伴侶是河下游的瘸腿男。她們熟知村落外圍的定居男人聚落，她們才不去巡狩打野食呢。」

我明白，在這檔子事上，她是對的，我是搞錯的一方，但我還是頑固地爭辯下去。「好吧，那你何不去找那個河下游的瘸腿男？你不想要再做愛了嗎？米吉說她隨時都想要做呢。」

「米吉才十七歲大，」母親乾乾地說。「你管好自己的鼻子就成了！」她聽起來就像是阿姨村的任何一個母親。

在我的幼年時光，成年男人是某種無趣的秘辛。在時光之前的太古故事中，他們常常出現；合唱環的少女也會談論男人，但我鮮少見過成年男子。有時候，在採集野生蔬果時，我會瞥見一、兩個男性形影，但他們從不靠近阿姨村的領域。在仲夏季節，河下游的瘸腿男會因痴痴等候沙德妮阿姨而孤寂難耐，在村落外圍、阿姨村的邊界周遭遊走。當然，他不會隱身於灌木叢或河岸，免得被誤認為浪民，遭到丟石頭的待遇。他會佇立在空曠荒野，站在山坡上，好讓我們看個清楚。烏麗與狄修，這兩位都是沙德妮阿姨的孩子。她們告訴我，自從沙德妮首度巡弋狩獵，就與這個瘸腿男歡愛燕好，從此而後，她就沒有試過別的聚落男人，一直與這男人做愛。

她告訴兩個女兒，她的第一個孩子是個男嬰，而她把這個嬰兒給溺斃了，因為她不願意把一個孩子帶大，然後目送他離去，過著浪跡流亡的生活。她們倆都覺得古怪，我也是，但這不是罕見之舉。我們聽過的故事中，有一則就是說某個遭到溺斃的男嬰，轉化為水底之民；當他母親前來河畔洗澡，河男試圖攫住母親，讓她溺斃，但最後她還是逃離了河男的詛咒。

總之，每當這個河下游的瘸腿男人在山峰之間獨坐數日，吟唱悠長的歌謠，持續為自己在陽光下閃閃黑亮的頭髮編織辮子，然後再度解開，沙德妮阿姨總會與他共度一、兩夜，回返村落時，她的神情顯得嚴峻，充滿自覺省思。

諾伊特阿姨為我解說，河下游瘸腿男的歌謠充斥著魔法，並非尋常法術，歌曲凝聚無比強大的法力。沙德妮阿姨從未能夠抗拒他的法術。「然而，他的魅力可及不上我遇過的某些男人呢。」諾伊特阿姨說，對著追憶的往昔微笑。

我們的飲食相當美味，但熱量頗低，母親認為這得以解釋此地普遍晚到的青春期。女孩甚少在十五歲之前開始初潮，男孩甚至比女孩晚上許久才發育成熟。然而，一旦男孩發展出青春期的某些徵兆，女人會開始對這個男孩另眼相待。首先是向來態度嚴厲的赫狄米阿姨，再來是諾伊特阿姨，最後，連沙德妮阿姨都不再理會悅兒，讓他自個兒孤立，拒絕與他交談。「你怎麼還可以與小孩子一起遊戲呢！」年長的戴妮米阿姨言辭嚴峻，悅兒哭著回家。當時他還不到十四歲。

沙德妮的小女兒烏麗是我的神魂伴侶，我最要好的密友，你可以這麼說。她姊姊狄修如今是歌謠環的一員，某日狄修前來與我談話，態度顯得非常嚴肅。「悅兒長得很好看。」我引以為豪地同意。

「非常高大，非常強壯。」她說：「比我還強壯。」

我還是引以為豪地贊同，不過，我隨即從她身邊往後退。

「我不是要對你施術法，寧寧。」狄修說。

「是啦，你是要施術，我要跟你母親說！」

狄修搖搖頭。「我是要向你坦承，倘若我的恐懼激發出你的恐懼，這是沒辦法的事。事情就是如此，我們在歌謠環討論此事，我並不喜歡這樣。」我知道她說的是實話。她面孔柔和，眼神溫柔，在我們眾孩童之中，狄修是最最溫和的人。「我希冀他永遠是個孩子，」狄修說：「我希冀自己有辦法，但我們無能為力。」

「好啊，你就去當個呆蠢的成年女生啦！」我反脣相譏，掉頭離她而去。我來到河畔的祕密基地，獨自哭泣，從神魂袋內取出各樣神器，重新安置。其中一樣神器（告訴你們也無妨）是悅兒饋贈之物：頂端透明的水晶，基底呈現霧狀紫暈。我懷抱這神器良久，方才釋放它。我在巨岩底下挖了個坑洞，以度湖葉片裹住水晶神器，再從外褂撕下一片方巾，將它們包起來埋葬。那塊方巾是細緻優美的布料所縫製，烏麗為我製作的禮物；我從衣服前方把它撕下來，必然會惹來注目。我將水晶歸還天地，坐在埋葬它的洞穴旁好半晌。當我返家，並未說出狄修所言，但悅兒顯得非常安靜，母親神情憂慮。

「你怎麼搞破自己的外褂呢，寧寧？」她問。我微微抬頭，一言不發。她再度張口欲言，但並未說話。她總算學會這一點：當某個人不想開口言語時，就別再說下去了。

悅兒並沒有神魂伴侶，但他與兩個年紀相近的小男生愈發走得近。一個是愛丹德，大約長悅兒一、兩歲，是個嬌小安靜的孩子；另一個是比特，才十一歲大，但身材壯實，性情莽撞。這三人常常結伴同遊。我並未多留意，八成是因為我很高興比特不在身邊饒舌之故。烏麗與我正開始演練知覺之道，但隨時都知曉比特在身旁吵嚷蹦跳，可是讓人非常厭煩。他從未能讓任何人耳根清靜片刻，彷彿安靜會奪取他的一部分本質。他母親哈狄霓盡力教育他，但哈狄霓不像沙德妮或諾伊特，並非說故事的好手，亦非優秀的歌手。比特的暴躁衝勁甚至聽不下沙德妮或諾伊特的說唱。每當他見到我與烏麗緩步行走，或是端坐演練知覺術，他就滯留不去，發出各種噪音，直到我們開始惱火，喝令他遠離。

比特會對我們發出譏笑：「蠢女孩！」

我詢問悅兒，他與愛丹德、比特做哪些活動。他的回答是：「男孩活動。」

「像是什麼？」

「練習。」

「演練知覺術？」

過一會兒，他才答話。「不是。」

「那到底在練習什麼？」

「摔角，變得強壯。因為我們要前進男孩團。」他神情陰鬱，但過一陣子後，他從床墊下取出一把刀子給我看。「愛丹德說，你得要有一把專屬自己的刀子，別人就不會來挑釁你。這把小刀很美吧？」這刀子由上古之民的金屬鍛造而成，形狀如蘆葦，兩端都擁有尖銳刺點。由灌木枝雕成的刀鞘套住其中一端，保護使用者的手。「這是在男人空屋裡找到的，」悅兒說：「我做了木頭刀鞘。」他愛不釋手地注視這把刀子，但沒有把它收在神魂袋內。

「你要拿這刀子做啥呢？」我問，好奇於它兩端的銳角。倘若你使用它，自己也會被割傷。

「嚇阻攻擊我的人。」他說。

「男人空屋是在哪裡？」

「過了岩壁頂，就會看到了。」

「下回你去的時候，我可以跟著嗎？」

「不可以。」他說，並沒有惡意，卻毫無交涉餘地。

「那個男人怎麼了？他死了嗎？」

「小溪裡有一具頭骨，或許是他不小心失足滑倒，溺死了。」

他的語氣不像是我認識的悅兒，他的聲音宛如成年人，充滿哀愁與自制。原本我希望從他身上得到保障，卻愈發焦慮。於是我去找母親，向她詢問。「他們在男孩團裡頭做些什麼？」

「演習自然競逐與天擇。」她並不以我的語言答話，語調緊繃。我並不全然通曉瀚星語，並不真正了解她的意思，但她的語調讓我憂心。更讓我驚懼的是，母親開始默默哭泣。「寧靜，我們得搬家。」她繼續以瀚星語說話，自己並未察覺。「沒有理由阻撓一個家庭的遷移，不是嗎？女性就是搬來搬去，沒人去管別人的閒事，大家都各掃門前雪，只除了——只除了合力把長大的男孩趕出城鎮。」

我大約知道她在說些什麼，但要求她以我的語言重述一次。聽完之後，我說：「但是，無論我們搬去何處，悅兒還是相同的年紀與體格，一切都不會改變。」

「那麼，我們就撤退，」她激烈地說。「我們回返瀚星船！」

我從她身旁退開。在此之前，我從未畏懼過母親，她從未對我施加術法。母親擁有龐大的力量，但並未違逆自然之道，除非她使用術法來損及孩子的神魂。

悅兒並不害怕母親，他擁有自己的術法。當母親告訴悅兒，她想撤離此星球，悅兒說服她暫停此舉。他想要加入男孩團，悅兒說，他已經想了一年之久。他不屬於阿姨村落了，這裡是成年女性與少女與幼童的天地。他渴望與別的少男一起生活。比特的哥哥宜特隸屬於四河流域的男孩團，他會照料自家阿姨村的男孩。愛丹德已經準備好，他們可以離去了。此外，近來他們三個在與某些成年男人進行交談；男人不盡然都是無知的瘋子傻瓜，這是母親的成見。他們沉默寡言，但所知甚多。

「他們知道些什麼？」母親陰沉地問。

「他們懂得如何身為一個男人，」悅兒說：「這是我將要學習的事物。」

「要是我能阻止，你就不會成為那種男人！悅生，你必須牢牢記取真正的男性形象，瀚星船上的成年男子才是真的男人，不是這些骯髒貧苦的瘋隱男。我不能讓你這樣長大，以為這是自己註定的命運！」

「他們不是瘋隱男，」悅兒說。「你得跟他們交談，才會知道實情，母親。」

「別傻了，」母親以帶刺的笑聲反駁。「你自己再明白不過，成年女子才不屑與男人交談呢！」

我知道母親的想法錯誤。阿姨村的女性都知道，距離三日路遙的男人聚落位於何處。她們出外打野食時，的確會與這些男人交談，她們避開的是自己不信任的男人，而那些不良份子通常沒多久就掛了。諾伊特告訴我，那是他們自己的術法反餽，害死自己。其實，這話的意思是在說，別的男人不是把他們趕走，就是殺死他們。然而，對於這些我都噤聲不語，悅兒只是告知母親。「嗯，山頂洞男為人很好，他帶我到某個地方，我找到某些太古遺民的東西。」這些是會讓母親欣喜若狂的太古遺物。「男人們知道一些村落女性不知道的資訊。」悅兒繼續說，「至少，我應該加入男孩團一陣子，我可以學到許多事物！至今，我們沒有任何關於男孩團的確實資訊，我們的第一手資料僅限於阿姨村落。

我姑且待在男孩團一段時間，為我們的田野報告採集足夠的資訊。一旦離開，我就不可能再度回到村落，或是男孩團。在我回返瀚星船艦之前，讓我有個機會去學習成為男人，好嗎，母親？」

「我不明白的是，你何必去學習成為一個男人。」過了半晌，母親說。「你已經是個男人了。」

悅兒終於真正展顏歡笑，母親擁抱他。

那我呢？我思索。我甚至不知道瀚星船艦是什麼東西。我想要長居於此，停留在我神魂歸屬之處。我想要一直學習與世界並存共生之道。

但我開始害怕母親與悅兒，她們會施術法。於是我什麼也沒說，保持靜定，如課程所教導。

愛丹德與悅兒一起離開村落。如同我們的母親，愛丹德的母親諾伊特非常高興他們可以彼此作伴，但她什麼也沒說出口。就在他們離家前夕，這兩個孩子造訪村落的每一戶人家。這活動花費竟夜的工夫。村裡的房屋彼此雞犬相聞，聲息相通，以灌木叢、花園、溝渠或羊腸小徑稍事區隔。就在屋內，母親與孩子們等候這兩個男孩，與他們道別，只是她們不會說出「再見」。在我的語言當中，並沒有「再會」或「你好」之類的辭彙。他們邀請這兩個孩子入室，請他們吃東西，讓他們帶走一些可供旅途進餐的食品。當兩個孩子走向門口，屋子裡每個人都伸手觸摸他們的手或面頰。我記得宜特離開阿姨村的前夕，亦如此情此景。當時我忍不住哭了，即使不怎麼喜歡宜特，要目送某個人永久離去，感受委實奇異，彷彿他們即將死去。這一回，我沒有哭泣，但終夜保持清醒，直到悅兒在破曉之際起身，收拾行李，安靜地離家出走。我知道母親正清醒，但我們都按照固有的習俗行事，在悅兒離去時保持靜定，在床上平躺好一陣子才起身。

我讀過母親的田野報告，她的標題如下：「某位青春期男性離開阿姨村的紀事：退化倖存的儀式」。

她希望悅兒把無線電通訊儀放在神魂袋，至少偶而與她聯繫。悅兒並不願照辦。「我想要以對的方式去做，母親。倘若這樣搞，就算我進駐男孩團，也沒有什麼意思。」

「要是就此與你音訊斷絕，我實在無法熬過去，悅兒。」她以瀚星語說。

「可是，若無線電壞掉或發生了無須擔心的狀況，你豈不是會更憂慮？」

最後，母親總算同意，就等上半年。第一場驟雨時節，母親會來到某座巍峨的遺跡，位於南疆河流附近。悅兒會盡力前來，與母親會合。「但是，你只要等我十天就好。」他說。「要是我無法前來，就是沒有辦法。」母親同意如儀，她儼然是個對待小嬰兒的媽媽，對什麼都點頭贊成，我暗自這麼想。這樣是不對勁的，不過，我認為悅兒的安排沒錯，不可能有任何男生從男孩團回到母親的懷抱。

然而，悅兒就是個例外。

夏季漫長、節氣清澈，風光鮮美。我開始學習觀視星辰——在乾季，夜晚時分，在空曠的山區就地平躺，找到一顆東方夜空的特定星辰，凝視它跨越星空，直到它就定位。你可以偶而轉移視線，小睡片刻，但要盡量專注於那顆星辰與它周遭的繁星，直到感受到身下地面轉動，確切感知到星辰、世界與你自身以和諧的形態相互運作。在這顆星辰沉降之後，你就地入睡，直到晨曦破曉將你喚醒。如同慣常，你以自我覺知的沉默迎接旭日。在那些美好的溫暖夜晚、清澈的日出時刻，我在山脈的觀星歷程是非常快樂的時光。在前幾次的入門，烏麗與我一起觀星，之後我們就各自獨立進行。獨自觀星的景況更加美好。

當時是某次觀星後的日出時分，我獨自返家，行走於岩頂與家園山丘之間的狹小山谷。就在此時，某個成年男子從底下的灌木往上方移動，來到我眼前。「切勿害怕，」他說。「聽我一言。」這男人身材壯實，半裸，身上發出異味。我動也不動，宛如一根棍子。他說出「聽我一言」的情境類似阿姨們的語言，於是我傾聽他。「你哥哥與他的友人都平安，但你母親不該前往。某些男孩組成幫派，他們會性侵犯她。我與某些人打算宰殺那些幫派頭頭，但需要時間。你哥哥在另一個幫派，他目前很好。告訴你母親，告訴她，我剛剛說的這些話。」

我字字無虛地重述一次，如同我初學傾聽之道的演習課程。

「對極了，很好。」他說，以那雙短而粗勇的腿從陡峭的山坡走下去，隨即不見人影。

我母親必然不管三七二十一，就是會去荒地等候悅兒，但我連帶通知諾伊特。她來到我們家的前廊，開始說話，她說出一些我並不熟稔、母親則全然無知的訊息。諾伊特是位嬌小溫和的女性，和她兒子愛丹德十分相像。她喜愛教學與唱歌，孩童會聚集在她的家園。她知道，母親正在打點遠行的物件。她開始說話。「天際屋舍的男人回報，男孩們目前安好。」她知道母親並不理睬，便繼續說下去，佯裝在對我說話，因為成年女性不可教導對方該怎麼做。「他還說，某些男人會讓這個男孩幫分裂。當男孩幫派變得惡質，男人們會這樣做。有些時候，男孩幫派會出現惡術師，像是年長的男孩，或是某個男人企圖組成惡幫派。安居的男人會殺死那個惡術師，確認其餘男孩安好。要是幫派從他們的領域大舉出擊，無人可確保安危，安居的男人們不喜歡這現象。他們會確保阿姨村的安全，同時也保障你哥哥的安全。」

我的母親繼續收拾，將皮亟樹根置入行李網囊。

「對安居男人而言，性攻擊是一件非常非常惡劣的事端。」諾伊特對我說：「這表示，女性會停止巡弋找伴的活動。要是男孩幫性侵害某個女性，他們或許會把所有的男孩都殺光光。」

我的母親終於聽話了。

於是，她沒有前往預計與悅兒會合的定點，在一整個雨季，母親的生活十分難受。她生病不起，老阿姨戴妮米派狄修前來造訪，讓母親喝下嚆莓藥草糖漿。雖然生病，母親在病榻整理筆記，書寫疾病、藥物，以及年長女孩前往照料生病成年女性的模式，因為成年女性不會來對方的屋舍探訪。她從未停止工作，從未停止擔憂悅兒的安危。

就在雨季末期，暖風吹拂，黃色系的蜜花叢盛開於山間，這就是金色的世界時節。正當母親在花圃工作，諾伊特來到我們家。「天際屋舍的男人回報，男孩團的成員都安好。」說完之後，她逕自離去。

母親開始慢慢理解，縱使成年女性並不相互造訪入屋，成年人之間鮮少交談，女性與男性之間僅有短促隨興的關係，男性終生活在徹底的孤絕狀態，這個星球的社群結構仍然得以維繫，以某種細微巧緻的網絡連結，充滿細膩的心意與節制：這的確是社會文化結構的一環。她回報星船的田野報告充斥著這一點嶄新的了解。然而，她仍然認為蘇羅十一星的社會狀態是落伍後退的，這些人僅是某種偉大文明崩壞之後的殘留倖存者，僅是可憐兮兮的殘餘片段。

「我親愛的，」她以瀚星語說。在我的語言內，並沒有「我親愛的」這等字句。在我們的屋內，她會以瀚星語與我對談，免得我徹底遺忘這個母語。「我親愛的孩子，將無可理解的科技解釋為魔法，這就是原始主義。這並非惡意批評，只是一種描述。」

「然而，科技並非魔法。」我說。

「是的，在他們的心態內部，科技就是魔法。自己看看你記錄下來的故事吧，在時光之前，術師能夠上天下海，坐在魔法盒子內，馳騁於海天與地底！」

「在金屬盒子內。」我糾正她。

「以別的字眼來說，這就是飛機、地底列車、潛水艇。這就是上古失落的科技文明，如今的遺民以魔法來解釋這些遺跡。」

「那些鐵盒子並非魔法本身，」我說。「擁有魔法的是人群，是惡法術師，使役自身的惡術來驅使一個個的單獨個體。若要以單獨個體的形式好好活著，就要遠離惡術法。」

「這是某種文化偏頗論。起因就是，數千年之前，無可控制的科技進展造就災厄，這就是此等非理性禁忌的理性緣由。」

我不知道何謂「非理性」與「理性」，我不知道它們在我語言內部的意義，我找不到這樣的辭彙。「禁忌」的意思大約類似染上毒素。我傾聽母親的話語，因為女兒必須聆聽母親的教導，而我的母親通曉許多知識，她是無人可比的博聞學者。然而，有時候我的教育歷程會頗為困難。倘若她能夠多以故事或歌謠來教導我，而非這種一堆堆的字眼就好了，字眼會從我的心靈滑開，如同水珠從網羅滑落。

黃金時節結束，之後是一整季美麗的夏天。在此之後，銀色時節回返，霧氣旋繞於山間的谷地，雨季啟動，夜以繼日，漫長、緩慢，溫暖的雨季。有一年多來，我們未曾聽聞悅兒與愛丹德的消息。之後，在某一夜，雨珠柔和地灑落於蘆葦屋頂，門口出現一陣陣搔抓聲，以及低語。「噓，沒事的，沒事啦。」

我們燃起爐火，在黑夜圍爐長談。悅兒變得高大瘦削，如同一具乾燥皮膚圍裏的活動骷髏。一道刀將他的上唇切裂開來，形成某種嘶吼的嘴形，牙齒裸露，而且他無法發出「噗」、「布」、「麼」等幾個字音。悅兒的聲音已經轉為成年男性，他蜷縮在爐火旁，試圖將暖意傳回骨髓裡。他的衣服是一堆破爛，刀子以繩圈掛在他的脖子上。「沒事的，」他持續說。「只是，我不想再去那邊了。」

他不願詳談這一年半來在男孩團的生活細節，堅持等到回星船，到時以錄音機制錄下完整的描述。他倒是告訴我們，要是他繼續留在蘇羅十一星，接下來的際遇會是何等情狀——他得要回到男孩團的領域，劃下自己的地盤，憑藉恐懼與魔法的力量來抵禦年長男孩，永無止境地證明自身的力氣，直到他年紀足夠，可以離開這個領地——意思是說，離開這個男孩團的領域，獨自孤身浪遊，直到終於找到一個已定居成年男子的聚落，舊有成員願意讓他待下來。愛丹德與另一個男孩已經配成對，一旦雨勢停止，他們就會出發。對這樣一對而言，倘若他們之間的聯繫模式是性關係，彼此相處會比較輕鬆，因為兩者無須去競爭女性的青睞，成年男子也不會為難他們。然而，一個孤立的成年男子，來到某個阿姨村落三日之遙的地帶，他必須要對那些已定居的男人印證自己的能耐。「三或四年的時間，就是相同的事情一再重演。」悅兒說：「挑戰，戰鬥，提防他人，自我守備，證明你的強壯體魄，徹夜終日保持警覺。終其一生，就這樣獨自撐過去，持續孤寂，最後終老而死。」他凝視我。

「我不是個體，」他說：「我想回家。」

「我馬上用無線電通知星船。」母親安靜地說，語氣夾帶大量釋然。

「不可以。」我說。

悅兒凝視母親，母親正要向我發話，他舉起一隻手。

「我走就好了，」他說。「她無須離去，她何必離去呢？」如我一般，悅兒學會了若非必要，不以名字稱呼對方。

母親來回環顧我與悅兒，之後她發出某種詫笑聲。

「我不可能把她留在這裡啊，悅兒！」

「你何必走呢？」

「因為我已經想要走人了，」她說。「我已滯留得太久，超過限度。對於村落的女性生活，我們擁有豐沛的資料，超過七年的在地觀察資料。如今，你的經驗可以填補男性生態資料的空缺。這樣就足夠了。時候到了，時候早就到了，我們早該回歸自己故鄉的人們。我們每個人都該回去。」

「我沒有人群，」我說。「我不屬於人群，我試圖成為一個獨自個體，為何你要將我從我的神魂所在拖走？你要我施行術法，我才不幹！我不要講你的語言，我不會跟你走！」

我的母親依然有聽沒懂，她憤怒地啟齒。

悅兒再度舉起手，如同成年女子即將開始吟唱的姿勢。母親看著悅兒不語。

「我們可以晚些再談。」他說。「我們晚些再決定，我需要睡。」

我們躲藏於自家屋內整整二日夜，直到決議出爐。這是一段悲慘時光，我留在家中，所以無須對那些成人撒謊，母親與我與悅兒接二連三懇談。悅兒請母親留下來照顧我，我拜託母親讓我留在沙德妮或諾伊特的家，她們兩人都會樂意讓我寄養。母親斷然拒絕。她是母親，我是小孩，她的權力無比神聖。於是，她使用無線電通知星船，安排好登陸小艇在某塊距離阿姨村兩日路程的荒地接我們。我們在半夜悄悄溜走，我只攜帶自己的神魂袋。翌日，我們終日行走，雨勢停歇時小睡，終於來到那塊荒漠。地表淨是凹凸不平的突起與坑窪。這是太古遺跡的廢墟，土地長滿細小的雜草、堅硬的穀物，以及零星碎片。這就是荒漠該有的形貌，萬物皆無以生長。我們在此地靜候登陸艇。

天際憑空破裂，某個閃亮亮的事物從天而降，降落於我們眼前的岩石叢。這事物比任何屋子都巨大，不過沒有超越史前遺跡的廢墟。母親凝望我，嘴角一抹古怪、報復的微笑。「這是魔法嗎？」她說。對我而言，要破除魔法迷思是非常艱難的任務，但我知道，它只是個器物，器物本身並無惡質魔法附體，魔法唯獨存留於心靈。我什麼也沒說。自從離家之後，我始終一言不發。

原本我打定主意，在我能夠返回真正的家園之前，絕不開口說話。然而，我畢竟只是小孩，習於聽從與遵照指令行事。在瀚星船上，這麼個偌大的詭異奇妙世界，我對自己訂立的誓約只保持幾個小時。沒多久，我就開始哭泣且哀求，我想要回家。拜託，拜託你們，我可以回家嗎。

在這艘星際船艦上，每個人都非常關愛我。

就在那段時間，我思索悅兒與我各自的遭遇，比較兩者大不相同的倒楣際遇。他是孤自一人遭到野放，沒有食物也沒有庇護所，他一個孤伶伶的小男孩滿懷恐懼，試圖在一群同樣滿懷恐懼的對手陣營生存；他必須抵抗那些年長男孩的粗暴攻擊與權力模式，稱為所謂的男性成長。在這艘星船，我得到充分的照料，衣物豐足，食物美味濃郁到讓我生病，室溫的保暖設施讓我發燒。我得到的是引導與說理，讚美與友好，這些來自於某個偉大星際城市的成年公民讓我分享自身文明結構的權力體系，因為他們認為這是美好人性的彰顯。悅兒與我分別落到不同的魔法師手上，我與他都可以感受到周遭人群的好意，但無論是悅兒還是我，我們都無法在各自的困境活出一條生路。

悅兒告訴我，他在男孩團的領地度過無數悲慘的夜晚，蜷曲於冰冷的屋舍，對自己訴說每一個從阿姨們學來的故事，在腦海深處吟唱歌謠。在這艘船艦，每夜入睡時我也進行類似的舉動。不過，我拒絕將故事與歌謠分享給船艦的人們，在這個地方，我拒絕使用自己的語言。這是我唯一得以沉默的法門。

母親狂怒無比，有好長一段時間無法原諒我的作為。「你的知識來自於你的故星人們，你欠她們！」她說。我完全沒有回話，因為我僅有的回應就只會是：她們不是我的故星人，我沒有「人群」。我是個體。我擁有自身拒絕啟齒的語言，我擁有自己的沉默，除此之外，我別無所有。

我進入學校就讀。船艦的學校裡有各色年紀的學生，多名老師指導我們，宛若一個阿姨村落。泰半時候，我學習伊庫盟的歷史與地理，母親給我一份報告，讓我研讀蘇羅十一星的歷史沿革，也就是我的語言所稱之「太古遺時」。從我讀到的報告顯示，我的世界曾建構出所有星球中最為壯麗絕倫的都城，橫跨整整兩大陸洲，某些狹小的區域充當農耕田地。就在太古遺時，蘇羅十一星的人口曾高達一百二十兆，其後發生災變，動植物與土壤紛紛衰敗死滅，人群滅亡。這是一個無比猙獰的故事。我對於這段歷史感到羞愧，暗自冀望船上的人們或伊庫盟都不要知情。然而，我轉念又想，要是她們知道我所知道的那些太古遺時故事，或許會明白惡質魔法終會轉向對付自身，結局註定如此。

在船上待了近一年的光陰，母親宣布我們一家人將前往瀚星。星艦船醫的技術與聰明的儀器成功修補悅兒的上脣裂傷，他與母親已經將所有的田野考察資料輸入記錄機器。悅兒的年紀夠大，可以接受伊庫盟學府的教育課程，他也渴望如此。至於我，則是日漸憔悴，醫生與機器都無法修護我。我不斷消瘦，無法安眠，常常頭痛欲裂。幾乎在我們登上星艦的同時，我開始初潮，每一回的腹絞痛都非常嚴重。「這樣很不妙，船艦的生活對你不好。」母親說。「你得到戶外走走，要定居在行星，某個具備文明生態的行星。」

「倘若我前往瀚星，」我告訴母親，「當我回到蘇羅星，我熟識的這些個體都將死去幾百年之久。」

「寧靜啊，」母親說：「你得放棄回返蘇羅的想法。我們已經離開蘇羅星，你必須停止幻想，停止折磨自己，往前展望未來，而非回顧過往。你的生命就在前方，瀚星是你未來的家鄉。」

我凝聚全身的勇氣，以我自身的語言說話。「此時我已非孩童，你沒有高於我的權力，我不會去瀚星，你自己去吧。你沒有權力掌握我！」

這些言語是教導我們斥退某個法術師，擊退魔法師的力量。我不知道母親是否真正明白言語的意義，但她至少明白，我怕她怕得半死。這點讓她驚嚇得無言以對。

沉默良久之後，她以瀚星語說。「我同意，我沒有高於你的權力。然而，我享有某些權利，關於忠誠，以及愛。」

「要是你欲宰制我，就是不對的行止，你沒有任何權利可言。」我還是以自己的語言回應。

她怒瞪我。「你跟那些生物沒兩樣，」她說。「你根本就是她們的一份子，你不知愛為何物。你把自己整個牢牢封死，如同一顆冥頑不靈的岩石，我實在不該帶你到蘇羅十一星。她們是殘留的遺民，殘存於太古文明的廢墟——蠻荒、僵硬、無知、迷信！每一個殘存者都活在恐怖的孤立情境，而我竟然讓她們把你變成這種東西！」

「你給予我教育。」我說，聲音開始顫抖，嘴唇在話語之間簌簌發顫。「星船的學校亦然，然而我的阿姨們是我真正的導師，我想要完成自身的教育。」我開始啜泣，但我勉力站直，拳頭緊握。「我還不是個成年女性，我想要長大成人。」

「但是，寧寧，你會成長的！你會成長為一個比蘇羅星女性更好上十倍的成年人，你必須了解，相信我——」

「你對我沒有掌控權。」我繼續念咒，緊閉眼睛，雙手蓋住耳朵。她傾身抱住我，但我站得僵直，忍受擁抱，直到她終於放開我。

我們停留於蘇羅星的那些年，船上人員整批替換。第一組觀察員已經前往別的行星勘測，如今我們的後備成員是一位格森星考古學家，名叫艾利恩，性情溫和，善於洞察，年歲不小。艾利恩在行星停留的地域僅止於兩塊沙漠化的無人大陸，非常高興能有與我們交談的契機，因為我們「與活生生者同在」，套用她／他的話語。與艾利恩相處，我感到輕鬆自在，不像與星船其餘的人們往來。艾利恩並不是男人——我受不了讓男人終日環繞——亦非全然的女性；她／他並非成人，亦非孩童。她／他是個獨自個體，獨自存在，就像我這樣。她／他並不熟諳我的語言，但總以我的語言與我談話。出現這等危機時，艾利恩找母親懇談，希望她能讓我回蘇羅星生活。悅兒參與其中幾回的談話，他告訴我其中的內容。

「艾利恩說，要是強逼你去瀚星，你很可能就這樣掛了。」他說，「至少你的靈魂會就此枯竭死去。她／他說啊，我們在蘇羅星學到的東西有些類似她／他在格森星的某種宗教訓練。這番話推翻了母親一直囉唆不停的原初迷信說法……艾利恩還說，要是你在蘇羅星完成自己的成年教育，對瀚星而言，你會是非常有用的特使，你會具備無比的文化資源價值。」悅兒嗤笑出聲，沒多久，我也笑了。「她們可是會把你當成一顆小遊星來考掘採礦喔！」他說，接著，他講出結論。「你可知道，要是你停留於此地，而我前往瀚星，我們就此死別。」

這是星船上的年輕人慣用語：當其中一人要橫跨星際之間的漫長光年，另一人停留原處時，永別了，我們就此天人兩隔。這一點，的確是實情。

「這我懂得。」我感到喉嚨抽緊，湧起深切恐懼。我從未見過家鄉的成年人哭泣，除了蘇特的寶寶死去時，當晚她徹夜嚎叫。如狗一樣狂嚎，母親說，但我從未見過狗或聽過狗的吠叫，只聽到一個女性無比痛楚的哭喊。我深怕自己會哭成那副模樣。「倘若我可以回到家鄉，當我完成靈魂鍛造的教育，誰曉得呢，或許我可以到瀚星一趟。」我以瀚星語說。

「巡弋？」悅兒以我的語言這麼說，然後笑了出來，我也因此失笑。

無人可長久保有一個兄弟，但是悅兒從死者之域歸來，我亦可能從星際之間的死域造訪他。至少，我這樣佯裝相信。

母親下了決定。悅兒先行前往瀚星，我與她在星船上再待上一年。我得繼續就讀船上的學校，倘若一年結束，我還是決意前往蘇羅星，那我就去吧。無論我離去或同行，她都會回返瀚星，與悅兒重聚。倘若我之後想要見她們，我可以前往瀚星。沒有人滿意於這樣的妥協方案，但這是我們至少能做到的努力，於是我們三人都同意實行此方案。

悅兒離開時，把他的刀子送給我。

悅兒離船之後，我試著恢復健康。我努力學習瀚星船學校教導的課程，也教導艾利安如何體驗覺知，如何規避魔法。在星船的溫室花園，我們一起練習緩步，一起演練格森星卡亥德王國寒達拉學派的內觀省視。我們都同意，這兩種鍛鍊方式頗為類似。

星船之所以駐守於蘇羅十一星的軌道，不光是為了我的家人。如今，船上的成員泰半是動物學家，她們前來研究某種蘇羅十一星獨產的海洋生命，某種逐漸演化為高等智力生物的頭足綱生物。或許此生命的智力已經非常高深，但人類與它們之間出現溝通難題。「這情況幾乎與當地居民的溝通同等艱難。」動物學家思定凝說，她總是毫不留情地教導與取笑我。有過兩次的經驗，思定凝以登陸艇帶我前往北半球無人居住的島嶼帶，她的組員就在那兒從事調查。來到我自身所屬的世界，卻如此遠離我親近的阿姨、姊妹，以及靈魂伴侶，這真是奇怪，但我什麼都沒有說。

我見到這群蒼白羞怯的龐大生命體，它們緩緩從海洋深處冒出來，漫長捲曲的觸鬚浮現波紋狀光暈，發出某種鈴鈴作響的聲波，這些聲音與色澤是如此乍現乍滅，你很難搞清楚它們的意思。動物學家的儀器製作出某種粉紅色光暈，以及某種人工機械合成的微弱噪音，在廣渺海洋之間迴盪。頭足類生命體充滿耐心，以它們美麗的銀色光影語言回應。「這就是CP哪。」思定凝對我們反諷地說。溝通難題（Communication Problem）。「我們實在不知道自己在說些什麼。」

我說：「我在此地接受教育，學得某些事物。有首歌謠，它的意思是，」我遲疑片刻，想著要怎麼翻譯為瀚星語。「它的意思是說，思索就是行為；言語就是思惟。」

思定凝瞪著我看，或許是不表贊同，又或許是因為在此之前，我除了「是的」之外，並不對她說出任何話語。最後，她問：「你的意思是說，此類生命體並不以言語來說話？」

「或許，它們就是沒在講話。或許，它們從事純粹的思索。」

思定凝繼續瞪著我，之後說，「謝謝你。」她的表情顯示出，她自身陷入某種思考。我深深盼望自己能夠泅游入海，追隨這些頭足類生命的活動。

瀚星船上的年輕人都彬彬有禮，非常友善。在我的言語系統，並沒有這些字彙。我並不友善，也沒有禮數，而她們任由我自行其事。我頗為感念，但當你住在一艘星船上，並沒有真正獨自的空間。當然，每個成員都有自己的精巧小房間，海逅星船是瀚星製造的探索艦，它在星系之間行旅漫長的航程，它提供船上成員足夠的空間、隱私、舒適、多樣性，以及美感。然而，這些都經過設計，都是人為事物——船上的一切，全都是人類所建。比起我們蘇羅星的單房屋舍，在這兒，我還享有更多隱私空間。然而，在家園的我自由自在，身處星船的我彷彿處於陷阱之內。時時刻刻，我都無法不感受到人群帶來的壓力。人群與我同在，人群擠壓我，壓迫我，要我成為其中一員，成為人群之一。我要如何鍛造自身的神魂？我只能微弱地攀附它，深恐自己會徹底失去神魂。

在我的神魂袋內，有項物件是個小小醜醜的灰色石子，在銀霧時節的某一天，我在山上某處撿拾起來。這是我世界的一個微小部分，它成為我在星船上的世界化身。當我躺在床上、即將入睡，我會把這顆小石子取出來，握在掌心，思及河岸上的山脈，陽光灑落。我傾聽星船導航系統的柔和低鳴，宛如橫渡機械海洋。

醫生滿懷希望地餵食我各色補藥，母親與我在每個早晨共進早餐。她持續工作，整理我們生活於蘇羅星這些年來的田野筆記，製作報告，呈交給伊庫盟，然而我知道，她的工作進展並不順。她的神魂處於險境，如同我的神魂。

「你絕不會妥協，是吧，寧寧？」某日早晨，在我們共處的沉默早餐時光，母親如此發問。我並非將沉默視為某種訊息，只是休憩於沉默之內。「母親，我想要回家，你也想要回家。」我說。「我們可否回家？」

起初她誤解我的意思，表情顯得奇怪。之後她終於清楚，露出哀悼、慘敗，以及釋然的奇妙表情。

「我們會彼此死別？」她問，嘴脣扭曲。

「我不知道呢。我必須先鍛鍊自己的神魂，之後我才能決定，是否要前往瀚星。」

「你知道，我不會再回到蘇羅十一星。這一切都取決於你。」

「我知道。去找悅兒吧。」我說。「回家吧，繼續滯留於此，我們兩人都行將死去。」我的體內發出某些噪音，起初是嗚咽，之後是哭嚎。母親在哭泣，她走近我，緊抱住我，如今我可以擁抱自己的母親，依偎著她，與她一起哭泣，因為她的魔法已經破解。

從登陸艇逼近的視野，我見到蘇羅十一星的海域。處於至高的喜悅，我赫然想起小時候的發願：當我成長時，我要獨自來到海岸邊，凝望這些神妙的海獸，觀望祂們身上的光色變遷與聲調，直到我能夠明白祂們。我會凝神傾聽，我會專注學習，直到自身的神魂與閃亮的世界同等遼闊。深受創傷的不毛地域就在我的視線下方迴轉，廢墟龐大如陸洲，荒蕪了無邊際。我們就此登陸。我身上攜帶自己的神魂袋，悅兒的刀子連同繩鏈垂掛於我的頸子，通訊儀鑲嵌於我的右耳垂，以及母親為我打理的一具小醫藥箱。「畢竟，死於受到感染的手指割傷可不好玩。」她說。登陸艇的人們與我道別，但我忘記說「再會」。我步下登陸艇，走入沙漠，返家。

時值仲夏，夜晚短促且溫熱，我走了一大段路。就在第二天的日頭過後，我回到阿姨村。我謹慎地挨近自己的屋子，心想不知有沒有誰在我們離去時進駐這屋子，但是屋內的設施毫無變更。床墊發霉了，我將床墊與床單都拿出屋外曝曬，接著我來到花園，看看有哪些植物自行生長。皮亟樹變得瘦小且結籽，但它長出一些美好的樹根。某個小男孩跑來瞪著我看，這必然是米吉的寶寶。過了半晌，烏麗也跑過來了。她挨著我，一起坐在花園裡，沐浴陽光。我見到她，高興地微笑起來，她也微笑，但我們花了好一陣子才找出話語。

「你的母親並沒有回家。」她說。

「她去世了。」我說。

「我很遺憾。」烏麗說。

她凝視我，見我挖出另一段皮亟樹根。

「你可會加入吟唱環？」烏麗問。

我點點頭。

她再度歡欣微笑。烏麗的肌膚是粉褐色，大眼睛，她變得非常美麗，然而她的微笑始終不變，一如我們還是幼年好友的模樣。「哈，咿！」她滿足地深深嘆息，躺在土地上，下巴抵著雙臂。「這真是太好了！」

我繼續歡快地挖掘皮亟樹根。

剛回返的那一年，以及之後的兩個年頭，我與烏麗都加入吟唱環陣，此外還有兩名少女：狄修常常不定時加入，以及一位新成員，韓恩，一位年輕女子，甫定居於我們的阿姨村，正要迎接她寶寶的誕生。吟唱環陣的構成模式如下：年長女孩傳教學自於母親的故事、歌謠，以及知識；來自於鄰近阿姨村的年輕女人，則會傾囊回報，授予自家的歌曲與故事。如是，這些人彼此鍛造自身的神魂，同時也演習為自己小孩打造靈魂基礎的法門。

韓恩居住的房屋，就是老赫狄米阿姨去世後遺留的屋子。當我們全家人居住於此地，唯一的死者是蘇特的寶寶。母親為此抱怨無法採集足夠的死亡與葬儀田野資料；寶寶死去後，蘇特隨之遠去，再也不回村落。無人對此事發出任何議論。此事件造成我母親對蘇羅星人最重大的反感。對於她自身不能進入另一個成年人的屋子，無法安慰蘇特的激狂哀傷，她為此感到憤怒且羞愧，對於旁人的無為，母親更是生氣。「這並非人類的作為，」她說。「這是純粹的動物行為。這便是此社群結構乃是破碎文化殘骸的最佳證例——並非文明社會，而是太古文化的殘存遺痕。這是某種恐怖無比、猙獰醜惡的貧瘠。」

我不知道，是否赫狄米阿姨的死亡儀式會讓母親修改自身的理論。赫狄米阿姨生重病、進入瀕死狀態已經好一陣子，我猜測她的病因是腎衰竭。她的肌膚變成橙色，此為黃疸。當她還能隨意行動時，並沒有人伸出援手。當她在屋內已經長達一天以上，無法外出，女人會派自家的小孩遞送食物、飲水、爐火柴木。整個冬季都是如此。直到某天清晨，小羅西告訴她母親，赫狄米阿姨已經出現「呆瞪無視」的神情，於是幾名女性來到赫狄米阿姨的屋子，首度也是最終一回，她們進入這間屋子。她們也招呼所有吟唱環陣的少女來探訪，讓我們學習照料死者的儀式。我們交替人手，坐在屍身旁邊，或是房屋前廊，吟唱柔和的歌謠，泰半是童謠，好讓神魂得到一天一夜的時間，與自身肉體與屋舍道別。接著，成年女性將屍體以被單包裹起來，置入類似擔架推車的工具，推送屍身到荒遠的高地。就在此處，或許置放於某座小石塚，或許安放於某座古城遺墟，死去的肉身歸還天地。「此處為死者之域，」沙德妮阿姨說。「死者將安息於此。」

一年之後，韓恩定居於這棟屋子。當她的孩子將要出生，她拜託狄修前來幫忙，烏麗與我待在屋子前廊，觀察與學習。這次的經驗非常美好，推翻我先前對於生寶寶的想法，烏麗亦然。烏麗說：

「我也想要做一次！」我啥也沒說，我也想，但此舉要在許久之後方能實行。一旦你的寶寶出生，你就不會是徹底孤自地生活。

雖然這些記錄書寫我與人之間的互動與關係，我生命的心之所至總是孤在的純粹自我。

我覺得，真正的孤自無以描述。一旦將這些點滴書寫下來，等於以言語告訴某個誰，與人進行溝通。溝通實為難事啊！思定凝必然如此說。真正絕頂的孤寂就是「非溝通」，去除她者的存在，光是純淨的自身形質就全然完滿。

居住於阿姨村，女性的孤自獨存終歸建構於她者的存在，有距離的存在。這是某種充滿耦合性、符合人性的孤絕模式。定居的成年男子全然依附女性而生存，但男性之間並未構成社群。男子的定居地域是阿姨村的某個必要環節，亦是距離遙遠的構成元素。即使獨身巡弋的女性，亦是整體社會的一部分：她是移動的社群份子，串連安居的部分結構。真正徹底絕對的孤寂，存在於遠離村落或安居地的獨身女子或男子的生活。她們全然處於社群網絡之外，在某些世界，這些個體會被冠以「聖人」或「聖潔者」的尊稱。然而，在我的世界，孤立是預防魔法之道，這些人會被我們視為魔法師，被社群所隔離，或是經由自身的意識覺知，選擇此等生活模式。

我知道自己周身洋溢魔法的氣息，我無法規避這點。我開始嚮往離去，獨自生存，如此形態將會較輕鬆、更為安全。我意圖知曉某些壯美但無害的魔法，像是女性與男性之間的術法。

與其栽種作物，我更喜歡到處採集果實，常常上山採果子。這段時日以來，我並未規避男人屋舍，反而晃遊過境，趁機端詳；要是男人們在戶外活動，我也會觀看一番。男人們也會以目光回敬我的凝視，河下游瘸腿男滿頭閃亮的長髮似乎冒出少許白星，但是，當他坐下來漫聲吟唱漫長的歌謠，我發覺自己會隨之坐下來傾聽，彷彿自己的雙腿骨頭融化了。下游瘸腿男長得非常俊俏。除了下游瘸腿男，某個名叫崔特的男孩也長得好看，他是貝湖的小孩，也是我幼時在阿姨村的舊識。崔特從男孩團浪遊歸來，定居於紅石溪谷地，他建了一棟房子，以及美麗的小花園。他有個大鼻子，雙眼碩大，長手長腳，雙手修長。他的姿勢非常安靜，幾乎像艾利恩從事內省洞觀的模樣。這陣子呢，我常常來到紅石溪谷地採集低地莓果。

他從山徑那邊走過來，對我說話。「你是悅兒的妹妹。」他說，聲音低沉安靜。

「他去世了。」我說。

紅石溪谷男點點頭。「這是他的刀子。」

在我的世界，我從未與男人交談。我覺得非常奇異，只是繼續採集莓果。

「你採集的都是青澀果實啊。」紅石溪谷男說。

他柔聲如微笑的嗓音，讓我的雙腿癱軟無骨。

「我在想，還沒有誰與你交好過。」他說。「我會很輕柔地愛你，我一直在想，想著你，自從夏季的起初，你行經此地，我就一直念著你。看這兒，這邊的莓果才是爛熟的，你那邊是青澀的，來這兒吧。」

我走向他，進入豐盛熟成的莓果園。

當我還在瀚星船上時，艾利恩告訴我，在許多個世界，情慾、親子之情、靈魂知己之間的情誼、懷念家園的心意，以及對神聖事物的崇拜，全都是同一個字詞，全都以「愛」為名。在我的語言系統，並沒有如此壯麗的字詞。或許我母親的想法沒錯，經典的人類屬性隨同我世界的崩壞而消亡，與太古遺時共同殞落，如今殘存的僅是損毀、貧瘠的微小事物。在我的語言系統，愛是許多個不同的字眼。與紅石谷地的男人在一起，我學得其中一個攸關愛的字句，我與他一起唱出這份愛意。

就在溪流之間的小山坳，我們打造一棟小灌木屋。我們忽略了各自的花園耕作，卻採收許多豐美的莓果。

那盒小醫藥箱裡，母親放置足夠用一輩子的避孕藥。她對蘇羅星的藥草沒啥信心，但我可信賴得很，而且它們挺管用。

然而，約莫一年之後，就在黃金時節的肇始，我決意離家遠遊，巡弋天涯。我設想自己會到達某些荒遠地域，不盡然找得到對的藥草，於是，我將那枚微小的避孕晶石鑲嵌於左耳垂，可我隨即後悔此舉，因為這樣的行為宛若施行魔法。然後我告誡自己，我這樣的想法純屬迷信，避孕晶石的作用就如同藥草，只不過晶石的持續力較為長久。在我的神魂深處，我許諾過我的母親，永遠不會陷入迷信的境地。耳垂的肌膚覆蓋避孕晶石，於是我攜帶自身的神魂袋、悅兒的刀子，以及小醫藥箱，就此出走天涯海角。

我告知烏麗，還有紅石溪谷男，我將要浪跡遠行。就在河岸一帶，烏麗與我徹夜交談、吟唱。紅石男以他低柔的嗓音發問：「你為何要離我而去呢？」我回答他：「因為要避離你的巫術啊，魔法師。」這是部分實情。要是我繼續與他在一起，我會變得只想與他在一起。我想讓自身與神魂處於某個更無遠弗屆的世界。

要細細陳述我的巡弋年歲，真是非常困難，溝通不良啊！巡弋的女性處於絕對的孤寂境地，除非她偶而與某個定居男性交，或是暫時歇腳於某個阿姨村，在吟唱環交換故事與歌曲。倘若她太過靠近男孩團的領域，她會置身險境；要是她遇到某個流浪惡棍，她也會處於險境；若是她不慎受傷、或是走入受汙染地域，她照樣會身處險境。除了對自身，巡弋天涯的女人並無別的責任，如此磅礴的自由亦是某種危險的事物。

在我的右耳垂鑲嵌了一具精巧的微型通訊儀。每隔四十天，我實現之前許下的承諾，朝星船發射某個顯示「狀況良好」的訊號。要是我意欲離開此星球，我會發射另一種訊號。倘若我身陷險境，可以召喚登陸艇前來營救，至今有幾次危機，但我從未想過要使用此種退路。我發射的訊號僅止於實現我與母親之間的承諾，實現我與母親（以及她的星球人群）之間的聯繫，縱使是我早已毫無關連的網絡，縱使是某種毫無意義的通訊。

如同我先前所述，阿姨村落或定居男的日常生活充滿瑣碎的反覆調性，新鮮事甚少發生。年輕的心靈總是嚮往新奇，於是某個年輕的靈魂會啟動浪跡模式，狩獵巡弋、行路天涯，危機與轉機如影隨形。當然，就算是旅行、危機，甚至變化，都可能造就沉寂無趣的反覆性。到了某個地步，新鮮事總是相同形貌：山脈、河流、男人，嶄新的另一天。足跡的軌道形成某種漫長的環形，肉身開始想念家園的滋味，身體渴望靜止寧定。於是，你知覺著腳底下的塵泥土壤，步履之內的腳底肌膚，面頰迎受的觸摸與氣流，空中的光影綽約，河岸對面山脈的青草地色澤，肉體與靈魂的驛動，至深的黑暗之間充盈色彩與聲音的流轉與波動。這一切總是恆常轉換，向始改變，無止境地更新。

於是我啟程返家，我已經離家遠行了四年之久。

烏麗離開她母親的屋子，遷移到我的房子定居。她並未巡弋遠遊，而是前往紅石溪谷地，如今她懷有身孕。我很高興看到烏麗住在我們的房屋。另一棟唯一的空屋是毗鄰赫狄米阿姨舊房子的半傾頹廢墟。我決心重建一棟屋子，開始建造地基，挖的坑洞深及我的胸膛。挖地基的工程用去大半夏季，之後我砍伐枝幹，編造柵欄，以泥土紮實塗抹屋子的內外牆垣。我記得在許久之前，初次建造房子的時候，我與母親一起工作，她如何稱讚我的工夫：「很棒，就是這麼著！」我先將屋頂敞開，讓夏日炎氣把泥巴蒸晒為陶土。在雨季到來前，我以蘆葦編織為屋頂，此前幾個冬季，我已經受夠雨淋的滋味。

我居住的阿姨村結構不像個指環，更像是一串珠鏈，橫亙河北岸約三公里長。我的新屋子讓這道珠鏈子加長了點，往上游處遞增些許。我的屋子就在陽光普照的山坡地，排水良好，真是一棟美好的屋舍。

我就此定居下來。我泰半的日常生活耗費於採集作物、照料花園，修補器具，以及各種原始生活難以規避的沉悶反覆活動。其餘時光，我用來唱歌，思索學得的故事與歌謠，無論是在此星球、巡弋旅行的生涯，或是在瀚星船艦所學得的事物。沒多久，我赫然明白何以成年女性喜歡有孩童前來傾聽自己的故事與歌曲，因為故事就是要被傾聽，歌謠亦然。「傾聽我言！」我會這麼對孩童說。阿姨村落的孩子們來來去去，彷彿溪流的魚兒，三兩成群，有些幼小，有些碩大。當孩童們來到我家，我會說唱故事讓她們傾聽。當孩童們離去，我於沉默之境繼續說唱故事。有時候，我加入吟唱環，將旅行所獲分享給年長女孩。這就是我生命的全貌，除了工作，我隨時清澈覺知於自身的本質。

藉由孤寂獨存，靈魂得以擺脫術法的控制。藉由覺知，神魂遠離百無聊賴的遲鈍。倘若你真正覺知，沒有真正無聊的事物。或許這會讓你惱怒，但你不會感到無趣。倘若這是樂趣之所在，只要你保持覺知，趣味就會長久保存。保持清楚的覺知是神魂最艱難的工程，我如是體認。

我幫助烏麗生下她的孩子，一個小女孩，並與她嬉戲玩耍。過了幾年，我將左耳垂的避孕晶石取下，遺留某個細小的針孔。我以燒灼的長針再度穿刺針孔，傷口痊癒之後，我在耳洞處佩戴某顆細小寶石，那是我在巡弋生涯的斬獲，在某個廢墟找到的珍寶。生活於瀚星船艦的歲月，我見過某個男子這樣裝飾他的耳垂。當我開始採集作物時，我的耳垂就懸掛這小小的寶石。我特意避開紅石谷，那男人以為他擁有某種權利，可以取得我的一部分。我還是很喜歡他，但我討厭他身上那股術法的味道，他妄想著征服、擁有我的念頭。我往山脈前進，朝向北方。

返家時，一對男子甫定居於老舊北屋。少男在男孩團向來成對行動，當他們離去，也會成對同行，這有助提升他們的生存機率。有些配對有性愛關係，有些則否；有些搭檔始終在一起，有些則分道揚鑣。就在去年夏天，北屋的其中一名男人與別的男人遠行，留下來的男子長得並不英俊，但我曾留意他。他頗為結實，身材與雙手都強壯粗短，我喜歡這模樣。我有稍微與他調情，但他非常害羞。此時正是銀霧時節，霧氣盈滿河流，他見到我耳垂懸掛的寶石，眼睛一亮。

「很漂亮，是嗎？」我說。

他點點頭。

「我戴上它，是為了讓你注意到我。」我說。

他實在太過羞怯，最後我只好攤牌。「你知道，倘若你只喜歡與男性做愛，只消說一聲便是。」我還真的說不準他的心思。

「不，不是的。」他說。「不，不是。」他囁嚅一番，然後往山路下行。然而他頻頻往後望，於是我緩慢跟隨他，不確定他究竟是想要我，還是想要擺脫我。

男人在紅根樹叢前的小屋等待我，那是一座秀麗的小亭，綠葉滿滿環繞，你可能行經、但未曾留意它的存在。就在屋內，男人在地板鋪滿甜草葉，深邃乾燥且柔和的草毯，氣味彷彿夏日。我走入門內，必須彎腰進入，因為門楣甚矮。我坐在夏日氣味的甜草毯，他站在外頭。「進來吧。」我說，男人緩緩入室。

「這草毯是我為你而做的。」他說。

「現在，為我生一個孩子。」我說。

於是我們開始製造嬰兒，那一整天，以及其後。

如今，我終於要對你陳述終章，何以在這許多年之後，我會呼喚登陸艇前往荒地與我會合。經過這麼漫長的時光，我並不確定，瀚星船艦是否還駐留於星際之間的真空。

當我的女兒出生，她是我心之所欲，我靈魂因此完滿。在去年，我兒出生，而我知道此舉無法成就完滿。他會成長為男人，離去，戰鬥，承受，宛若每一個此星球的男人，生死如油麻菜籽。我女兒的名字是葉德倪珂，意味著「葉子」，也就是我母親的姓氏。她將會成長為成年女性，以自身意願選擇去留。從此而後，我將徹底獨居。這是萬物該有的面貌，亦是我心所欲。然而，我是同屬於兩個世界的個體，我是自身這個世界的單獨個體，也是我母親世界的人。沒錯，我欠她世界的後代一個交代。於是，我傳喚登陸艇，對艦艇上的人們敘述我的故事。她們將我母親的報告交給我閱讀，而我在她們的記錄儀器上書寫自己的故事，寫下神魂鍛鍊的過程，為了那些想望學習靈魂之道的個體而說。

對於這些個體，對於後代，我如是說：傾聽！規避惡質術法！透徹覺知！

老音樂與女性奴隸

伊庫盟派駐於維瑞爾星的情報長，其瀚星姓名為索希凱維南—沐克瑞絲．泇思丹；他在維狄歐一地有暱稱為伊思達頓．阿雅，意思是「老音樂」。此時此景，他感到無聊。進行整整三年還不停歇的內戰，就是他感到無聊的原因；然而，在他透過傳譯通訊機呈交給瀚星常駐使的任務報告內，他倒是單刀直入，稱自己是瀚星駐維瑞爾星糊塗情報長。

雖然「合法政府」封鎖了大使館區，嚴禁任何人員出入，斷絕資訊流通，泇思丹還是保有一些祕密通訊管道，能夠聯繫上自由邦的朋友。到了戰火綿延的第三年夏天，泇思丹晉見大使，請求獲准出一趟任務。由於「自由解放軍」與大使館之間的可靠聯繫斷絕，解放軍詢問泇思丹（「他們是怎麼聯繫到你的？」大使問；泇思丹解釋，透過一名送貨員），是否能請大使遣一、兩位外交人員跨越界線，與解放軍成員碰面對談，且讓人得見雙方會面。此舉是要證明：縱使那些宣傳和封鎖訊息的手段，縱使大使館人員現今只能待在吉特城內，大使館並未支持合法政府，而是保持中立，隨時預備與取得正當權威的任一方對談。

「吉特城？」大使問。「算了，不管它。只不過，你要怎麼到那邊去？」

「哎，你總是問一些烏托邦問題。」泇思丹說。「嗯，我的眼色可以用隱形眼鏡矇混過去，只要沒人太靠近打量我。跨越邊境倒是麻煩了點。」

這座大城的外觀泰半依然完好，政府機構、工廠與倉庫、大學學院俱在，還有觀光勝地：圖爾大神殿、劇場街、老市場裡好玩的展示間與壯觀的奴隸拍賣大廳——打從奴隸販賣與租用制度電子化之後，這些展示廳堂已經廢棄無用了。除此之外，還有無以數計的街道、馬路、中央大道，紫花瀰漫的貝雅樹盛開於塵埃處處的公園；無數的商店、棚屋、磨坊、鐵軌、車站、公寓大樓、房屋、奴工舍，鄰近社區、郊區，以及荒郊野外。這些事物絕大多數還存在，一千五百萬人口也大多存留，然而，先前的複雜性則不然。種種連結均斷毀，毫無互動，這是一具中風癱瘓的腦。

最嚴重的破壞是一道粗暴的爆破，猶如以斧頭直直劈穿腦橋般，形成一公里寬的無人荒地，此處的建築與街道盡化為殘骸碎礪。這道「大裂界」以東是合法政府的勢力範圍：城中心、政府機構、大使館區、銀行、通訊塔、大學院、壯麗公園區、上流社區，以及通往武器庫、軍營、機場、太空港的交通要道。分界以西則是自由城，灰塵區，解放軍陣營；有工廠、勞動工社、出租奴工的宿舍、老戛列歐的居住社區，無數的細小街道蔓延為平原。通貫東西方的高速公路，如今一片空盪。

解放軍成功地將泇思丹偷運出大使館，一路直達大裂界。昔日，他與解放軍早已經熟諳這些程序，將逃亡的奴工偷渡到雙子星亞歐威，讓他們邁向自由。如今，自己是被偷運的一方，而非走私者，泇思丹覺得煞是有趣。縱然這情況比較怕人，但壓力卻減輕許多，因為他無須負責，他是行李而非搬運工。然而，這條連絡網絡的其中一項環節顯然出了差錯。

洢思丹與朋友徒步走入大裂界，經過部分區域，抵達一座半毀的公寓，底下停著一輛廢棄的小貨車。就在分崩離析的擋風玻璃後，卡車駕駛衝著他咧嘴嘻笑。洢思丹的嚮導示意他前往後座，卡車宛如狩獵貓兒似的發動，循著一條瘋狂的路徑，在廢墟之間蜿蜒穿梭。他們幾乎就要跨越分界，正在一片先前可能是街道或市場的石礫地上顛簸前行時，卡車轉向，停住，響起咆哮聲、射擊聲，貨車的後座門被唐突撞開，一群男人撲向他。「喂，輕一點，」洢思丹說。「手腳輕一點。」這堆男人拽著他，把他的手臂扭到背後，下手很是粗暴。他們將他從卡車拖下來，扯掉他的外套，壓制住他開始搜身，然後押解他走向一輛正在卡車旁等候的車子。洢思丹想知道卡車駕駛是否已經被殺，但無法轉動視線，直到這些男人把他推入車內。

這是一輛老舊的政府專用禮賓轎車，車體深紅色，寬敞修長。這種車子專司接送大莊園領主出席議會，接送大使往返空港。車子的主座區可以紗幔分隔女性賓客與男性賓客。駕駛座與客座嚴密隔絕，尊貴的客人絕對不會呼吸到一個駕駛奴工的氣息。

有個男人一路一直將洢思丹的手臂反扭於背後直到車前，然後將他的頭顱朝前推入車內。他發現自己夾在兩個男人之間，面對另外三人。車子發動時，洢思丹內心只有一個念頭：「我已經老得玩不起這些陣仗了。」

他放鬆靜止，設法讓痛楚與恐懼消退，但此時還不宜移動肢體搓揉狠遭扭傷的肩膀，還不能正視那些面孔，也還不能明目張膽地打量周遭的街道。只憑兩抹瞥視，他確認目前車子正經過雷伊街，往東行，離開城市。直到此時他才赫然明白，先前他還一直相信這些政府走狗會將他帶回大使館呢。他真是個大，傻，瓜。

他們橫行街道，無視於街頭行人震驚的目光。現在，他們飛馳在一條寬廣的大道上，依然往東行。雖然洢思丹處境頗為不妙，能離開大使館，呼吸外界空氣，置身世界之中，移動，快速移動，還是讓他感到十分快悅。

他謹慎地抬起一隻手，按摩肩膀。他同樣小心翼翼地抬頭，觀察那些坐在他旁邊與對面的男人。七個男人全都是深色肌膚，其中兩個膚色藍黑。面對他的男人當中，有兩人還年輕，一副生嫩的呆頭鵝樣。第三人是第三階的維奧人，一位「歐加」。他面無表情，符合世襲階級教育訓練的結果。洢思丹看向這名歐加，正巧對上他的眼神，兩人都立即掉轉視線。

洢思丹其實喜歡維奧人。在他眼中，維奧人不管是士兵還是奴隸管理人，皆是舊維狄歐的一部分，屬於註定滅亡的種族。生意人或官僚都可能熬得過這場抗暴革命，他們無疑找得到士兵為他們作戰；但是軍人階級不然。維奧人的忠誠、榮譽心，以及嚴格的自我規訓，其實與他們監管的奴隸階級非常類似，雙方共同崇拜卡梅耶階級，他們的劍士與主宰。這種苦行神祕主義能抵禦解放革命多久？維奧人是某種無法容忍之階級秩序的頑固殘留物。洢思丹信賴這個階級，甚少對他們感到失望。

這名歐加膚色黝黑，非常英俊。他長得頗神似泰耶歐，某個洢思丹特別喜歡的維奧人。早在戰爭發難之前，泰耶歐便已攜眷離開維瑞爾星，前往塔拉星與瀚星，近日內他妻子便將成為伊庫盟的機動使。再過幾世紀。屆時，戰爭早已終了，洢思丹的肉身早已化為塵土，除非他選擇與他們同行，回返家園。

真是呆笨的念頭啊。處於革命時節，你別無選擇！你就認命地隨風飄遊吧，宛如瀑布巨流中的一顆小水泡，彷彿燦爛營火的一抹光燼。你手無寸鐵，躋身於七個武裝男人之間，行車飛馳於廣闊空盪的東部高速幹道……哦，原來他們正要遷離舊都，前往東方諸省。維狄歐合法政府如今的勢力範圍縮減至半個首都和兩個省分。在那些地方，八人之中就有七人被第八人稱為「奴器」，而第八人就是這七個奴器的主人。

前座的兩名男人正在交談，但從客座聽不見他們談話的內容。坐在他右手邊的子彈頭男人開口，喃喃詢問泇思丹對面的歐加一個什麼問題。歐加點點頭。

「歐加。」泇思丹開口。

那名維奧人與他四目相對。

「我得要尿尿。」

歐加一言不發，別開視線。好半晌，沒人說話。他們正經過一段險惡的路面，可能是起義那年夏天造成的損毀，也可能僅是從那時起便疏於維修之故。顛簸起伏的震動，讓泇思丹的膀胱愈發難受。

「讓那個該死的白眼仔尿在自己身上啊。」面對他的其中一名年輕男人對另一個這樣說，後者現出一抹緊繃的微笑。

泇思丹考慮一些可能的回嘴，像是不帶冒犯、挑釁意味的良好幽默、玩笑話，但他終究閉嘴不語。這兩人只是在等機會，等個藉口出現，好來狠狠羞辱他一頓。他閉上雙眼，試圖放鬆，對於他肩膀的拉扯疼痛、對於膀胱的漲痛，他只能純粹地知覺。

坐在他左邊、他一直無法看清楚長相的男人，終於開口。「駕駛，先停在這路邊。」他對著一具對講機說。駕駛點點頭。車速降緩，慢慢停向路邊，劇烈顛簸著。他們全都下了車，泇思丹認出他左邊那位發號施令的男子原來也是一位維奧人，屬於第二階級，一名薩狄歐。泇思丹下車時，一名年輕男人抓住他的手臂，另一名舉槍對準他的肝臟處。其餘人全站在塵埃漫天的道路旁，就地尿尿，尿液撒在塵泥地、碎石堆、灰頭土臉的樹叢根部。泇思丹好不容易將褲子拉鏈解開，但他的雙腿抽筋得異常厲害，簌簌發抖，壓根沒法站得挺。那個拿槍的年輕男丁閃回來，直立在他眼前，槍大剌剌地對準泇思丹的下體。就在他的膀胱與小鳥之間，冒出一陣疼痛。「站後退點兒，」他直白地惱怒說道，「我可不想尿濕你的褲腳。」聽得此言，那個男丁竟然更往前站，把槍管直直對準泇思丹的鼠蹊。

那位薩狄歐比了個手勢，那名男丁退後一步。泇思丹打個寒顫，突然間射出一股噴泉。即使在痛楚不堪的釋放情境，對於自己的尿泉讓那個年輕男丁再倒退兩步，他感到一股快意。

「看起來幾乎像個人類。」那個男丁說。

泇思丹將自己的外星人下體謹慎飛快地收入褲襠內，立即將長褲拉鍊束起。他依然佩戴隱形眼鏡，隱藏自己的白色異眼，穿著打扮類似在逃奴工，全身都是粗糙的黃色衣物，這是都會奴工唯一獲准穿著的染色系。解放陣營的旗幟亦是以黃色為基底，在這兒，這是錯誤的顏色。至於裹在衣物之內的軀體，他的膚色亦是錯誤的色澤。

在維瑞爾星生活了三十三年，泇思丹早已習慣被人們畏懼與憎恨，但在此之前，他從未落入那些憎恨畏懼他的人的掌握，從未得靠他們施恩存活。伊庫盟的庇護向來保佑著他。他暗罵自己，真是個大蠢蛋哪，幹麼莽撞地離開大使館，離開確保平安的地盤，結果淪落到這些追隨早已敗亡口號的窮途末路之徒手上！他們不只會對他造成嚴重的傷害，以他為人質，他們可能製造出更大的禍端。他到底能夠堅持多久，承受多少？幸運的是，這些傢伙無法從他身上拷打出解放陣營的任何資訊，因為他壓根就不知道他的朋友們有何計畫。但是，他真是個傻瓜。

洢思丹回到車上，夾在他的監控者之間，啥都看不到，視線所及淨是那兩個年輕男丁的皺眉表情，以及歐加警醒的木然神色。他再度閉上眼，這段公路還算平順。就在沉默與順暢的高速，洢思丹沉入了腎上腺素消退之後的昏睡。

洢思丹終於清醒時，天際呈金黃色，兩枚嬌小的月亮高掛於無雲的薄暮閃爍著。車子滑入某條岔路，行經田野、花園、果樹與田地豐盈的莊園，行經一座巨大的農工舍，接著又是一座。他們停在一座檢查哨站，僅有一個武裝男人在站哨，簡略查勤之後，揮手示意他們通過。道路行過一座地勢起伏的廣大公園，熟悉的地形讓他感到困惑。密麻麻的樹林頂天，一條路在灌木叢與沼澤之間蜿蜒。洢思丹知道河流在綿亙山脈的另一頭。

「這裡是亞拉梅拉。」他大聲說出來。

沒有人開口。

許多年前，好幾十年之前，當時他初來乍到維瑞爾星，受邀前往亞拉梅拉莊園赴宴。亞拉梅拉是維狄歐一地最壯麗的莊園，東方之珠，效率良好的奴工模範地。數以千計的勞工於亞拉梅拉的農地、磨坊、工廠內勤奮工作，生活於偌大的工舍，圈禁於高牆之內。這一切的景觀都顯現出潔淨、秩序、工業化、平和安定。就在河流頂端的山丘上，巍峨的大宅矗立，儼然是一座皇宮，內建三百間房，豪華房間內充斥昂貴華美的家具、繪畫、雕刻、樂器。洢思丹還記得，豪宅內有一座精雕細琢的私人演奏廳，牆壁由金箔襯背的鑲嵌彩色玻璃拼貼而成。他也記得那間圖爾神壇是以一大塊香木雕成的一朵碩大飽滿的花形。

他們正駛往這棟房子。車子轉向，他只來得及瞥見黑色鋸齒狀的林木逼臨天際。

那兩個年輕男丁再度獲准折騰他，將他拉出車廂，扭轉他的手臂，推壓他走向階梯。洢思丹盡力不抗拒，無視於這兩個牛鬼蛇神的伎倆，專注於自身周遭的環境。這座巨宅的中央與南翼，屋頂已經不翼而飛，處處是破敗殘垣。透過黑色窗框，可見一片泛黃的天色。即便位於律法的核心，奴工仍起義抗暴。那是距今三年前的事，在那一年恐怖的酷暑，千萬棟房屋遭焚毀，工舍、城鎮、都市，一切化為粉塵瓦礫，四百萬人死亡。當時他並不知曉，暴動甚至蔓延到亞拉梅拉。消息並未溯河而上。就在燒殺毀劫的那一晚，東方之珠經歷了哪些浩劫？是否奴隸主遭到屠殺，或者他們得以倖存，於事後懲處主事者？消息無法溯河而上。

當兩名年輕男丁將洢思丹推往空蕩蕩的樓梯，通往大屋北翼時，這些情景以不自然的清晰感在他的腦海快速輪番上映。他們高舉槍枝隨侍伺候，彷彿心頭當真認為一個六十二歲的老頭子，歷經好幾小時無法動彈的車程且雙腿嚴重抽筋，竟有可能拔腿逃跑？就在此地，位於他們的勢力範圍三百公里之內，他哪可能跑得掉。洢思丹腦筋轉得飛快，留意舉目所及的任何事物。

屋子的這部分以長長的迴廊與中央廳堂相通。它並未遭到燒毀的命運，牆垣屋頂依然矗立，然而，進入前廳後，洢思丹注意到牆壁已經燒得光禿禿一片，原先的雕梁畫棟光景不復。骯髒的鋪地氈取代了先前的木頭鑲花地板或雕刻精緻的地磚。沒有任何家具存留。不過，即使處於骯髒破敗的廢墟狀態，高大的廳堂仍然美麗，充盈明亮的夜色。那兩名維奧軍官離開隊伍，前往本該是接待室的房間，向屋內的某個男人回報。經過這段路程，洢思丹隱約將這兩名維奧軍官視為某種安全防護罩，暗自希冀他們會回返，但他們並沒有回來。一個年輕男丁將他的手臂往後扭，某個體型笨重的男人走向他，瞪著他猛瞧。

「你就是那個名叫『老音樂』的外星人？」

「我是瀚星人，那是我在此處的別名。」

「老音樂先生，你聽好了，由於你違反了你的大使館與維狄歐之間的保護協議，擅離大使館領地，你喪失外交豁免權。基於你的行為，你將會受到法治單位的拘留、質詢，基於你與叛國謀反份子之間共謀犯下的串連不法行為，你將會受到應得的法治處分。」

「我明白這是你宣告我目前處境的官方說法。」洢思丹說。「然而，先生，你應該知道，大使與伊庫盟常駐使會認為我仍受外交豁免權與伊庫盟法保護。」

沒人對他動粗，但也沒理會他這番謊言唬弄。那人宣讀完他的罪狀後便轉身離開，那兩個年輕男人再度抓住他，再度把他推過一道道門廊、走道，此時他已經疼痛到無法留意周遭。他們走下石階，穿過一座寬廣的鋪石庭院，進入一個房間，此時背後傳來惡意的一推，他腳下一軟，應勢往前仆倒在地。那兩人任他趴著，甩上門離開，鋪石地上的腳步聲漸遠，消失在黑暗中。

他仍俯倒在地，身子還在顫抖，把前額抵在手臂上，聆聽自己的呼吸聲不時化為一聲聲抽噎。

不久之後他記起了當晚，以及隨後而來數個白日與夜晚的事。直至後來他仍不明白，他所遭受的刑求，是為了擊潰他意志的刻意作為，還是純粹出於發洩暴力與情緒，毫無針對性，是男孩找樂子的方式。他們踢他、毆打他，大量疼痛接踵而至，但除了蹲籠刑之外，沒有一樣拷打留下清晰的記憶。

他聽過這種事，讀過這類記載。他從沒親眼目睹過，也沒待過戰俘營。他是外星人，是訪客，不會被帶到維狄歐莊園的奴工舍。他們受莊園主的家奴所服侍。這是個小營區，女奴隸區只有二十座茅屋，大門側有三間長屋。這裡曾經容納了負責看顧亞拉梅拉大宅與無數花園的兩百多名家奴。比起農場上的奴工，這群家奴已經算是享有特權；但仍免不了要遭受刑罰。高牆上洞開的門邊，鞭刑柱仍然矗立不倒。

「那裡？」涅米歐說，他是那個老扭他手臂的年輕男人。但另一人，阿拉托說：「不是，過來，這邊。」並興奮地帶頭跑。蹲籠吊掛在主崗哨站下方，就在牆內側高高晃著，阿拉托去操控絞盤把蹲籠放下來。

那是一條粗製濫造、鏽蝕不堪的網目鋼管，一端封住，另一端可開合，靠著一條帶著單勾的鏈子懸掛在半空。現在籠子躺在地上，看起來像個小型的捕獸陷阱。那兩個年輕男人把他衣服脫個精光，手拿電刺棍（通常用來戳刺偷懶的奴隸）驅趕他頭朝前爬入籠內，一如他們這幾天取樂的方式。他們一邊高聲大笑，一邊推他，拿棍子捅他的肛門和陰囊。他整個人擠進籠子，頭朝下蜷縮成一團，手腳被迫屈折緊貼住身子。那兩人把籠門砰然關上，從網洞間抓住他的赤腳一把拉起，一陣吃痛讓他眼前一黑。懸空的籠子打轉得凶，他連忙以抽搐的雙手緊抓住網子。等他張開眼睛，地面在離他七、八公尺底下旋轉晃動。過了一陣子，晃動逐漸靜止。他的頭一動也不能動，他能看到蹲籠底下的事物，若努力把眼睛往旁邊轉，也可看到營區大部分的景象。

在過往，空地上總會有觀眾觀賞這種管教訓斥的場面，看奴隸受蹲籠刑。小孩因此學會，要是家務女僕推托工作、園丁疏於修剪花木、下人膽敢頂撞主人，會有什麼下場。但是現在一個人也沒有。塵封的地面空蕩蕩。花園裡乾巴巴的植木陶盆、女奴區最遠方的小小墓園、兩翼之間的溝渠、走道、在他正下方一圈隱約的草坪，全都一片荒涼。他的刑求者站在一旁說笑了一會兒，開始覺得無聊，便逕自走開了。

他試著放鬆姿勢，但只能挪動分毫。任何動作都會引起籠子搖晃打轉，令他想吐，更漸漸開始害怕會墜落。他不知道，籠子單靠一只勾子懸著，到底穩不穩。他的一隻腳卡在籠子末端，尖銳的痛楚令他希望自己乾脆暈過去算了。但儘管他頭暈目眩，還是意識清明。他試著深呼吸，很久以前在另一個世界，他曾學會調息之道，平靜放鬆地呼吸。然而在籠中世界，他連深呼吸都做不到。肋骨擠壓著他的肺，以致於每一次吸氣都變得相當艱鉅。他努力不讓自己窒息，不讓自己恐慌，讓自己保持醒覺，只要這樣就好，但是醒覺反倒令他難以忍受。

當太陽行到營區那一側，陽光毫無遮蔽地直射在他身上，暈眩感化成嘔吐感。接著他昏厥了一會兒。

夜色降臨，清涼夜氣略微宜人，他試著想像水，但沒有水。

事後他猜想他在蹲籠裡待了有兩天之久。他記得，當別人把他拉出籠子時，網目摩擦著他赤裸晒傷的皮膚，然後有人拿水管對著他全身噴灑，水的冰冷讓他整個人驚醒過來。頃刻間他完全恢復意識，明白自己就像個破舊殘缺的娃娃，滿身塵土無助地躺在地上，仰望著四周男人吼著些什麼事。接著他必定是被人運回自己原先被關的牢房或馬廄，因為又暗又安靜；但他同時還蜷在蹲籠裡高高懸著，讓又冰又燙的太陽烘烤著，他的身子滾燙又發冷，苦痛之網愈縮愈緊，最後緊緊包住他軀體。

在某個時刻他被帶到一間有窗的房間裡，安頓到床上，但他仍然還在蹲籠裡，高懸在灰塵滿布的地面上方晃呀晃的，灰塵最厚的地面，一圈綠草。

那名薩狄歐和笨重男子都在場，都不在場。一名女奴隸，臉色蒼白地蹲踞著發抖，想在他晒傷的手臂、腿上和背上敷膏藥，卻弄痛了他。她在又不在了。陽光從窗口照進來，他感到網子打在他腳上，一次又一次。

黑暗撫慰了他。他不斷昏睡。過了兩天他終於能坐起來，吃下那名嚇壞的女奴帶來的食物。晒傷的皮膚慢慢復原，身上各處的痛楚漸漸減緩。他的腳掌腫大，骨折，本來沒關係，直到他要下床。他整個人昏沉沉、輕飄飄。拉亞耶走進房間，他隨即認出他來。

他們見過幾次，是在起義之前。拉亞耶曾在歐優總統手下任外交部長；但他現在在合法政府中任什麼職位，洢思丹不得而知。以維瑞爾星人的標準來看，拉亞耶算矮，但他身材寬厚結實，一張臉晒得黝黑但梳理乾淨，一頭灰髮，是個醒目的人，一名政客。

「拉亞耶部長。」洢思丹出聲招呼。

「老音樂先生，您還記得我，真好！我很抱歉您身體欠安。希望這兒的人有好好招待您？」

「謝謝您。」

「我一聽說您人不舒服，馬上要求安排醫生看診，但是這兒沒有醫生，只有獸醫。連個辦事的人也沒有！今非昔比啊，世風日下啊！真希望你見識過亞拉梅拉昔日盛景。」

「我見過。」他聲音仍相當虛弱，但聽起來還算自然。「三十二、三年前的事，當時阿涅歐大人伉儷設宴招待我們大使。」

「真的？那你知道這裡原本是什麼模樣了。」拉亞耶說著，在一張椅子上坐下，那張椅子是件不錯的舊家具，只是少了一邊扶手。「看到現在這樣子真是令人痛心，不是嗎？破壞最嚴重的是屋內這兒。整個女眷側翼和大廳都付之一炬。幸好花園倖免於難，讚美女神！那可是四百年前梅涅亞親手設計布置的，你知道。田地也還能耕作。我聽說除了財產之外還有將近三千名的奴器。等麻煩結束後，要重建亞拉梅拉，會比重建其他大莊園來得容易許多。」他眺望著窗外。「真美，真美啊。你知道，阿涅歐的家僕是出了名的美貌。而且訓練有素。要恢復到當年的水準，得花很長一段時間哪。」

「毫無疑問。」

這名維瑞爾人淡淡地看著他。「我可以說，你正納悶為什麼會被帶來這兒吧？」

「也不盡然。」洢思丹愉快地說。

「哦？」

「既然我未經獲准、擅自離開大使館，政府自然想要看住我的一舉一動。」

「聽到你離開大使館，我們有些人很高興。待在那兒閉住嘴，簡直糟蹋你的才能。」

「哦，我的才能嗎。」洢思丹聳聳肩表示謙抑，弄痛了肩膀。下次他會眨眼。不過他現在自得其樂得很。他向來喜歡鬥劍。

「你才能優異，老音樂先生，你是維瑞爾星上最聰明、狡猾的外星人。你曾為我們工作——現在則是為了推翻我們，是的——你的效率強過其他異世界人類。我們都知道第三者，我們可以談。我相信你的出發點是為了我們人民好，而倘若我提供你一個機會可以服務他們——一項能結束這場恐怖衝突的機會，你會接受。」

「我很希望能夠接受。」

「對你來說，在衝突中選邊站很重要，還是你比較喜歡保持中立？」

「任何行動都可能改變中立立場。」

「讓叛軍把自己從大使館綁架出去，不足以證明你同情他們的處境。」

「原本看起來不是。」

「反而正好相反。」

「或許有此可能。」

「很有可能，如果你喜歡。」

「我的喜好無足輕重，部長。」

「是舉足輕重，老音樂先生。不過，在這裡，你病了，我恐怕讓你太累了，我們明天再繼續聊？

如果你喜歡的話？」

「那是當然，部長。」泇思丹說，在順從中加了點禮貌，他知道像這樣的男人吃這一套，他們習慣別人卑躬屈膝，而非對等談話。泇思丹從未將不禮貌與驕傲畫上等號，他像他大多數同胞一樣，只要環境容許，一向以禮待人，而不愛那種不容有禮的情況。光是虛偽還困擾不了他，他可是很擅長此道呢。要是拉亞耶的手下刑求他，拉亞耶本人卻佯裝不知情，那泇思丹拚命強調這點也無濟於事。

事實上，他很高興可以不必談這件事，更希望連想都不要想起。他的軀體已經幫他做這件事，身體每條肌肉、每根骨骼，都記得每個細節。來日方長，只要活著，他有的是時間繼續想。現在他學到以往所不知的事物，他曾以為他清楚無助感的滋味，但現在他知道自己以前不懂。

當那名嚇壞的女人進房，他請她幫忙找獸醫來。「我的腳需要打石膏。」他說。

「主人，他真的會治療手，那個僕人。」女人畏縮著悄聲說。這兒的奴器說話帶著一種古語的方言腔，有點難懂。

「他可以進屋子來嗎？」

她搖頭。

「那，這裡還有誰可以處理這個？」

「我會去問，主人。」她輕聲回覆。

那天晚上，一名年老的女奴僕過來。她滿臉皺紋、烙痕，神情嚴肅，而且沒有其他奴僕卑躬屈膝的態度。她第一次見到他時，低聲說道：「我的天！」但她的恭敬態度很僵硬。接著她檢查他腫脹的腳，神情冷漠酷似醫生。她說：「主人，倘若你允許我包紮這個，它會好。」

「斷了什麼？」

「這些腳趾頭。那裡。可能這裡也有一塊小骨頭。腳部有很多很多骨頭。」

「請幫我固定。」

她照做，將布牢牢地一圈圈捆住，包紮成厚厚一團，形成一個固定不動的角度。她說：「先生，你可以走路，用枴杖。只能用那隻後腳跟著地。」

他問她的名字。

「迦納。」她一面說出名字，一面向他投以直直一瞥，整張臉對著他，這不是一般奴隸敢做的舉動。她或許是想仔細瞧瞧他那雙異星眼眸，因為她已發現他除了膚色較怪外，全身上下，骨頭與腳趾，與此地人並無二致。

「迦納，謝謝你。十分感謝你的技術與好心。」

她微微頷首，沒有鞠躬，然後離開。她自己走路微跛，但姿勢挺拔。「所有的祖母都是反抗軍。」很久以前有人這麼跟他說過，在起義以前。

隔天，他已經能夠下床，蹣跚走到缺了扶手的椅子邊。他坐了好半晌，眺望窗外。

這房間位於二樓，望出去恰好可俯瞰亞拉梅拉的各色花園，露臺階、花圃、步道、草坪、一連串裝飾性質的湖泊與池塘漸次向下接近河邊；各式各樣的弧線與平面、植物與小徑、土壤與靜水，被流動活躍的彎曲河段所環繞。所有的盆栽、步道、露臺，形成一片柔軟的幾何圖，中心恰好落於河岸旁的一株大樹。當花園在四百年前完工時，那株大樹想必非常壯觀。樹身巍峨聳立於河堤後，但它的枝葉已經伸展到河面上，它的樹蔭有足可涵蓋一座村落那麼大。露臺上的草坪枯成金黃色；河流、湖泊與池塘映出夏日天空的淺藍色倒影。花圃與灌木叢沒人修剪，恣意生長，但還不至於成了野草。亞拉梅拉諸園儘管荒蕪，另有一份蒼涼之美。荒蕪、悲涼、為人遺忘等這類浪漫字眼十分合適，不過原先的理性、高尚、寧靜氣氛也還在。這片花園是由奴工的勞力建造的，花園的體面與平靜是奠基在殘酷、苦難與痛楚之上。泇思丹是瀚星人，來自一個古老的民族，這個民族老早建造了如亞拉梅拉這樣的莊園又將之摧毀，復又建造摧毀，如此反覆次數不知凡幾。他的心同時收納了此地的美與恐怖的悲哀，確保沒有一個人的存在能否定他人，一樣事物的毀壞也不該摧毀其他事物。他體會到兩者，只是體會。

同時，終於能舒適地坐著，他也體會到，亞拉梅拉可愛又令人傷心的露臺一併呈現了瀚星達蘭達地區的梯田結構：紅色屋頂片片相連，綠色庭園接著綠色庭園，沿著坡度陡降到廊柱、碼頭與帆船櫛比鱗次、閃閃發光的港口。越過海港，海面在背後升起，與他視線同高。泇思知道書上說海會平復。「今晚，海洋平靜低緩。」詩句如是說，但他知道不然。海洋立著，如同一面牆，一面立在世界盡頭的藍灰色牆垣。如果你駕船迎向它，會發現它是平的，但若你仔細觀察，其實它和達蘭達山一樣高。如果你當真航行於上，你會穿牆，跨過世界盡頭到另一面去。

天空正是那面牆所撐起的屋頂。夜晚，星光會穿透玻璃般的空氣屋頂。你也可以航向它們，航向世界背後的世界。

「洢思。」有人從屋裡叫喚他，他轉身背對海與天，離開陽臺，下去迎接賓客，或去上音樂課，或與家人共進午餐。洢思是個好男孩，聽話、快活，話不多但好相處，對人們有興趣。當然嘍，他彬彬有禮，畢竟他是個「柯溫」，老一輩的決不會忍受家族裡的小孩有任何缺失。不過禮貌對他沒什麼難處，也許是因為他從沒遇過壞傢伙。不是個愛做白日夢的孩子。警覺、實在，處處留心。但也設想周到，也會自行尋求解釋，就像海牆與天空屋頂。洢思現在已經不像之前那麼清晰、親近了，他那小男孩的形象已經是很久以前的事，在很遠之外，被他留在身後，留在家裡了。現在，洢思丹已經罕能再透過他的眼睛看事物，呼吸達蘭達家中繁複的氣味──木頭香氣、木頭表面拋光用的樹脂油、甜草墊、鮮花、廚房裡的香草、海風；也不再聽見他母親的聲音：「洢思？吾愛，快進來，從多拉瑟來的表親到了！」

洢思跑進屋裡迎接表親們：老衣利亞瓦有瘋狂的眉毛和鼻毛，會用膠帶變魔術；荼依荼雖然年紀比洢思輕，玩起捉迷藏卻比他行。此時，坐在壞椅子上凝望窗外恐怖美麗園景的洢思丹，已然沉入睡夢中。

與拉亞耶的二度談話延後。薩狄歐前來代為致歉。部長臨時被總統召見，會在三、四天內趕回。洢思丹明白，今天一大早他聽見飛行器起飛的聲音，距離不算遠。這是緩刑。他雖愛鬥劍，但還十分疲累、虛弱，樂得有時間休息。沒人來造訪，除了那名害怕的女子西歐，還有薩狄歐每天會過來一次，詢問他有何需要。

等他復原得差不多後，他獲准可隨時離開房間，自由行動。迦納帶給他一塊硬掉的涼鞋底，綁在他包紮的腳底，再加上枴杖，他就能走路了。於是他走去花園，坐在太陽底下，如今太陽逐漸老邁，陽光也日漸溫和起來。那兩個維奧是他的看守，或著精確說來是他的監護。他看見這兩名曾經折磨虐待他的人；他們跟他保持一段距離，顯然受命不准碰觸他。其中一人總是留在視線範圍內，但從不靠近他。

他沒辦法走遠。有時他覺得像是海灘上的一隻小蟲。屋子還堪使用的部分相當廣大，花園占地遼闊，人煙稀少。有六人押著他來到這裡，而這裡原本就有五、六人，受笨重男人圖亞拉南指揮。而房子原先的奴工尚有十至十二人，是昔日在莊園與大宅服侍主人與賓客的龐大僕傭編制（包括廚師、廚師助手、洗衣婦、女僕、貼身侍女、貼身僕役、擦鞋工、擦窗工、園丁、清道夫、餐廳侍者、一般僕役、聽差、馬夫、司機、慰安婦、慰安童等）的一小撮殘餘。這少數幾名奴工，也不再如往日般每到晚上就全數鎖在家奴圈社，即蹲籠所在之處，而是睡在庭院的馬廄裡，那也是他最先被囚禁之處；或者睡在廚房附近的小房間。這些殘留的奴僕多半是女性，有兩名很年輕，有兩、三名是孱弱的老人。

起先他小心翼翼，不敢隨便找他們談話，怕給他們惹麻煩。但他的獄卒們對這些奴工簡直視若無睹，除非發號施令，顯然十分信賴他們，想必有很好的理由。會製造麻煩，諸如逃出奴工社、放火燒大宅、屠殺老闆跟地主的奴工早已成過去，不是死了、逃了，就是抓回來後兩頰烙印，成了更悲慘的奴隸。剩下這些是任勞任怨的好奴工，看來是會忠誠不渝至死方休。許多奴僕，尤其是私人奴僕，對革命的驚恐程度不下於其主人，曾保護主人或跟著主人一塊兒逃命。也有主人釋放他們的奴隸，支持解放的理念。兩方都有背叛理念的人，一樣多，不會更多。

女孩子，年輕的農工，一次會找一個來，讓男人排解性慾。每天或隔天，那兩個折磨洴思丹的男人會開車載著一名用過的女孩出門，然後載著一名新的女孩回來。

至於那兩名年輕的女性家奴，一位叫做康莎，總是帶著她的小嬰孩，男人們也忽視她。另一位叫做西歐，就是嚇壞了的那一位，曾經照料過他。圖亞拉南每晚都帶她上床，其餘男人絲毫不敢碰她。

這些家奴或奴工在屋內或戶外遇見洴思丹時，會將雙手垂在身側，低著頭，雙眼望地，靜立不動。這是私人奴工面對主人該有的禮儀。

「康莎，早安。」

她即以那套禮儀回應。

自從他跟這套已然完備的奴隸世代產物——即販奴市場上人稱「訓練有素、服從、無我、忠心耿耿，最理想的私人奴工」的奴隸性質——相處以來，已有多年。他認識的大多數奴工，有些是朋友，有些是同事，皆是城市的租賃工，他們的主人將他們租借給公司行號或機構，通常是在工廠、商店工作，或從事技術交易。他也認識一大票農工。農工甚少與奴工主接觸，他們在戛列歐老闆手下工作，住在閹人奴工經營的營區。但他所認識的泰半是逃亡者，他們透過地下鐵路「哈密」取得庇護，踏上通往亞歐威的自由之路。他們沒有人被完全剝奪教育、選擇權、對自由的任何想像，就像這些家奴一樣。他快忘記一個好奴隸是什麼樣子。他忘了沒有任何隱私生活的人的全然不可穿透性，全然弱勢的完整性。

康莎的面容光滑、沉靜、毫無表情，儘管他聽過她有時非常輕柔地對她的小寶寶說話唱歌。那是一道愉悅快樂的小小聲音，吸引了他。一天下午，他看見她坐在大露臺頂蓋上工作，寶寶揹在身後。他拐著腿走過去，坐在一旁。他沒辦法阻止她在他靠近時收起刀子與砧板，起身低頭垂首埋眼向他致意。

「請坐下，請繼續你手邊的工作，」他說。她依言照做。「你在切什麼？」

「杜耶利，主人。」她低聲回應。

那是種蔬菜，他常吃也喜歡吃。他看著她做事。每個碩大、木質化的莢果都得沿著一道縫切開，不是簡單的工作，時常要仔細尋找可下刀的點，而且不時得扭動刀鋒好畫開莢縫。接著得將肥大可食的種子一顆顆從多纖維的黏性內膜剝下來。

「那部分不好吃嗎？」他問。

「是的，主人。」

那是需要勞力、技巧、耐心的勞動。他很羞愧。「我以前從沒看過生的杜耶利。」

「沒呢，主人。」

「好乖的寶寶。」他信口說道。那小生物包在懸帶裡，頭靠在她肩上，一直睜著深藍色的大眼睛呆視著這世界。他從沒聽過寶寶哭，對他而言，這小嬰兒有點神異；不過他也沒多少跟嬰兒相處的經驗。

她微笑。

「男孩嗎？」

「是的，主人。」

他說：「康莎，我的名字是泖思丹，我不是什麼主人，我是個囚犯。你的主人也是我的，可以請你叫我的名字嗎？」

她沒回答。

「我們的主人不會允許。」

她點點頭。維瑞爾人的點頭方式是抬頭輕點，不是深點，這些年來他已經習慣了。這是他對自己點頭的方式。他提醒自己現在要留意了。他被囚禁，他在這兒的遭遇，已經置換了原本的他，令他混亂。最近這幾天，他想起瀚星的時間多於此前那些年，那幾十年的總和。他原本早已把維瑞爾當成家，現在又不是了。不恰當的比較，無關的記憶，人在異鄉。

「他們把我關進籠子。」他說，仿照她放低聲音，說最後一個詞時遲疑了一下。他無法說出完整的字詞：蹲籠。

再度點頭。這次，她第一次抬頭看他。只是一瞥。她近乎無聲地說：「我知道。」便繼續做活兒。

他無話可說。

「我是匍奴，所以我住過那裡。」她邊說，邊朝蹲籠所在的營區方向投去一瞥。她喃喃的低語非常克制，就如她所有的姿勢與動作。「在房子被燒以前，主人們還住在這裡的時候。他們確實常常吊起籠子。有一次，有個男人被關到死在裡面。那一次我看到了。」

兩人之間一段沉默。

「我們不准從那底下走過去，也不准在那裡跑。」

「我看見那裡……那裡的地面不大一樣，就在正下方……」洢思丹也同樣悄聲說道，他感到口乾，呼吸急促。「我看，往下看，那塊草地，我想，可能……是他們……」他的聲音完全沙啞。

「一個祖母真的拿了一根長棍，棍端包一塊布浸濕，舉高遞給他。閹人們都看向別處。不過他還是死了。過一陣子，腐爛了。」

「他做了什麼事？」

「伊那。」她說，是個常從奴工口中聽見的否定字眼：不知道；沒做；不在那兒；不是我的錯；誰知道……

他看過一個奴隸主的小孩說了「伊那」，被搧耳光，不是為了她打破杯子，而是因為她說奴隸話。

「一堂很好的教訓。」他說。他知道她懂得。下層階級總是懂得諷刺，猶如懂得空氣與水。

「他們把你關進去，我很害怕。」她說。

「這次的教訓是給我，不是給你的。」他說。

她繼續手上的工作，細心而不間斷。他看著她做事。她低俯的臉，土褐色中帶著藍色陰影，顯得從容平靜。嬰兒的膚色比她略深。她沒有配給某個奴僕，不過曾給一個主人用了。他們向來把強暴叫做「用」。嬰兒的眼睛緩緩閉起，半透明的藍色眼瞼像小小的貝殼。它又小又精細，可能只有一、兩個月大。它的頭彷彿有無窮耐心般地靠在她彎曲的肩膀上。

露臺上沒有別人。一陣輕風拂過他們身後開著花的樹木，遠方河面盪起銀色的漣漪。

「康莎，你的嬰兒會自由的，你知道。」洢思丹說。

她往上看，不是看著他，而是看向河流，視線越過河面。她說：「是的，他會自由。」她繼續工作。

她這樣對他說話，這情景觸動了他。知道她相信他，給了他莫大鼓舞。他需要別人信任，因為經歷了蹲籠，他自己都無法信任自己了。拉亞耶倒是還好，他還能跟他鬥，一點也不麻煩。麻煩是在他獨處時，思考時，入睡時。他大半時間都是獨自一人，在他心底，內心深處，有個東西受傷了，毀壞了，沒有修復，讓他不敢冒險依靠。

早上他聽見飛行器降落聲。是夜，拉亞耶邀他共進晚餐。圖亞拉南和那兩個維奧小夥子也一起進食，但吃飽後就先行告退，留下他與拉亞耶待在樓下一間破壞最少的房間內，將就湊合的餐桌上還有半瓶酒。這裡原本是作狩獵小屋或紀念品展示間之用，房子的這一翼是阿薩區，亦即男人區，女人不得踏入。但女性的奴工、僕役和慰安婦不算女人。一個碩大的獵狗頭在壁爐上方齜牙咧嘴，它的毛皮燒焦、積塵甚厚，玻璃眼珠已然混濁不清。十字弓掛在對面牆上，淡淡的影子襯著深色木頭，很是明顯。豪華的電子吊燈閃個不停，燈光昏暗。發電機不大穩定，有個老僕人總是對它敲敲打打。

「去找他的慰安婦了。」拉亞耶對著門點點頭。圖亞拉南方才一邊對部長熱切道晚安一面帶上門。「幹一個白女人。像幹糞塊一樣。我雞皮疙瘩都起來了。他那根屌好像黏在女奴隸的穴裡一樣。戰爭結束後這種事就不會再有了。混血是這場革命的根基。種族隔離，保持血緣純正，這是唯一的解答。」他說得彷彿等人熱烈應和，但並沒停頓下來等。他為洢思丹斟滿酒，繼續用那副渾厚的政客暨好客主人暨豪宅地主的嗓子說下去。「那麼，老音樂先生，祝你在亞拉梅拉待得愉快，健康復原良好。」

含糊應酬。

「歐優總統知道你身體有恙，甚感抱憾，也祝你早日康復。他很高興知道你安全脫離造反行動造成的暴動與淩虐。這兒安全得很，請儘管待，愛待多久就待多久。不過，如果時機合適，總統與內閣均期待您能蒞臨貝倫。」

含糊應酬。

長期習慣使洢思丹免於問出可能暴露他無知的問題。拉亞耶就跟大多數政客一樣，陶醉於自己的聲音，正當他滔滔不絕時，洢思丹試著從隻字片語中拼湊出現狀。看來，合法政府似乎遷都到一個叫做貝倫的城鎮，在亞拉梅拉東北方，靠近東岸。有些軍力留在城市。拉亞耶提及這點，讓洢思丹不禁揣測，首都是否其實已經半脫離歐優政府的統治，被另一派所把持？可能是軍隊派系。

當起義行動爆發，歐優馬上被授與額外的權力，但是維狄歐的合法軍隊在西方大捷之後就拿蹺，不服指揮，想要更多戰場上的自主權。人民政府要求反擊、攻擊、勝利，軍隊想要有保障。愛登雷加將軍設立了城市的「大裂界」，並試著在自由邦與合法政府省分之間設立邊界，由他掌控。帶著奴隸部隊參與起義的維奧軍人，也同樣敦促畫出一條跟解放軍之間的停戰線。軍隊想要休兵，戰士冀求和平。然而，「只要還有一個奴隸存在，我就不自由！」自由邦領袖納侃阿那如此吶喊，而歐優總統怒斥道：「我絕不允許國家分裂！誓死捍衛合法政權，直到最後一滴血流乾！」雷加將軍突遭撤換，新任總司令上臺，沒過多久，大使館封閉，所有情報來源皆中斷。

泖思丹只能猜想這半年來發生了什麼事。拉亞耶說到「南方的勝利」，彷彿合法政府軍有出擊，打得自由邦撤回德梵河南岸的自由邦所在地。若是如此，要是他們收復了土地，那麼政府為何要撤離城市跑去貝倫？拉亞耶提及勝利也可能是說，自由解放軍試圖從南方渡河，而政府軍成功阻擋。如果他們把這叫做勝利，那麼他們是否終於放棄敉平革命軍、收復全國，而決定要斷尾求生？

「分裂的國家不能是選項。」拉亞耶說，把他的希望給壓得碎爛。「我想你明白的。」

應酬式的同意。

拉亞耶倒完剩下的酒。「不過和平仍是我們的目標，強大且緊迫的目標。我們不幸的國家已經受夠折磨了。」

明確同意。

「我知道你是和平人士，老音樂先生。我們知道伊庫盟旨在促進聯盟成員之間的和諧。和平是我們衷心追求的目標。」

同意，夾雜微微的疑問。

「就你所知，維狄歐政府要終結叛亂，一向是輕而易舉，可以快速全面地終結。」

不予置評，不過保持警覺。

「我認為你明白，只有我們尊重伊庫盟的政策，我國也成為聯盟成員之一，才能阻止我們動用終極手段終結叛亂。」

絲毫不予置評也不予同意。

「老音樂先生，你確實明白這點。」

「我以為你們會以生存為優先考量。」

拉亞耶搖頭，彷彿被蟲子騷擾。「一旦我們加入伊庫盟——早在我們加入之前，老音樂先生——我們就一直忠誠地追隨它的政策，服膺它的理念。因此我們輸給了亞歐威！因此我們輸掉西方！有四百萬人喪生了，老音樂先生，在首次叛亂行動中死了四百萬，之後又有數百萬條性命。數百萬人。如果我們早點行動，會少死很多人。奴工、主人皆是。」

「無異於自殺。」洢思丹以輕柔而溫和的語氣說，就像奴工的語氣。

「和平主義者看所有武器都是邪惡、災厄、無異於自殺，老音樂先生，貴人民如此睿智，卻對戰爭缺乏經驗觀點，而這卻是我們這群較年幼、較殘酷的民族不得不具備的視野。相信我，我們不是自殺。我們想要人民、國家存活下去。我們心意已決，非如此不可。早在我們加入伊庫盟之前，畢波就已通過完整測試了。它可控制、可指定目標、可收斂。它明明確確是武器，是戰爭的精細工具。謠言與恐懼大大誇張了它的能耐與本質，我們知道怎麼使用它，知道如何限制效應。唯獨常駐使透過貴大使的反應，阻止了我們在起義之初做選擇性的發展。」

「我的印象是，維狄歐高階軍官也反對發展該武器。」

「有些將領是的。很多維奧人想法都很僵固，你也知道的。」

「所以決策改變了？」

「歐優總統已授權發展武器以對付從西方入侵的大批敵對武力。」

「畢波」，真是可愛的字眼。洢思丹合眼半晌。

「破壞力會相當驚人。」拉亞耶說。

同意。

「要是叛亂份子受到警告，」拉亞耶說著，身體前傾，黑色眼睛嵌在黑色面孔上，神情急切，像隻狩獵中的貓。「很可能會因此撤退。會樂意和談。如果他們撤退，我們不會追擊。假若他們願意談判，我們也願意。浩劫是可以避免的。他們也尊重伊庫盟，特別敬重你，老音樂先生。他們信賴你。如果你願意透過網絡對他們說話，或他們的首領願意會談，他們會聽你的話，不是面對敵人，不是他們的壓迫者，而是一個熱愛和平、立場中立的慈善之聲，一項睿智的發言，敦促他們拯救自己。現在還有時間。這是我向你及伊庫盟提議的機會，以拯救你的叛軍朋友們，拯救世界免於苦難，開啟和平永續之道。」

「我不能代表伊庫盟發言。大使——」

「也不能。無能為力。沒有這麼做的自由。你能。你是自由之身，老音樂先生。你在維瑞爾的地位獨一無二。兩方都尊重你，信任你，你說的話對那些白人的份量絕對比他還重。他在暴亂前一年才來到任，而你，我得說，你是我們的一員。」

「我不是你們的一員。我既不屬於什麼，也不擁有什麼。你必須重新定義你們，才能涵括我在內。」

拉亞耶一時之間無話可回。他被擊退了，可能會發怒。傻瓜，泇思丹對自己說，老傻瓜，站在這麼高的道德位置做什麼！但他不知道還能站在什麼位置。

的確，他說的話是比大使的有份量。除此之外，拉亞耶說的一切都毫無意義。要是歐優總統想要伊庫盟為他使用武器獻上祝福，還當真認為泇思丹會同意，他為何還要透過拉亞耶來居中遊說，還把泇思丹藏在亞拉梅拉？拉亞耶真是為歐優做事，還為第三方勢力工作？因為這第三方勢力想使用畢波，而歐優拒絕使用？

很可能，這整件事全是一場虛張聲勢。根本沒什麼武器。泇思丹的辯論是暫時借出信用，但假如牛皮吹破，虛張聲勢被看穿，就能逼使歐優跳出迴圈。

生物炸彈（Biobomb），畢波（Bibo），數十年、數百年來一直是維狄歐的詛咒。將近四百年前，伊庫盟初次接觸此地後，維瑞爾人陷入外星入侵恐慌症，於是傾盡資源投入太空科技與武器的研發。發明了這項特殊裝置的科學家事後否決了，並知會政府這項武器無法收斂，一旦啟動會毀掉大範圍地區所有人類與動物，對全世界造成深沉永久的基因破壞，還會透過大氣與水擴散汙染。政府從未使用這項武器，但也沒打算毀掉它。由於這項武器的存在，維瑞爾一直受拒於伊庫盟的門外，因為禁武令的緣故。維狄歐堅稱這是維瑞爾星的保障，以免除外星入侵的可能，恐怕也相信它可以嚇阻革命。但是，當他們的奴隸雙子星亞歐威起義時，他們並未拿出來使用；而當伊庫盟解除禁令觀察後，政府宣稱他們毀掉了炸彈原料。維瑞爾遂加入伊庫盟。維狄歐主動請人來檢驗武器的位址。大使婉拒了，援引了伊庫盟的信任條款。現在，畢波真的重現天日了嗎？還是只在拉亞耶心中？難道他已經窮途末路、要搬演一場騙局，企圖利用伊庫盟幫他的恐怖威脅背書，以嚇退入侵之舉？這似乎最為可能，但仍不夠可信。

「這場戰爭必須終結。」拉亞耶說。

「同意。」

「我們絕不投降。你必須明白這點。」拉亞耶脫去他那奉承討好、合情合理的語氣。「我們將會重建世界的神聖秩序，」他說，現在他確然值得相信。他那維瑞爾人的黑色雙眼裡容不下白人，深不可測，一絲光也沒有。他喝盡他的酒。「你以為我們是為保衛財產而戰，錯了，我告訴你，我們是為了我們的女神而戰。這場戰鬥不容投降，也不容妥協。」

「貴女神是仁慈的。」

「法令就是她慈善之體現。」

洢思丹不語。

「我明天又得離開，去貝倫。」過了半晌，拉亞耶說道，再度重拾他那主導、輕鬆的語氣。「我們計畫移動南部前線，必須充分協調。等我回來後，我需要知道你是否願意照我所請求的助我們一臂之力。我們接下來作何反應，端賴你的決定，你的發言。大家都知道你在這兒，在東部省份——我是說，叛軍和我方人民都知道——儘管你真正的所在位置是祕密，為了你的安全起見。眾人皆知你會準備一篇演講，說明伊庫盟對內戰的看法已經轉變，這項轉變將能拯救數百萬條生命，並為我們這片大地帶來真正的和平。我盼望你能利用在這裡的時間做這件事。」

他是派系主義者，洢思丹心想。他不會去貝倫，就算他去，那裡也沒有什麼歐優政府。這是他自身計畫的一部分。他錯亂了！這行不通的！他沒有畢波。但他有槍，而且他會殺了我。

「部長，感謝您招待這麼愉快的一餐。」他說。

隔天早上，他聽見飛行器清晨離開的聲音。早餐過後，他一瘸一拐地走出屋子，享受晨光。他的一名維奧守衛從一扇窗子看著他，然後轉身離開。就在南露臺欄杆的正下方有一處凹角有遮蔽，靠近一叢高大的開花灌木，白色花朵怒放，花香濃重甜郁。康莎和她的小寶寶以及西歐在這兒。他一步一拐地走近她們。即便在室內，亞拉梅拉的龐大規模與距離，對一個跛腳男人來說，著實吃力。等他終於走到她們身邊，他說：「我很孤單，我可以跟你們作伴嗎？」

兩名女子自然馬上立定致意，儘管康莎的姿勢變得十分草率。他在一張弧形長凳上坐下，凳面鋪滿落花。她們也跟著在石板路上坐下，抱著寶寶。她們已經解開嬰兒的包裹，讓他晒晒溫和的陽光。是個非常瘦的嬰兒，洢思丹心想。幾近黑色的手腳，關節處就像花莖或半透明的瘤節。這次嬰兒活動得比他以往所見要來得劇烈，一會兒伸展手臂，一會兒轉動頭顱，彷彿在品嘗空氣。跟細小的脖子相比，頭顯得大，也像朵花，莖幹太瘦，花朵太大。康莎將一朵真的花懸在嬰兒眼前逗著他玩，他黑色的眼睛向上看。眉毛與睫毛長得十分細緻。陽光透過他的手指，他笑了。洢思丹不禁屏息。嬰兒對著花兒綻放笑容，是花之美，是世界之美。

「他叫什麼名字？」

「雷康。」

卡梅耶之孫，卡梅耶亦主亦奴，是獵人亦是農人，是戰士，也是締造和平之人。

「很美的名字。他多大？」

在她們所說的語言中，這句問句字面上是「他活了多久？」康莎的回答很怪：「如同他生命一樣久。」她這麼說，或者是他從她喃喃低語中理解到的意思。也許不該問小孩年齡，那是個惡兆。

他往後坐回長凳上。「我覺得我很老了。」他說，「我有一百年沒看過小嬰兒了。」

西歐躬身向前，背對著他，他覺得她想遮住自己的耳朵。她害怕他，因為他是個異星人。生命沒帶給西歐什麼，唯有恐懼，他猜想。她二十歲？抑或二十五？她看來像四十歲。也許才十七歲？慰安婦，通常遭到濫用，都老得快。他猜康莎應該二十出頭。她身材瘦削扁平，但她體內有花盛開，有乳汁的溫潤，而西歐沒有。

「主人有小孩嗎？」康莎問道，把嬰兒舉到胸前，帶著一副持重的自豪，微微的炫耀。

「沒有。」

「啊，耶拉，耶拉。」她喃喃道，另一個他常在市區奴工營裡聽到的奴隸辭彙：噢，遺憾啊遺憾。

「康莎，你真是一針見血。」他說。她往他看去，微笑起來。她的牙齒很糟，但那道笑容很棒。

他心想小孩沒在吮乳，只是安靜地躺在她的懷裡。西歐仍然一副緊張樣，只要他一開口她就會跳起來。所以他沒再說話。他將視線別開，望過灌木叢，看向外頭渾然天成的美景，無論你坐或行走，都能完美平衡：石板階、暗褐色的草與藍色水面、林蔭小道的弧度、灌木叢構成的線條與平面、巨大的老樹、迷濛的河流與遠方碧綠的堤岸。他沒聽見她們又說了什麼。他意識到她們的說話聲，意識到日光，意識到寧靜。

老迦納拖著腳跨過上層露臺走向她們，向他行禮，然後對康莎和西歐說：「秋尤需要你，寶寶我來照顧吧。」康莎把嬰兒放回溫暖的石板上，接著和西歐跳起來，兩個細瘦的女子匆匆忙忙地離開。老女人緩緩坐下，口裡一面咕噥，一面皺臉，最後坐到雷康身邊。她隨即拿起他的包袱布把他裹好，又是皺眉，喃喃念叨著他的蠢媽媽。泇思丹望著她小心翼翼的動作，抱起寶寶的輕柔態度，支撐著他的頭顱與四肢、溫和地環抱他，搖晃著他，自己的身子也隨之搖晃。

她抬起頭看著泇思丹，微笑，臉上的皺紋盪出千百條。「他是我最寶貴的贈禮。」她說。

他輕聲說：「你的孫子？」

她輕點著頭，繼續輕柔地搖著嬰兒。寶寶的眼睛半合，頭顱軟軟地倚在她乾癟的胸部。「我現在覺得他活不長了。」

過了半晌，泇思丹說：「死？」

點頭。她依然微笑，輕輕地、溫和地搖著。「他兩歲了，主人。」

「我以為他今年夏天才出生。」泇思丹悄聲說道。

老婦說：「他的確陪了我們好一陣子。」

「怎麼了？」

「消耗病。」

泏思丹聽過這個詞。他說：「阿渦？」他知道這種病，一種系統性的病毒感染，好發於維瑞爾小孩，常在城市裡的奴工社區蔓延傳染。

她點頭。

「但這是可以治好的！」

老婦不發一言。

阿渦可以完全治癒。只要有醫生，有藥。可治癒的地方在城市，不在鄉間；在大宅，不在奴工宿舍；在承平時期，不在戰期。笨蛋！

也許她知道病能治癒，也許不知道，也許她不知道「治癒」是什麼意思。她搖著寶寶，輕輕哼著搖籃曲，沒理會笨蛋。但她聽到了他說的話，也終究回答，只是一逕看著寶寶的睡臉，不看他。

「我生下來就是別人的東西，」她說，「我女兒也是。但他不是。他是天賜給我們的禮物。沒有人擁有他。這是卡梅耶大神親自的贈與，誰能留著這份恩賜？」

泏思丹低下頭。

他曾經對那位母親說；「他會自由。」而她說：「是的。」

最後他說：「我可以抱抱他嗎？」

祖母停住搖晃，靜止半晌。「好的。」她說，站起來，非常小心地把睡著的嬰兒送進泏思丹臂彎裡，擱在他大腿上。

「你抱著我的喜悅。」她說。

孩子輕如無物——頂多六到七磅。就像握著一朵溫暖的花，抱著一隻小動物、小鳥。包袱巾角下垂，懸在石頭間。迦納拾起巾角，輕輕圍住嬰兒，遮住他的臉。她跪著，帶著焦慮、緊張、嫉羨、極度自豪之情。不久，她抱回孩子，捧在心口。「好、好。」她說著，整張臉因幸福而柔軟。

那一晚，洢思丹睡在那間可眺望亞拉梅拉露臺的房裡，夢見他遺失一枚小小圓圓的扁平石頭，他總是塞在皮夾隨身攜帶。石頭來自原住民部落。當他把石頭握在手心溫暖它時，石頭便會開口，對他說話。但他很長一陣子沒跟石頭說話了。如今他明白他沒有了那顆石頭，他失去了它，把它遺落在某處。他猜想可能遺失在大使館的地下室，他想進入地下室，但門鎖著，他找不到另一扇門。

他醒轉。才大清早，還沒必要起床。他得想想要怎麼做，等拉亞耶回來時要怎麼說。他做不到。他想著那場夢，那顆說話的石頭。但願他聽見它說了什麼。他想到原民部落，他叔叔全家曾經在遠南高地的阿卡南原民部落住了一陣子。在他少年時期，每年的北地仲冬之際，埃西曾南下在那兒度過四十個夏日。起先有父母同住，之後就是一個人。他叔叔和嬸嬸在達蘭達生長，並非土生土長的部落人，但小孩是，她們在阿卡南長大，全然屬於那兒。最年長的堂兄蘇罕，大洢思丹十四歲，生下來便帶著無法回復的腦部與神經損壞，為了他，叔叔一家才遷居至部落。那裡有他的空間。他成了牧人，跟著亞瑪羊上山，那是南瀚星特有動物，但卻是在約一千年前從歐星帶回來的。他鎮日照料羊群，只在冬天才回去部落居住。埃西很少見到他，因此感到鬆一口氣，因為蘇罕有點嚇人——高壯、腳步蹣跚、氣味難聞，還有一副粗嘎的大嗓門，老是喃喃些聽不懂的話。埃西無法理解蘇罕的父母與姊妹為何深愛他，他覺得她們是在佯裝。不可能有人會愛這樣的人。

對青少年期的洢思丹來說，那仍然是個問題。表姊諾漪是蘇罕的妹妹，後來成為阿卡南水督，告訴他那不是什麼問題，卻是個謎。「你知道蘇罕是我們的嚮導嗎？」她說，「看。他把我們的父母帶來這兒生活，因此我們姊妹都在這兒成長。所以你也來了，你學到原民部落生活方式。你不再只是個城市男兒。因為蘇罕引領你來到這兒。他引領我們大家，進入山脈。」

「他沒真正帶領我們啊。」十四歲的孩子反駁。

「他有的。我們追隨他的弱點，他的殘缺不全。缺弱導致開放。洢思，看看水。當它發現石頭的弱點，那就是開口、空洞、空缺。跟著水，我們來到我們所屬之地。」接著她離開去處理一項鎮民的紛爭，是關於鎮外灌溉系統的使用權益，由於山脈東麓十分缺水，阿卡南的人們儘管熱情卻好爭論，因此水督十分忙碌。

然而，蘇罕的情況是無法回復的，他的病情就算訴諸瀚星神奇的醫學技術，仍然無效。這裡這個嬰孩卻眼見要死於一種只要注射就可康復的疾病。眼睜睜看著他生病死亡，是不對的。任憑他被環境、歹運、不公的社會、宿命論的宗教信仰剝奪了生存機會，是不對的。一種宗教竟然宣導鼓勵奴隸逆來順受，要這些女人什麼都不做，束手讓孩子就這樣耗盡而死。他應該介入，他該做些什麼。他該怎麼做？

「他活了多久？」

「如同他生命一樣久。」

她們什麼也不能做。無處可去，無人可迎。阿渦的解藥存在於某處，給某些小孩用。不是在這裡，不是給這個小孩。憤怒或希望都無濟於事。哀傷也於事無補。現在不是哀傷的時候。雷康跟她們在一起，她們會珍惜在一起的每一刻。同他生命一樣久。他是我最寶貴的贈禮。你抱著我的喜悅。

這是個學習歡愉品質的奇異所在。水是我的嚮導，他如是想，他的雙手仍然感受到抱著那孩子的滋味，輕盈的體重，短促的溫暖。

翌日早晨稍晚，他來到露臺，等候康莎與寶寶如同往常出現。然而，出現的是那位年邁的男奴工。「老音樂先生，我必須請求你待在室內一陣子。」他說。

「薩達亞，你曉得我哪兒都去不了。」洢思丹說，指點著他包裹成一團的腳。

「我很遺憾，先生。」

他一拐一拐，乖戾地拖著傷腿尾隨老奴工走入室內，被他關在底下的房間，一間位於廚房後方的無窗儲藏間。他們布置了一張臥鋪、桌子與椅子、尿壺，為了發電機停擺時使用的電池燈，這陣子發電機每天都會停擺一陣子。「你們認為即將要發生襲擊嗎？」當他看到這些裝置時發問，但老奴工只是靜默地以鎖門為回應。洢思丹坐在臥鋪上，開始冥想，如同他在阿卡南原民部落的時光所習得。藉著以下漫長的重複動作，他將內在的憤怒與煩惱清掃殆盡：健康與良好工作，勇氣，耐心，為了老奴工而祝禱的平安，為了康莎，為了寶寶雷康，為了拉亞耶，為了西歐，為了圖亞拉南，為了那個歐加，為了將他關在蹲籠的涅米歐，為了同樣將他關在蹲籠的阿拉托，為了幫他包紮且祝福他的迦納，為了他在使館認識的人們，在城市的人們，健康與良好工作，勇氣，耐心，安詳。這些過程都還算良好，但是冥想工程徹底失敗。他無法停止思考，於是他思考，他思考著自己能夠做些什麼。他發現自己無法做任何什麼，如同水一般軟弱、寶寶一般無助。他遐想著自己在全相通訊網絡前閱讀一份聲明稿，聲稱伊庫盟無奈地允許使用有限制的細菌武器，為了要終結內戰。他遐想自己就在全相通訊網絡前，丟掉那份聲明稿，表示伊庫盟絕對不會為了任何理由而容許使用細菌武器。兩種遐想都是幻想。拉亞耶的謀略也都是幻想。當拉亞耶明白他的俘虜毫無用途時，就會將他槍決。他活多久了？六十二年的歲月，比雷康得到的時間額度更優渥許多的分量。他如此心神恍惚，直到不再思考。

那個老奴工打開門，告訴他說可以出來了。

「解放軍離此地多近，薩達亞？」他問。但他並不預期得到答案。他走向露臺，此時是向晚。康莎在那兒，抱著寶寶坐著，寶寶的嘴含著她的乳頭，但沒有在吸吮。她遮蓋自己的胸部，當她這樣做，臉龐首次呈現哀傷。

「寶寶在睡覺嗎？我可以抱抱他嗎？」浺思丹說，坐在她身邊。

她將那團小小的包袱放在他的大腿，臉色依然凝重。浺思丹覺得那孩子的呼吸愈來愈艱辛，那是更困難的工程。但寶寶清醒著，那雙大眼睛仰視著浺思丹的臉。浺思丹扮鬼臉，嘴巴張開且眨眼不已。他得到輕柔的小小微笑。

「那些勞工說，軍隊的確要來了。」康莎以她非常輕柔的聲音說。

「解放軍？」

「是的。某個軍隊。」

「從河那邊過來？」

「應該是吧。」

「他們是資產器具——被解放者。他們是你的同胞，不會傷害你們。或許不會。」

她非常害怕。她的自我克制非常完美，但她就是在害怕。在此地，她目睹暴動，以及之後的報復。

「倘若出現爆炸或打鬥，就躲藏起來吧，假如你可以的話。」他說。「地下室之類的地方。這兒一定有躲藏處。」

她思索，然後說，「是的。」

置身於亞拉梅拉的花園是如此詳和。除了風吹動樹葉、發電機輕微的吱吱聲，周遭無聲無息。即使是燒毀後、崎嶇破敗的主屋廢墟也顯得醇美柔和，毫無年歲痕跡。最糟糕的狀況已然發生，廢墟如是說。對於廢墟或許如此，但是對於康莎與西歐、迦納與泲思丹，情況可就不盡然了。然而，仲夏的氣息並沒有任何暴力的前兆。寶寶又露出隱然的微笑，窩在泲思丹的懷抱。他想起自己在夢裡遺失的石子。

當晚，他再度被關在無窗戶的儲藏間。當他被噪音吵醒，他沒法子知道此時是幾點，接著他被一連串的槍聲與爆炸聲、槍火或手製炸彈聲給徹底吵醒。靜默半晌，然後是第二波的槍響與爆炸撞擊聲，比之前稍微弱了些。沉默再度來臨，彷彿永無止境，接著他聽見飛行器就在屋外盤桓的聲音，彷彿飛機繞著屋子轉，同時還聽得屋內的聲音，嘶吼與奔跑。他點起檯燈，掙扎著穿上褲子，那隻綁滿繃帶的腳很難移動。當他聽到飛行器回轉，以及緊接的爆炸聲，他驚恐地跳向門口處，只曉得自己得掙脫出這間宛如死亡陷阱的密室。他向來畏懼火，畏懼死於火災。這扇門是厚實的木頭製成，沉厚的門閂牢牢插入門框。即使處於驚恐的狀態，他自知要把門撞開是沒有希望的舉動。他大吼了一次，「讓我出去！」然後得以克制自己，回到臥鋪與牆邊，這是這間密室最隱蔽安全之處。他試著思索發生了什麼事。解放黨人洗劫此地，而拉亞耶與他的部下反擊，試圖將飛行器打下來。這是他所設想的場面。

死寂的靜默，無邊無際。

他的電池燈開始閃動。

他起身，站在門口。

「讓我出去！」

毫無聲息。

單單一聲的槍響，接著又是嘈雜聲浪，跑動的腳步，吼叫，呼喚。經過另一段漫長的沉默，傳來遠方的聲音，男人們來到房間外頭走廊的聲音。某個男人說，「暫時把他們擋在外頭。」平板粗戾的聲音。泇思丹遲疑片刻，鼓起勇氣往外大吼。「我是囚犯！就在裡頭！」

傳來一陣停頓。

「是誰在裡頭？」

這不是他所聽過的聲音。他擅長辨識聲音，臉孔，名字，以及意圖。

「我是伊庫盟大使館的伊思達頓・阿雅。」

「老天啊！」那聲音說。

「把我弄出去吧，好嗎？」

沒有回覆，但那扇門被人們徒勞無功地翻弄巨大的鉸鏈，接著是轟然巨響。更多聲音在門外，更多的碰撞巨響與敲打聲。「弄把斧頭吧。」某人說：「去把鑰匙找出來啦。」另一人說。他們走開了，洢思丹繼續等候。他不斷壓制下想要狂笑的衝動，深恐自己陷入歇斯底里，但這些真是太可笑了，愚蠢地可笑，在門外大吼大叫、尋找鑰匙與斧頭。戰爭現場之內的某齣鬧劇。什麼戰場啊？

他再度往回溯。解放軍的男人們進入這宅第，殺死拉亞耶大多數的手下，出其不意地突擊。當拉亞耶的飛行器到來時，他們早有預期。這些人必然有地面通訊人手、線民、嚮導。由於被封鎖在這間密室，他只能聽見這樁事件的喧囂尾聲。當他終於脫出困室，這些男人正在拖行死屍。他看到那些年輕男子之一的淒慘破爛屍體，是阿拉托或涅米歐，過於破敗的屍身於焉解體，繩索狀的血液與內臟橫陳掃過地板，雙腿被留在後方。拖曳屍體的男人過於震驚而呆住了，就站在那兒，抓著屍身的軀幹。

「哎，真是晦氣！」他說。洢思丹呆站著倒抽一口氣，試圖不要笑出來或是嘔吐。

「來吧！」與他在一起的男人說，洢思丹跟隨他。

清晨的天光斜照過破損的窗戶。洢思丹東張西望，瞧不見任何他認識的家僕。那男人引他到壁爐上方嵌著獵犬頭顱標本的房間，六、七個男人就圍坐在那張桌前。他們沒有穿制服，雖然某些人會在帽子或袖口綁著黃布條，或是解放軍的辨別飾帶。他們衣著襤褸，強悍、冷硬。某些人皮膚深暗，某些人是米黃色或褐土色或藍色的膚色。每個人看起來都一觸即發，相當危險。他們當中的某個男子，高䠷細瘦，就是他聽見的殘戾嗓音，就在密室門口外頭喊著「老天哪！」的聲音。「這就是他。」

「我是伊思達頓·阿雅，老音樂，伊庫盟大使館的成員。」他再度自我介紹，此舉非常容易。

「我被強行監禁於此地，感謝你解放了我。」

他們之中某些人瞪著洢思丹，用那種從未看過異星人的眼神瞪著他看，仔細揣摩他紅褐色的皮膚、深刻且眼眶泛白的雙眼，以及有些許差異的頭蓋骨結構與五官形貌。其中一、兩人的瞪視比他人更為挑釁，彷彿在測試他的自我聲稱，在在彰顯唯有當他證明自己就是他所說的那個人，他們才會相信。某個高大、肩膀寬闊的男人，皮膚白皙且頭髮泛褐，擁有純粹的塵沙質地，屬於被征服的古老種族之純粹血脈。他看著洢思丹良久。「我們就是來從事解放。」他說。

他輕柔說話，屬於奴器的聲音。也許要經過一個世代或更久，才會讓他們學得提高音量，自由自在地說話。

「你們怎會知道我在此地？是地域網絡的消息？」

「地域網絡」是他們用以稱呼這道由聲音傳到耳朵、田野傳到聚落、城市然後再傳回田野的祕密通訊系統，早於全相通訊網絡。瀚星人運用地域網絡互通有無，而且它是讓暴動得以成立的主要法門。

某個矮小暗色的男人微笑，輕輕點頭，但當他看到別人都堅守沉默的陣線，不禁僵住了。

「你知道是誰把我帶到這裡的，拉亞耶。我不知道他代表誰、從事些什麼。我能告訴你們的，我會知無不言。」鬆懈讓他變得愚蠢，他說得太多了，扮演那種楚楚可憐的受難小花，而他們扮演強硬的漢子。「我在這兒交到一些朋友。」他改用較為中立的語氣說，輪番審視他們的面孔，直接但有禮。「她們是被約束的女子，家僕。我希望她們平安無事。」

「看情況吧。」某個灰髮瘦小的男人這樣說，顯得非常疲倦。

「有個帶著寶寶的女子，康莎，還有一個年長女性，迦納。」

幾個男人搖頭，顯示為無知或漠不關心。絕大多數的男人毫無反應。他環顧這些人，壓抑自己對於這種自大誇示的憤慨與激怒；他厭惡這種抿嘴不語的德性。

「我們需要知道，你在這兒做了些什麼。」那個褐髮男人說。

「當時城裡的解放軍線民正帶領我前往解放軍陣地，大約十五天前吧。我們在岔口被拉亞耶的部下攔截，他們把我帶來此地。我被關在蹲籠好一陣子。」洢思丹以同樣中立的聲調說：「我的足踝受傷，無法走久。我與拉亞耶交談過兩回。在我繼續說下去之前，我想你們應該明白，我需要了解我在與何方單位交談。」

將他從上鎖密室解救出來的高䠷瘦削男人與灰髮男子短暫商議一陣，褐髮男人在旁傾聽，表示同意。那個高䠷瘦削男人以他毫無特色的粗戾平板聲音告訴洢思丹：「我們是世界解放前線軍的特種使命部隊。我是麥托伊上校。」其餘人們各自道出自己的名字。那個魁梧的褐髮男人是班納卡麥將軍，疲憊的灰髮老男人是度伊耶將軍。他們將名字與軍階一起道出，但沒有以軍階稱呼對方，也沒有稱呼他先生。在解放之前，被租貸者鮮少以頭銜來彼此稱呼，而是以親屬關係互稱：父親，姊妹，阿姨。頭銜是安置在奴隸主名字前方的事物：主，主人，先生，老闆。很顯然，解放運動決定不要那些東西了。對於自己終於遭逢一支沒有鏗鏘立正、稱呼他為「長官」的軍隊，洢思丹甚感喜悅，但他並不確定自己遇上了哪種軍隊。

「他們把你放在那間密室？」麥托伊問。他是個奇怪的男人，聲音平板冷淡，臉龐冰冷蒼白，但他不似同夥躁動。他似乎很篤定，習於指揮若定。

「昨晚他們把我反鎖在那間密室，彷彿他們有種大事不妙的預感。通常我的房間是在樓上。」

「你可以回到樓上的房間去，」麥托伊說：「待在屋內。」

「我會的，再度感謝你。」他對他們全體說。「拜託了，倘若你們有康莎與迦納的音訊——」他不等著對方催促，轉身離去。

某個年輕的男人隨著他離去。他告知洢思丹的名字是薩達亞．泰馬。解放軍隊仍然使用舊式的位階稱號，黑奴就在解放軍之內，洢思丹知道，而泰馬並非其中之一。他的皮膚色淡，口音屬於城市微塵的質地，柔軟乾燥且毫不友善的清脆。洢思丹並不嘗試與他對話。泰馬非常緊張，或許被前晚的近距離殺戮嚇到了，或是別的原因，他的肩膀、手臂與雙手經常性地顫抖，蒼白的臉龐揪起痛苦的皺眉神情。他可沒有心情與一名異星的老平民戰囚閒聊。

在戰事之內，每個人都是囚犯。歷史學家韓鈉訥摩利絲如此書寫。

洢思丹感謝他的捕捉者解放了他，但在這個瞬間，他知道自己所在何方。他仍然身處於亞拉梅拉。然而，看到他的房間還是造成某些情緒釋放：坐在那張窗邊的獨臂椅觀賞清晨日光，樹梢的漫長陰影橫越草地與低處的排屋。

宅第的人們都沒有出現，無論是執行日常工作，或是從工作狀態暫歇。沒有誰到他的房間，早晨持續著。他在雙腳情況允許的範圍，練習潭海操。他端坐警醒，打瞌睡，再度醒來，試著端坐警醒，然後焦躁地坐著，焦慮，腦中運算字詞：世界解放前線軍的特種使命部隊。

合法的政府機構在全相通訊網絡稱呼敵方軍隊為「叛亂武力」，或是「叛徒巢穴」。反叛軍起先稱呼自己為「解放軍」，並非「世界解放軍」，但自從暴亂起始，他就無法取得連貫性的自由鬥士聯繫資訊，自從大使館被封緘以來，他更是任何資訊都無法取得——只除了以光年計的遙遠諸世界，無窮盡的資訊，共時傳訊機充斥無止境的資訊。然而，對於兩條街外的距離發生了啥狀況，啥都沒有。身處於大使館的他無知且無用，無助且被動。就如同他在此地的模樣，自從戰爭開始他就是這模樣，如同韓鈉訥摩利絲所言，一名戰囚，如同在維瑞爾星的每個人。身處於解放自由緣由的戰囚。

他憂懼自己恐怕會接受自己無助的情勢，此等無助會唆使他的靈魂。他必須謹記這場戰爭是為何而戰。然而，請讓解放盡速到來，他想著，還我自由之身！

在正午後，那個年輕的前奴工帶來一盤冷食給他，顯然是他們在廚房搜刮的殘羹剩菜，還有一瓶啤酒。他滿懷感激地吃喝，但是很顯然，他們尚未釋放此宅第的僕奴。或是，已經殺死他們。他不讓自己的心緒盤桓於此。

日落之後，那個前奴工士兵前來，帶領他到樓下那間犬頭裝飾的房間。發電機故障了，當然啦，唯有老薩卡的無止境悉心修補，才讓發電機保持運作。那些男人手持電動火炬，在犬首房間也安置著兩盞巨大的油燈，矗立在桌上燃燒光燄，讓環繞著大桌的臉龐都籠罩上一層浪漫的金暉，在他們身後投擲深暗陰影。

「坐下。」那位褐髮將軍、班納卡麥這麼說。他的名字可以翻譯成「讀聖經」。「我們有一些問題要請教你。」

他的反應沉默但有禮。

他們詢問，他是如何從大使館脫身，他與解放軍的中間人是誰，他的行走動線是如何，他為何要企圖前往解放軍陣營，在綁架事件中發生了哪些事，誰把他帶到此地，他們要求他做些什麼，他們想從他身上得到什麼。在下午的時光，他已經決定知無不言是讓自己處於最佳位置的法門，他對於每個問題都直接且簡短地給予答案，除了最後一個。

「就個人而言，我站在你們這一邊的戰鬥。」他說。「但是伊庫盟必須保持中立，自從我成為維瑞爾星唯一可以自由發言的異星人，我說的話就會被認定、或誤認為是常駐使館的言論。那就是我對於拉亞耶的價值所在。但是，這是虛假的價值。我無法代表伊庫盟發言，我並沒有那份權威。」

「他們要你說，伊庫盟支持劫持軍。」那個神色疲倦的男人、度伊耶將軍這樣說。

洢思丹點點頭。

「他們可有提到過會使用任何特別的戰略，任何武器？」發問者是班納卡麥，神色嚴峻，試圖不施加分量在這個問題上。

「我寧可在你們的部隊內回答這個問題，將軍，我還是與我認識的解放軍領導陣營談話得好。」

「你現在就是與世界解放軍的領導陣營交談，拒絕回答問題可能會被認定是與敵人共謀的證據。」

發話者是麥托伊，聲音平板粗戾。

「我明白這點，麥托伊上校。」

他們彼此交換眼色。即便他公開威脅，麥托伊卻是洴思丹情不自禁會信賴的人。他顯得扎實牢靠。其他人都非常緊張、不安。如今他確定這群人是分離黨派，但是他們的分離派系有多龐大、他們與解放軍領導陣營的齟齬又有多強烈，他只能從他們說溜嘴的話語來知曉。

「聽我說，老音樂先生。」度伊耶將軍說，舊習難改。「我們知道你為瀚星工作，你幫人們移居到亞歐威星，當時你支援我們。」洴思丹點點頭。「現今你必須幫我們，我們對你坦誠相見，我們的通訊網絡顯示劫持軍計畫反擊，那意味著他們現在要使用細菌武器。除此之外，不可能有別的意味。那是不能發生的，他們不能被允許，他們必須被阻止。」

「你說，伊庫盟是中立者。」班納卡麥說，「那是個謊言。一百年前，伊庫盟不讓我們這個世界加入，因為我們擁有細菌武器。當時我們只是擁有，但沒有使用，只是擁有細菌武器就足以被拒絕。現在，他們說自己是中立者，現在，當生化性武器變得攸關大局時！當這個世界是伊庫盟的一部分！他們必須行動，對付那種武器，阻止劫持軍使用細菌武器。」

「倘若合法政府的確擁有細菌武器，倘若他們真的計畫使用它，倘若我可以傳話回伊庫盟——他們能做些什麼？」

「你要發言，你告訴劫持軍總理，伊庫盟說到此為止，伊庫盟會派遣星船，派遣軍隊。你要支援我們！倘若你不與我們同一邊，你就是與他們共謀。」

「將軍，離此地最近的星船是在光年遠處，合法政府知道這件事。」

「但是你可以與他們對話，你有通訊器。」

「你是說共時傳訊機？」

「劫持軍也有一臺。」

「在暴動時期，外交部的共時傳訊機已經被摧毀了，就在對政府機關的第一波攻擊。他們把一整條街都炸毀了。」

「我們怎會知道這點？」

「你們自己的武力造成這狀況啊。將軍，難道你以為合法政府軍擁有一部連接伊庫盟的共時傳訊機，而你們沒有？他們沒有。他們可以接管大使館與它的共時傳訊機，但倘若他們這樣搞，他們就失去了自己與伊庫盟之間的信賴度。而且，這樣做對他們有什麼好處？伊庫盟並沒有可以派遣的軍隊。」他繼續說，因為突然間他不確定班納卡麥究竟知道否。「你知道的，倘若伊庫盟有軍隊，來到這兒也要花上好幾年。為了這個理由與其他許多別的，伊庫盟不擁有軍隊，不參與戰爭。」

他由於對方的無知而備感震懾，他們的業餘狀態，他們的恐懼。他將震驚與不耐逐出自己的聲調之外，安靜地發言，毫不煩惱地注視著他們，彷彿期待著他們的了解與同意。光是這種信心的表象有時候會完滿自身，不幸地，從他們臉上的表情看來，他告訴這兩名將軍他們是錯的，而他告訴麥托伊他是對的。他參與了這些人的爭論。

班納卡麥說：「先暫緩一下。」接著他回到第一個質詢的問題，重複發問，詢問更多的細節，面無表情地傾聽。這是在保住顏面，表示他不信任人質的發言。他持續逼問，拉亞耶的話語是否可能透露出要在南方進行侵略或反擊行動。洢思丹重複了好幾次，拉亞耶有說歐優總統提到解放軍可能會在這個省發動侵略，從這兒的下游。每一回他都加上說：「我無法得知，拉亞耶告訴我的是否是實話。」到了第四次或第五次，他說：「不好意思，將軍，我必須得知這宅第裡人們的下落——」

「在你來到此地之前，是否認識這裡的任何人？」某個年輕男人尖銳地反問。

「不，我說的人們是指這宅第的僕工。他們對我很親切。康莎的寶寶生病了，他需要照料。我想要知道他們是否得到照料。」

那些將軍正在彼此商議，並沒有留意這個岔出的話題。

「在暴動之後，任何待在像這種地方的人，都是共謀者。」前奴工泰馬說。

「不然他們要到哪兒去呢？」洢思丹反問，試圖讓自己的語氣放輕鬆點。「這並不是個完全解放的國度，老闆們還是與奴隸在田地工作，在此地，他們還是用蹲籠。」他的語氣在最後一句話顫抖起來，他咒罵自己的把持不住。

班納卡麥與度伊耶還在商議，忽略他的問題。麥托伊站了起來。「今晚到此為止，隨我來。」

洢思丹在他身後一拐一拐行走，走出大廳上階梯。那個年輕的前奴工尾隨，腳步急促，很顯然受到班納卡麥的命令。私人談話是不被允許的。然而，麥托伊在洢思丹的房門前停了下來，視線往下凝視他。「宅第的人們會受到照顧。」

「非常感謝你。」洢思丹帶著溫情說。「迦納會照料我的傷勢，我必須見她。」若他們要他活著且不受損壞，利用他的傷勢當作藉口也無傷大雅，倘若他們不在意他的死活，利用什麼都沒有用。

他睡得很不好也很淺。他總是憑藉資訊與行動，而兩者都落得無知且無助的情況讓他疲憊不堪，身體與心靈都因此傷殘。而且，他餓了。

晨曦到來，他試著開自己的門，但發現它上鎖了。在他人到來前，他大力吼叫且敲門。來者是個看起來很害怕的年輕人，可能是個哨兵。泰馬看來睡眼惺忪，皺著眉，拿著房門鑰匙。

「我要見到迦納！」洢思丹說，語氣非常蠻橫。「她照料這兒。」他指著自己繃帶包裹的腳。泰馬把門關上，啥也沒說。大約一小時後，鑰匙在鎖孔嘎吱作響，迦納走進房內。麥托伊跟著她，泰馬跟著他。

迦納恭敬地站著，洢思丹飛快趨前，將自己的雙手放在她的手臂上，臉頰摩擦她的臉。「禮讚上神卡梅耶，天幸我見到你平安無事！」他這樣說，說出像是她這樣的人經常對自己說的話語。「康莎，還有寶寶，都還好嗎？」

她顯得很害怕，顫抖著，頭髮凌亂，眼眶泛紅。然而，她從洢思丹毫無預期的兄弟般關愛招呼中恢復得相當好。「他們在廚房，先生。」她說。「軍隊的男人，他們說你的腳很不舒服。」

「這是我對他們的說詞，或許你可以幫我重新包紮？」

他在床上坐下來，而迦納開始解開原來包紮的繃帶。

「其餘的人們都好嗎？西歐？秋尤？」

她只是搖搖頭。

「我很遺憾。」他不敢再繼續問她什麼。

她這回的包紮沒有像上次那麼優秀，她的雙手氣力所剩無幾，無法把繃帶拉緊，而且她匆忙行事，被周邊的陌生人弄得很氣沮。

「我希望秋尤可以回到廚房。」泖思丹說，半是對著她，半是對著他們。「總要有人來做菜吧。」

「是的，先生。」迦納低語。

不要叫我先生！泖思丹想要警告她，為她深感憂懼。他抬頭凝視麥托伊，試圖判讀他的態度，但徒勞無功。

迦納包紮妥當，麥托伊點頭示意她可以離開了，而且示意那個前奴工跟隨她。迦納樂意從命，但是泰馬試圖抗拒。「班納卡麥將軍——」他開始說，但麥托伊注視著他。年輕男人猶疑，皺眉，最後從命。

「我會照料這些人，」麥托伊說。「我向來都在照料他們，我是農地主。」他以黑色冷淡的眼珠看著泖思丹。「我是個自由閹人，現在沒多少像我這樣的人了。」

半晌後，泖思丹說。「非常謝謝你，麥托伊。他們需要幫助，他們並不明白。」

麥托伊頷首。

「我自己也不明白。」泖思丹說。「解放軍真的打算發動侵略嗎？或是拉亞耶捏造這說法，為的是當作運用細菌武器的藉口？歐優相信他嗎？你相信嗎？解放軍真的就在河對岸嗎？你是從那兒來的嗎？你究竟是誰？我並不期待你回答。」

「我不會回答的。」閹男這樣說。

倘若他是個雙面諜報員，在他離開後泇思丹這樣想，他是為了解放軍陣營而工作。或是，他希望如此。麥托伊是個他希望能在自己這一邊的男人。

但我不知道自己在哪一邊，他想著，他走回窗旁的椅子。我在解放這一邊，當然，但什麼是解放？並非某種理想，被奴役者的自由，並非此刻。再也不是了。自從暴動起始，解放陣營就是軍隊，就是政治實體，擁有許多個人員與領導與未來的領導，野妄與貪婪淤積黏附著希望與力量，從暴力歪斜而出的半政府機構、妥協的玩意，愈發繁雜，再也不會認識到理想的美麗純粹、純淨的自由解放理念。而且，那是我想要的，這些年來我一直在戮力經營的東西。我廝混在這個高貴單純的種姓階級位序，將正義的理念散播其中。接著，我為了讓這理想實現，混淆了高貴單純的人類平等理念結構。巍峨單一的謊言分崩離析為上千片不完整的真相，而且那就是我想要的。然而，我被這股瘋狂捲入其中，這些愚昧事件的無意義暴戾中。

他們會想要利用我，但我的用處已然耗盡，他想著。這念頭如同銳利的光片般通透他全身。他一直在想，有什麼是他能做的，但他什麼都沒法做。

這是某種自由。

難怪，麥托伊與他在剎那間就無言地彼此理解。

那個前奴工泰馬來到房間，帶他到樓下，回到犬首房間。所有的領導都會被吸引到這間房，這種死氣沉沉的陽剛。這回，房間只有五個男人，分別是麥托伊、兩名將軍，以及兩個使用平民階級的男人。班納卡麥主導他們全體，他已經厭倦於發問，此時在發號施令。明天我們就離開此地，他告訴泇思丹。你跟著我們走。我們會有法子使用全相通訊網絡，你要為我們發言。你會告訴劫持軍政府，伊庫盟知道他們計畫使用被禁止的武器，警告他們，倘若他們這樣做，將會有立即且恐怖的報復行動。

洢思丹由於睡眠不足與飢餓而頭昏。他直挺挺地站著——他並沒有受邀坐下——低頭凝視地板，雙手放在身邊。他幾乎難以聽聞地喃喃說，「是的，主人。」

班納卡麥的頭倏然昂起，眼神閃亮。「你說什麼？」

「主子。」

「你認為你是誰？」

「戰爭的囚犯。」

「你可以走了。」

洢思丹離去。泰馬跟隨他，但沒有阻止或指引他該怎麼走。他摸索著來到廚房，聽見鍋瓢的聲響。「秋尤，請給我一些吃的東西。」老男人瑟縮且顫抖，喃喃自語、道歉且慌亂，但弄出一些水果與不新鮮的麵包。洢思丹坐在工作桌上，吞吃這些食物。他請泰馬分享餐飲，但對方僵硬地拒絕，於是洢思丹把這些全吃光了。用餐結束，他拐著腿走向廚房的出口，那兒有靠近某扇側門的通道，通往巨大的露臺。他盼望在那兒見到康莎，但宅第的人們都沒有出現。他坐在一張靠近欄杆的長凳，往下凝視著悠長映光的池子。泰馬站在附近，盡忠職守。

「你說，待在此地的僕工倘若不加入暴動，便全都是共謀者。」洢思丹說。

泰馬紋風不動，但在傾聽。

「難道你沒有想過，或許他們當中沒有誰能夠理解發生了什麼事？直到現在還是不理解？這是個蒙昧渾沌之處，薩達亞。在這裡，連要想像自由都很困難。」

那個年輕男人抗拒回答好一陣子，但是洢思丹繼續說話，試圖與他形成某種接觸，能夠打開他的心防。突然間，他說的話敲開了緊閉的蓋子。

「被奴役的女人，」泰馬說。「被黑人強幹，每晚都是。每個都是，被幹，劫持軍的婊子，生下他們黑色的小雜種，是的主人是的主人。你自己說的，他們不知道什麼是自由，永遠不會知道。無法解放一個自願讓黑人強幹他們的人，他們很汙穢，骯髒、無法弄乾淨。他們不斷生出黑色的劫孜，劫持，劫孜！」他朝著露臺吐口水，然後抹抹嘴。

洢思丹靜靜坐著，凝視著通往底下低處排屋的沉靜池水、碩大的樹木、霧氣繚繞的河流，遙遠的河岸綠茵。願他過得好，工作有成，充滿耐心、悲天憫人、安詳。我到底有什麼用處？我做的一切有什麼用？從未有任何用處啊。耐心，悲天憫人、安詳。他們可是你自己的同胞哩……他往下注視著露臺黃色砂石上頭的那團濃稠唾沫。真是個笨蛋啊，遠離故星的故人，親人們已經離你一世遠。你莫名其妙跑來另一個行星，干預人家的事務。大傻瓜，自以為是，妄想你能夠帶領別人迎向自由。死亡的最佳用途，無非就是領你脫出牢籠！

洢思丹起身，靜默地走向房屋。那個年輕男人尾隨他。

宛若黑暗淹沒的聲勢，光色復活，他們該是讓老薩卡回到熔銲工作室。洢思丹喜歡幽微的光暈，於是將房間的燈光熄滅。當他正要回床鋪躺下來，康莎敲門，手執托盤入房間。「康莎！」他掙扎著起身，要不是托盤礙事，他真想擁抱這孩子。「雷康人在——？」

「我母親正在照料他。」她喃喃說。

「沒事吧？」

她輕抬點頭，將托盤置於床上，因為房間裡沒有桌子。

「你自己沒事吧？請小心些，康莎。我真盼望自己可以——橫豎他們明天就滾蛋了，這些人自己說的。可能的話，盡量別跟他們硬碰硬。」

「我會照辦。你也安好，先生。」她以慣有的輕柔聲音回應。他不知道這是個問題，或是祝願。泇思丹比畫了個憂愁的手勢，微笑。康莎正要離去——

「康莎，西歐人是在——？」

「她跟那個男的一起，在他的床上。」

停頓半晌，泇思丹還是發問。「你有沒有可以躲藏之處？」他非常憂懼，深恐那群班納卡麥組織的前奴男會把這些人殺害滅口，聲稱他們是「同謀奴役制度的共犯」，或純粹為了隱藏自己的形跡。

「我們有個坑洞可以躲，如你所言。」康莎說。

「很好，可以的話你就躲進去。消失吧，從他們眼前消失！」

康莎說：「我會撐過去的，先生。」

就在她要關上房門時，屋外驀然出現一具飛行機，朝窗戶頂頭馳來。兩人都僵住了，康莎停在門口，泇思丹站在窗前。樓下的吼叫聲震天響，男人從外頭湧入。另一架飛行機從東南方前來。「把燈光全滅！」某個誰這般大吼。那堆男人爭先恐後，忙不迭地逃命，奔往停駐於草坪或前廊的飛行機。窗邊驀然閃現光流，傳來一陣鏗鏘轟然的爆破聲流。

「跟隨我來。」康莎對他說，握住洢思丹的手，牽著他前進。他們離開房門，走向大廳，轉入一道先前他從未見過的暗室祕門。他盡力配合她的奔跑速度，急速通往階梯似的石階，通過黑漆漆的窄道，進入擁擠的馬廄。爆炸聲浪乍起，他們及時往外逃命，成堆的碎裂物就在周邊浮晃飄砸。他們急促地行動，闖過庭院，通過漫天嘩然的噪音以及熊熊火光。一路上，康莎牢牢握住洢思丹的手，嫻熟於逃亡的路徑。最後，他們奔向馬廄盡頭的其中一間儲藏室。迦納就在暗室裡，還有一個年老的男奴工，開啟一扇暗室隱門。他們絡繹潛入密室，康莎一躍而下，其餘幾人的動作遲緩笨拙，慢慢爬木頭梯子下去，洢思丹的動作最是遲鈍，慘痛著地，一腳踩在他自己的斷腿上。那個老男奴殿後，將隱門關上。迦納手持一盞電燈，不過她只是偶而開啟，顯現出密室的輪廓——碩大、低矮，瀰漫塵土的地窖，矗立一些木架；拐過一道門，來到另一間密室，堆滿了木製條板箱子。躲藏於此的五個人，嬰兒醒來，從迦納肩頭的背帶覷視周遭，如平常一般安靜。黑暗籠罩，沉默不時瀰漫。

他們摸索著找出一些條板箱子，在黑暗之中草率鋪設，擱在地上充當座椅。

出現一連串新的爆炸聲浪，似乎來自天涯之遠，然而地面與黑暗的空間都為之顫抖。他們為之顫抖。「哎，卡梅耶保佑。」其中一個人嘆息低語。

洢思丹坐在抖動的板凳，設法讓足踝如針尖戳刺般的劇痛和緩，化為一股燃燒的抽搐。烽火四起，一而再再而三。

黑暗是某種具體的物質，宛如濃稠的液體。

「康莎。」洢思丹低聲喃喃。

她發出某種聲音，表示自己位於他身邊。

「謝謝你救了我的命。」

「你提到藏身處，我們也講到這間密室。」她低語。

那個老男人的呼吸聲嘈雜，不時清嗓子。嬰兒的呼吸亦是吵雜，發出某種吃力微弱的噪音，像是喘息。

「讓我來照料寶寶吧。」

這是迦納的聲音，剛才，她應是暫時嬰兒交回母親的手上。

康莎低語。「現在還不用啦。」

老男人突然間大叫，驚嚇到每個人。「這邊沒有清水！」

康莎發出噓聲，要他安靜，迦納低聲嘶叫。「別亂吼，傻男人。」

「他是個聾子。」康莎對洢思丹低聲解釋，夾雜一抹笑意。

倘若他們的藏身處沒有儲水，藏躲的時間將受到限制：頂多就是那一晚，以及翌日。即使如此，對一個正在哺乳的女性而言，這樣的缺水時間委實過久。康莎的思慮軌跡與他類似，她這麼說：「其實我們不知道目前的局勢，或許我們可以出去了？」

出現了冗長的靜默。無法讓眼睛適應藏身處的黑暗，讓人非常難以承受；無論等候多久，你還是舉目不見伸手五指。此地陰涼如地底洞穴，洢思丹但願自己的襯衫是保暖衣物。

「你讓寶寶保持溫暖。」迦納這麼說。

「我知道。」康莎喃喃應答。

「那些男人，他們也是奴工嗎？」康莎對著洢思丹低語，她的位置挨近洢思丹，就在他的左方。

「是啊，自由的前奴工，來自北方。」

康莎說：「自從前任的領主死去，一大堆又一大堆的男人，成群結隊來到此地；這些闖入者是軍隊男人，並不是奴工。他們射擊西歐，射擊維伊，射擊老薩尼歐。他沒有死，但是受傷了。」

洢思丹說：「來自莊園工寮的內應，八成為他們指認出侍衛站崗處，但他們無法分辨誰是侍衛，誰是奴工。當那些軍隊男人前來時，你們人在何處？」

「當時我們正在睡覺，就在廚房後院。我們這些屋內的奴佣，共計六人。那個男人就站在那邊，像是死屍復活，他叫囂，要我們全都倒臥，別抬起一根頭髮！於是我們按指令行事，聽到他們在大宅內舉槍射擊，大叫大吼。哎，萬能的主上，我真是害怕！接著，槍擊聲停止，那個男人回來，槍桿子對準我們，把我們全都送往老宅的工寮，把門鎖上，就像是解放前的時代。」

「若這些人真的是奴工，他們為啥要這樣做？」迦納的聲音從黑暗中響起。

「他們試圖獲得自由。」洢思丹按表操課地回答。

「怎樣的自由？射擊與殺戮的自由？殺死一個正在睡覺的女孩的自由？」

「他們的確與眾人作戰，媽媽。」康莎這麼說。

「我以為這一切都告終，在三年前就劃上休止符。」老太太這麼說，她的聲音聽起來頗古怪；她正在哭泣。「我以為，當時的我們就獲得自由了。」

「他們把睡夢中的主人殺死！」那個老傻男尖聲大叫，聲音震破鼓膜。「那樣的行為成就了什麼啊！」

黑暗中出現一陣扭打，迦納搖甩痛扁那隻老傻男，嘶聲要他閉上大嘴。老傻男叫嚷，「放我走！」但他最後總算安靜下來，喘息吁吁，喃喃自語。

「偉大的神啊。」康莎喃喃說道，話語間摻雜一股窮途末路的笑聲。

由於腳傷，他的座椅顯得愈來愈不舒服，泮思丹想讓疼痛不堪的傷足高抬起來，至少可以平平伸直。他摸索著，就地坐下，地表冰冷、滿是砂礫，觸手的感覺相當難受。周遭沒有任何可倚靠之物。

「倘若你先點個燈，迦納，」他說：「我們可以找些麻布袋之類的東西，弄個可以躺下的臥鋪。」

地窖的樣貌在他們身邊現形，精確繁複的構造令人驚詫。他們找不到可用之物，只有一些鬆動的木板擱架，臨時打造出某個平臺。迦納帶領大家回到無形的夜色，沉入地底。每個人都感到寒冷，蜷縮於彼此的體溫，背靠背，肩並肩。

經過一段長時間，起碼一、兩個小時，深刻靜默未曾受到任何噪音的侵襲。迦納以某種不耐煩的低語說道，「上頭的人都死光了，我猜是這樣。」

「當真如此，情勢對我們而言就單純許多。」泮思丹說。

「然而，我們被活埋於此地。」康莎這麼說。

他們的聲音喚醒嬰兒，他開始嚎哭，這是洢思丹首度聽到的嬰兒聲響。與其說是哭泣，嬰兒發出某種微弱疲乏的灰暗嗚叫，或是煩躁的低嚎。嬰兒的呼吸粗重，在嚎叫的空隙喘息不已。「哎，寶寶，寶寶，乖啊，安靜些啊……」母親喃喃哄慰嬰兒，洢思丹感受到康莎正在撫搖自己的嬰兒，緊緊抱住嬰兒，保持他的體溫。她以幾不可聞的聲音唱搖籃曲，「蘇納，梅亞，蘇納納……蘇拉，蕾拉，蘇拉納……」這些曲調的質地單純、充滿韻律性，抑揚頓挫，宛如動物的滿足低沉呼吸。這些曲調是溫暖與安慰的聲音。

洢思丹必然就因此打起瞌睡，蜷身躺在厚木支架間。醒來時，他無法確認他們究竟在地底藏身了多久。

我居住於此星球，嚮往自由四十年。他的心靈如是說。這份嚮往引我來到亞拉梅拉，這份嚮往必然會助我脫身，我會支撐下去。

他詢問大家，自從炸彈爆發之後，可有再聽到任何聲響。他們全都搖頭。

他按摩自己的頭顱。「你意下如何，迦納？」他問。

「我覺得，冷空氣會損害到嬰兒的健康。」迦納以幾乎正常的聲調說話，她的聲音本來就低而輕。

「你在講話？你在說什麼？」那個老傻男又在吼叫。康莎就在他旁邊，拍撫他一番，哄他安靜下來。

「我出去勘查看看。」

「還是我去吧。」

「你只有一隻完好的腳哩。」老人家以某種惱怒的聲調反駁。她咕噥一番，倚靠洢思丹的肩頭，站起身子。「大夥兒都保持安靜喔。」她並未開燈，而是摸索前進，找到梯子的所在，每爬一階梯就咻咻喘息。她往前推進，鬆動地窖暗門，一道窄小的光流瀉入。位於地窖內，他們可以隱約見到彼此的形影，以及迦納在光線處探頭的模樣。她站在頂處好一陣子，才再關上暗門。「沒有人的氣息，」她從階梯上頭低語。「沒有任何聲音，像是戰後的第一個清晨。」

「先行等候一番吧。」洢思丹說。

迦納從階梯爬下來，回到藏身之處。經過半晌，她開口說：「倘若我們出去，屋內有陌生人，像是別的軍隊士兵；然後，要去哪兒？」

「你可否前去莊園的工寮，探探情況？」洢思丹提議。

「這趟路途挺漫長的呢。」

經過好半晌，洢思丹說：「在我們搞清楚有哪些人馬駐營工寮之前，無法採取應對措施啊。好吧，讓我出去探看吧，迦納。」

「為什麼是你去？」

「因為我會知道來者是何方人馬。」他說，希望自己沒有瞎掰。

「他們也會知道你是誰喔。」康莎以她塞滿稜角的奇異笑聲這麼說。「不可能認錯你的模樣啊，我覺得。」

「說得沒錯。」洢思丹這麼說，掙扎起身，找到梯子，奮力往上爬。哎，要我玩這些把戲，真的是折騰老人家。他再度想，推開陷阱，往外頭望去。他傾聽四周的動靜，經過漫長的觀察，他對藏身於黑暗的同伴們低語。「我會盡快回來的。」洢思丹攀爬出去，以笨拙的姿勢著地。才剛踏上地面，他立刻屏息：整個大宅院瀰漫祝融災劫的燒焦氣味。燈光奇異而幽暗。他沿著牆面緩緩前進，直到抵達儲藏倉室的門口，往外窺視。

卡拉梅拉的華美豪宅，下場徒留殘破的焦墟：火勢燒到牆垣崩解，瀰漫浸浴於濃稠惡臭的煙氣。黑色殘燼與碎玻璃片鋪滿了後院的石子地板。除了濃黑的煙，一切凝定不動。煙色灰沉沉，黃撲撲。就在燒毀殘骸之上，是一片平坦清澈的清晨藍天。

他來到前方的廊道，步履拐瘸，足部的激痛直戳上方的雙腿。洢思丹來到前廊欄杆，見到兩架飛行機焦黑的殘體。前廊有一半的範圍悉數化為粗礪的火山口。就在屋子之下，亞拉梅拉的花園依然美不勝收，恆持寧靜，層層疊疊的光景往下蔓延至老樹與河流岸邊。某個男人橫躺於前廊的下方階梯，姿態輕鬆，保持憩息之姿，雙臂開敞舒展。除卻一陣陣窸窣竄動的濃煙，以及迎風招展的白色花叢，周遭凝結靜止。

他感受到從背後遭監控的況味。從大屋頹圮的碎裂窗框透出監視者的視線，此等步步為營的滋味實在難以承受。「有誰在那邊？」洢思丹突然間喊叫出聲。

萬籟俱寂。

他再度喊叫，這回更大聲。

回話聲出現了，距離甚遠的聲響，來自大宅的前方。他的瘸腿一拐一拐，毫不遮掩地行走於眼前路徑，沒想要隱藏自己的行蹤——隱藏形跡有啥作用呢？幾個男人從大宅前方迎向他，三個男的，然後第四——是個女子。他們都是勞工，衣著粗陋，八成都是農田的耕作工人，從農莊的工寮逃往此地。

「我與幾個主宅的僕人一起躲藏。」他這麼說，雙方不約而同地停步，距離彼此約十公尺。「我們躲在某個地窖底下。請問還有沒有倖存者呢？」

「你是何人？」他們其中之一靠近他，眼角窺探，見到錯誤的膚色，錯誤的眼色。

「我會提供自己的身分背景，但請先等等。這裡是安全場所嗎，可以讓我們出來嗎？地窖躲藏著老人，還有嬰兒。士兵們都離開了嗎？」

「他們全都死光光啦。」某個女性回答他。這是個高䠷、膚色蒼白的女子，臉龐瘦削。

「我們找到一個負傷者，」某個男人告訴他。「所有的屋舍僕人都被炸死了。到底是誰丟的炸彈，哪一方的軍隊？」

「我不曉得是哪一方的軍隊這樣做。」浻思丹回答他。「拜託你們，請讓我的友人知道，他們可以從藏身處出來，來到馬廄。請呼喊他們，讓他們知道你們無害，我已經無法走動了。」他足踝的繃帶已經鬆開，骨折處因失去固定而移動，劇烈的痛楚讓他無法喘息。他潰坐小徑，上氣不接下氣，頭冒金星等級的昏沉紊亂。亞拉梅拉的花園顯得無比璀璨，同時變得非常微小，從他的視域慢慢滑開，比起故星的家園更遙遠。

浻思丹並未失去意識，但他的腦海的確失去清晰度，渾沌迷惘了好一陣子。不少人將他團團圍繞，他們都來到屋外，周遭的事物瀰漫焦肉氣味，黏附於他的嘴後方，這味道讓浻思丹反胃欲嘔。接著，康莎出現了，那個臉龐泛藍、小不點一隻的沉睡嬰兒就掛在她的肩頭。迦納也出現了，正在與那些人談話。「他的確與我們成為友人。」某個手掌粗大的年輕男人告訴他，為他受傷的腳行急救措施，將繃帶紮得更嚴緊些。雖然造成劇痛，包紮之後，他感覺較為舒適。

泇思丹仰臥於地面草叢，他身旁的男人亦以仰躺之姿倒在草叢——原來這個傷患是麥托伊，那個閹男。麥托伊的頭皮血淋淋一片，黑色頭髮燒成一團焦褐色短髮；面容的塵色皮膚蒼白泛藍，宛如初生嬰兒。麥托伊安靜仰躺，偶而眨眨眼。

陽光從天際俯照。就在附近周遭，一大群人正在窸窣談話，然而泇思丹與麥托伊還是仰躺不動，沒人來打擾他們。

「飛行機是從貝倫一地前來嗎，麥托伊？」泇思丹詢問。

「是從東方飛來。」麥托伊粗糙的聲音顯得微弱氣虛。「我猜，應該沒錯吧。」過了一陣子，麥托伊開口說話。「他們想要越過河。」

泇思丹思索了半晌，但他的心智尚未回復原先的機敏度。

「是哪些人想要越河？」最後，他這麼問。

「這些人啊，農田勞工，亞拉梅拉的奴工。他們將離開莊園，與軍隊會合。」

「侵略軍？」

「不，解放軍。」

泇思丹以手肘將自己身子撐起，把頭顱抬起來，這姿勢似乎有助於醒腦提神。然後，他坐起身子。「他們找得到解放軍嗎？」他問。
「倘若天上的主神允許如此。」閹男說。
麥托伊試圖快速撐起自己，模仿泇思丹的動作，但他辦不到。「我被轟到了，」他喘不過氣來。
「有東西擊中我的頭，我看到雙重影像。」
「可能是腦震盪，你好好平躺別動，保持清醒。你究竟是班納卡麥的陣營，或是觀察軍成員？」
「目前我與你同一個陣營。」
泇思丹點點頭，往後頷首。
「分裂的陣營會毀去我們的生路。」麥托伊以微弱的聲音這麼說。
康莎跑出來，蹲俯在泇思丹旁邊。「他們說，我們必須穿越河流。」她以柔和的聲音告訴泇思丹。「我們前往的地方是人民軍所在地，他們會保護我們的人身安全，但我不知道該怎麼辦。」
「我們都徬徨無依，康莎。」
「我不能帶雷康跋涉越河，」她低聲說，臉龐緊繃，嘴脣往後抿，眉頭深鎖低垂。她哭泣起來，靜默且無淚。「河水的溫度很是冰冷。」
「他們有船隻啊，康莎。他們會照料你與雷康，別擔心，一切都會好轉的。」泇思丹知道自己的話語毫無意義。
「我不能離去。」康莎這麼說。
「那就留下來吧。」麥托伊說。

「他們還說，更多的軍隊會前來此地。」

「很可能，更有可能是我們的軍隊。」

康莎注視麥托伊。「你是個解放閹人奴！」她說：「你和他們沒兩樣。」她的視線回到泇思丹身上。「秋尤死了，廚房給轟得寸土不留，全都燒光了。」她將臉埋在自己的臂彎。

泇思丹坐起身，往她挨近，撫摸她的肩頭與手臂。他處摸嬰兒脆弱的小頭顱，觸及稀疏乾燥的頭髮。

迦納走出屋外，站在她們身邊。「所有的農田奴工都要跨河離去，」她告訴大家。「如此，我們才會安全。」

「在這裡，你們會更安全，起碼有食物與住所！」麥托伊驟然間爆發了一下，眼睛閉起來。「比起涉水離家，與侵略軍共同行動，在這裡還比較安全。」

「我不能帶著寶寶上路，媽媽。」康莎低語。「他得保持溫暖，我不行，我不能這樣帶著他走。」

迦納彎身，仔細凝視嬰兒的臉龐，以指尖輕柔觸摸小寶寶。她皺紋滿滿的面容宛如一只拳頭，封鎖起來。她直起身子，但身形失去了向來的挺拔姿態。她保持垂頭的姿勢。「好吧，」她說。「我們就留下來吧。」

她在康莎的身邊坐下，人們在周邊來來去去。泇思丹看到那位女性勞工走出屋廊，來到迦納附近，對她說話。「走吧，老婆婆。該動身了，船隻在等待哩。」

「我們要留下來。」迦納回話。

「為什麼呢？捨不得離開你們長期工作的房子？」那個工人說，試圖以嘻笑嘴臉來輕鬆搞笑。

「全都燒光了啊，老婆婆！還是走吧，把這位小妹妹與她的寶寶也一起帶走。」她瞥向泙思丹與麥托伊，稍微一瞥就不再注視。他們並非她關心的對象。「來吧，」她重複敦促。「該啟程了。」

「要留下來。」迦納還是這樣說。

「你們這些屋奴喔，真是瘋了。」那個工人放棄勸服，轉身而去，聳聳肩表示多說無益，便跨步前進。

其餘人們停步，但沒做啥，只是多問了些問題，耽擱了一陣子。這群勞工從屋廊蜂擁而出，經過安靜的水池旁；路徑閃耀光澤。走向巨樹旁的船屋。沒多久工夫，倖存的勞工全都離開了大宅。

陽光開始變得炙烈，必然是正午時分。麥托伊的臉色更蒼白了，但他堅持坐起身，聲稱他的視線恢復清晰，偶而看到雙重影像。

「我們該移動到陰涼處，迦納。」泙思丹說。「麥托伊，你可以行動嗎？」

他步伐踉蹌，搖搖欲墜，但他無須扶助，可以自行走動。於是，他們來到花園的樹蔭處。迦納前去尋找清水，康莎將嬰兒抱在懷裡，挨近胸前，不讓陽光曝曬孩子。康莎沉默許久，直到他們就地安坐，她環顧四周，半帶疑問地說：「我們這幾人是僅有的倖存者。」

「應該還有別人留在此地，就在中央奴工宿舍。」麥托伊說：「他們會現身的。」

迦納從屋內走出來。她找不到裝水的容器，於是把自己的圍巾浸濕，將濕冷的敷布置於麥托伊的額頭。麥托伊打了個冷顫。「等到你可以好好行動，我們就去主屋的奴工社，閹人。」迦納說：「這是我們目前可以住下來的地方。」

「奴工社是我成長的地方啊，老太太。」麥托伊回答。

沒多久，麥托伊聲稱他可以行動了，於是一行人以蹣跚遲緩的步調往某一條路徑走，洢思丹依稀記得，這條路通往監禁奴工的牢籠。似乎是一條漫長不堪的路徑。最後，他們終於抵達奴工社的高牆，大門敞開。

洢思丹回眸，再度凝視壯麗豪宅的焦黑遺跡。迦納在他的身邊，停下腳步。

「雷康早已經去世了。」她屏息，低聲訴說。

他詫異地倒抽一口氣。「這是幾時發生的事？」

她搖搖頭。「我不知道哪。她想要一直抱著他，就讓她抱吧，等到她抱夠了，願意面對事實，才肯放手讓這孩子歸土。」她的目光注視敞開的門口、成排並列的小茅屋與長條屋舍、乾枯的花園殘骸，塵埃瀰漫的地面。「好多個小嬰兒都埋骨在這兒呢，」她這麼說。「她們都藏身於地底，有兩個是我自己的，她的妹妹們。」她繼續前行，尾隨康莎的步履。

洢思丹在門口佇立了半晌，然後他挪動腳步，做他如今唯一能做的事：為那個死去的孩子挖個墳墓，陪伴這些留下來的人們，等候真正的自由解放。

世界誕生之日

泰祖這個小鬼正在大哭大鬧，因為他年方三歲。明天便是世界的誕辰，之後他就四歲大嘍。長這麼大，此後應該不會再這樣嚎啕大鬧了吧。

這傢伙尖聲大叫，手足踢動，故意閉氣使得皮膚泛藍。他就以這副德性賴在地板上，僵硬得像是一具屍體。然而，當赫格赫故意視若無睹地跨過他、當他根本沒在這兒，泰祖試圖咬她的腳。

「這是小野獸或小嬰兒的行為喔，」赫格赫說。「可不是獨立個體會有的模樣喔。」她對我發出「是否能與您交談」的神色，而我回應以「可，沒問題」的眼色。「那麼，上神的女兒會如何裁決？」赫格赫問。「敢問這是個小野獸，或是小嬰兒？」

「嗯，他是小野獸。小野獸嘶咬，小嬰兒吸吮。」上神的所有僕人都開懷大笑，或竊竊偷笑，唯獨那個新來的蠻族盧亞薇，她笑也不笑。赫格赫說：「上神的女兒必然裁決正確，就讓某個人把這隻小動物給拎出外頭吧，小動物不該居住於神所在的屋舍。」

「我不是小動物啊！」泰祖尖叫，站起身子。他的雙手緊握成拳，雙眼赤腫如紅寶石。「我是上神的兒子！」

「或許吧。」赫格赫說，從頭到腳審視著泰祖。「這孩子看起來沒那麼像一頭小動物嘍。大家可同意，他應該就是上神的兒子？」她詢問在場的聖女子與聖男子，他們全都點頭同意，只除了那個野蠻人。她只是沉默瞪視，啥也沒說。

「我是啦，我是上神的兒子！」泰祖嚷嚷吼吼。「我不是小嬰兒啦，阿奇才是！」接著他爆哭出聲，跑到我這邊。我抱著泰祖，因為他哭得那麼慘，我不禁也哭了起來。我們就這樣一直嚎啕，直到赫格赫將我們抱到她的膝蓋上，告訴我們不可以再哭嘍，因為上神她就要大駕光臨呢。於是我們乖乖停止哭鬧，貼身僕役將我們的淚水鼻涕擦乾淨、梳理我們的頭髮，雲夫人取出我們的金色禮帽，我們戴好帽子，跑去找上神母親。

上神翩然駕臨，隨行者包括上神的母上大人，她多年之前也是上神。新生兒阿奇躺在巨大的枕褥內，白痴抱著阿奇。白痴也是上神的兒子。上神一共有七個小孩：最年長的是歐米莫，已經十四歲大了，現今在軍隊實習；接著是白痴，他十二歲大，頭顱碩大，眼睛窄小，喜歡玩弄泰祖與寶寶阿奇。再來是葛猗茲和同名的葛猗茲——這對雙胞胎已經死去，遺骸居住於灰燼神屋，品嘗人們供奉的性靈珍饈。再來就是我與泰祖，我們將會在許久之後結成神婚，成為下一任的上神；最後，老么就是巴班．阿奇，第七君。我是最重要的小孩，因為我是上神唯一的女兒。倘若泰祖不幸夭折，我可以與阿奇結成神婚，這還無妨。然而，要是我不幸早夭，這一切的情勢就會變得惡兆重重，險阻無數，這是赫格赫說的呢！他們只好假裝雲夫人的女兒甜蜜蜜郡主就是上神的女兒，讓她與泰祖結成神婚。然而，世界的化身當然區分得出箇中差異。所以，母親上神最先見我，再來是泰祖。我們雙雙下跪，雙手交握，以拇指觸摸額頭，表示虔誠尊崇之意。之後我們站起來，上神詢問我，今兒學到些什麼知識。

我報告上神，今日我學會書寫與閱讀哪些新的字彙。

「真棒呢。」上神說。「那麼，你可有什麼問題待我解答呢，女兒？」

「我沒有別的疑問，非常感謝您，上神母親。」我這麼作答，之後才警醒，其實我是有一樁事情想要發問，但為時已晚。

「你呢，泰祖啊，今日你學習的成果如何？」

「我試著咬赫格赫的腳。」

「嗯，你可學到這是件好事還是壞事？」

「這是壞事啦。」泰祖招認，但他滿面微笑，上神亦然，老赫格赫笑逐顏開。

「那末，兒呀，你可有何請求？」

「我可否請一位新的沐浴僕從？因為齊格洗我頭髮的時候，力道好猛喔。」

「如果更換一位新的沐浴侍從，那你要齊格去哪兒？」

「就不要在沐浴室工作啊。」

「這兒也是齊格的屋子喔。你可否改變心意，請求齊格在幫你洗頭的時候，下手溫和些呢？」

泰祖顯得愀然不樂，但上神敦促他。「問問看吧，兒子。」泰祖對齊格喃喃說些話語，齊格趕忙屈膝，將雙手拇指覆按於額頭，以示尊敬。不過呢，齊格在這場談話中都笑個不停。她的無畏個性讓我羨慕。我對老赫格赫咬耳朵。「倘若剛才我忘記提出想詢問上神的問題，可否於現在提出呢？」

「或許是可以的。」老赫格赫以拇指覆額，請求上神准許她發言。上神點頭表示允可，於是赫格赫發言：「上神的女兒詢問，是否可以提出方才忘記詢問之事。」

「最好在適當的時機做適當的事。」上神說。「不過，女兒，你可以問哪。」

我急匆匆地發言，忘記感謝母親上神。「我想要徵詢上神意旨，何以我不能同時與泰祖與歐米莫結婚？他們倆都是我的兄弟呢！」

每個人都轉向上神，見到她不禁微笑起來，大家都笑了，還有人笑得漫天作響。我面紅耳赤，心跳如鼓槌。

「你可想要與所有的兄弟結成神婚，孩子？」

「不會的，只有泰祖與歐米莫。」

「泰祖一個不夠讓你滿意嗎？」

這堆人又笑得淅瀝嘩啦，尤其是男人。我見到盧亞薇瞠目瞪視我們，彷彿以為我們這些人都瘋了。

「並非如此，但是歐米莫比較年長又強壯。」

此時，笑聲簡直要掀翻屋頂，但我才不管他們呢，反正上神又沒有因此生氣。她深思熟慮一番，凝視著我。「請理解這一點啊，我的女兒。我們最年長的兒子會成為軍人，這是他未來的生涯。他將為上神貢獻自身的武力，與蠻族叛徒作戰。歐米莫誕生的那一天，洶湧的潮浪沖毀了海岸附近的城鎮，所以他的名字是巴班．歐米莫，意味洪水之君。災厄侍奉上神，然而災厄的化身並非上神。」

我知道，這是母親上神的詳盡解答，也是最終裁決，於是我以雙手拇指覆額。在上神離去之後，我持續思索此事，這個典故解說了許多謎題。然而，即使歐米莫在惡兆加持之下誕生，他還是個英俊的男人，而泰祖此時不過是個隨時會坐地哭鬧的小鬼。我很高興，要等到許久之後，我才會與泰祖結成神婚。

這是我記憶最清晰的世界誕辰之一，因為我提出的神婚疑問；另一個我始終難忘的世界誕辰，是因為盧亞薇的關係。大約在一、兩年之後，我跑入廁所，正要小解，見到盧亞薇瑟縮於隔壁的水槽，幾乎要躲進去裡頭。

「你在這兒做什麼！」我以嚴厲的音調大聲詢問，因為我被她嚇個正著。盧亞薇愈發瑟縮，並未答話。我注意到她的衣服遭到撕扯，頭髮之間有乾凝的血塊。

「你把自己的衣服撕碎了。」我說。

她還是保持靜默，我失去了耐心，大聲吼叫。「回答我的問題！你為何就是不講話！」

「請饒恕我。」盧亞薇的聲音非常微弱，我得要猜測她究竟說了什麼。

「你講話的言語都是錯的，你究竟在說啥啊！你是怎麼搞的，難道你之前是跟野蠻動物生活在一起嗎？你講的話像是那些野生動物，巴嘎，嘎葛耳！你是個白痴啊？」

盧亞薇還是一言不發，我以足尖踢推她。她抬起頭來，我在她的眼底見到殺意，而非恐懼。這樣一來，反而讓我更喜歡她了，因為我討厭那些畏懼我的人。「講話啊！」我說。「沒有人可以傷害你了。當我的上神父親征服你的國家時，他將他的陰莖放入你身體內，轉化你為我們的其中一員。如今你是個聖女子。這些事情是雲夫人阿姨告訴我的，為何你在宮內還是躲躲藏藏呢？」

盧亞薇齜牙咧嘴。「當然有人可以傷害我。」她讓我審視她頭顱的傷勢，乾涸的血跡與新鮮的血。她的手臂滿是青紫淤血。

「誰傷了你？」

「聖女們！」她怒騰騰地嘶吼。

「齊格？歐美瑞？甜蜜蜜郡主？」

每個名字唱出來，她都點頭指認。

「她們真是爛人一堆。」我說：「我來報告上神。」

「別說，」盧亞薇低語。「會被毒。」

我思索一番，終於搞懂。那些聖女子之所以傷害她，因為她是個異鄉人，在此無權無勢。倘若她害得她們招惹麻煩，她們會殘害她，讓她變得殘障，甚至殺害她。住在王宮的蠻族聖女子，不是瘸腿，就是眼睛瞎了，有的會被下毒，餐盤裡置放有毒樹根。她們的皮膚因此密麻覆著紫色瘡疤。

「你為何不好好說話呢，盧亞薇？」

她什麼也沒說。

「你還是不知道怎麼講話？」

她抬頭凝望我，突然間講起一長串我壓根聽不懂的言詞。「這是我所說的言語。」完成那席演說之後，她還是目不斜視地注視我，炯炯凝視我。我真喜歡，好棒啊。我常常只能看到別人的睫毛。盧亞薇的雙眼清澈又美麗，縱使她的臉龐骯髒，沾滿血跡。

「然而，這些言語並沒有意義。」我說。

「在這裡，沒有意義。」

盧亞薇繼續說出一些嘎嘎話，然後回答。「這是我人民的言語。」

「你的人民是泰葛人。她們反抗上神，上神征服了她們。」

「或許吧。」盧亞薇不置可否，這語氣頗像是赫格赫。她再度雙眼注視我，眼神不再出現殺意，但毫無畏懼。除了赫格赫、泰祖，當然還有上神父母，沒有誰會這樣無畏地正視我。每個人都將拇指按額，我根本不知道她們心底在想些什麼。我想要把盧亞薇留在身邊。不過，要是我表現得偏愛她，齊格這些人還是會繼續傷害她、折騰她。我驟然想到，當祭典君開始與針尖仕女睡在一起，原先那些欺負針尖仕女的男人都變得乖巧圓滑，侍衛們也不敢再偷取針尖仕女的耳環。於是，我命令盧亞薇。

「今晚與我同床共寢。」

她看起來簡直嚇呆了。

「但你要先清洗乾淨喔！」我說。

她還是目瞪口呆。

「我又沒有陰莖！」我說，相當不耐煩。「如果你留侍我的寢宮，齊格她們就不敢再欺負你了啦。」

過了半晌，盧亞薇傾身靠近我，握起我的手，將我的手背熨貼於她的額頭。這姿勢如同以拇指按額的尊敬表現，但這是兩人一起完成的姿勢。我喜歡這姿勢，盧亞薇的手心溫暖，輕羽似的眼睫毛撫觸我的手背。

「今晚喔，」我告訴她。「你明白嗎？」我現在懂了，盧亞薇不一定聽得懂我們的言語。盧亞薇猛點頭，然後我跑開了。

我知道，身為上神唯一的女兒，我是可以為所欲為，無人可阻攔我。然而，我只能從事正確的行止，因為神宮的眾人都隨時警醒，注目我的一舉一動。倘若我與盧亞薇同床共寢是一件非常不應該的事，我就不該這麼做，赫格赫會這樣教誨我。於是，我先行徵詢赫格赫的意見。

赫格赫大大皺眉。

「你為何要那個女人上你的床啊？她是個骯髒的蠻族，身上有蝨子，甚至不能夠好好講話。」

其實，赫格赫的言下之意是不反對啦，但是她在吃醋。我跑過去，親暱揉摩她的手。「當我成為上神，我會賜予你一間滿是黃金與珠寶的房屋，鑲滿龍冠。」

「你就是我的黃金與珠寶啊，神聖的孩兒。」赫格赫說。

雖然赫格赫只是個平民，但在上神的王宮，所有的聖女子與聖男子、上神的親族，上神所寵幸之人，她們都要老實聽從赫格赫的指令。上神孩子們的保姆向來都是平民出身，由上神母親親自挑選。當時赫格赫自己的孩子已經長大成人，我們的母親上神挑選她為歐米莫的奶媽，當我首次見到赫格赫，她已經是個老人。赫格赫向來沒有改變，雙手強健，聲音柔和，口頭禪就是：「或許吧！」她常常開懷大笑，喜歡美食。我們這些孩子都居於她內心珍貴的處所，她也在我惦記珍視的內心。我本以為她最寵愛我，但當我詢問她，她竟然說：「僅次於笛笛。」笛笛就是白痴給自己的小名。當我追問為何她最寵愛的是笛笛，赫格赫說：「因為他最呆笨啊！我最喜歡你，因為你充滿智慧。」見到我吃白痴君的醋，她笑著說。

所以，我告訴赫格赫：「你永遠充滿我的內心。」她知道，於是應允了我任性的要求。

當時我應該年滿八歲。我的父親上神在征戰中殺死盧亞薇的父母與族人、將陰莖放入她的體內，當時她十三歲。如此的交合讓她成為神聖之人，於是她必須生活於神宮。倘若她就此懷孕，在她生下嬰兒之後，祭司必須將她扼死，嬰兒會讓平民養育兩年，然後回歸神宮，受訓成為聖女子，也就是上神的侍從。大多數侍從都是上神的私生子。這些人都是神聖之人，但沒有頭銜。至於仕女、夫人或大人，是上神的親族、前代上神的子女。上神自身的孩子亦是貴族，除了將成神婚的兩名孩子之外。我們就是薩兒與泰祖，直到我們成為上神。我的名字就是神聖母上的名字，亦是滋養萬民的神聖植物之名。泰祖的意思是「偉大的樹根」，因為他剛出生時，在上神產子的儀式上，父親上神吸入煙霧，窺見以下的異象——一株巨大的樹木被狂風連根拔起，密麻的樹根牽纏著數以千計的寶石。

當上神在睡夢中或在神殿冥思時由後腦的靈眼洞見異象，她們將異象告知夢祭司。夢祭司會沉吟思索，然後告知人們這些預言是預知未來，還是在告訴人們該做或不該做哪些事。然而，夢祭司從未與上神同時目睹同樣的靈視洞見，直到那一年世界誕辰，彼時我十四歲，泰祖十一歲。

如今這段歲月，當太陽靜止於卡納哈達媧山脈上方時，人們依然稱呼該日為世界的誕辰，從此增長一歲；然而，現在，人們不再通曉儀式，不再唱歌舞蹈，街道不再舉行歡騰慶祝的盛宴。

終其一生，我已經習慣於各式各樣的儀式、祭典、笙歌舞蹈、祝禱、課程、盛宴，以及無數的繁雜禮儀。無論在彼時或是現在，我都知道上神之年的第一株完美的薩穗，得在哪一天由天使前往上神栽種第一株薩的瓦達納古草原上採集回來。我也知道要在哪個時辰、在宮中的哪個房間，由哪個祭司主持儀式，而誰要打穀，誰要碾殼，由誰來品嘗祭品。規矩有上千條，如今記述起來，只顯得繁雜不堪。然而，在昔日，我們就是知道且遵循這些規矩，唯獨在學習或是規矩被打破的時候，我們才會真正想到祂們。

這些年來，我與盧亞薇同床共寢，她的身軀溫暖且舒適。自從她開始與我同寢，我夜晚不再見到惡兆：黑夜裡碩大雪白的渦捲雲、動物張開大口露出利齒，奇異的面容不斷變化形貌。當齊格與那些心性不良的聖女子終於明白，盧亞薇可是每一晚都會留侍於我的寢宮，她們再也不敢妄動她一根寒毛。除了我的家人、赫格赫，以及貼身僕人，沒有人膽敢碰觸我的肌膚，除非我允許。在我年滿十歲之後，妄自碰觸我的懲罰是死刑。所有規矩必有其作用。

世界誕生之後，歡騰的節慶照例會延續四晝四夜，糧倉大門敞開，人民可取用自身所需的食物。無論在神都、城鎮，或是鄉野村落，上神的侍從們在廣場與大街小巷為大家供應啤酒與美食，神聖之人與平民一起暢飲用餐。男女貴族與上神的兒子們全體步出神宮，加入神都廣場的盛宴，唯有我與上神雙親駐留於王宮。上神從神宮內室走出，來到陽臺，觀賞歷史演劇與儀式舞蹈，我隨侍於上神雙親身邊。在光輝廣場上，詩歌與舞蹈的祭司戮力表演，取悅每一名觀眾，此外還有擊鼓祭司、敘事祭司、歷史祭司。這些祭司都是凡身肉體，但她們從事神聖的舉止。

不過就，儀式在世界誕辰的盛宴之前便已舉行多日，在世界生辰當天，太陽凝止於卡納哈達媧山脈的右肩，父上神將會表演轉輪之舞，讓下一度的年歲開始運轉。

父上神穿著金色腰帶，佩戴金面具，來到神宮前方的光輝廣場起舞。光輝廣場的鑲石地板拼貼無數的雲母晶石，只要陽光照射就會熠熠發亮。我們這些孩子就在神宮長長的南面陽臺上觀看父上神起舞。

舞蹈行將告終，一朵雲遮住了定止於山脈右肩的太陽，一片澄澈夏日藍天中只有這朵雲。日光漸暗，眾人皆抬頭仰望，光輝廣場地面的閃光退去。城市眾人深吸一口氣，齊齊發出「喔」的叫聲。父親上神並未仰頭，但他的舞步稍微顛簸。

父親上神完成最後的轉輪舞步，進入灰燼之屋。位於灰燼之屋內，所有的葛猗茲立於牆內，祭品在祂們眼前的碗缽內焚燒，因此碗內滿是灰燼。

夢祭司正在等候父上神，母上神點燃藥草，造出可供吸汲的煙霧。世界誕辰的神諭是一年中最重要的預言。眾人集結於廣場、街頭、陽臺，殷切守候上神取得神諭，等候祭司從灰燼之屋步出，告知大家，上神從背後的靈視看到何等景象，並且解讀諭示，好帶領大家度過新的一年。之後，才開始舉辦新年盛宴。

從上神吸入足夠的煙霧洞見神諭，告知祭司，讓祭司團解讀，到祭司將預言告知眾人，通常要等到黃昏或晚上。因此有些人回家等候，有些人找尋陰涼處，因為雲散去後，又炎熱起來。泰祖、阿奇、白痴，還有我，我們四人在神宮的長陽臺上守候，老赫格赫陪伴在側，此外還有幾位仕女和大人。歐米莫也從邊境軍隊的駐守處趕回王宮，參與世界誕生的盛宴。

如今，歐米莫已經是個成年男子，身材高大、強壯。世界誕辰的儀式之後，他將率領軍隊前往東方邊境，征討蠻族泰葛與崔西人。歐米莫同士兵一般，以石塊與藥草揉搓身體，硬化皮膚，直到全身上下肌膚變得堅硬強韌，宛如地龍皮革，肌膚泛黑，微微含光。他長得英俊，但此時我很高興自己的結婚伴侶是泰祖，而非歐米莫。從他的雙眼裡，我看到的是一個醜惡的男子。

他讓我們見證，他可以拿刀深深割入自己的肌膚，但皮層堅硬到不會流血。他一直說著要砍砍泰祖的皮膚，必然一割下去就血流如注。他夸夸談著自己將率大軍去屠宰蠻族之事，他說：「我將踏著他們的屍體而過……我會把他們趕入叢林，然後放火燒林。」諸如此類。他聲稱泰葛人真是愚蠢，還把某種會飛的蜥蜴當成是上神的化身。他還說，泰葛人的女性與男性一起作戰，這是非常邪惡的行為，他要是逮到這些女人，會把她們開膛剖腹，蹂躪她們的子宮。我一言不發。我知道，盧亞薇的母親與父親並肩作戰而死；他們率領一支人數不多的敢死隊，父上神輕易擊敗他們。上神之所以征討蠻族，並非為了屠殺他們，而是想讓他們成為上神的子民，如同本地的人民，服侍上神，共享物資。除此之外，我找不出別的好理由來興戰。歐米莫的說詞當然不是好東西。

自從盧亞薇與我共寢，她已經熟諳我們的語言，我連帶學得一些她的詞彙。其中一個詞就是「泰契葛」，這個詞蘊含許多意義：伴侶，並肩作戰者，本國同胞，情慾對象，情人，熟識友人。就我們的語言，最接近泰契葛的詞彙約莫就是「深在吾心」。「泰葛」這個族名等同於「泰契葛」這個詞，意思是說，這個部族的所有族人皆深在彼此心中。盧亞薇與我將彼此深藏於自己心底，我們是彼此的泰契葛。

當歐米莫發出豪語：「泰葛人不過是一堆蟲子，我會擊潰他們！」我與盧亞薇都默然無言。

「歐嘎，歐嘎，歐嘎！」白痴君模仿歐米莫逞凶鬥狠的語氣說，逗得我不禁嗤笑起來。就在我取笑兄弟時，轉瞬間，灰燼神屋的大門敞開，所有的祭司都跑出來。他們並非隨著樂音井然有序地出場，而是亂成一團，慌張、失序，惶急地大叫——

「神宮燒毀，傾覆倒塌！」

「世界行將死去！」

「上神目盲！」

神都一陣短暫的死寂。震驚之後，人民開始哀號，滿街亂跑，家家戶戶的陽臺嘩然敞開，城市各處發出鬼哭神號。

上神從灰燼神屋出場，女性上神為首，引領男性上神。男性上神步伐顛倒，彷彿醉酒又中暑，如同吞吐神煙之後的人。母親上神來到這群踉蹌疾走、嚎叫哭泣的祭司前方，示意他們安靜下來。接著，上神她說：「我的子民啊！且聽我注視身後所洞見！」

一片沉寂中，男性上神以微弱的聲音發言。我們無法聽清楚父親上神的話語，但是母親上神以清晰的聲音，重述一次。「神宮傾覆焚燒，並未徹底毀滅，神宮立於河岸。上神純白如雪，一隻單眼位於面容中央。石砌大道損毀，烽火興於東方與北方，饑饉現於西方與南方。世界死去。」

父親上神雙手覆臉，大聲哭泣。母親上神命令祭司：「重述上神的靈視所見！」

祭司忠實地複述上神的話語。

母親上神發出敕命。「將吾等神諭發布，讓神都子民知曉。派遣天使傳達上神的靈視，讓全國子民都得以知曉。」

祭司們以雙手拇指按額，恭謹從命。

當白痴君見到父親上神哭泣，他整個人嚇傻了，撒了一大汪尿在陽臺上。老赫格赫非常震怒，嚴厲責罵這傢伙，並且摑他一掌。白痴君大鬧大哭，歐米莫大吼道，一個地位低微的老女人竟敢打上神的兒子，應該以死謝罪。老赫格赫將她的臉埋入白痴君撒在地上的那泡尿液，乞求饒恕。我示意她起身，而且原諒她。我說：「吾乃上神的女兒，我原諒你。」我以眼神告誡歐米莫，示意他不得再發狂言，於是他安靜下來。

我回想起充滿災厄的那一天，世界的確開始死去。我心底浮現出那個渾身顫抖的老太太，沾了滿臉的尿液，位於廣場的人民抬頭仰望我們。

雲夫人把白痴君與赫格赫帶開，讓她們去沐浴淨身。幾位大人將泰祖與阿奇帶走，要他們幫忙主持城市盛宴。阿奇號啕大哭，泰祖努力忍耐不哭出來。最後，陽臺上只有我與歐米莫待在神聖人群中，俯視底下光輝廣場周遭情勢。我們的上神雙親再度回返灰燼神屋，天使團集合起來，努力覆誦上神的諭令，預備晝夜不捨、一字不漏、崗哨復崗哨，奔馳於壯觀的石砌大道，必將這些話語傳達至上神國度的每一個角落。

事情本該如此。然而，天使傳達的訊息卻已非原貌。

有些時候，當神煙焚燒得濃烈，祭司偶而也會出現上神擁有的靈視，此為次級神諭。然而，自開天闢地以來，祭司所見與上神如出一轍，祭司的預言就是上神的洞視，這是第一遭。

然而，他們不及解讀，尚未充分解釋這些神諭，尚未做出任何指引。祭司們只帶出恐懼，而非神諭。

然而，歐米莫可亢奮著呢。「喔喔，烽火興於東方與北方！」他說。「是我的戰爭！」他注視我，不再露出嘲笑或陰鬱的神情，而是真正凝視我，與我四目相對，如同盧亞薇凝視我的神情。他微笑起來。「或許，那堆白痴小鬼與哭泣寶寶會就此夭折呢。」他說。「或許，將由我與你結合為上神。」他挨近我身邊，低聲訴說，並無旁人聽得此語。我的心大大漏跳一拍，但我保持緘默。

那一年世界誕辰之後不久，歐米莫率領他的軍隊離開神都，前往東方邊境駐守。

長達經年的時間，人民守望，等著上神之屋、我們的神宮遭到雷霆一擊，但非徹底焚毀。這樣的過程是祭司團對神諭的解讀，當他們鎮定下來，有時間長談與思索，就開始解讀神諭。季節流逝，既未出現閃電，火災亦乏，祭司的說法改弦易轍：照耀於金暉與青銅簷槽的陽光，就是永不衰竭之火；倘若發生地震之類的天災，神宮將屹立不倒。

至於「上神面容雪白，唯有一隻獨眼」的神諭，祭司解釋為：上神乃是太陽的化身，獨眼即是太陽的象徵。上神必須由眾生禮讚，因為上神全知全能，是光與生命的賜予者。這點一向如此。

的確，東方出現綿延戰火。然而，東方邊境總是戰火頻仍，荒野之民總是試圖盜取神國的穀物，我們會征服這些蠻族，教導他們自行耕種穀物。我們的將軍洪水之君派遣天使傳達捷報，大軍所向披靡直達第五河。

至於西方，並未出現饑荒。上神的國境內，向來未曾出現饑荒。上神的兒女會監督農作物的耕收，確認糧食公平分配給每一個子民。萬一西方土地的薩實歉收，中土會派出滿載穀物的雙輪貨車，疾馳於石砌大道，翻山越嶺前去提供補給。倘若北地的穀物無法豐收，雙輪貨車會從四河流域出發；從西往東的雙輪車載滿煙熏魚肉，從日出半島往西的雙輪車則滿載水果與海藻。神宮的糧倉與儲藏室向來物資豐沛，不吝為困厄的人民打開倉門，饑荒的災民只消通報糧倉管理員，需求的物資將會慷慨分配。我們的人民從未挨餓過，「饑饉」一詞只適用於那些被我們征服、納為從屬的部族移民，像是泰葛人、崔西人、北方山民。他們是挨餓之民，我們這麼稱呼他們。

世界的誕辰再度蒞臨。所有的神諭之中，最讓人恐懼的一句話（世界即將死亡）迄今深烙人心。在公共場所，祭司團歡騰慶祝，悉心安慰民眾，上神的慈悲讓世界得以長壽。但在宮內，毫無歡愉氣氛。大家都知道父上神病得很嚴重。在這一年度，他不時規避集體場合，無法出席許多神聖儀式，通常只有母上神列席。母上神顯得沉靜，不受煩擾，我通常都與她進行一對一的課程。與母上神在一起，我總有種錯覺，彷彿一切永恆安好，萬事萬物都未曾翻湧變動。

太陽凝定於聖山頂峰時，上神起舞。父上神跳得相當遲緩，錯失不少舞步。之後，他進入灰燼神屋，我們靜靜守候，全城與全國人民安靜守望。太陽沉落於卡納哈達媧山脈的背脊。從極北到南端，所有的山峰——卡亞媧、可洛西、阿加特、艾霓、阿茲薩，以及卡納哈達媧——覆雪的巔頂焚燒金光，而後轉為烈紅，而後暗紫。光芒從峰頂上移、消失，山峰變回死寂如灰燼的白。星辰閃爍於山巔之上。鼓聲與樂音終於自光輝廣場響起，火炬照得廣場地面粲然。祭司們整齊列隊，魚貫自灰燼神屋而出。他們停下腳步。一片沉默，接著，年事最長的夢祭司終於開口發言，她的嗓音細薄清晰。「上神的背後靈視，乃空無一物。」

人民的嗡嗡話語與低聲喃喃覆蓋了沉默，宛如小蟲子飛舞於荒漠沙丘。最後，聲浪平息。

祭司們轉身，魚貫走回灰燼神屋內，依然沉默。

應該將上神諭令傳達至鄉野邊境的天使列隊靜立等待，隊長們集結討論。之後，天使分五路從光輝廣場出發，循五條石砌大道出城，跨越國土。宛如慣例，天使從廣場踏上街道之後，便開始奔馳，以盡速將上神諭令帶給人民；然而，這一回，天使們沒有任何訊息可傳達。

泰祖來到陽臺，與我並肩佇立。在那個日子，他剛滿十二歲，我十五歲。

他問道，「薩兒，我可否碰觸你？」

我顯示「可」的神情，他握住我的手。這滋味讓我感到慰藉，泰祖是個嚴肅安靜的人，身體羸弱，頭與眼睛常常發疼到幾乎看不見，不過他還是謹守規矩，參與每一項儀式與神聖祭禮，跟著諸位老師專心學習歷史、地理、射箭、舞蹈與書寫，也隨我們的母上大人研習神聖知識，學習成為未來的上神。我與他一起研讀某些課程，相互協助。他是個友愛的弟弟，我們心繫於彼此。

他握住我的手，對我說：「薩兒，我猜想我們就快要成就神婚了。」

我知道他的思緒。父上神在轉輪之舞時踏錯許多步子。他失去了洞見預視的靈力。

然而，在這個瞬間，我思緒糾結。真是奇異，去年的同一天，是歐米莫握著我的手，說出一樣的話；到了今年，說出這些話的變成泰祖。

「或許吧。」我說，緊緊牽住他的手，我知道他深深憂懼於成為上神，我也怕自己即將成為上神。然而，恐懼無用，時候到了，我與他就會成為上神。

倘若時候到了。或許，有這樣的一刻，太陽不會暫停，回歸於卡納哈達嫣山脈的頂峰。或許，就在今年，上神沒有轉動世界。

又或許，無上的時間行將終結——再也沒有讓我們往後洞視的時間，僅有眼前的時間，僅有肉身凡眼所見的時間。如今，或許我們只擁有自身的凡人生命，別無其他。

這真是無比恐怖的念頭啊！我的呼吸暫停，緊閉雙眼，牢牢握住泰祖瘦小的手，依偎著他，直到我的心情回歸平靜，提醒自己，害怕終究是無用的。

這一年順利度過了。白痴君的睪丸終於熟成，他開始意欲強暴女性。當他竟然傷害了某位聖女子，還企圖攻擊他人，上神只得讓他接受絕育手術。手術之後，他又變得溫馴乖巧，但常常顯得寂寞又悲傷。見到我與泰祖攜手並立，他跳躍出來，握住阿奇的手，與阿奇並肩而立，就像我與泰祖的姿勢。「上神，上神！」他說，自豪地微笑。然而，阿奇才九歲大，將白痴君的手給甩開，毫不容情地訓斥他。「你才不會變成上神呢！你啊，你是個白痴，你什麼事情都不曉得！」老赫格赫以苦澀疲憊的語氣責備阿奇。阿奇沒有哭鬧，但是白痴君哭了，老赫格赫的眼眶盈滿淚水。

太陽依舊往北方沉落，一如往年，彷彿上神的舞步精確無誤。是年闇日，太陽自大艾霓山巔南返，一如往年。就在那天，父上神即將死去，泰祖與我前往謁見父上神，接受他的祝福。父上神已經是一副皮包骨的慘狀，周遭瀰漫腐朽氣味與藥草焚燒的香甜。我們兩人跪在鋪著獸皮的青銅大床前，以拇指按額，母上神抬起父上神的手指，觸摸我的額頭，接著觸摸泰祖。母上神說出祝詞，然而父上神靜默無言，最後他喃喃叫喚。「薩，薩兒！」他並不是在叫喚我，陰性上神的正式名諱始終都是「薩」。在父上神的臨終時刻，他呼喚的是自己的妹妹與妻子。

過了兩夜，我赫然從黑暗驚醒，深沉的鼓擊響徹全宮。我側耳傾聽，禮讚上神的宗廟亦開始擊鼓，城市廣場也加入鼓聲隆隆的合奏，接著是更遠方的鼓鳴。即使在遙遠的鄉野，也聽得見神都的鼓聲，並擊鼓應和，鼓聲越過重重山脈直到西海，跨越東方的原野，橫渡四條大河，在一望無際的荒野上傳遍城鎮。就在這一夜，我思索，駐紮於北方山脈的歐米莫，我的兄長歐米莫，他亦會聽見父上神死去的訊息。

上神的女兒與兒子結成神婚之後，便是下一任上神。上神死去之前，不能舉行下一任神婚，然而，下一任的神婚總是在上神去世後的數小時內舉行，免得讓世界失怙過久。從我接受的教育，我深知這些儀式運作之道。我的母上神將我與泰祖的神婚儀式延遲，其實是命運的惡兆。倘若我們在父上神去世之後立即成婚，歐米莫的篡位宣言便如同泡影，縱是他手下的士兵也不會膽敢追隨他。由於母上神處於深切的哀痛，她忽略了這些惡兆；況且，即使是我們的母上神，也無從知曉歐米莫的狂妄野心是如此重大，竟敢隻手遮天，冒瀆與行暴。

由於天使的稟報，歐米莫得知父上神駕崩，此後數天，他率領一支對他效忠不渝的小隊，以疾風迅雷之速西行。當哀悼故上神的鼓聲響起，歐米莫已經不在極北方的山脈，而已來到嘉里山的一座碉堡，越過山谷即可眺望神都與神宮。

前身為上神的男性遺體之火化儀式，按照該有的程序進行，由灰燼祭司主持。照說，我與泰祖的神婚該在同一段時間舉行，然而，該要主導此事的前上神，我們的母上神過於傷痛，並未踏出她的寢宮。

是以，母上的妹妹雲夫人與總管神宮的仕女與大人接手，討論起神婚儀式，像是禮帽與花圈的安排、指派哪些音樂祭司出席演奏，城鎮鄉村該舉辦的神婚慶典，凡此種種。神婚祭司焦慮地前來商討，然而雲夫人、諸位貴族，以及神婚祭司都不敢冒著龍顏震怒的可能，擅自行事；除非母上神允許，神婚儀式才能舉行。雲夫人敲敲母上神的寢宮，但她沒有應答。他們一群人充滿焦慮惶恐，成天守候母上神，要是我繼續跟這些大人在一起，我準會抓狂。於是我跑出內宮，來到戶外花園散步。

除了神宮的陽臺，我從未步出神宮的城池牆垣範圍。我從未跨越光輝廣場，走入神都的街道。我從未看過原野，從未真正注視河流。我從未以赤腳行走於泥土上。

上神的兒子們會乘坐轎子出宮上街，到廟宇參與祭典儀式。每年夏季的世界誕辰節慶之後，他們會乘轎登山去到奇姆麗，世界創始之所在，瞻仰創生河的泉源。

每一年度的儀式之後，泰祖總會忙不迭地告訴我，奇姆麗周遭的美景。環繞著遠古上神屋的群山往天際抽長，野生的神龍在山峰之間徜徉飛翔。就在此地，上神之子狩獵神龍，露宿於星光下。然而，上神的女兒必須鎮守神宮，不得離家遠行。

神宮花園向來深藏我心，在此地我得以沐浴日光。園內有五座寧靜緩淌的噴泉，以大陶盆栽植花葉繁茂的樹木，日照最盛的牆邊則以銅或銀器種著神聖的薩。打從我出生以來，一旦從儀式或課程偷空，就會來到花園。我還小的時候，會佯裝花園的小蟲兒就是飛龍，玩起狩獵遊戲，更大些後，我會與盧亞薇玩起丟擲骨頭的遊戲；或者就只是靜坐於花園，看著噴泉乍起陡落，直到天際群星翩然蒞臨。

那一晚，盧亞薇如同往常，陪我來到花園。由於我無論走到何處，都要有個下人隨侍在旁，我稟告母上神，請她允許盧亞薇成為我的首席近侍。

我來到中央噴泉旁坐下。盧亞薇明白我需要安靜獨處的空間，於是她走到角落的果樹下靜靜等待，她可以隨時就地歇息。我思索著，泰祖從此成為我的生命伴侶，真是奇怪！日夜與我相伴的人應該是盧亞薇啊！然而，我無法真正實現自己的想法。

神宮花園有一道內門，可以通往市街。有時，當園丁將門扉打開，交班或出入，我會趁機觀看神宮之外的世界。門扉總是內外重鎖，必須由裡外雙方合力開啟。當我獨坐於神宮花園，我看到某個類似園丁的男人將內門門打開。幾個男人湧入，其中之一，正是我的兄長歐米莫。

我猜想，那扇門是他唯一可以祕密潛入神宮的路。我設想歐米莫早就籌畫要宰掉泰祖與阿奇，到最後只剩下他，我只好與他結成神婚。孰料到他撞見我人在花園，彷彿等候迎接他，這真是機緣巧合，命運注定如此！

「薩兒！」歐米莫赫然現身於我歇腳的噴泉，如此稱呼我。他呼喚我的聲音，彷彿是我的父親呼喚我母親。

「洪水之君，」我說著站起來。我相當困惑，不禁脫口而出。「你不可能在此啊。」我驚見他受傷的痕跡，他閉合的右眼有道疤。

他直立不動，以獨存的那隻眼注視我，什麼也沒有說，逐漸平復自身的訝異。接著，洪水君笑了。

「對，我不在這裡，妹妹。」他說，轉身面對他帶來的男人，發號施令。一共有五個男子，我猜他們應該都是士兵，全身肌膚飽受風霜，堅硬無比。他們的足下穿著天使的鞋，腰部與脖子都佩戴皮環，好支撐下體護鞘、佩劍與匕首。歐米莫的打扮類似這些士兵，但他佩戴的是黃金護鞘與銀色大禮帽，儼然是將軍的行頭。我不明白他對那些男人說了些什麼，他們朝我逐漸靠攏，歐米莫逼近我，於是我開口嚇阻：「別碰觸我。」提醒他們不要自尋死路，因為若是尋常男子碰觸到我，會被律法祭司處以火刑。即使是歐米莫，倘若沒有我的許可而碰觸到我，也會受到處罰，必須茹素淨身一年。然而，歐米諾再度大笑，當我往後退卻時，他驀然拉住我的手臂，將他的手掌蓋住我的嘴。我使盡全身氣力，死命狠咬他的手掌。他一吃痛，先是把手扯開，隻手猛力甩摑我的嘴鼻，我的頭往後仰，無法呼吸。我盡力掙扎奮戰，但眼前只有飛舞的金星與黑沉沉一片。我感到一堆強硬的手抱住我，制住我的雙臂，將我高抬起來，往前邁步，蓋住我口鼻的手勢力道加強，最後我完全無法呼吸。

盧亞薇原先在樹蔭下小睡，藏身於碩大陶甕之間。這些綁匪沒有注意到她，但是她看得一清二楚。她立即知曉，要是他們注意到她，就會當場把她給殺了，於是她保持靜止，等到他們把我抬出宮門，走向街道，她立刻拔腿狂奔，撞開我母親的寢宮房門。當然，這是嚴重的冒瀆行為，但是她不曉得宮內有誰可能與歐米莫共謀，唯一能夠全然信賴的高位者，唯獨我的母上。

「洪水之君把薩兒給搶走了！」盧亞薇說。事後她告訴我，當時我母親獨坐於陰暗的屋內，好半晌保持陰慘沉默的神氣，她還以為我的母上大人沒有聽見。盧亞薇正要再度開口，母上大人站了起來。哀悼的傷痛從她身上剝離，她說。「我們不能信賴軍隊。」她的心智立即躍入當前待處理的難局，因為她是前任上神。「召泰祖來。」她對盧亞薇下令。

盧亞薇在神聖人群當中找到泰祖，以眼神對他示意，請他立即前往他的母上大人寢宮。接著，盧亞薇來到神宮後方花園門口，門依然沒有上鎖也沒有守衛。她在光輝廣場詢問路過行人，是否目擊一群士兵與一名喝醉的少女。看到我被帶走的路人告訴她，來人往東北方的街道離去。在最短的時間內，盧亞薇來到神都北城門，見到歐米莫與他的士兵們翻山越嶺，前往嘉里一地，照跡象看來，該會將我劫持到那座老碉堡。盧亞薇趕緊飛奔回皇宮，稟報母上大人。

母上大人集結了泰祖、雲夫人及她最信賴的朝臣，母上大人派遣數名年邁的和平將軍，這些將軍的部隊駐守在平靜的鄉野，而非在國界廝殺作戰。她要求這些將軍服從她的指令，他們自然俯首稱臣，縱使她並非現任上神，但她是前任上神，亦是上神的母上與女兒。如今也沒有別人有此資格。

接著，母上大人與夢祭司懇談，商討要讓天使傳達哪些訊息給人民。毫無疑問，歐米莫將我劫走的意圖就是與我結締婚姻，好成為上神。倘若母親出動天使，以諭令昭告天下，歐米莫並非在婚姻祭司的祝禱之下與我成婚，而是強行劫掠，人民或許不會相信他真正與我成婚，成為上神。

於是，神宮發布的諭令廣為宣布，從神都飛快散播到窮鄉僻壤。

歐米莫的軍隊追隨他往西方前進，他們對歐米莫忠誠不二。在這趟旅途，某些邊境部隊也加入他的陣營。中土大多數的和平部隊則擁護我母上大人。她指派泰祖為總統帥，她與泰祖堅毅領導著英勇的神軍。然而，神都的希望渺茫，只要歐米莫把持我，不管是強暴我還是殺了我，上神就不會存在。

關於這些林總情勢，我事後才知情。在事件發生當下，我的所視所知僅止於：我處於一間黑漆漆的房屋，房間沒有窗戶，位於古老的碉堡。房門從外頭上鎖。房間內只有我，房門外並沒有守衛。在這座碉堡境內，唯有歐米莫與他的黨羽隨從。我在屋內靜候，無法分辨白晝與黑夜。我暗自思忖，或許時間如同我所憂懼的情勢，就此凝結。房間內毫無光線，這是位於碉堡地下通道內的儲藏間。蟲鼠蚊蟻移動於汙穢的地板，我行走於這些汙穢雜質，我坐在汙穢之內，我躺在汙穢之間。

驟然間，門閂被撞開，房門邊閃動的火炬讓我眼花撩亂。一堆男人湧入房間，將其中一把火炬插入牆上的臺座。歐米莫穿越這群士兵，來到我眼前，他的陰莖挺立，意圖強暴我。我對他那張半盲的面孔吐口水，告誡他：「要是你膽敢碰我，你的陰莖就會像火把一樣燒焦！」他咧嘴齜牙，彷彿在嘻笑。他把我推倒，將我的雙腿拉開，但是他正在簌簌發抖，他深深恐懼我充滿神性的本質。他試圖將他那根肉推入我的下體，但那根東西早就軟掉了。他根本無能強暴我。我對他宣告：「看吧，你無能，你根本無法冒瀆我！」

他麾下的士兵目睹這一切。遭致羞辱，歐米莫企圖從金色劍鞘拔劍殺死我，但他的部下連忙阻攔，七手八腳地勸擋。「大人，大人啊，請勿殺死公主，她與你結合，你們才是上神啊。」歐米莫狂吼大鬧，如同我對他竭力掙扎，於是一夥人把掙扎吵鬧的他拉哄出去。其中一個士兵拿起火炬，房門鏗然關上。經過一陣子，我在漆黑的暗室摸索到房門處，暗自希冀他們或許忘記上門閂，不過房門還是上門了。於是，我只好爬回原先的角落，蜷縮於髒汙的泥濘。

我們的確是淪陷於泥濘汙穢之境，沒有上神的存在。上神之所在，就是前任上神的女兒與兒子，在婚姻祭司的祝禱下，結合為一體。除此之外，別無方法讓上神現身。沒有別的法子，歐米莫不知該何去何從，徬徨失措。沒有婚姻祭司的祝禱，他無法與我真正成婚。原本他以為，只要他強暴我，他就是我的丈夫。或許，本來這可能是個辦法，但他根本無法強暴我，我讓他變得萎軟無力。

就他能想到的門路，唯一的解套之道就是攻擊神都，擄獲神宮成員與祭司，迫使婚姻祭司念出神婚祝辭。光靠目前的小型兵力，歐米莫當然辦不到此等壯舉，所以他按兵不動，等候他的主力大軍從東方前來。

我的母上大人、泰祖，以及和平軍的將領，從中土調派更多軍隊入神都。他們並未攻擊嘉里，這是一座堅固的碉堡，易守難攻，士兵得以長久鎮守於此地。何況，將領們也擔憂，要是他們真的攻破嘉里碉堡，會被迫與歐米莫的東方大軍短兵相接。

於是，大約兩百名追隨歐米莫的士兵就在嘉里碉堡紮營。日子一天天過去，歐米莫為他的軍隊提供農村女性。這本是上神的政策：提供好處給農村女性，像是超額的穀糧、工具、配給，來交換她們與部隊士兵交媾。農村女性不乏有人樂意如此，拿取酬勞與士兵性交；倘若她們有人懷孕，就會取得更優渥的酬勞與資源。歐米莫設法紓解部下的生理需求，於是派遣軍官到鄰近村落，以酬賞來號召農村少女的性服務。有一群女性樂意前往碉堡，這些村民對於當前的分裂局勢所知甚少，她們難以相信有人會反抗真正的上神、自立為神。盧亞薇混在這群農村少女之中前來。

在碉堡周遭，婦人與少女來來去去，與守衛碉堡的士兵們調情嬉戲。憑著運氣與勇氣，盧亞薇恰好發現監禁著我的囚室。她走下陰暗的通道，試探每一間儲藏室的門。最後，我聽見門閂移動的聲響，盧亞薇叫喚我的名字，我發出聲音。「快過來！」她說。我爬到門口，她握住我的手，扶我站立，助我行走。她再度將門閂上，我們一路摸索通過伸手不見五指的黑壓壓小徑，直到看見石階的微弱反光。我們來到火炬幢幢、滿是少女與士兵的庭園。盧亞薇快步穿越人群，一邊佯裝咯咯笑、瞎扯閒談的模樣，緊握住我的手，我一路跟隨她前進。幾個士兵攔住我們，但是盧亞薇隨意搪塞他們。「不行的，杜姫與隊長約好了！」我們繼續往前跑，終於來到側城門，盧亞薇對警衛喊話。「喂，隊長，快開門讓我們出去！我得帶她回去母親身邊，她病得厲害，發燒又嘔吐！」我的確步履蹣跚，而且在囚室裡沾抹不少泥塵汙垢。守衛取笑我們，奚落我骯髒的外表，打開一道門縫，讓我們出去。於是，我們在星光下一路奔下山坡。

如此輕易逃脫囚禁，從深鎖的房門闖關逃離，人們歌功頌德，盛讚我必然是真正的上神。然而，其實並沒有神的存在，無論是此時與當時，神都缺席了。遠在上神誕生之前、遠在上神滅亡之後，事物依然存在，我們稱為機緣、運勢、幸運，或是命運。然而，這些都只是名稱而已。

除此之外還有勇氣。盧亞薇助我脫困，因為我深藏於她心中。

一旦走出城門侍衛的視線，我們遠離處處設立哨站的大道，取徑鄉間小路前往神都。在我們眼前，神都傲然矗立於山坡之上，石砌城牆漾滿璦璦星光。在此之前，除了透過中央宮殿的窗臺與陽臺，我從未見過如此的神宮。

我從沒長途跋涉過，不過因為體育課程的緣故，我的身體頗為強健，但我的手足肌膚非常柔軟。沒走多久，我就開始哼喘；崎嶇不平的小路上，尖石碎屑不斷刺痛腳底，淚水不斷湧上眼眶，我難以呼吸。我沒有力氣奔跑，但是盧亞薇一直緊握住我的手，我們勉力前進。

我們終於來到北城門，門口部署森嚴的和平衛軍，城門深鎖。此時，盧亞薇大喊。「讓上神的女兒進入神都！」

縱使我的肺部彷彿有千把小刀鑽刺，我把頭髮往後梳攏，筆直挺立，對著守衛隊長說：「隊長大人，請為我引路，前往世界中心之屋，謁見我的母上大人，薩夫人。」

隊長是雷耳將軍的兒子，我認識這名男子，他也充分認識我。他凝視我片刻，隨即以拇指按額，聲如洪鐘，發號施令，城門就此開啟。於是，我們從東北方的街道回返我的屋舍，士兵簇擁護衛，愈來愈多的人民集結，歡聲喝采。鼓聲肇始，這是高亢急促的慶典節拍。

那一晚，母上大人將我抱入懷中。自從我不再是個牙牙學語的嬰兒後，這是她首度如此擁抱我。

那晚，婚禮舉行，我與泰祖站在花環之下，由祭司主婚，從聖杯飲下神酒。儀式完滿結束，我倆成為上神。

那一夜，歐米莫發現我已經逃離，於是他召喚某個死亡祭司前來碉堡，命令對方為他與某個前來與士兵交歡的農村少女主持神婚。除了我的內宮僕從，在歐米莫的軍隊中沒有幾個男人近身目睹過我的面貌，任何一個少女都可以冒充我。大部分的士兵相信那名少女就是我。於是，歐米莫宣告天下，他與死去上神的女兒結婚，如今，她與歐米莫就是新的上神。當我與泰祖派遣天使，對朝野宣布我們的婚姻成立，歐米莫也派出他的使者，宣告神宮的婚姻乃為虛假儀式，因為他妹妹薩與他相偕離去，雙方於嘉里一地成婚，是以，她與歐米莫才是真正的上神。宣布之後，歐米莫以全新的形象面對朝野人民：他戴上一頂金色帽子，臉上塗抹白漆，搭配他的獨眼。軍隊祭司激動吶喊：「眾生凝視！先知神諭已然實現！上神乃白面獨眼的化身！」

某些人當真信了歐米莫的使者與祭司，但更多人相信我與泰祖才是上神。然而，有兩方的天使，同時宣稱上神繼位，有兩尊上神同時並存，這讓每個人都慌亂抓狂，又驚恐又生氣。與其尋覓真實之所在，人們必須選擇自身的信仰。

如今，只剩下四、五天的行軍時間，歐米莫的軍隊就會直逼王都。

天使前來宮殿，對我們稟報最新狀況。某個年輕將軍邁思媧，率領和平軍隊千人從城市南方的富饒海濱前來。他告知天使，他只為了唯一真正的上神而戰。我們深恐他所指的「真正上神」是歐米莫，因為我們不會在「上神」一詞之前添加其餘言詞，因為上神就是唯一的、真實的上神，否則祂什麼都不是。

我們在任命軍事將領上頗有眼光，也果決執行將領的軍事建言。與其被動等待城市遭戰火洗劫，我們反其道而行，主動進擊，在東方大軍抵達嘉里之前，派遣軍隊於創生河北岸山丘攔截迎擊。倘若對方戰力全開，我們便必須撤退，但我方可以一併搜刮鄉間物資，並集結村民帶回城市。同時間，我們派出貨車往東南各地糧倉，鉅細靡遺地將物資悉數運回補給神都。倘若戰火無法立即消弭，老將軍們說，食物充足的那一方將贏得戰爭。

「洪水之君的軍隊可以從東北道上的糧倉來餵飽他們自己。」母上大人說，她參與我們每一回的軍事會議。

「那麼，我們就毀掉這些道路。」泰祖說。

我看到母親屏息，記起神諭：道路崩壞。

「工程太過漫長，毀去道路的時間就足以讓他們採集足夠的存糧。」最年邁的將軍這麼說，次年邁的將軍提議：「不如這樣，將愛蒙佳黑一地的石橋給毀去。」我們採納了提議。我方軍隊從延長的戰役中撤退，拆除這座巍峨挺立千年的大石橋。同時間，歐米莫的軍隊已然前進百里，行經森林地，來到多米一帶的淺灘。在這段時間，我們的軍隊與車夫順利清空各地糧倉，運回神都。許多村民跟隨軍隊，請求上神庇護，神都變得非常擁擠。每一顆薩米都有一張嘴嗷嗷待哺，等著張口吃掉它。

就在這段空檔，照說邁思媧原本應該迎戰東方多米一帶的敵軍，但他率領的千人部隊卻杵在隘口靜靜等待。當我們發出敕命傳喚他前來神都，幫助吾等重建和平國度、懲處冒瀆偽神，他讓天使帶回毫無意義的消息。不過，至少我們可以確認，他與歐米莫狼狽為奸。「邁思媧是手指，歐米莫是大拇指。」最年長的將軍說，佯裝要捏死一隻跳蚤。

「上神不容輕侮冒犯。」泰祖說，聲色俱厲。年邁老將軍以拇指按額，備感惶恐。然而，我因此得以微笑。

原先，泰祖希望村民會對於這些瀆神冒犯之舉感到生氣，基於怒火的驅使，起義殲滅這個漆面偽神。然而，村人並不是士兵，從未打仗，一向活在和平軍隊的保護及我們的守護下。對村民而言，我們這些上位者的作為宛若一陣陣龍捲風，或是劇烈地震，人民因此嚇得呆立，只能默默旁觀，希望早日結束災難，得以保全性命。真正起身守護的是我們的家族僕從，她們的人身安危直接維繫於我們的治世，她們的智識與技藝全用以服務我們上神家族。此外，神都人民的心亦緊繫在我們身上，和平軍隊亦然。會為我們作戰的，是這些人。

村人信仰我們的神性。唯獨信仰存在，神方能存在；一旦對神的信仰動搖，必然步履遲疑，掌握不牢。

無論是先前的邊境戰爭，或是南爭北討，這些壯舉過度擴充了我們的領土。神都之外的鄉村與城鎮人民無從知道我是誰，我也不知道她們是誰。就在太古始初之日，巴班·凱羅與巴班·薩這對上神從山頂翩然來到下界，行走於中土的凡人之間。太古初民建構大道的基石，組架起古老神都的巍峨巨石基底，她們的日常生活與上神同在共處。

自從我將這項事實告訴議會，我與泰祖就不時出外訪民，有時乘坐轎子，有時下車漫步。雖然虔誠信奉上神聖性的祭司與士兵簇擁著我們，身為上神的我們會行走於俗民之間，與人四目相對。人民會屈膝下跪，將大拇指按於前額，見到我們時，她們動容哭泣。人民在街道之間呼朋引伴，小孩子爭相高叫。「她們就是上神呢！」

「你們行走於人民的心底。」母上這麼說。

然而，歐米莫的軍隊已經逼臨創生河，再過一天的行軍工夫，先鋒部隊就會抵達嘉里。

那一晚，我們站在宮殿北翼陽臺，遠眺嘉里山，士兵們壅塞堆疊，宛如一窩窩的蟲害。往西望去，白雪覆蓋的山脈冒出紅光。可洛希一帶，烽火狼煙旺盛，這是血的顏色。

「看哪！」泰祖說，指向西北方。天際冒出光芒，如同夏天的驚鴻閃電。「是一顆流星。」泰祖說。「該是火山爆發吧。」我說。

在漫長黑夜中，天使來到我們身邊。「壯麗大屋起火燃燒，從天際塌然陷落。」另一個天使稟報：「神宮傾覆焚燒，並未徹底毀滅，神宮立於河岸。」

「這些言語乃上神所述，就在世界誕辰之時，迎接天地洪荒的再度誕生。」我說。

天使們跪倒，掩面不語。

從遙遠的此時回顧，過往不再相同。當時我所目睹者，並非遙遠之後的現今所知曉的景觀。比起現今，當時的我同時更無知也更深知。如今，且讓我設法還原當時的所見所聞。

那天清晨，我所目睹的是一群神異的生命，兩足動物，挺立如蜥蜴或人類，祂們從巍峨的石砌大道往宮殿北門而來。這些生命體的高度如同碩大的沙漠蜥蜴，手足長相怪異，但沒有尾巴。祂們通體白皙，全無體毛。頭顱並無口鼻，僅有一隻碩大無眼皮的獨目，眼瞳炯炯發光。

就在城門之外，這些奇異的生命體停駐下來。

嘉里山上沒有任何人的蹤跡。他們全都躲藏於碉堡之內，或藏身於山後的森林。

我們佇立於宮殿北門頂端，牆垛高及胸口以保護守門侍衛的安危。

恐懼的哭喊聲浪充斥城市各處的陽臺與屋頂，人民朝向我們，乞命求救。

「上神，上神啊，乞求拯救我們！」

泰祖與我徹夜懇談。我們傾聽母上與智者的忠告，之後我們護送她們離去，我與泰祖一齊延展心靈，靈視看入行將前來的未來。那夜，我們洞視世界的死滅與復生。我們看到，一切皆已轉變。

神諭說：「上神純白如雪，一隻單眼位於面容中央。」這亦是我們靈視所目睹的光景。神諭無誤，世界已然死去，我與泰祖化身為上神的短促時光也行將隨之終結。如今，吾等使命就是殲滅這個現世。世界必須先行滅亡，上神方能存在。大屋必得先行崩塌，方能永立。曾為上神者，必得讓新神受到接納。

泰祖道出迎接上神的歡迎詞，我從迴旋梯狂奔而下，來到大門深鎖的牆垣，打開笨重的大鎖（侍衛們得助我一臂之力），將大門敞開。「請入神宮！」我對上神這麼說，將雙手大拇指置於前額，屈膝下跪。

上神們緩緩入內，充滿遲疑，若有所思。每一位上神都以那隻碩大的獨眼審視周遭，眼睛眨也不眨。獨眼的周遭鑲嵌銀環，在太陽底下銀光閃耀。我從其中一隻獨眼中窺見自身形象：上神眼中的瞳孔。

雪白肌膚質地粗糙，布滿皺紋，周身淨是刺青圖騰。我頗為沮喪，上神的形體竟是如此醜陋。侍衛們瑟縮驚恐，往牆角退卻。泰祖從宮殿深處前來，與我同在。其中一位上神將某個盒子舉起，朝我們走來。盒子內部發出噪音，彷彿有野獸受困。

泰祖再度對祂們致詞，告訴這些上神，神諭已預見祂們的蒞臨，吾等二人曾為此世之神，在此迎接異界諸神。

祂們靜立不動，盒子發出更多噪音。我依稀覺得，這聲音聽來類似盧亞薇蠻荒時期的言語。難道說，上神的語言與我們大相逕庭？或者，上神們其實是某種動物，如同盧亞薇族人的信仰？至於我的觀感，我認為上神們的長相宛如宮中珍獸園裡怪誕的沙漠蜥蜴，反倒與我們並無任何相似之處。

一位上神舉起粗長的手臂，指向我們的神宮——矗立街道盡頭，比任何建築物都高聳，沐浴於冬日陽光中，青銅簷槽與金葉雕飾閃耀發光。

「來吧，上主，」我說。「請進入您的居所。」我們帶領上神進入神宮。

當我們來到屋簷低矮、狹長無窗的謁見室，某位上神取下頭罩。在頭罩之內，是一顆與我們類似的頭顱：兩隻眼睛，鼻子，嘴巴，雙耳。其餘上神亦紛紛取下頭罩。

當我得知，原來祂們的頭顱竟是護罩，我同時赫然明白，那些慘白的「肌膚」宛若穿在足踝上的鞋子，只不過祂包裹了通體身軀。就在這些裹身護膜之內，祂們的長相類似我們。不過，祂們的皮膚如同陶壺的色澤，非常脆薄；髮絲閃亮，髮型平塌塌的。

「招待上神們食物與飲料。」我對那些瑟縮於門外的上神近侍說。她們忙不迭張羅，送上薩製成的糕點、乾果，以及冬季啤酒。上神們來到餐桌前，食物擺設妥當。有些上神開始佯裝進食，其中一個見到我的姿勢，先是將薩糕舉向額頭，然後才放入嘴裡，咀嚼且吞嚥。然後，祂對別的上神喊話，嘎嘎嘎的異界言語。

這位上神是第一個取下肉身裹膜的成員。在護膜之內，無數的纏裹布料保護祂大部分的身軀；我能充分理解此舉，在護膜之內的皮膚無比蒼白且非常薄，宛如嬰兒睫毛似的柔軟。

就在謁見室，東方是上神的雙生王位，對牆則懸掛父上神的金色面具，用以推動太陽運轉的舞蹈面具。那位品嘗糕點的上神指向面具，接著祂注視我——祂自己的眼睛呈橢圓形，是一對美麗的大眼睛。然後，祂往上指向太陽所在的方位。我躬身致意。祂接著手指向屋內四處的面具，以及天花板。

「得要製作更多面具，因為如今的上神不只兩位。」泰祖說。

原本我認為，這位上神的手勢在表意天際的繁星。不過，我想泰祖的詮釋應該更正確些。

「我們會製作更多面具。」我對這位上神說。接著，我命祭司前去迎取上神在儀式與盛宴時佩戴的金色禮帽。上神的帽冠式樣繁多，有些鑲嵌珠寶華麗無比，有些是平凡模樣，全是古老的禮帽。掌管帽子的祭司將帽子兩兩成雙攜帶過來，恭謹安置於光亮釉木與青銅製成的壯麗大桌：這張華美的大桌用於慶賀首度薩與農作物豐收的儀式上。

泰祖脫下他佩戴的金色禮帽，我也脫下我的。泰祖將他的禮帽安置於那位品嘗蛋糕的上神頭上，我將我的禮帽託付給某個矮小的上神，傾身向前，為祂戴上。接著，我們將日常生活（而非神聖禮儀所佩戴的）帽子逐一戴在每一個上神的頭上。祂們站好，靜待我們完成戴帽儀式。

接著，我們以赤裸的頭顱跪拜，以雙手拇指按額致敬。

上神們呆立，我知道祂們感到無所適從。「上神們雖然形體如成人，但祂們是新生者，宛如嬰兒。」我告訴泰祖。我可以確定，這些上神不知道我在說些什麼。

轉眼間，戴上我禮帽的那位上神迎向我，雙手托住我的手肘，將我從跪姿拉起來。我一時不習慣被碰觸，推開祂的手；接著，我明白自己已然不是上神之身，於是讓這個上神觸碰我。祂說話，比手畫腳，凝視我的雙眼。祂取下禮帽，試圖戴回我的頭上。我往後退卻，連聲說：「不可以。」對上神說「不」似乎是某種冒瀆，但我知道此為必然之舉。

這些上神彼此討論，我們與母上大人也自行討論。我們對情勢的理解如下：的確，神諭並沒有錯誤之處，然而，神諭的言語充滿了微妙的暗示。異界上神並非真正獨眼，肉身之眼並未盲目，但祂們不知道如何觀看這個世界。異界上神的皮膚並非慘白，然而祂們的心智猶如白紙，空白且無知。祂們不知道如何言語，如何擔任上神，如何採取行動。祂們並不認識自身的子民。

然而，無論是我與泰祖、我們的母上大人，還是老邁的導師，究竟要如何教導祂們呢？舊有的世界已然死去，新生的世界正要成形。在新生復返的世界，一切將是全然新異，一切都不同於先前。是以，不光是異界上神，我們也不知道要如何觀看，如何行動，如何言語。

我感受到這些無力，如此深刻的無力。我屈膝對上神祈禱：「請教導我們！」

祂們凝視我們，接著彼此交談，發出的是蠻夷異界的嘎嘎言語。

我請母上大人與貴族人士前去與將軍們商議，因為天使前來稟報，歐米莫的軍隊已經逼臨王都。由於缺乏睡眠，泰祖十分疲憊。我們兩個坐在地板上，彼此安靜交談。他很擔心上神們的王座。「這麼多個，祂們要怎麼全部坐下來？」泰祖問道。

「她們會增加座椅，」我說。「或者，一次由兩個坐在王位，下一回再換另外兩個。祂們都是上神，正如同你與我，所以這麼做並無大礙。」

「然而，祂們當中並沒有女性。」泰祖說。

我更仔細觀察上神們，發現泰祖說對了。這一點認知緩慢滲入，卻讓我深切感到困擾。上神怎可能只是一半的人類？

在我的世界，神婚造就了上神。在這個即將重生的世界，上神將如何化身而出？

我想到歐米莫。他臉上塗抹的石灰與虛假的婚姻，造出一個偽神；然而，許多人民相信他是真正的上神。是否，人民的信仰讓歐米莫成為神，正如我們的信念力量造就出這個新奇、無知的上神？

倘若歐米莫發現，這些上神是何等地無助，不知如何言語，甚至不知要如何進食，他才不會對祂們的神性有任何敬畏，甚至還不如對我與泰祖的敬意。他必然會攻城，但是，我們神都的士兵可能會為這些異界上神作戰嗎？

我再明白不過，神都士兵不會願意為了異界神而奮戰。從我的腦後方、從我預見未來的眼，我洞察箇中處境。我預見吾之子民行將承受的苦難，我凝視死去的世界，然而我尚未得以見到祂的復返。世界怎可能由一個只是男性的神所創生？男性無法創造生命。

一切都謬誤了。我心底的警鐘強烈作響。說來，趁祂們還是此世的新生兒，身心虛弱，或許我們應該讓士兵將這些異界神屠殺殆盡。

可我們的未來將何去何從？殺死這些異界神，再也沒有上神了。我與泰祖或許可以繼續假扮為神，猶如歐米莫的作為。然而神性並非佯裝得來，祂並非一頂金色禮帽，隨時可戴可脫。

世界已然殞滅，此為命運之必然，吾等早已預知。這些異界男子的命運就是成為新世代的上神，誠如我們活出自身的命運，祂們亦是如此，必須經由自己來洞察行將現身的未來局面——除非，這些異界生命能夠從肩頭後方的靈視窺見未來，此為身為上神的天賦之一。

我站起來，握起泰祖的手，於是他站在我身邊。「城市屬於你們。」我告訴這些異界生命。「人民亦屬於你們。世界將屬於你們所有，戰爭亦是由你們面對。榮光與禮讚全屬於您，吾等之上神！」我們再度深深跪拜，最後一度，以雙手拇指深切覆按額頭，然後離開這些異界上神。

「我們將往何處去？」泰祖問。他才十二歲，已然不是上神。淚水在他的眼眶打轉。

「我們去尋找母上大人與盧亞薇，」我說。「還有阿奇，白痴君，以及赫格赫。同時，我們得找出任何願意追隨我們的人民。」我本來要說的是「子民」，但如今我們不再是母上神與父上神了。

「要到哪兒去呢？」泰祖問道。

「前往琪米露吧。」

「前往高山峻嶺？逃亡且躲藏？我們應該待在神宮，與歐米莫作戰。」

「為何要這樣做呢？」我問他。

此情此景，已然是六十年前的前塵往事。

我寫下這篇章，為的是要述說，在世界殞滅與再度重生之前，我們居住在上神之屋的景況。為了敘述，我必須以當時的心境與認知來書寫。然而，無論是彼時或是此刻，我尚未全然通透父上神與祭司們所窺見的神諭預言。一切都會流轉而逝，然而，如今我們沒有上神，也沒有神諭引領我們。

這些異界男性並沒有存活太久，但是他們都比歐米莫要來得長壽。

就在我與泰祖正要踏上漫漫長路、攜手登山，一名天使趕上我們，稟報以下消息：邁思媧與歐米莫兩軍會合，集兩支大軍之力侵攻異神居所。異神居所矗立於索茲河岸平原上，宛若一柱高塔，周遭淨是橫遭屠戮的焦土。異神對歐米莫與他的麾下大軍提出警示，高舉閃電火炬，焚燒遠方樹木以示警告，然而歐米莫橫了心前進，得殺死這些異界上神，他才會是真正的上神。他命令旗下部隊大舉攻向高塔神居。最後，歐米莫、邁思媧，以及一百名近身侍衛招惹異界神的雷霆之怒，一道閃電光劍刺下，他們全數死滅，燒成一堆灰燼。歐米莫的軍隊深感恐懼，四處奔逃。

「他們是神啊，他們真的是神！」當天使稟報軍情，泰祖說。他感到非常欣喜，因為他對自身的懷疑感到愀然難受。在那段時間，我們誠然相信這些異界來者就是神的化身，因為他們能夠使役雷電。在他們存活期間，許多人民亦尊稱他們為神。

我如今的信念是：他們並非我所理解的意義下的神，然而，他們確實來自異界，乃是具備超越界能力的超自然生命。只不過，存留於我們這個世界，他們顯得無知且虛弱，沒多久就紛紛病倒，逐一死去。

異界訪客共有十四名成員，其中有幾個活過十年之久。這幾位學得我們的語言。其中一位，與某些期待迎回我與泰祖為神的朝聖者攀山越嶺，來到琪米露。我們與他暢談數日，從彼此身上學習。他告訴我們，他們居住的屋子可於天際之間移動，宛如龍蜥一般飛翔，但是這座飛翔之屋的翅膀受傷了。他告訴我與泰祖，在他的故鄉星球，陽光比我們的世界輕淡許多，強烈的日光讓這些訪客生病了。縱使他們嚴密纏裹身體，脆薄的肌膚還是抵擋不住入侵的驕陽，沒多久之後，他們全會死滅。他告訴我們，他很遺憾來到這個世界。我回應他：「你必須前來，上神預見了你們的蒞臨。有什麼好遺憾的呢？」

他同意我們的看法，他們並非真正的神。他告訴我們，神的居所乃為天界。對我們而言，這真是個無用的神居。泰祖的看法是：當這些異界訪客初來此世，他們的確是神的化身，充分實現了前任上神的預言，改變了我們的世界。如今，就像前身為上神的我們，他們亦成為凡人。

盧亞薇頗喜歡這個異界男子，或許，原因之一在於她自身也是我們王國的異界訪客。這位男子停留於琪米露時，她會與之同床。她告訴我，在層層疊疊的裹纏布料之內，這個肉身類似我們世界的男性。他告訴盧亞薇，他無力讓她創生小孩，因為他的肉體種子無法在我們的世界熟成。是沒錯，這些異界訪客並沒有留下後代。

這位與我們交心為友的異界訪客，他的名字是賓峽斬。他往返琪米露造訪我們好幾回，最後一回，他終於衰弱病逝了。他留給盧亞薇的紀念品是眼睛所嵌飾的暗色水晶，這器物讓她的視野更為清晰廣闊；奇異的是，戴上這副水晶鏡，我的視線卻變得霧濛濛。至於我，他送給我一份生命記錄，這是一本由美麗圖文所編織成的書寫記錄。我將它連同我自己的書寫記錄珍藏於盒子裡。

當泰祖的性器官熟成，我們得決定要怎麼辦才好，因為平民的姊弟兄妹之間並不會通婚做愛。我們請示祭司，他們認為，先前的神婚是神聖的，無法回收；即使不再是上神，我們還是婚姻伴侶。由於我們心繫對方，這個說法讓我與泰祖都很是喜悅，常常同床共眠。我曾有兩次懷孕經驗，但孩子都未能出生：第一回在初期就流產，第二回約是四個月的時候。這是我與泰祖備感哀痛的傷心事，然而亦是幸運之事。要是我們生下了後代，人民可能會再度擁立尊崇她們為上神。

要在神如今缺席的世間好好過活，需要漫長的時間調適；某些人永遠無法真正脫離對神的依戀。她們寧可造就出偽神，也好過遍野無神的荒涼。在這些年歲，雖然現今已經罕見，人們不時會攀登高峰來到琪米露，哀求我與泰祖回返神都，重新化身為上神。當人們終於明白，這些異界訪客不可能成為我們這世界的神，無論是照老規矩還是新規章，某些男人開始仿效歐米莫的行止，與我們氏族的女性貴族結婚，聲稱此婚姻成就新的上神。這些新的上神各有其追隨者，各擁兵戎殺伐征戰。然而，沒有一組上神擁有歐米莫恐怖的勇氣，亦沒有一支效忠驍勇將軍的忠誠部隊。憤怒、失望、破滅的人民終於覺悟，這些偽神的下場總是淒慘潦倒。

然而，即使如此，我的王國與我的子民並未滅絕，總比我在世界終滅之夜往肩後窺視到的靈視來得好些。壯麗的石砌大道無法維修，有些道路早已崩壞；愛蒙佳黑大橋從未能夠重建，糧倉與物資庫全都掏空殆盡，傾倒毀敗。老人與病患必須向鄰居乞食，懷孕的少女只有母親能夠讓她依靠，無人拯救孤兒。饑饉起於西方與南方，如今我們儼然是飢餓之民。天使團不再編織出政府體系的網絡，國度的此方渾然不知彼方情勢。謠言傳說，蠻族已然將荒蕪推過第四河，地龍於農田生養繁殖。一堆小軍官與扮裝的偽神，為了養活麾下的軍隊，窮凶極惡地洗劫生命與資源，吾等之神聖土地因此敗壞不毛。

厄劫歲月不會永久持續，沒有任何世代能夠永存。許久之前，身為上神的我已然死去；從那一刻起，我以世間凡人之身，存活如斯漫長的年歲至今。每一度新年肇始，我目睹太陽從巍峨的卡納哈達媧山脈南端浮顯。縱使上神不再降臨於光燦的地面起舞，就在凡人之我死去時辰，我從肩頭後方見到世界的誕生。

逝樂園

戰慄之勢造就吾之寧定。我早該知曉。
傾覆即是永在，咫尺方寸之遙。
我醒轉，為了行將前訪的沉睡；甦醒式緩慢。
前往必然抵達之處，我從中學習覺知。

——西歐朵．羅特琪（Theodore Roethke），〈甦醒式〉（The Waking）

藍暈的區域大抵上是水澤，類似水庫，然而更深邃些。其餘的部分是泥壤，彷彿地域花園，然而碩大許多。她則是她自身無法理解之物，另一個嵌入這顆巨大泥壤球體的小球兒，父親如是說，不過呢，她們無法在模型球體顯示出她所在的位置，因為你無法以肉眼目睹。此為透明事物，宛如氣體，實際上就是空氣，但它是藍色氣流。從底下往上仰望，它是一顆充斥藍色氣體的球，就在泥壤球的外環。氣體會在外頭，這真是古怪。泥壤球的內部也是充滿氣體嗎？非也，父親如是說，泥壤球的內部唯有泥土而已。你生活於泥壞球的外界，彷彿遠古的地上人從事皮層勘測維修，不過你無須穿著太空裝。你可以呼吸藍色的氣體，彷彿生活於這兒的內部。夜間時光，你舉頭凝視黑闇與星光，彷彿從事伊媧工程的工夫，父親說，不過呢，白晝時光，你只會見到藍天。為何如此？她問。因為呢，白晝的光線比星體更刺亮，父親回答。是藍光嗎？非也，發光的星體是黃色系，然而氣體豐沛瀰漫，於是白晝的天際看起來是藍色系。她放棄搞懂如此艱難久遠的知識。況且，這些都已經不打緊了。

當然嘍，她們終究會「登陸」於某個泥壞球體，然而，這可是很久很久之後的事兒嘍。到那個時候，她已經頗為年長，那應該是宛如風中殘燭的臨終歲月。到時，她將是六十五歲了。屆時，倘若這些事物當真如此要緊，她便會了解啦。

以匱乏為準則的定義

活生生存在於這個世界的事物，包括人類（體）、植物們，以及細菌。

細菌生活於人類體、植物體、土壤，以及許多的事物之間；它們活生生，但無法以肉眼目視。即使是大量細菌的集體性活動，通常也無法以肉眼窺見，或者被視為是細菌附生的生命體本身活動。細菌的生態自成另一種規律。規律即為守則，某種守則無法洞察另一種規律，除非你得以使用改變洞察視野的相關器具來注視。使用此等器具，你會讚嘆不已地凝視這個得到揭露的微型世界。然而，此等器具無法將較為巨大的規律顯形於微型規律的世界之內。微型世界持續它自身的秩序，不受干擾，毫無察覺，直到顯微鏡抹片的滴液驟然間乾涸。相互洞視的可能性非常希罕。

呈現於此處的微型世界相當禁慾，它並沒有孜孜冒出的阿米巴原生質，也沒有優雅華麗外貌的草履蟲，更沒有清除萬物的輪蟲。存在的生命唯獨細菌，沒有任何比細菌巨大的生命體。就在無窮盡的分子撞擊律動，細菌戰慄抖動。

況且，此世界唯獨存在某些細菌。這裡可沒有野生的酵母菌，沒有黴菌，沒有病毒（此為另一種規律法則）。這兒的細菌並不會讓人體或植物發病，唯有必要性的細菌得以存活，像是清掃者、消化者，以及土壤製造——乾淨的土壤。在這個世界，並沒有腐敗的壞疽，也沒有血液毒素。所有這些玩意全都殲滅殆盡：傷風感冒，頭疼發燒，念珠菌，瘟疫，斑疹傷寒症，肺結核病菌，愛滋病，登革熱，霍亂，黃熱病，伊波拉病毒，梅毒，小兒痲痹症，痲瘋病，住血吸蟲，口部泡疹，水泡，寒疹，帶狀皰疹，淋巴疾病，壁蝨，瘧疾。這個世界並沒有以下的生物，像是蒼蠅，跳蚤，蚊子，蟑螂，蜘蛛，象鼻蟲，蛆蟲。在這個世界，動物大抵上只有兩條腿，這兒並沒有有翼生命體。而且，這世界也沒有吸血之物。並無隱藏於細小裂縫之物，也沒有任何揮動卷鬚、竄入陰影、產卵、清洗自身絨毛、點擊下顎、在將自己的鼻子抵在尾巴躺下來之前轉動三回合的事物。任何東西都沒有尾巴。這世界的一切都沒有觸鬚、魚鰭、爪子，獸掌。這世界的任何事物都不會翱翔於天際，於水面游泳，歡快地發出呼嚕聲，或是吠叫、低鳴、嘶吼、鳥鳴、發出顫音，或是在一年中有三個月份持續吟唱著降四聲調。這兒並沒有一年之間的月份，沒有月球，也沒有傳統年份，更沒有太陽。時間區隔為光的週期與黑暗的週期，以及十份天。每當三六五．二五週期，就會舉行慶祝，然後某個稱為「年度」的數字就會更迭。現在是星船曆一四一年，學校時鐘如此顯示。

猛虎

當然，這個世界充斥著月亮、太陽與動物們的圖片，全都張貼標籤著它們的名字。在圖書館的書籍螢幕，你可以觀賞巨大的四足動物在某種毛髮叢生的地毯上奔馳，視訊的解說聲音表示：「這些是懷俄明的馬兒」，或是「祕魯的駱駝」。某些視訊圖片很是滑稽，有些會讓你希冀觸摸它們，有些則是非常駭人。某個動物擁有閃亮、金黃與黑色相間的茸毛，恐怖的清澈眼神直直瞪視你，但不喜歡你，它也不知道你是誰。「這是動物園內的老虎。」視訊聲音如此說明。孩子們正在與小貓貓玩耍，這些小小貓蠕動爬行在孩子身上，小孩們吃吃笑，而且小小貓非常可愛，像是娃娃或寶寶。然而，直到某個小小貓直勾勾地瞪視你，它與猛虎的眼睛如出一轍：渾圓清澈，根本不知道你是何許人物。

「我是星。」星大聲地對小小貓說，對著書本視訊的立體小小貓叫喚。圖片的小小貓轉頭走開，星迸出眼淚。

老師就在這兒，充滿慰藉與詢問。「我討厭它，我討厭它！」五歲大的小孩哭嚎著說。

「這只是一部立體電影，它無法傷害你，它不是真的。」二十五歲大的成人這樣解說。

唯有人類在這個世界是真的存在，唯有人類在此世界活著。父親的植物們也是活的，他說，但人們是真正活生生地，人們會認識你是誰。他們會知道你的名字，他們會喜歡你。或者，倘若他們不喜歡你，像是艾麗妲表親的小男孩，那個小學四年級生，你就告訴他們你是誰，讓他們可以認識你。

「我是星。」

「鋅。」

小男孩說。她試圖教導對方「星」與「鋅」的發音差異。但是，除非你是用中文說話，否則這樣的差異無關緊要。況且，這點小事沒什麼大不了的，因為他們要去玩追隨領導的遊戲，偕同羅西、麗娜與別的孩子，當然，還有盧泇思。

倘若任何事物都與你沒啥大不同，與你稍有差異之物就和你大不相同

盧泇思與星之間的差異甚大。例如，星擁有媧穴（vulva，外陰的發音），盧泇思擁有的是陰莖。某一天，當他們正在彼此對比觀照陰門與陰道，盧泇思表示喜歡「媧穴」這個名字，它聽起來顯得溫暖、柔和且圓潤。而且，「幃亟娜」（vagina，陰道的發音）聽起來非常壯麗。但是呢，「屁泥私，屁—泥私，」他奚落地模仿陰莖的發音。「屁，撒尿！這玩意聽起來簡直是個微不足道的撒尿小玩意嘛！應該為它取個優一點的名字。」於是，他們開始為陰莖命名。「包屋。」星說。「剛包東！」盧泇思表示。如此，當它下垂時就是個包屋，當它站直時就是剛包東，他們如此決議，笑得發痛。「起來，起立，剛包東！」盧泇思如此喊叫，於是，它從盧泇思細瘦光滑的大腿間稍微挺直。「看吧，它知道自己的名字噎！現在換你來呼叫它吧。」接著，星呼叫剛包東，它也回應了，雖然盧泇思得稍微幫忙一下。他們笑個沒完，到最後不只是包屋／剛包東，這兩人都全身癱軟，在地板上翻滾。他們在盧洢思的房間玩——這是他們下課後的慣例，否則他們就會去星的房間玩。

幼兒著衣儀式

「在場的是五十四位年滿七歲的第五代兒童！」當所有的孩子都引介完畢，老師開始宣告：「讓我們歡迎他們，進入成年世界的歡愉與責任！」在場的每個人都歡呼且鼓掌，同時間，這些赤裸的小孩匆忙且笨拙，掙扎著撥弄不熟悉的孔洞，把東西弄顛倒，擺弄鈕釦。他們終於穿上衣服，他們的第一套衣服，然後站起來，顯得璀璨綺麗。

接著，所有的老師與大人都再度吟唱「這真是幸福洋溢的日子哪」，在場充滿了更多的擁抱與親吻。星很快就覺得抱夠了親夠了，但她發現盧洢思真的很喜歡親親抱抱。當他幾乎不認識的大人擁抱他，盧洢思會用力地抱回去。

愛德送給盧洢思一套黑色的短褲與藍色絲質襯衫，他穿起來的樣子與先前判若兩人，但又全然是他自己。羅沙的衣飾都是純白色，因為她的母親是一名天使。父親送給星一套深藍色的短褲與白襯衫，至於星的生母潔邇送給她一套淺藍色短褲與繡著白星星的藍襯衫，讓她明天穿著。當她移動時，短褲的布料會摩擦大腿；襯衫感覺上很柔軟，軟貼著肩膀與肚子。她歡快地跳舞，父親握著她的手，莊重地與她共舞。「嗯，我的小女兒長大了！」他說，他的笑容是著衣日的皇冠。

與眾不同的盧洢思

陰莖與媧穴的差異是膚淺的。星剛從父親那兒學得「膚淺」這個字，而且覺得它很好用。盧洢思不只是與星有所差異，或因為那個膚淺的理由而不同。他根本就與每個人都不同。沒有人會像盧洢思那樣說「應該」的聲調。他想要的是真實，不要說謊。他想要榮譽，就是這個字眼。這就是關鍵性的差異。盧洢思比任何人都擁有更強的榮譽感。榮譽是強硬且清澈的東西，而盧洢思也是強硬且清澈。但是，同時間，同樣地，盧洢思卻非常溫柔，非常柔軟。他罹患哮喘，常常無法呼吸。他常常頭痛欲裂，讓他臥床不起好幾天。在重大考試、表演與儀式前夕他會生病。他既是會割傷皮膚的刀子，也是那道傷口。每個人都以對待與眾不同者的態度對待盧洢思，尊敬他、喜愛他，卻不試圖接近他。唯有星知曉，盧洢思同時是能夠治癒刀割傷口的撫觸。

模擬域

當他們年滿十歲，終於可以進入老師稱呼為「虛擬地球」、祈安族（Chi-an，中國後裔的縮寫）稱為「模擬狄秋」的境域，星同時感到神迷目眩，但也非常失望。「模擬狄秋」是個極端無比、複雜的所在，但非常單薄。它很膚淺。它是一堆程式的合成體。

模擬實境擁有無數的事物，但某項愚蠢的真實物件——例如，她的舊牙刷——都還比這些存在於《內城市兩千年》、《叢林》或《鄉村》等模擬程式的無限湧現物體與感官更具備存有感。她總是可以感覺到，縱使頭頂上只有藍色氣流，她行走於草叢般的路徑，覆蓋於無窮曠遠的距離，直抵不可能存在的形體（山脈）；她耳邊的音調是空氣快速流動（風勢）；有時候，她聽見某種高亢的奇特鳴聲（鳥兒），那些四足生物也會在風勢之內遊走，他們是動物（家畜）。同樣地，在那段時間內，她就是知道自己坐在第二學校的模擬實驗室的某張椅子上，某種垃圾物附著於她的身體，但她的身體拒絕被愚弄。她的身體堅持著，無論多麼奇異、驚人、充滿教育性以及意義重大，「模擬狄秋」是個假貨。夢境也可能充滿說服力、美麗、驚駭、重大。但是她不想生活於夢境。她想要覺醒於自己的身體，觸摸真實的衣料，真實的金屬，真實的皮膚。

詩人

當她十四歲時，星寫了一首詩當作英文作業。她以自己熟知的兩種語言寫作，英文版本如下：

我祖母的祖母行走於天界足下，
那是另一個世界。
當我成為年邁祖母之際，

她們如是說，
或許我將行走於天界，
涉足於另一個世界。
然而，如今我愉悅地生活於我的世界，
生活於天界內部。

自從星九歲大，她就與自己的父親學習中文。他們一起閱讀某些中文古典作品。當她父親閱讀自己撰寫的中文詩句，就會微笑，像是天界之下，他念誦著「天下」。她看到父親微笑，自己也快樂起來。星對於自己的學問感到驕傲，更驕傲於遙辨認出她的努力。他們分享這份幾乎是祕密的事物，幾乎是隱私的理解。

她的老師要求星在中學二年級的第一學期開學日為大家念誦這首詩，以兩種語言大聲念誦。翌日，《第四象限》——星船世界最知名的文學雜誌——的編輯找星出來，詢問她是否可以讓雜誌刊登這首詩。星的老師把這首詩寄給編輯，他希望星能夠為大家朗誦。這首詩需要你的聲音來搭配。編輯這樣說。他是個高大蓄鬍的男人，第四代的貝絲·愛比，高傲且意見甚多，是個神。他對每個人都很粗魯，但以友愛之情對待星。當他們開始錄音時，起初她顫抖囁嚅。愛比只是說：「振作，放輕鬆，詩人。」於是，她完成了錄音。

好一段時間，無論星走到哪兒，她都會聽見自己的聲音從廣播傳出來，念誦著：「當我成為年邁祖母之際，她們如是說……」在學校，她不甚熟知的人們會跑來對她說：「嗨，我聽了你的詩，真帥啊！」天使眾全員都特別喜愛這首詩，他們如此告訴她。

當然啦，她會成為一個詩人。她會是個偉大的詩人，就像是第二代的艾利．阿浬。但是，她寫的詩不會像艾利書寫的那些短小古怪朦朧詩，她會著作一首壯絕的敘事詩，關於——好吧，問題就是她到底要拿什麼當這首壯絕敘事詩的主題。它可以是關於零世代的壯美歷史史詩，命名為《創世紀》。她興奮了一整個星期，不時想著這首歷史敘事史詩。然而，要書寫這樣的作品，她得認真閱讀所有之前只是隨意瀏覽交差的歷史材料，她得要閱讀上百本書才成。況且，她還得進入模擬實境的狄秋星，好讓自己感受生活於狄秋星是什麼滋味。在她能夠開始書寫《創世紀》之前，很可能要花費經年的工夫來準備它。

不然這樣吧，她可以從撰寫情詩開始演練琢磨詩藝。在世界文學選集當中，情詩的數量浩繁眾多。星對此特點的感覺是，你不需要特定愛上某個人，才會去書寫情詩。或許，當你開始熱烈專注地談戀愛，反而會干擾到你書寫詩歌。如果是某種嚮往、或是讓人理解的仰慕情意，像是她對於第四代的貝絲．愛比或是學校同儕的羅沙，應該是寫情詩的美好起點。於是，星寫了好多首情詩，但基於某些這個那個的因素，她害羞到不敢把這些作品給老師看，她只有讓盧洢思閱讀這些稿子。哼，盧洢思一直表現得像是他一點都沒有體認到星是一個詩人，她得要秀給他看。

「我很喜歡這首詩呢。」盧洢思說。星探頭，想看他說的是哪一首。

你體內的憂傷究竟為何物，
而我唯獨從你的微笑窺見它？
我但願能夠擁抱你的憂傷，
擁入我懷，如同擁抱沉睡的孩子。

她原本沒有給這首詩太高的評價。它太短了，但現在它看起來彷彿比星原先的給分優異許多。

「這首詩書寫的對象是遙，對吧？」盧洢思說。

「我的**父親**？」星驚嚇不已，覺得自己的面頰燒紅。「不是啦！這是一首**情詩**耶！」

「嗯，但除了你父親，你有這般熱烈深愛的誰嗎？」盧洢思以他那種恐怖的實事求是語氣說道。

「我愛許多人！而且，愛是——有許多不同種類的——」

「真的嗎？」盧洢思抬頭凝視她，陷入思量。「我並不是說這是一首性愛詩。我並不認為這是一首性愛詩。」

「啊，你這個超級怪人！」星說，突兀且輕巧地把她的書寫平面器搶回來，關上蓋子，上面刻印著封標——**第五代劉星的原創詩**。「是什麼讓你覺得你是個懂詩的人啊？」

「我懂詩的程度與你差不多。」盧洢思以他那種死腦筋的公平性格回答。「但我完全不會作詩。你會，偶而。」

「沒有誰能夠隨時寫出偉大的詩！」

「嗯，這樣哪……」每當星聽到盧洢思的開頭語：「嗯，這樣哪……」她就會心底一沉。「嗯，或許無法真正無時不刻地寫出偉大傑作，但那些優秀詩人擁有令人驚異質量的高水準作品，例如莎士比亞、李白、葉慈，以及第二代的艾利——」

「像他們到底有什麼用啊？」星開始號啕大哭。

「我並不是說，你得要像他們哪。」輕微停頓之後，盧洢思以截然不同的語氣說話。他明白到自己可能傷害了星，這讓他很難過。當他感到難過，他會變得很溫柔。星全然知道盧洢思的感受，以及為何如此，還有他會怎麼加以修補。她也知道，自己看待盧洢思的那股暴烈、懊悔的溫柔就在體內滋長，酸楚的溫柔，宛如一道瘀傷。於是，她說：「嗯，總之我才不在乎那些呢。字句太滑溜鬆散，我最喜歡的是數學。我們去健身房找麗娜吧？」

當他們倆人在廊道間緩慢跑步，星赫然領悟到，事實上盧洢思喜愛的那首詩並非為了羅沙而寫，也不是為了她的父親，就像盧洢思以為的那樣。這首詩是為了他而寫，為了盧洢思而寫。然而，這是很蠢的玩意，無關緊要。總之，她不是莎士比亞，但她熱愛演算二次方等式。

第四代的劉遙

他們是多麼地受到庇護哪，受到如此嚴密的保護！他們的生活比任何守衛嚴峻的王子、或是超級富豪人家的孩子更安全，遠比任何出生於地球的孩子更加安全。

並無讓你戰慄的冷風，或是讓你冒汗的爆熱。並無瘟疫、咳嗽、高燒，或牙痛。沒有飢餓，沒有戰爭，沒有武器，毫無危險性。這個世界並不會製造任何危險，然而這個世界本身卻可能面臨危險。然而，這是恆持的常態，存有的處境，所以很難去設想，除卻某些夢境滋生的情境：那些恐怖的意象。這個世界的牆垣開始異變，膨脹、崩解，無聲地轟然爆炸。一抹血色的煙霧，一股星光間的蒸汽噴抹。他們總是處於危險的情境之內，被危險性所包圍。安全的本質就是這樣，它的核心在於——險惡之物在外部。

他們生活於內部。他們生活於這個世界，擁有堅實的牆垣與強大的律則，打造為一座強大有利、保護且環繞他們的堡壘。他們活在這座世界之內，除非他們自己闖禍，這個世界並無威脅物。

「人類真是很危險的玩意哪。」劉遙如此說，莞爾微笑。「通常呢，植物是不會輕易抓狂的呢。」

遙的專業是園藝。他在水耕引擎與維修中心工作，專善於植物基因調整與控制。他每個工作天都在花園裡勞動，不時晚上加班。第四與第五代劉家的家居空間充盈各色寵物盆栽——例如養在水瓶內的葫蘆藤，長在土壤盆內的開花灌木叢，朝向通風口與光源裝置開花的附生植物。這些植物當中有許多都是實驗產物，通常都活不下去。星認為自己的父親對於這些基因錯誤的調配而感到抱歉，對這些植物懷抱罪疚感。於是，他把這些植物們帶回家安寧療養直到它們去世。偶而，某盆實驗植物會在細緻耐心的照料下好轉，勝利昂揚地回到植物實驗廠，伴隨著劉遙輕微且略帶譏誚的笑容。

第四代的劉遙是個嬌小、窈窕、俊美的男人。他擁有一頭豐茂的黑髮，少年時就染上灰暈。他並沒有一般英俊男性所擁有的架式。他顯得相當內斂、謙和，而且害羞。他是個美好的傾聽者，卻是少言且低聲訴說的講者，當他與一、兩人以上的人群相處，他幾乎是全然沉靜。若是與他的母親，第三代的劉美鈴，或是他的朋友、第四代的王源，或是他的女兒劉星相處，劉遙會滿足地對話，毫無威權感。他的激情顯得自制，包容於內部，強大無比：中國古代的經典、他的植物們，以及他的女兒。他經常思索，感受性深刻；他經常滿足於追隨自身的思惟與感覺，沉靜地實踐，如同坐在一葉小舟的男子遨遊於巨大江河，有時顛滯，但常常是順水浮游。關於船隻與河流、懸崖與潮汐，劉遙都是從圖畫的意象與詩篇的文字得知。有時候，他會夢見自己坐著一艘小船飄流在河流間，但那是模糊的夢境。然而他非常知曉土壤，精確且充滿身體性地知曉。土壤就是他親身工作的東西。他也知曉水與空氣，那些謙虛透明的事物，知曉他們的透明隱形與其清澈性，生命不可或缺之物，奇蹟們。一顆充滿空氣的泡泡，或是浮於黑色真空上方的水流，反映著星光。他就活在這樣的事物之內。

第三代的劉美鈴生活在一群稱為「牡丹花住宅區」的居住空間，距離她兒子的居住地僅一廊道之遙。她的社交生活極端活躍，但交往者幾乎都局限於第一象限中國宗祖血脈的人們。她的專業是化學，於織造實驗室工作。她向來不喜歡這工作，在盡可能像樣的情況下，她先是改成半時段工作，再來就退休了。討厭工作，她說，喜歡在寶寶園地裡照顧寶寶們，玩遊戲，用花餅打賭，談話，歡笑，八卦，探查出隔壁門的人家到底在做啥。她非常喜愛自己的兒子與孫女兒，時常在他們的居住空間跑進跑出，帶著水餃、米糕，以及八卦造訪。「你們應該搬來牡丹花住宅區啦！」她經常這樣說，但知道他們倆不會照辦，因為遙不喜社交。這樣也好，但她希望當星長大後想要有寶寶時可以與自己人一起住，這話她也經常提及。「星的母親是個好女子，我喜歡杰兒，」她告訴她兒子：「但我向來不明白，你幹麼不和王家的女孩生一個小孩，如此星的媽媽就也住在第二象限，對我們大家都好呢！我知道你有你的辦事方式，而且我得說啊，即使星只有一半的中國血統，沒有誰會知道這事，而且她會出落成個大美人呢！所以我想說你知道你自己在幹麼啦，假設在談戀愛或生小孩這些檔子事上，人們知道自己在幹麼，只是我很懷疑哩。這都是運氣罷了，全都是運氣。年輕的第五代小李對星另眼相看呢，昨兒你注意到了沒？他二十三歲，是個好生結實的小夥子。啊，她來了，星！你頭髮變長了，好美啊！你應該把頭髮留得更長些！」他母親的這些慈愛、務實、毫無苛求的閒聊是劉遙能夠隱然安詳浮游其上的溪流，直到某一天某一刻，驟然間，這些閒聊突兀地中斷。一片死寂。某顆泡泡爆炸了，是長在腦動脈的泡泡，醫師們這樣說。在那幾小時間，劉美鈴以啞掉的惶惑神情凝視著別人不知是何物的事物，接著死去。她七十歲就死去了，所有的生命都處於危險之境，遭受內部與外部的危殆。人們真是充滿危險狀態的玩意啊。

漂浮的世界

短暫的葬禮就在牡丹花住宅區舉行。接著，第三代劉美鈴的遺體就由她的兒子、孫女兒與技術人員陪同前往生命中心進行再循環。身為化學專業者，她必然熟悉這道打掉並重新運作物質的化學程序。她還是這個世界的一部分，不是以存有者的方式，而是不斷生成。她會是星將來會有的孩子的一部分，他們都是彼此的一部分。使用與被使用者，食客與食物。

就在一顆泡泡之內，除了飽滿的空氣別無其他，除了豐沛的水源別無其他，除了充足的食物別無其他，除了沛然的能源別無其他。這顆泡泡就如同在水族箱內的生態，經由其細小平衡的行動而自我完足：一條鯰魚，兩條刺魚，三株水草，許多海藻，三枚蝸牛或是四枚，但水族箱內沒有蜻蜓幼蟲。這兒的生命體數量必須嚴加控管自理。

當美鈴去世，她就被取代了。不過，她只能被另一個新生命取代。每個人都被允許生產一個小孩。某些人不願意或不能或沒有小孩，某些人的小孩早夭，所以想要兩個小孩的大多數成員可以有兩個小孩。四千人並不是大數目，它是個小心翼翼維護的數目。四千人並非巨大的基因池，但它是個精心挑選且管理周到的基因池。人類學家如同遙對待他實驗室的植物，同樣警醒且冷漠，但人類學家並不經手交配實驗。有時候，他們可以在源頭揪出失誤，但他們沒有資源來進行扭轉與再組合的活動。那些持續剝削某個行星資源的龐大、刻意操作的科技已被第零代拋捨於後方。人類學家們擁有良好的工具，熟稔自己的工作，他們的工作是維護。如字面所言，他們維護的是生命的品質。

每個想要孩子的人都可以擁有孩子。至少一個，最多兩個。女性可以有她的母族孩子，男性可以有他的父性孩子。

這設計對於男人並不公平，他們必須說服某個女子為他們生自己的小孩。這設計對女性並不公平，他們必須花上一年的四分之三時間來為某個誰懷胎。對於想要孩子但無法生育、或是其性愛生活與別的女子一起從事的女性而言，她們必須說服一個男人與一個女人，好讓這兩者孕育出一個小孩給她們；就她們來說，這樣的設計是雙倍的不公平。這樣的設計事實上就是不公平。性與正義顯少有共通之處。愛與友誼與良知與仁義與頑固等特質可能讓這個不公平的設計系統得以運作，但經常夾雜焦慮，充斥哀痛，而且並不總是成功。

婚姻與連結是非正式的選向，當孩子尚年幼時會被選擇，因為許多女性無法與父性孩子分離，而且提供給四人的居住空間是相當奢侈寬闊的。

許多女性完全不想懷孕或養育小孩，許多別的女性認為自己的生育力是種特權與義務，某些女性為此感到驕傲。偶不逢時，某個女性會誇耀她生下的父性孩子數目，如同籃球計分模式。

第四代的杰兒·史坦菲德生下星。她是星的母親，但星不是她的孩子。星是第四代劉遙的孩子，他的父性孩子。杰兒的孩子是喬伊，她的母族孩子，比他的異父妹妹星大上六歲，比他的異母哥哥、第四代的阿丹米·賽斯年輕兩歲。

每個人都有自己的居家空間。每個單人空間是一個半房間大，一個房間是九百六十平方呎。最常見的形狀是十呎乘以十二呎乘以八呎，但是隔間可以移動，所以只要在結構性空間的限制以內，家居空間的形狀可自由變更。雙人家居空間，像是第四代與第五代劉家的空間，通常是安排成兩間小小的睡房與一間寬大的共享起居室：兩套私人設施與公共空間。當人們連結起來，倘若她們各自有一個到兩個小孩，她們的家居空間會變得很廣闊。例如第三代到第五代的史坦因蔓|阿丹米，共有杰兒與喬伊與第三代的阿丹米·曼哈坦，這是杰兒連締多年的伴侶，還有阿丹米的父性孩子賽斯，共有的是三千八百四十平方吋的家居空間。她們生活在第四象限，那兒有許多非中國宗族的人，像是北美洲或是

歐洲宗族。就在她慣常的戲劇化氣勢，杰兒在居住空間的外弧找到一處可容納十呎高天花板的空間。就像是天空！她吶喊著。杰兒將天花板漆成藍色。可以體驗到差異吧？她說，解放的感受，自由的感受？事實上，當星去造訪杰兒的居留時期，她總覺得那些房間顯得扞格不入。它們似乎很深沉冰冷，頭頂上方淨是被浪費掉的空間。然而，杰兒將她散發出的溫暖、金色且從不疲憊的嗓音、豔麗的服裝、豐饒的存有性來填滿這些額外的空間。

當星的月事開始，她學習如何避孕且開始悶頭思索性愛，杰兒與美鈴都告訴她，要懷上寶寶純屬運氣。他們是兩個大相逕庭的女性，但用的說法一致。「這是最大的好運！」美鈴說，「真是太有趣了！除了這件事，沒有別的事情能夠用上全部的你來運作。」杰兒則是談到你與你子宮裡孩子的關係，新生兒的哺乳也是性愛的一部分，是性愛的延伸與完成，要非常幸運才能知曉這些。星以謹慎犬儒的處子保留態度來傾聽這些。當時候到來，她會自行決定要怎麼做。

許多祈安後裔，多多少少，都安靜地反對遙與另一個象限、且是完全不同血緣祖宗的女子生小孩。許多杰兒的親族問她，是否想要有些異國體驗或什麼之類的。事實上，杰兒與遙只是激狂地陷入戀情，他們已經成長到足以明白愛情是他們兩者唯一類似的東西。杰兒問遙，是否她可以生他的小孩。遙備受感動，於是同意了。星是由至死不渝的熱情所孕育而成。每當遙帶著星去拜訪杰兒，杰兒會投身到遙的懷裡，吶喊著：「是你啊，遙！」她的反應充盈如此全然的喜悅與歡愉，或許只有全然滿足且自我滿足者如阿丹米．曼哈坦才可能躲得掉嫉妒的痛楚。曼哈坦是個魁梧多毛的男人。或許，比起遙年長十五歲、高上八吋、毛髮濃密許多，有助於曼哈坦得以不吃遙的醋。

祖父母們為家居空間的擴增提供另類之道。有時候，親戚、半同胎、彼此的雙親與小孩都會在更大的居家空間組織起來，就在第四代與第五代劉家的家居空間隔壁廊道，牡丹花住宅區，就是由十一組連續性的家居空間所構成。這些家居隔間從事組合，搞出一個中庭，成為永無休止的噪音來源與活動場所。美鈴終其一生都居住於牡丹花住宅區，它總是由八到十八個家居空間所合成。除了它，並沒有第二個如此幅員廣大的同宗族家居空間合體。

事實上，第五代的許多人已經遺失了宗族的感受，認為這是無相關的玩意，不贊成人們由自己的身分或社群來定位自己。在議會上，祈安宗族的氏族狀態常常被非議，批評者稱之為「第二象限的分離主義」，或是更黑暗的「種族主義」，或是由實踐者所稱呼的「我們自己的道統」。中國宗族抗議新的學校管理政策，讓老師們從某象限換到另一個象限，於是孩童會由別的宗族或社群成員來教導，但他們的票數低於贊同此政策的人。

泡泡

危險處處，冒險重重。在這個玻璃泡泡，脆弱的世界受到分離主義或陰謀的危險籠罩，受到異常行為、瘋狂與狂烈暴力的籠罩。任何具有重要性的決定都無法由不經過會議諮詢的單一個體來裁決。自從起始以來，沒有任何單獨個體獲准擁有系統控制權。總會有備分，總有監督者。雖然難免有狀況發生，但並沒有長期性的壞損災害。

然而，什麼是人類的正常普通行為？什麼是反常？什麼是意志清醒？

閱讀歷史吧，老師們說。歷史告訴我們自身是誰，我們如何推展自身的作為，而後我們的守則該是如何。

真的嗎？那些在書籍螢幕上的歷史材料，地球歷史，那些充盈恐怖的不義、殘酷、奴役、憎恨、謀殺的記錄？那些記錄被機構與政府單位加以合理化且賦予榮光，這些寫滿浪費且誤用人類、動植物生命、空氣與水源的記錄？倘若這就是我們的模樣，我們還有什麼希望可言？歷史必須是我們逃逸開來的東西，那是我們的曾經，不該是我們的現今。歷史是我們切勿再重蹈覆轍的東西。

鹽海的泡沫擊出一顆泡泡，浮游著。

若要學習我們是什麼，不要去看那些歷史，而是去看藝術品——我們當中最美好才情的記錄。那張老邁、愁苦的荷蘭面孔從某個失落的世紀之黑暗境域往外凝視。母親的美麗沉重頭顱低垂，朝向躺在她膝上的死去兒子。瘋狂的古老國王對著他被謀殺的女兒狂嚎，「絕不！決不！永不！再也不要！」伴隨著無限的柔情，那位悲憫者喃喃低語，「這不會持續，這不會帶來滿足，它沒有存有性。」「睡吧，睡吧。」搖籃曲這麼說，還有「解放我吧！」奴隸的歌謠們如此渴望。交響曲兀自演奏，黑暗中浮現榮耀。至於詩人們，瘋狂的詩人大喊著「恐怖之美於焉誕生」。然而他們都是瘋子，他們都又老又瘋，他們的美都是恐怖之美。不要閱讀那些詩人作品。它們無法持續，它們無法帶來滿足，它們沒有存有性。他們描寫的是另一個世界，土壤世界，那個太過堅實的世界，第零代不欲與之共處的世界。

低囚，狄秋，土壤球體，地球。那個「垃圾」世界，那個充斥「廢棄物」的行星。

這些字眼已經過時，歷史性字眼，只附著於歷史性的意象：那是個收納所有「髒汙」的「垃圾」的容器，我們將那些垃圾導入運輸工具，傳送到「垃圾桶」，並且「丟到一邊去」。這是什麼意思？什麼是「一邊去」？

羅莎娜與羅沙

十六歲時，星開始閱讀第零代者法耶茲・羅莎娜的日記。這是個自我探索窮究的心靈，總是不斷追問自身的誠實度，對於青少年而言充滿吸引力。羅莎娜很像盧洢思，星想，但她是一位女性。有時候，她需要與女性的心靈相處，而非男性。然而，麗娜沉溺於她的籃球成績，羅沙又全然成為一名天使，祖母去世了。於是，星閱讀羅莎娜的日記。

她首度體會到，第零代的人們、這些世界締造者認為他們在後代身上強加了無比巨大的犧牲。第零代人們所棄守之物、他們在離開地球時所失去的事物──羅莎娜總是使用英語的地球這個字──將由他們的任務、他們的希望，以及（羅莎娜充分自覺到的）他們擁有的強大權力、為了後代千萬人們所創造的生命質料來加以彌補。「我們是探索號星船的諸神，」羅莎娜在她的日記寫著：「但願真正的諸神宥諒我們的傲慢！」

但是，當羅莎娜思辯著行將到來的光陰，她並未將自己的後代子民寫為諸神的孩子，而是諸神的祭品。她以恐懼、罪疚與憐憫看待她的後代，先祖們意志與慾望造就的無助囚犯。「他們怎可能會寬宥我們？」她哀悼著。「在他們出生之前，我們就將世界從他們那兒奪走——我們從他們那兒奪走了海洋，群山，草原，城市，以及陽光，奪走了他們理該繼承的事物。我們讓他們困陷於某個籠子、錫造的罐頭，物種標本盒子，如同實驗室老鼠般地生生死死，從未見過月亮，從未在原野奔跑，從未知道自由為何物！」

我不曉得什麼是籠子或錫罐頭或是物種標本盒子，星不耐煩地想著，但無論什麼東西是實驗室老鼠，我才不是呢！我在虛擬實境的鄉間原野奔馳。你不需要原野與群山與那些東西才能夠感受到自由！自由是你的心靈所作為，自由是你的靈魂所是。自由與那些狄秋事物全然無關。無須擔憂，先祖母！她對著早已去世的作者訴說。這些最後都變得很好，你造就了美好的世界，你是個非常慈愛且睿智的神。

當羅莎娜對於她那些遭到剝奪的後代子民愈發感到沮喪，她愈是不斷談論欣狄秋，她稱為終點行星或純粹是終點的地域。有時候，這些念頭鼓舞她，讓她設想會是什麼景況，但大多數的時光她總是憂心忡忡。終點行星是可居住的嗎？那行星上可有生命？怎樣的生命？這些「遷居者」會發現什麼，而他們又該如何應付他們所發現的事物？他們是否會將所發現的資訊送回地球？對她而言，傳送訊息回地球是無比重要的事情。真是可笑，可憐的羅莎娜擔憂著她的後後後代子孫將會在兩百年內傳送什麼樣的訊息，傳回到一個他們根本沒見過面的星球！但是，這個古怪的念頭卻是她莫大的慰藉所在，這是她為第零代的所作所為得以合理化的東西，這就是她的理由。「探索號」將會構築一道碩大細緻的彩虹橋梁，橫跨於星界，在橋梁的上方，真正的諸神漫步其間：名為資訊與知識的神。這些理性洋溢的諸神，祂們是羅莎娜日記不斷復返的意象，她的慰藉。

星覺得羅莎娜的神性想像很讓她厭倦。擁有一神教派祖先傳承的人們似乎都擺脫不了這一套。比起大寫的上帝們與歷史文學系統的父上們，羅莎娜筆下的那些較低階譬喻之神較為可喜，但星對於任何一造都相當不耐煩。

收取訊息

由於星對於羅莎娜感到失望，她與好友激發爭執。

「羅西，我希望你可以談論別的玩意。」

「我只是想要與你分享我的幸福。」羅沙以她的狂喜聲調如是說。柔和、溫良，如同鋼鐵光波束般，充滿不可動搖的彈性。

「之前的我們無須把自己拖到狂喜教派，就可以很快樂。」

羅沙以某種充滿疼愛的深情凝視著星，這讓她感到隱約卻深切地受到侮辱。我們是密友耶，羅西！

「你認為我們何以在這裡呢，星？」

由於星不信任問這個問題的羅沙，她稍微考慮之後才給予答覆。「倘若你的意思是為何我們就是實質地就在此處，那是由於零世代的安排使然。倘若你的問題坐落於抽象層次，我拒絕回應這個問題。要詢問『為何如此』，你得要預設目的，某個最終因。零世代的人們擁有他們的目的性：派遣星船，抵達另一個行星。我們正在實踐這個任務。」

「然而，我們將身往何處呢？」羅沙問道，以她那種充滿張力的甜蜜語氣，洋溢甜蜜感的張力。這樣的氣勢讓星同時感到緊繃、酸楚，興起自我防衛。

「我們將前往終點，也就是欣狄秋。而且，當我們抵達那兒，你與我都是老婆婆嘍。」

「為什麼我們得前往欣狄秋？」

「取得資訊，並傳送回狄秋星。」星回答，除了羅莎娜的說法，她並無別的答案可給予；接著，她感到遲疑。她明瞭到羅沙問的是個公允的問題，而她自己從未真正詢問或回答過這個問題。「之後，在那兒生活。」她說：「找尋出——關於這個寰宇的樣態。我們是……我們是一趟旅程，尋覓探索的旅程。這是一趟關於探索的星航旅程。」

當她說出「探索」這個字，她赫然尋探到這個字詞的意義。

「我們將要尋探——？」

「羅西，這種引導詢問法是在寶寶育幼院搞的花招，而我們稱呼這個美好的捲曲字眼是啥？別這樣搞，真正與我說話，不要操縱我！」

「別害怕，天使。」羅沙說，她以微笑星的憤怒回報。「別害怕歡愉。」

「別叫我天使。我喜歡的是你身為自己的你，羅沙。」

「在我認識到狂喜為何物之前，我從未知曉我是誰。」羅沙說，她不再微笑。如此的純粹度讓星感到震懾又羞愧。

但當她離開羅沙，她感到淪喪失落。她已經失去了經年的密友，短暫的摯愛。當她們長大，她們不再產生連結，不再有她夢寐渴求的連結。倘若她竟成為一名天使，她就完蛋了！然而，哎，羅西，羅西啊！她試圖寫一首詩，但只寫下兩句話：

我們終將不斷相遇，但從未真正遭遇彼此。
我們不同的行道，就此讓你我永遠仳離。

在某個內閉性的世界，「分離」究竟是什麼意思呢？

這是星首度經驗到喪失所愛者的景況。美鈴祖母總是如此活潑歡樂、仁慈的樣貌，她的死亡是如此出乎意料之外，如此沉靜地突而其來，所以，星從未真正意識到美鈴已經離世。感覺上，總覺得美鈴祖母迄今居住在下層的廊道區域。想起美鈴是某種慰藉，而非傷逝。但是，她的確失去了羅沙。

星將她所有的年幼活力與熱情都投注於第一回的情感失落。她行走於黑暗之內。某些屬於星的部分將會永遠染上深暗色澤。對於天使將羅沙從她身邊奪走一事，她備感深痛惡絕；同時，星不禁認為某些她的親族長輩所言甚是：要去理解別的族裔是不可能的任務。他們與我們不同，最好避開他們。我們潔身自愛就好，保持中庸之道，保持無為之道。

即使是溫和的遙，對於溫室同儕喋喋不休地傳教狂喜儀式終於感到厭倦。遙對著他們引用龍耳的字句：「知者不言，言者無知。」

愚者們

「所以說，你們就是知而不言嘍？」當星把遙引用的這句話轉述給盧洢思，他問。「你們祈安人才明白這是怎麼一回事嘍？」

「不，沒有誰知道這究竟是怎麼一回事。我就是不喜歡被傳教。」

「許多人倒是挺喜歡的呢。」盧洢思說：「他們喜歡讓別人傳教，也喜歡傳教給別人。所有各種的人。」

但我們不屬於其中，星這樣想，但沒有說出口。畢竟，盧洢思並不屬於祈安族裔。

「只因為你有一張扁平小臉，」盧洢思說：「總不須要這樣板著一張臉吧？」

「我沒有扁平臉。你這樣說是種族主義。」

「你有啦，中國萬里長城。別這樣，星，這是我耶，混種的盧洢思。」

「你並沒有比我更加混種。」

「有，更加混種呿。」

「你不認為潔邇是純種的祈安後裔吧？」星奚落他。

「不，她是純粹的北美族裔。但是，我的生母是歐洲與印度混種，而我老爸是各四分之一的南美與非洲，然後另一半是日本族裔，倘若我搞對的話。不管這些到底如何，它意味著我並沒有單一的祖先血脈，只有許多個祖先。但是你啊！你看起來就像是遙，以及你的祖母，而且你的講話方式與他們類似，你從他們那兒學習中國話，而且你在祖宗血脈的核心處成長，而且，現在你正要開始那傳統的祈安族裔排斥外來者的作為。你的祖先血脈來自於歷史上最具種族主義的人們。」

「才不呢！日本呢——歐洲呢——北美族裔呢——？」

他們友好地繼續爭論，根據草率的資料。於是，他們雙方同意，或許狄秋上的每個人都是種族主義者，性別主義者，階級主義者，而且超級迷戀金錢——歷史上最讓他們難以索解、但卻是最為全在的元素。然後，他們的話題跳到經濟層面，這是他們嘗試在歷史課程搞懂的東西。他們談論金錢一陣子，以非常愚蠢的方式。

倘若每個人都可以取得同等的食物、衣服、家具、工具、教育、資訊、工作，以及權威性，如此一來，囤積就沒有任何用處了。賭博則是閒暇消遣，因為沒有啥好損失的。於是，富裕與貧窮成為純粹的暗喻，像是「擁有豐饒的愛意」，或是「精神性的貧乏」。究竟該如何了解金錢的重要性呢？

「真的，他們都是糟糕的笨蛋。」星這樣說，講出某些青少年遲早都會爆出的異端邪說。

「那麼，我們也是笨蛋。」盧洢思說，或許相信、或許不信自己的發言。

「喔，盧洢思。」

星發出一聲漫長深沉的嘆息，抬頭凝視中學點心鋪子牆上的壁畫，現在懸掛展示的是一幅以柔和漩渦狀粉紅與金色顏料組成的抽象畫。「倘若沒有你在，我不知道自己會怎麼樣哩。」

「你會變成一個糟糕的笨蛋。」

星點頭同意。

第四代的超新星・愛德

盧洢思並未長成如他父親所期許的模樣，他們雙方都心知肚明。第四代的超新星・愛德是個好男人，他所有的存在狀態都集中於照料自己的性器官。刺激與紓解當然是刻不容緩的課題，但是生育後代對他而言也是同等重要。他想要一個男的孩兒，帶著他的姓氏與基因前往未來時空。他很樂意為任何要求他協助的女性製作對方的後代，他做過三回呢。然而，他仔細且從容地搜索適合幫他孕育他父系孩子的女性。他研讀數種協調性與基因混合配種的圖表，縱使閱讀根本就不是他的強項。於是，等到他終於認為自己找到最對的女子，他用盡一切能耐確保對方願意控制嬰兒的性別基因。「倘若是雙胞胎，其中之一是女兒當然很好。但若只有一個，那就是個男孩，對吧？」

「你想要個兒子，就給你一個兒子。」第四代的沙風暴・吉祥天如此回答，而且的確為他懷了一個兒子。吉祥天是個活潑、愛好運動的女子，她發現懷孕的經驗是如此耗時且不舒服，從此她不再重複這項活動。「都是因為你那雙該死的褐色大眼睛啦，愛德！」她說：「不會再有下回了。來，他全都是你的嘍。」之後，吉祥天會不時出現於第四與第五代超新星家居空間，帶給盧洢思的玩具要不是小他一歲，就是老他五歲。通常，她會與愛德進行她稱為「紀念情調的性愛」。事後，吉祥天會說：「我真不曉得自己在搞啥鬼。我不要再來了！但這小鬼挺好的，沒錯吧？」

「這孩子很棒！」他的父親說，滿心歡喜且毫無說服力。「他擁有你的腦袋，還有我的幫浦呢！」吉祥天在中央通訊處工作，愛德是一位物理治療師，而且是個很棒的物理治療師。如同他所言，他的理念都展現於他的雙手。「這就是為何我是如此優秀的情人哦。」他告訴自己的床伴們，而且他說得沒錯。而且，他也是個好親代。他知道要如何抱著一個寶寶且照料它，而且熱愛這麼做。他缺乏那種對於嬰兒的恐懼，那些較不男性化、拘謹成性的男人通常會對嬰兒感到癱瘓無措的失聯感。那個細緻且活力充沛的小身體讓他感到非常喜悅。在最初的幾年他愛著盧泙思，以深愛骨肉的心情愛他，歡暢幸福地愛著。隨著年月流逝，那份純粹的喜悅被掩埋於許多東西的底層，被遮藏於許多不悅情愫的內部。

那個孩子擁有深沉且沉靜的意志與脾性。他從未屈服，而且絕不讓事情顯得容易一些。他永遠都有疼痛，每長一顆牙都是一場戰役。他罹患哮喘。他竟然在會走路之前就會說話。到了他三歲大，盧泙思講的話讓愛德簡直是目瞪口呆。「你不要給我講那些天殺的難懂玩意！」他斥責自己的孩子。愛德對自己的兒子感到很失望，而且對自己的失望之情感到羞愧。他渴望的是一個伴侶，一個雙身，某個他可以教導壁球的孩子。愛德已經連蟬第二象限的壁球冠軍長達六年。

盧泙思盡責地學習壁球，但從未學得好。他試著教愛德某種文字遊戲，稱為文法戲，這簡直讓愛德抓狂。他在學校的表現非常優異，愛德試著為自己的孩子感到驕傲。盧泙思並不在孩童社與大夥玩，而是都帶著一個小孩回家，一個小女孩，劉星。他們會關上房門，安靜地玩上好幾個小時。當然，愛德會去關切巡視。當然，他們沒有玩超過那些孩子房舍會搞的玩意，但是當他們進入孩童儀式、開始著衣，愛德還是很高興。穿著襯衫與短褲，他們看起來來像是兩個小大人。赤身裸體的他們，儼然是某種滑溜、虛幻、神祕的玩意。

當大人們的法規開始施力，盧洢思會乖乖遵守。他還是喜愛星超過任何男孩，而且他們會不時與對方見面，但他們不會再關起門來獨處。這也表示，當愛德在家時，他必須聽這兩個小孩做功課與說話的聲音。談話，談話，真是見鬼了，他們總是談個沒完。等到那個小女孩十二歲，她的家族法規定她只能在公共場合與某個男孩碰面，而且要有別人在場。愛德認為這是個超棒的主意。他非常希望盧洢思會找別的女孩一起玩，或是進入某些男孩們的活動。盧洢思與星的確加入第二象限的青少年群聚。然而，這兩個最後還是獨自到某個角落，談個沒完沒了。

「當我十六歲的時候，我與女孩們上床。」愛德說：「我也與幾個男孩上床。」這不是他本意想說的樣式。他本來想與盧洢思分享隱私，鼓勵盧洢思，但這樣聽起來彷彿他是在炫耀或指責對方。

「我還不想從事性愛。」男孩這樣說，顯得很沉悶。愛德並不責怪他。

「這不算什麼大不了的啦。」愛德說。

「對你來說是件大事，」盧洢思說：「所以，我想對我而言也是大事。」

「不是啦，我的意思是說——」但是愛德找不到恰當的表達方式。「這不只是好玩而已。」他支吾地說。

靜默的停頓。

「這比自慰來得棒。」

「我只想要搞清楚怎麼做，或許吧，你知道，就是在那些玩意當中，要如何找到你自己獨有的方式。」男孩這樣說，並不像平常那樣飛快說話。

「這樣很好。」他父親說，他們雙方都鬆一口氣，結束話題。或許這孩子很晚熟，愛德這麼想，但至少他會在某個充滿健康、開放且愉悅的性愛活動為範本的家居空間成長。

關於自然

得知愛德曾經與男性上床，這是樁挺有意思的事兒。但是，那應該純屬青少年時期的實驗，因為就他所知，盧洢思從未看過愛德帶男人回家過夜。不過，他有帶女人回來，或許普及他這個世代的每一位異性戀女子。盧洢思想，如今他甚至會帶一些較年長的第五代女性回家。盧洢思不能更熟稔愛德到達高潮時的叫聲——某種粗糙的嗐，嗐，嗐！而且，他也聽遍了各種高潮銷魂的女性尖嚷，哭號，嚎叫，呻吟，喘息，以及怒吼。最鮮明的怒吼者是第四代的葉．蘇西，來自第三象限的物理治療師。自從盧洢思有記憶以來，葉．蘇西就不時來他家造訪。她總是會攜帶星星形狀的小餅乾給盧洢思當禮物，直到現在。蘇西會從「啊」為序章，她的啊啊會愈發大聲，愈來愈持續，直到某種失心奪魂的抽泣，如此地尖厲嚇人。有一回，住在下層的第二代王奶奶以為是警報系統，把王家的每個人都吵醒了。這糗事一點都沒有讓愛德感到尷尬。「這是無比自然的事。」他說。

愛德最愛用的口頭語就是這句話。只要是關於身體，都是「無比自然的事」。關於心智，那就壓根與自然無關。

所以，「自然」究竟是啥鬼東西？

就盧泖思能夠想通的部分——他在中學的最後一年的確花費許多心思在想這些——愛德的說法算是正確。在這個世界上——不，在這座星船上，他立即糾正自己，因為他試圖訓練自己的心智養成某些習慣——在這座星船上，「自然」等同於人類身體。就某些程度而言，植物、土壤，以及這些水耕系統的水分，也都是「自然」的一部分。對了，細菌叢也屬於「自然」的範疇。不過，細菌只有某種比例的自然屬性，因為它們被科技所嚴密控管，甚至比人體受到更嚴密的監督。

在起源星球，「自然」的意義在於不被人類所控制的一切。「自然」意味著本然性先於人類控制的存在、等待受到控制的原生物質，或是逃逸於控制之外的東西。於是，在狄秋星，鮮少有人居的地區，諸如過於乾燥、過冷，或是過於陡峭的地帶，就被稱呼為「天然地」，「荒野」，或是「自然保留區」。至於在這些地區居住的動物，亦被稱呼為「天然動物」或「野性生命體」。於是，所有人類的動物性運作也就是自然而然的——吃喝拉撒，做愛，反射動作，睡覺，吼叫，以及當某人舔你的陰蒂時，尖聲嘶叫如警笛。

克制這些運作，並不等於違背自然，或許只有愛德這樣認為。這些控制被稱呼為「文明」。一旦控制體系啟動，它隨即開始影響自然性的身體。盧泖思明白，當你長到七歲，開始穿上衣服，成為一個公民，你就不再是孩童園區的一分子，野生團的一員，赤裸裸的小野人。

美妙的世界啊！野生——野蠻——文明——公民——

無論你如何努力地文明化，身體還是保有野生、野蠻，或天然的狀態。它必須保持自身的動物性運作，否則就會死去。身體不可能被全然馴服，全然控制。即使是植物也是這樣的。盧洢思從星的爸爸那兒學來，無論你如何竭盡所能地操縱，滋養它們的共生功能，植物們的狀態無法得以全然預知，或是安分服從。還有，細菌的培養群總會不時竄升起「野化」的配種，很可能是險惡的突變體。能夠被完美控制的是無生機的物體，也就是星船世界的物質，元素與分子，固體，液體，氣體，或是從這些物質提煉而出的人工物。

至於控制者，文明維繫者，心靈自身呢？它是否也是文明化了？它是否得以控制自己？感覺上，沒啥道理說文明體的心靈無法控制自己。然而，它對於自我掌控的敗亡導致許多我們被教導為歷史的玩意。然而，這是無可豁免的，盧洢思這樣想，因為在狄秋星，自然的偉例如此壯闊，如此強大。在那兒，並沒有真正完全得以控制的事物，除了模擬的東西。

奇妙的是，他從某項模擬實境程式學到這件事。他闖入某座熱帶叢林，蓊鬱雜沓，充斥著各種飛翔、咬、爬、刺、彈射的生物，折騰你的肉身。他試圖在惡臭燠熱的大氣掙扎喘氣，力氣消耗殆盡。最後，盧洢思來到某個空曠的地方，那兒居住著一群被疾病、營養不良與自我殘害而搞得畸形的人類。那群畸形人從草屋衝出來，對著他尖叫，從口裡噴出毒箭標攻擊他。這是「倫理兩難課程」的某個課題，運用的教材是狄秋星的叢林模擬程式。那些字眼，像是熱帶叢林、樹木、昆蟲、刺、草屋、刺青、毒箭等都收錄於昨天學習的初步字典大全。如今倫理兩難的命題開始進逼——他是否該跑走？

或試圖協商和談？乞求對方的憐憫？射回去反擊？他在模擬實境內的人格化身攜帶致命武器，穿著厚重的外衣，或許可以抵擋毒箭，或許無法。

這是非常有趣的課題，之後大家在課堂上熱烈辯論。然而，課程結束許久之後，讓盧洢思仍然備感震懾的是那股渾然、讓人昏眩的渾沌龐然狀態，稱為叢林的狀態。就在野生自然的情境，那些野蠻人類似乎顯得如此微不足道，彷彿意外的產物；至於文明洗禮的人類則是全然的異邦人。他並不屬於此地，神智清明的人都無法屬於這裡。面對這樣的艱困處境，難怪零世代之前的人們無法維繫文明體系與控制自身。

控制嚴謹的實驗體系

雖然盧洢思認為，關於天使眾的論證既愚蠢又讓人心煩，但是它們在某個基礎論點或許是對的：星船的終點站並不如星船航弋的旅程本身來得重要。既然他已經閱讀過歷史材料，經驗過「叢林」與「內城市」等模擬實境，盧洢思開始猜測，是否零世代的用心可能是想給予某幾千人一個出口，逃離那些不堪的恐怖。星船是個人類生存得以獲得控制的場域，如同一場實驗室測試，取得精密控制的實驗室測試。

或者，這是某種自由情境之內的控制精良實驗？

這是盧洢思所知道的最偉大字眼組合。

心智所攫取感知的字眼擁有不同的尺寸、密度與深度。字眼是黑暗的星星，某些顯得嬌小、乏味且堅實，某些則廣渺、繁複且微妙——這些壯麗字眼擁有強大的重力場，能夠吸引無限的意義。「自由」這字眼是最為碩大的黑暗星星。

對於盧泖思本身而言，這字眼的意義擁有清晰且精確的意象。他的哮喘並不定期發作，但這些發作在他的心靈留下生動印記。有一回在健身房，他在不對勁的時候恰巧位在大塊頭林的下方，而大塊頭林就這樣倒下來壓住他。大塊頭林的體重是盧泖思的兩倍，他把盧泖思肺部的空氣全都擠出去了。經過漫長無邊的掙扎呼吸，第一口氣是如此生裸、顛簸，撕裂般地痛楚。這就是自由：呼吸。你所呼吸的就是自由。

沒有它的話，你就會窒息，全身變黑，然後死翹翹。

必須生存於動物層的人們可以到處移動，但他們沒有足夠的心靈空氣好讓他們呼吸。他們沒有自由。透過歷史閱讀教材與歷史性的模擬實境世界，這對他而言再清楚不過了。「內城市兩千年」的情景如此讓人震驚，因為它並非「野生天然」的環境，所以，住在那兒的人們會發瘋、生病，變得危險，而且不可思議地醜陋。「內城市兩千年」描述的是人們徹底失去對他們文明化自然的控制。

人類的本然。這是個奇怪的組合詞。

盧泖思想到去年發生的事件：某個第三象限的男人性攻擊某個女子，將她打得不省人事，然後喝下液態氧氣自殺。那個男人是個第五代。雖然那場事故為星船世界的每個人都帶來巨大的驚恐，但它對於第五代的人們具有特別的恐怖與鬼魅效應。他們自問：我是否可能這樣做？這種暴行是否會發生在我身上？他們當中沒有誰知道答案。那個男人，第五代的狼子失去了對於他自身「動物面」或「自然面」需求的控制，於是他的下場是失去了所有的自由，無法從事選擇，甚至無法活下去。或許。某些人就是無法好好調理自身所擁有的自由。

天使們從不談論自由。遵循秩序法規，就能獲致狂喜。

到了星船曆二〇一年，天使們會變得怎麼樣呢？

的確，這是個很有意思的問題。當這座等同於碩大實驗室的星船抵達了終點星，將會對精密控制的實驗帶來何等變化？天使們又會如何因應這些狀況？欣狄秋是個行星——也就是另一個龐然無邊的荒野物，難以掌控的「自然」——他們甚至不曉得那兒的生存法則會是些什麼。在狄秋星，起碼他們的祖先們還算熟知所謂的自然，像是知道要如何利用它的資源、如何與它斡旋共存，哪些動物生性凶惡或有毒、如何在野地栽培植物……等等之類的。在這個新的地球，他們什麼都還不知道。

書本們有稍微談論到，但並沒有深入探究。畢竟，距他們抵達終點星之前還有半個世紀之久。然而，能夠找出他們所知曉的欣狄秋資訊，會是一件非常有趣的事情。

當盧洢思把這些問題丟給他的歷史老師，第三代的川妠．艾提，她告訴盧洢思，屆時教育程式將會提供第六代充足完善的終點星相關教育，以及在那兒的生活資訊。到那時候，第五代的人們已經垂垂老矣，所以這並不是他們需要在意的問題，她說。當然，倘若第五代的人們希望「登陸」行星表面，當然會得到許可。這些程式主要是為了讓中間世代（「就是我們。」年長的女性語氣乾澀地說）

滿足於自己生活的世界。這是很實際的取徑，而且立意良好，她說。但是，或許由於運用這些教材的緣故，它們不自覺間鼓舞了那些倡導狂喜教派的心靈。

她對盧洢思坦承相告，她最優秀的學生。他也同樣坦白地告訴老師，無論他是否可以抵達終點星，無論當他抵達時是否老態龍鍾，此時他就是想要搞清楚他的目的星球。他理解的是為何要來到終點星，他不需要理解如何抵達。然而，他想要明白的是終點星究竟在哪兒。

川妠．艾提給予他某些接近資訊庫的協助，但結果證實，第六代的教育課程目前還不能檢閱。此時，這些教材正在由教育委員會進行編修審查。

其餘的教師勸告盧洢思，先將中學課程與大學教育完成，再來擔憂終點星的狀況還來得及——倘若，他當真需要執行這種擔憂。

於是，盧洢思去向首席圖書館員求助。首席圖書館員是他朋友譚賓笛的祖父，第三代的譚老。

「思量我們終點星的狀態，」譚老說：「等同於增加焦慮感、不耐煩，以及龐大的期待指數。」他輕微地微笑。譚老講話的速度很慢，句子之間有著停歇頓號。「我們的工作是負責旅行，這與擔綱抵達者的工作差異甚大。」經過停頓，譚老繼續說：「然而，只知曉旅行的世代，他們是否能夠好好教導下一個抵達終點的世代呢？」

珈藍

盧泙思繼續經營自身的志趣。他獨自回到模擬實境的叢林。

當然，他必須順著路徑行走。無論某個模擬實境的程式如何精密構築，你能夠在其中從事的就是它所設計的內容。它如同某個夢境，任何夢境，尤其是惡夢：倘若有任何選擇可言，只有特定的選項適用。

路徑就在其中，你必須遵循路徑前行。這條路徑會引導你通往那些醜陋、低級的小野蠻生物。它們會對著你尖叫，發射沾毒的飛鏢。接下來，你得要做某種選擇。盧泙思憂鬱地選擇，一個接著一個。

倘若你試圖與這些小野蠻生物說道理，或是企圖逃離它們的追逐，將會導致昏黑的情境——當然，這就是擬真死亡。

某一回，這些小野蠻人攻擊他，盧泙思舉槍開火，殺死了其中一人。這情境之恐怖遠超過他所能想像的程度；在他開火幾秒之後，他就立刻逃離模擬實境程式。那一晚，他夢見自己擁有某個任何人都不知道的隱密名字，甚至連他自己也不知情。他從未見過的某個女子來到他身邊，告訴他：「將『野狼』增入你的名字之內。」

雖然這並非輕易之舉，他還是回到模擬實境的叢林。盧泙思赫然發現，倘若這些小野人攻擊他，而他並未顯示出恐懼，只是以槍枝威脅對方，但並未開火發射，這些小人們會逐漸、驟然、緩慢地接納他的存在。在那之後，另一組選擇項目叉展開來。如今，他可以讓武器顯得明目張膽，迫使小野蠻人引領他來到失落的城市——這就是你為何玩這個遊戲的最終目的。他可以強迫小野蠻人服從他，但他總是持續不了多久就黑沉沉地被推出程式外，因為這些小野蠻人會把他殺死。或者，倘若他表現得無所畏懼，絲毫不威脅小野蠻人，而且並不要求它們任何事情，他就能與它們一起生活，住在一間半頹圮的小草屋。它們會當他是某種瘋子般地接納他。女子們會給他食物吃，教導他該如何做這做那，於是他逐漸熟習這些小野蠻人的風俗語言。這些過程展現出令人驚異的繁複、正式屬性，以及炫惑力。但是，它只是某個模擬學習材料。它只能夠走到這個步驟，而且比它能夠提供的狀似更多。當你從模擬實境走出來，你並沒有攜帶出太多東西。程式只能夠兼容這麼多的事物，即使它充滿弦外之音。然而，盧洢思所記取的少數事物卻奇異地讓他的思路變得更豐沛。他想要找時間再度進入叢林，以自己的法門走向最後的抉擇，改寫與野蠻人共居的情境。

然而，這回他進入叢林的目的並不相同。這回，當他進入叢林，他盡量緩慢行走，當他已經深入其中，盧洢思停頓下來，寧靜佇立於叢林小徑。他不再害怕會撞見這些小野蠻人。現在他已經認識這些人，與這些人共同生活。目睹它們無法規避程式，終究會撲向他，對他尖叫且試圖殺死他，這是一樁很哀傷的事。這一回，他不想要遇上這些小野蠻人。它們是人類所製作的模擬人類。這一回，盧洢思想要經驗的是來到某處無人類所在的地域。

當他站立在園地，開始淌汗，聞到體內散發的異味。他拍打那些嗡嗡鳴叫、環繞著他飛舞的小東西，它們降落在他的皮層，囓咬他。傾聽著那些古靈精怪的聲音，盧洢思思念著星。星向來不承認模擬實境是某種經驗。若非由於老師的要求，星從未進入任何模擬實境的狄秋。星從未玩擬真遊戲，她甚至不願意嘗試盧洢思與賓笛使用「波赫士花園」為迷宮基礎的某項超級有趣擬真遊戲。「我不想要在任何別人的世界之內，我想要在自己的世界之內。」星這樣說。

「但是，你閱讀小說呢。」他反駁道。

「當然我會閱讀小說。寫作者把故事安置在那兒，閱讀的是我。擬真的程式設計者卻是使用我來從事他的故事。除了我之外，沒有誰可以使用我的身體與我的心靈，知道咩？」她總是會變得火爆。

星的說法很有道理。然而，如今盧泖思站立於狹窄、不可思議地複雜的擬真路徑，彷彿居住廊道發狂後的模樣。他緊繃且充斥警戒，注視著某個多腳物體爬入黑暗之境，這物體就在某個碩大物旁邊，而他認為是一棵大樹，但這棵大樹是頹倒在地，而非筆直挺立。讓他感到震懾的並非只是這個充滿窒息感、無意義複雜性的地域，它身為渾沌的質地，即使這兒只是某種再創造之地，某種感官領地的程式；他更感震驚的是，這地方是多麼地充滿敵意！險惡，令人驚懼。他是否正在體驗著程式設計者的敵意？

事實上，施虐性質的程式比比皆是，某些人沉溺其中。他如何能夠判斷，「自然」究竟是不是如許可怕的東西？

當然，還有別的程式。在那些程式之內，狄秋顯得更單純些，更容易了解——鄉村，或是朝向山脈的散步。此外，你也可以觀看電影，如此你只需要應付視聽層面的感官運作；在那些作品，你得以明白，即使顯得渾沌失序，「自然」仍是漂亮的事物。如同施虐程式耽溺者，某些人沉湎陷溺於這些電影，反覆觀賞海龜在汪洋游泳，飛鳥於天際翱翔。但是，觀看是一回事，感受是另一回事，即使那些純屬模擬實境造就的感受。

怎可能有人一輩子都生活在叢林這樣的地方？感官地域的不適是經常性的，那些熱度，那些生物，溫度的改變，事物充滿粗礪、油膩且骯髒的表面，永無止境的粗糙。每當你行走一步，就得留神凝注自己的腳究竟會降落在什麼地方。他記得那些小野蠻人的噁心食物。它們殺死動物，並且食用動物身體的某些部位。女人們咀嚼某種植物的根部，並將那些咀嚼物弄成一盤菜餚。它們讓這些東西腐置一段時間，然後大家就開始食用。倘若這些會咬人、充滿毒素且發臭的動物是真實而非模擬，當你從模擬實境出來時，就會全身沾滿毒素。的確，在那些與蠻族共處同居的開叉選項之內，其中之一就是你將自己的手擱在某株藤蔓，結果發現它竟是有毒且無腳的動物。它會咬你的手，在數分鐘之內你就會感受到一股莫以名之的可怕痛楚與噁心感，然後就黑掉了。當然，總是得以某種樣式結束這個程式。這程式的總長度會持續十個主體觀視循環，也就是十個小時，擬真程式所能容許的最大值時間額度。他不但經驗到擬真的死亡，當他從模擬實境出來，同時會感受到實質的身體僵硬、飢餓、口渴、衰竭，難受無比。

這個程式的內容的確是誠實的產物嗎？狄秋的人們當真活在此等悲慘境地？永遠活在那情境，而非十個循環時辰？它們活在恆持的恐懼，害怕危險的動物，害怕敵對的蠻族，害怕彼此。它們處於恆持的痛苦，像是被植物的荊棘刺傷，蚊蟲嚙咬，背負沉重包袱的肌肉拉傷，足部被恐怖崎嶇的路面弄得瘀傷。除此之外，它們還得承受更強大的恐怖，飢饉，疾患，破損折斷或畸形的四肢，以及失明？在這些蠻族成員當中，即使是小嬰兒與年輕的母親都是骯髒且不健康的。當他逐漸體認到這些小野蠻人也是人，它們那些病變、腫囊、瘡痂、硬繭、視線模糊的雙眼、扭曲的四肢、髒汙的雙腳，以及髒汗的頭髮愈發讓他感到痛苦難當。他一直想要幫助這些人。

如今，盧洴思佇立於擬真路徑，毗鄰於樹叢與修長弦狀植物的某種噪音挨近他——這些植物如同遙的書法，只是更加碩大糾結。就在這些組成叢林的光怪陸離、擁擠不堪之生命群當中，某個東西發出噪音。盧洴思站立得更沉靜，記起珈藍。

當時他歸化於小野蠻人的部族，了解這部族正在進行狩獵。它們瞥見一抹閃耀著金色光點的芒澤。某個男人低聲說了一個字，珈藍。當他從模擬實境出來，盧洴思記得這個字。他設法查閱這個字，但沒能在字典找到它。

如今，它從黑暗與渾沌之境冒出來，珈藍。它從路徑的左側走向右側，距離盧洴思數公尺遠。它的形態修長，低沉，毛色金黃且分布著黑色斑點。它以難以形容的柔軟度與技巧行走，以圓潤的四足行走。它的頭顱低垂，伴隨著一長條自身的延展，尾巴！當它再度隱遁回徹底沉默的黑暗之域，尾巴的尖端不住抽搐擺盪。它從未看盧洴思一眼。

盧洴思彷彿被定住般地震懾呆站。這是模擬實境，這是某個程式，他這樣告訴自己；每回當我來到叢林，只要我佇立在這兒一段夠長的時間，珈藍就會從祕徑走出來。倘若我想要，倘若我準備好了，我就可以用我的模擬槍來射擊它。倘若程式包含了「打獵」選項，我就可以殺死它。倘若程式不包含打獵選項，我的模擬槍就無法開火。珈藍會沉默地走出來，同樣沉默地隱匿消失。在它消失的瞬間，它的尾巴蓬勃顫動不已。這裡並非荒野，這並不是大自然。這是無上的控制。

他轉身，走出模擬實境的程式。

在路上，盧洢思遇見正要去健身房跑幾圈的賓笛。「我想要研發某種適用於VR的科技。」他說。

「好啊！」賓笛說。瞬間之後，他咧嘴嘻笑。「就讓我們來搞吧。」

吾等將往何處去？

設定程式，照片集錦，字彙描述——所有關於狄秋的再現都值得讓人萌生狐疑，因為它們全都是科技的產物，人類心靈的產物。它們全都是詮釋。起源的行星無法讓星船居民取得直接的理解。

至於目的地的終點行星的，其資訊甚至比起源行星更匱乏。當盧洢思持續探索圖書館，他終於明白，何以零世代的人們對於終點行星的資訊是如此饑渴。他們根本沒有任何關於終點星的資料。

也就是說，當時在狄秋發現「某個塔拉星模式的星球，處於可企及的距離。」這就是整個探索號星船企劃的全貌。第零代的年輕成員在工具可允許的極限，戮力不休地研究終點行星。然而，無論是光譜分析，或任何直接觀察的法門都無法告知他們，關於這個小型、非自體發光星球體的所有所需知識。在某些元件因素的交互作用，生命以某種普遍性質的樣式湧現，而他們所能奠基的這些元件因素是對於人類非常有利的生存因。但是，同樣地，當盧洢思閱讀某篇太古世代的文章〈吾等將往何處去？〉，只要「新地球」與「地球」之間有些許毫釐的差別，就可能讓這個行星成為人類完全無法居住的地方。倘若人類與在地生命體的化學元素無法相容，「新地球」就是毒物瀰漫之處。大氣層的瓦斯倘若在平衡指數有絲毫差異，人們就無法呼吸在地的空氣。

空氣等於自由。盧洢思如是想。

圖書館員在他鄰近的一張書桌閱讀。盧洢思跑去坐在他身邊，他讓譚老看那篇文章。「這文章的說法並沒有錯，我們的確有可能無法呼吸那兒的空氣呢。」

圖書館員瀏覽了一下那篇文章。「我的話，當然不會呼吸到那兒的空氣啦。」他這麼觀察著說。就在他慣常的句子之間停頓處，譚老解釋：「到時候，我早已經掛掉啦！」他以溫馨、半環狀的姿態微笑。

「我想要發現的是，」盧洢思說：「當我們抵達終點行星，起源行星的人究竟希望我們從事些什麼。是否儲存著指示程式呢，對於這些無窮變數的可能性——？」

「就目前而言，」老男人說：「倘若有這樣的指令程式，它們處於封印狀態。」

盧洢思想要發言，但又先克制自己，等待譚老的停頓點完成。

「資訊總是受到控制哪。」

「受到誰的控制呢？」

「總體而言，這是第零代的決議。再者，這是教育諮詢委員會的決定。」

「為何零世代要隱藏我們終點行星的資訊？那是壞東西嗎？」

「或許，他們的思路是這樣：既然關於終點星的資訊如此稀少，中間世代的人們就無須為此操煩啦。就留給第六代的孩子去探究吧，到時會讓第六代傳送資料回起源行星哪！這是一趟科學性探索的星航之旅。」譚老往上方凝視著盧洢思，臉色漠然寧定。「倘若空氣無法讓人類呼吸，或是那兒有任何別的問題，人們可以穿戴太空服裝出外，也就是以皮層勘測員的形式來探索這個行星。在星船內部生活，在行星表面從事研究。從事觀察，然後將資訊傳送到星球軌道上的探索號，再將這些資料傳回『滴球』。」

譚老花了好一段時間，才把這一大段話給說完。盧洢思的心靈充滿停頓造就的豐饒想像光景，彷彿他正在繪製一本文書：廣渺的航線明晰顯示，速度愈發緩慢，逐漸逼近某一顆行星。星船的世界環繞著碩大無倫的行星世界。穿著皮層勘測服的微小形體湧入叢林……栩栩如生，不可能的光景。這是虛擬非實境。

「傳回去？」盧洢思說：「回去是哪裡？我們當中沒有誰真正來自狄秋。回返或前行，這兩造有何差異？」

「在是與不之間有多少差異？在好耶與壞壞之間有怎樣的差異？」老男人說，讚許地望著盧洢思。然而，他的眼底居宿著某些盧洢思無法解碼的東西。這是憂愁嗎？

盧洢思明白譚老這句引言的意思。星與她的爸爸遙都是第三代譚的弟子。譚老不僅是一個圖書館員，也是中國古典文學的研究學者。而且，星、遙與譚老三人都是《古龍長耳朵》的書迷。在第二象限成長，盧洢思三不五時聽到這本書句子被誰誰引用，直到他基於自我防衛的心態，找到翻譯版本來閱讀。最近，他再度重讀這本書，試圖搞清楚自己究竟可以讀懂此書的多少部分。劉遙將這本書以古老中文字體悉數複製重寫，花了他整整一年的工夫呢。「只是想溫習書法啦。」他這樣說。凝視那些神祕繁複的形體從遙的書法筆刷絡繹湧出，盧洢思無比動容，受到感動的程度遠比他被那本看似可理解的翻譯文字書所感動。彷彿，並不刻意追尋理解，就是通往真正理解的途徑。

流通循環

紙張從米草製成，是非常珍罕的玩意。很少有人用手寫來書寫。遙取得官方同意，能夠運用數公尺長的紙張來從事他的書法複印版本，但他不能夠長期讓這些紙張流傳。他會送某些祈安朋友一些紙頁，他們則把這些紙書寫掛在牆上欣賞一陣子，然後讓紙張再生循環。倘若不是最重要的人造物，任何東西的壽命都不會超過數年。無論是衣服，藝術品，紙張書複本，玩具，它們全都回歸循環，有時候會伴隨著哀悼的典儀，像是一場為了心愛娃娃舉行的葬禮。當元件必須進入再生循環所，祖父所繪製的畫像可能會複刻於電子記憶銀行。藝術品是實際、無常，或是非物質性的事物——諸如婚禮穿著的襯衫，身體彩繪，某一首歌曲，全向網絡刊登的某篇故事。循環體系相當殘忍無情，居住於探索號星船的人們就是他們自身的赤裸原料。他們擁有一切所需，但他們無法保存任何事物。如此形態的世界只有一種貧困形態，也就是牽絆於無用物體的失落，或是能量與物質造就的廢料；要不就是喪失，不然就是排出星船體外。

又或者，就長期的視野而言，這些物質就是由熵回收。

許久許久之前，某個皮層勘測員正在修復船艙下層的某個輕微擦傷。他將合金槍丟給數公尺遠的同伴，但這位同伴失手沒有抓好。關於這枝佚失合金槍的電影故事在第二年級的環保課堂上激起一段戲劇性的時光。當這枝合金槍溫柔地迴轉、擺盪於星體之間，愈發遠去，孩子們發出恐怖的驚叫聲：看，看那邊哪，它快要飄走了！它會永遠飄走了！

星體的光芒讓星船世界為之移動。氫氣接收器餵食那聚焦小的核融合反應爐，用以維持所有的電力與機械系統；同時，讓探索號星船持續高速航行的佛朗斯諾加速器，電力也是經由反應爐供應。外界所能影響這座小世界的素材，唯有星塵與光子。除了氫原子，探索號星船並不接收任何外物。

在探索號星船內，它是全然自給自足、自我更新的狀態。每一枚由人體削落的細胞、每一絲從纖維或軸承掉落的塵埃、每一顆從肺部或葉子產生的氣泡，這些全都納入過濾器與回復器，儲存起來、重新組合、再度使用，重新拼砌、再生。整體系統處於絕頂平衡狀態。星船內儲備著緊急狀況需要的資源，但尚未使用過。至於譚老提及的那座「無法取代的供應器物店鋪」，裡頭儲藏著某些裸始材料，某些無法由星船體系複製的高科技組件。這是令人驚奇的小型儲藏量，按照兩種目錄來存放。在這個自體密閉的系統之內，熱力學第二法則所滋生的效應幾乎縮減到全然闕如的地步。

所有的事物都被仔細考量，照料，提供。生命所需的一切都無所缺。我為何會在此地？我為何在？關於生命存在的理由，生之緣由，第零代也試圖供應。

對於這些在兩百年間旅程內生死循環的中間世代而言，他們的生之緣由就是好好活著，讓星船保持良好的秩序，同時為星船孕生下一個世代的生命。於是，星船得以完成自身的使命，也就是全體成員的使命——對於此使命而言，每個人都是不可或缺的存在。對於第零代這些地球原生體而言，這個目的是無與倫比地重要。它等同於發現新事物，探究這個宇宙，科學性的資訊，知識。

然而，對於生活在這個密封且完整的星船世界人們，這些是毫無相關性的知識，無用的知識，沒有意義的知識。

他們為何需要去知曉他們不需要知曉的知識？

他們知道，生命就在星船的內部：光芒，溫暖，呼吸，伴侶。他們也知道，外界一無所有。外界是空曠與死亡——沉默、轉瞬間、絕對的死亡。

症候群

「感染性疾患」是你會在那些歷史圖檔讀取或觀看的猙獰玩意。在每個世代，星船上的人們有幾個會罹患癌症，某些人的器官系統會出現失序，小孩折斷手，運動員練習過度而受傷，心臟或別的器官出問題或衰竭。細胞遵循它們的原初程式：老化，死去。同樣地，人們也逐漸老化，最後死去。身為醫生，非常重大的責任在於讓病人盡量走得安詳舒適。

直到天使眾出現，天使甚至豁免了醫生這等職責。他們強力進行「正面樂觀死亡」的歷程，讓死亡成為虔誠的公社演習，引導臨終者進入催眠導致的冥想境界，吟誦音樂，並實施各種安撫技術。死亡本身會由迷眩的絕頂狂喜來擁抱。

如今，大多數的醫師只需要處理妊娠、生產，以及臨終過程。「來得容易，走得容易。」「重大疾患」等同於某種教科書字眼。

然而，不時會滋生某種症候群。

就在第一代與第二代的歲月，許多男性到了三十出頭或四十多歲，開始出現某些病症，像是紅疹子，陰鬱昏沉，關節疼痛，嘔吐，虛弱，無法集中注意力。這組症候群被標籤為ＳＤ，也就是身心症憂鬱。醫師的說法讓這些症狀合理化為心因性的狀況。

由於要因應ＳＤ症候群，某些特定的專業工作必須呈現性別分工。某一項提案出現，人們得要討論並投票：讓男人去從事所有的結構維護，以及皮層質地的勘測維修。最後一項——修補並更新星船世界的皮膚與真空相互接觸所在——是唯一需要直接曝露皮層的工作，也就是來到星船外界。

人們滋生強烈的抗議。所謂的「勞動分工」或許是所有權力失衡機構所設計的最古老且最深沉創始地基。難道說，那種非理性、遐思性質的處方與禁制結構要在星船世界重新興揚？必須以可能喪失生命的危殆勞動為代價，為的是保存神智清明與人格平衡？

這些討論在中央委員會與象限例會持續好長一陣子。對於性別分工的主要論證在於，因為男人無法生養小孩，他們需要某種彌補性的重大職責，勇猛運作他們較大的肌肉力氣，同時，這些勞動能夠讓他們的荷爾蒙相關好鬥屬性與好炫耀的特質得到補償。

許多男人與女人都認為這種論證根本就對不住「論證」這個字。不過，為數更眾多的人們認為此說法頗有說服力。於是，公民投票確認，皮層勘測職業專屬於生理男性。

過了一個世代之後，此安排甚少被質疑。此設定的公開合理化論述在於比起女人，男人是較為禁得起報廢銷毀的消耗品，所以就讓男人去做危險的職業吧。其實，根本沒有誰因為從事皮層勘測而死掉，甚至沒有任何人感染到高危險性的輻射劑量。不過，險惡的感觸讓這種潛規則顯得華麗。活潑且運動員體格的男孩自願擔任皮層勘測員，志願者的數目遠超過所需的人員數目，於是皮層勘測這一行擁有定時培訓的龐大後備軍。從事皮層勘測的男性穿著方式非常獨特，他們穿著褐色迷彩短褲，佩戴著精細繡製的黑星體袖章。

於是SD症候群下降到非常稀少的感染比率。某些人將下降緣由歸功於皮層勘測職業的設定，某些人則不這樣認為。

第三代則面對著高比例的自發性流產與早產死胎，迄今毫無合理的解釋。幸運的是，此現象只維持了數年之久。這段時期造就的是高齡懷孕與雙孩童家庭，直到人口替換率回歸標準指數為止。

到了第四代與第五代，某種可能有關連性而且更造成身體衰弱的症候群爆發。此症候群經過診斷，但並無有效的解釋，標誌為TSS，皮層敏感症候群。症狀包括不時發作的疼痛與極端的神經性敏感。罹患者避開人群，無法在餐館吃飯，抱怨他們觸摸的東西都會引發疼痛。罹患者使用墨鏡、耳塞，以短襪遮蓋雙手與雙腳。由於並沒有解釋或治癒方法，預防此症候群的迷思與民俗療法絡繹與盛。由於第二象限TSS患者甚少，於是人們效尤祈安的飲食風格——諸如米飯，豆漿，生薑，大蒜等。隱居形式的生活似乎可以紓解痛苦，所以某些TSS患者試圖阻止他們的小孩與同伴聚會玩耍，或是去上學。不過，此時法律機構就出面干涉了。憲法規章明文書寫，教育委員會也強調，親代的抉擇不容許損害孩童的福祉與社區的利益。於是，孩子們去上學，沒有遭受到病害影響。在中學生群，墨鏡、耳塞與短襪是某段時期的流行，但是此症候群並不怎麼擴及二十歲以下的人們。同時，天使們宣稱，實踐狂喜的人士都沒有罹患TSS呢，所以是有效的規避路線。你所需要的就是以狂歡來消弭TSS！

天使們的祖先

零代的金是零世代最年幼的成員。在星船啟航時，她才十天大。

零代的金是個能力強大的議員，在議會馳騁風雲多年。她的天分在於組織、維持秩序。她是個堅定公正的議事官員。那些祈安人稱呼她為「女性版的孔夫子」。

她有個晚年才出生的兒子，第一代的金．鈦瑞。她的兒子生活於朦朧之境，不時出現肉身性的抑鬱發作。金．鈦瑞從事的職業是小學教育節目的視訊工程師，直到金真於星船曆七九年去世為止。金是最後一名的零世代成員，也就是土生土長的地球原住民。她的逝世被視為某種盛大事件。

為數眾多的人們參與金真的葬禮，幾乎讓神性割地無法全然容納的繁多人數。典禮經由視訊頻道在星船全境播放。幾乎全星船的人都觀看了這場葬禮，並且見證了某個新宗教的誕降。

宗教與國族

星船使用的憲法規章清晰地規定，宗教與俗世政策的全然分離。第四條規章列舉現行於歷史、數量繁多的單神教，包括在探索號星船正在籌備時期，控制地球上許多主導性政府機構的那個宗教。任何嘗試「過激或幽微地運作單一宗教性的原則或信條，諸如猶太教、基督教、伊斯蘭教、摩門教，或任何宗教性的教條與機構，企圖影響選舉的運行，或是立法性政體的遴選」，將會受到某個臨時動議委員會以宗教性言論操縱的名義加以審查。倘若審查的結果證實其疑慮，被指控者將可能受到公開的嚴厲譴責，失去公職，或甚永久不得進駐任何具備政治性權責的職位。

在較早期的世代，人們對於第四條法規提出諸多挑戰。雖然那些星船的計畫運籌者有意識地想以自身界定為科學性的公正中立性來選拔探索號成員，他們本身的單一神教傾向讓自身的理解性被侷限於單一性模式，這等模式早已密不可分地鑲嵌於他們的科學理念。他們原先預期的是，在這樣一個刻意挑選、充滿歧異多重屬性的群體，演練彼此之間的信仰相容是某種必要性，而非美德。然而，在第零代的人們當中，經過數年的太空航弋，某些向來不怎麼思考過宗教、或純粹視宗教為某種抵觸物的星船成員，竟開始自我認同為摩門教徒、穆斯林教徒、基督教徒、猶太教徒、佛教徒，或是印度教徒。在這趟突兀、全然難以回返的漫長行旅——這趟自我放逐於地球本體與每個地球生命的旅程，經由上述宗教演練的過程，這些信徒赫然發現，宗教性的羈絆與實踐讓他們得到了亟需若求的慰藉與支持。

秉性純淨的無神論者被這波風行草偃的虔誠信教熱潮給激怒了。基本教義派以宗教之名進行淨化的實質恐怖記憶與無數以上帝之名進行種族屠殺的歷史憑證，很難不讓這些公共性的一神教崇拜籠罩濃重陰霾。折衷主義者開始透過自身的影響力，進行協調化解。許多指控甚囂塵上，挑釁四起。審查宗教言論操縱的臨時評議會不斷召開，然後又再召開。

然而，零世代之後的幼生世代並沒有放逐於地球之外的經驗。他們出生於星船，生活於星船——他們的雙親亦然。再加上跨族裔交配模式，這樣的結果讓祖先祭祀顯得毫無相關性。對於某個猶太教長老會成員而言，要如何選擇適當的清教徒派系變成異常困難的題目。然而，放棄某個彼此不搭軋、毫無相容性的「遜尼宗派—摩門教派—印度梵天教派」的自以為是混雜體，卻是不怎麼困難的任務。

當零世代的金逝世時，第四條規章已經很久沒有被召喚現身。人們還是會採取宗教實踐，但沒有宗教性機構。這些實踐屬於私人或家庭內部，例如某些人坐禪或演練內觀、為了取得指引而禱告，或從事禮讚。某個家庭會慶祝耶穌基督的誕生，或是印度教象頭神的仁慈慷慨，或是逾越節——選擇於沒有月份之年度的可能恰當時日來進行。在所有的祭典儀式當中，葬禮向來是公開進行的儀式，它最可能將宗教性的本色與典儀帶入場景。運用古老語言撰寫的美麗字句得以被講述，哀悼或慰藉的典祭得以讓人們在場見證。

葬禮，以及狂喜的誕生

第零代的金是個軍事系無神論者。她有句名言：「人們不需要上帝，彷彿一個乳臭未乾的三歲小鬼不需要電鋸！」在她的葬禮上，人們精細誠敬，設法不讓儀式沾染超自然色彩，或是引用那些神聖經書。人們給予短暫的致詞——某些致詞並不夠短暫——倡言零代的金長老對於自身與每個人生命的影響，她的神奇魅力、她清廉耿直的人格，她那股強大、實際、彷彿親代對於未來世代們的呵護。人們飽含豐沛的感情，描述零代金的死亡是最後出生於地球之人的逝世。當創建者的任務終於終於得以完滿實現，在場這些葬儀參與者的後代子裔將會活著迎接最後的歸宿。金真的精神將與這些後裔長在。

最後，如同慣常的習俗，逝者的孩子起身給予最後的祝禱演說。

第一代的金．鈦瑞來到人們前方的講臺。全相視訊錄影記錄著他母親的靈柩景觀，色調素白。金．鈦瑞的姿勢身段充滿張力與自身的意念。對於那些認識他的人來說，他看起來徹頭徹尾地改觀，變得更從容，平靜。他的演說並未淚眼潸潸，聲調並未抖瑟。他凝視著群眾，他們占據了整片舉行葬禮所在的神性割地。「他看起來熠熠發亮！」事後，人們如此追溯評論。

「最後一位出生於地球母星的人已經逝世。」金．鈦瑞的聲音清澈有力，讓在場許多人聯想起他的母親，零代的金是個優異的議會演說者。「她已然抵達榮耀之所在，而她的身體是一具光榮的餘留陰影。在這兒的我等，我們從自身的肉體行旅，離開肉身，抵達靈魂的場域。我們是自由者。我們全然掙脫了黑暗、原罪與地球的縛繫。透過未來的廊道，我在此時此地將此訊息傳達給各位。我就是訊息傳遞者，也就是天界的使者。而各位，各位都是天使。你們是被遴選者。上帝選擇呼喚各位，呼喚各位的名字。各位都是受祝福的人，聖性的存有，神性的靈魂，被上帝召喚，生活於永世狂喜。如今，我們唯一的使命就是認識自己究竟是誰，我們是天界的居民。也就是說，吾等皆為受祝福者、天界出生者，被選為永恆旅程者。我們，我們當中的每一個人都是聖神者，活在狂喜，且死於更崇高的無邊狂喜。」金．鈦瑞舉起手臂，以充滿尊嚴的姿勢祝福震驚無聲的在場群體。

接下來，金．鈦瑞繼續演說了二十分鐘。

「絲毫沒有受到悲慟的罣礙。」當葬儀參加者離開神性割地，或是關上視訊頻道，他們如是評議。尖酸的聲音回應道：「或許是充滿釋然的解脫呢。」不過，許多人討論著金．鈦瑞賦予他們內心的意念與意象，感覺到他給予了某種自己向來饑求若渴但毫無自知的事物，或是早已感受到、但無從發聲啟齒的東西。

成為天使眾

那場葬禮堪稱紀元盛典。如今，惦記起源星球的人們悉數逝世。還有什麼理由可以證成，起源行星還記得星船的人們？當然，他們總是按時傳送探索號進展的無線電波訊息回報起源星，這是在憲制規章強調的指令。但是，在那個星球可有誰傾聽這些訊息？

「真空的孤兒們」，這首由第四象限的奴比特家吟唱的旋律優美哀戚歌曲，轉夜間成為風靡全星船的作品。而且，人們熱烈討論金．鈦瑞的演說。

他們來到金的居家空間，想要與他談話；某些人非常關切，某些人顯得好奇。接待他們的是一對伴侶，分別是第二代的派特爾．吉米與第二代的龍．奧子，也就是金的隔壁鄰居。鈦瑞正在歇息，這對伴侶如是說，但今天傍晚他會舉行演說。當鈦瑞在神性割地舉行演講時，你們可有感受到那股蕩漾的美好感受？這兩人問訪客們。你們可曾注意到鈦瑞變得多麼判若兩人？我們目睹他的變化，這兩人說，見證他變得愈發充滿智慧，光彩洋溢、優雅流暢。來聽他說話吧，傍晚他會舉行演說。

某一段時間，參與鈦瑞的狂喜演說成為風行草偃的熱門時尚活動。某些關於狂喜儀式的玩笑出爐，無神論者嚴厲狂嘯，指控這些歇斯底里的禮讚教派與自大狂偽君子們。接著，某些人逐漸忘卻這些，某些人則是毫不間斷地持續造訪金的居家空間，年年月月的週期如常，參加金、吉米與奧子主持的傍晚聚會。人們開始在自家的空間舉行類似聚會，舉辦狂喜饗宴，吟唱歌謠、從事冥思，稱呼自己為狂喜之友，或是，天使。

當這些金．鈦瑞的追隨者開始讓自身的親族名號——天使——浮出水面，諮詢委員會內部興起強烈的反感與討論。天使眾表示同意，認為如此的族群認同會導致潛在的分離主義。鈦瑞告訴他自己的追隨者，切勿與大眾的意志對立。「因為呢，無論是否自己知曉，我們不都是天使嘛？」

奧子、吉米與吉米的小兒子陰歡愉與鈦瑞、鈦瑞的母親同住在共同的家居空間。他們引領著夜間聚會。逐漸地，金．鈦瑞愈發不食人間煙火。在早先的年代，他會不時在第一象限圓環或是神性割地舉辦的聚會發表演說，但隨著歲月荏苒，他愈發鮮少出現在公共場合，只有透過視訊渠道與他的追隨者溝通。對於那些來到他居家空間參加聚會的人們，金會短暫現身，祝福並鼓勵他們。不過呢，他的追隨者堅信，比起金的天使形態，他的肉體現身與否並不重要，因為天使形態恆常持續，但肉身物質會讓狂喜染上黑暗，令靈魂的需求被阻擋混淆。「我所行走的廊道並非這些現實的路徑。」金如是說。

金死於星船曆一二三年。他的去世造成熱烈的歇斯底里哀悼，結合著慶賀儀式。因為，金的追隨者堅信金的信仰教條、經由他的天使傳人派特爾．陰歡愉所詮釋的實質所然。他們額手稱慶於他的逝去，因為他看似死亡，實則進入了真實永在世界的重生。星船就是通往永世所在的法門，也就是成就狂喜的交通工具。

在他的雙親與金分別逝世，派特爾．陰歡愉獨居於金的家居空間。他在那兒舉辦聚會，進行家居禮讚，透過全相視訊發表演說，編纂並流通稱之為《通往天使眾的天使》之冥思箴言合集。派特爾．陰歡愉是個擁有強大才智、野望與奉獻熱情的男人，而且具備組織動員的天才能耐。就在他的領導下，狂喜教派變得不那麼毫無章法又狂迷無序；事實上，如今這是個相當穩定的聚會組織。他不鼓勵追隨者穿著特製服——例如男性穿的非染色短褲與恪塔長衫，女性穿著的白衣與頭巾。派特爾．陰歡愉說，難道我們不都是天使嘛？

誠然，在他的帶領下，愈發眾多的人們加入天使陣營。就在第二世紀的前幾十年，認同自己為天使的改信者數目促成了第四條款的宗教信條操縱聽證會，關於某個團體指控派特爾．陰歡愉正式塑造了某個宗教典儀，並且將金．鈦瑞視為神般地崇拜禮讚，此舉將會威脅到俗世的威權。中央諮詢委員會從未真正組成評議會，好生調查這項指控。天使們如此堅稱，雖然他們將金．鈦瑞視為導師與引路者，但並未把金提升到比任何成員更高級神聖的地位。難道我們不都是天使嘛？此外，派特爾．陰歡愉誠摯懇切地論證，狂喜儀式的實踐並未與現行政策或政府體制相衝突，而是在任何特定層面都不遺餘力地支持行政體制。因為，塵世的法律與道統就是狂喜的法律與道統。探索號的憲政條文是神聖的典誌，生活於星船就是狂喜經歷本身——藉由喜悅的有限生命引領，通往不朽的真澄現實。「完美律法的追隨者怎可能會不遵從律法呢？」派特爾．陰歡愉這樣反問：「為何這些享有天使性秩序的人們會尋覓亂象呢？為何這些天界的居民會想要尋找別處或別的生命之道呢？」

事實上，天使眾都是超級優秀的公民呢。他們在各種公民義務勤奮活躍且充分協力，不時參與社區義務勞動，有些天使則是勤勉的評議會員與中央委員會成員。事實上，在那個時段，半數以上的中央委員會成員都是天使。他們並不是第一級的熾天使或大天使，如同那群最接近派特爾．陰歡愉的小圈圈被那般暱稱。但是，這些人都是日常性的天使成員，他們只是喜歡狂喜儀式所帶來的寧靜與美好同伴情誼——對於絕大多數人而言，如今這些都是熟悉不過、可被接受的生活元素。對於狂喜教派的信仰或實踐會在任何層面逆了道德、成為天使等於成為叛徒等念頭，如今都被清楚地認定為無稽之談。

派特爾．陰歡愉已經邁入七十大關，但還是無可動搖地活躍於前哨。迄今，他依然居住於金的家居空間。

內部，外部

「是否，有兩種不同的人……」盧洢思告訴星。接著，他暫停的瞬間如此漫長，星清脆地回答：「沒錯。更可能有三種人。膽識強大的思想家還推測過，甚至可能有五種人呢。」

「不是啦，只有兩種啦。就是，可以把舌頭捲成一條管狀的人，以及辦不到的人。」

星對著盧洢思吐舌頭。打從六歲以來，他們就知道盧洢思能夠順利將他的舌頭捲成一條管子，並從隙縫吹口哨，但是星辦不到。這是基因排列所造成的差異。

「某一種人，」盧洢思說：「他們擁有某種匱缺，某種需求，必須服用特定的維他命。另一種人則否。」

「所以勒？」

「維他命信仰？」

星陷入沉吟。

「這就不是天生的基因排列所造就嘍。」盧洢思說：「這是文化建構，後設的有機屬性。但是，它們各自成立，這些特質與新陳代謝缺陷同樣地真實且確切。人們要不就需要信仰，要不就是不需要。」

星依然沉浸於思量。

「那些需要信仰的人並不相信，世上竟存有不需要信仰之人。他們拒絕相信，這世上就是有非信仰系的人們。」

「那麼，希望呢？」星忐忑遲疑地問。

「但是希望並非信仰。希望是某種與現實焊接耦合的東西，即使希望時常顯得不那麼寫實性。信仰則會對於現實感到不屑。」

「你說得出來出來的名字並非對的名字。」星說。

「你行走的廊道並非對的廊道。」盧洢思說。

「所以，信仰本身會造成什麼樣的傷害？」

「將現實與非現實混淆為一體是很危險的事。」盧洢思迅速回應。「像是混淆慾望與權力，自我與寰宇。這是絕頂危險的事。」

「歐歐歐。」星對於盧洢思誇張的說法扮了個鬼臉。「是否這如同鈦瑞的母親所言：『人們需要上帝，如同乳臭未乾的小鬼需要鍵殺。』鍵殺是啥玩意？我不知道耶。」

「某種武器，或許吧。」

「在她成為熾天使之前，我偶而會與羅沙一起去參加狂喜儀式。我的確頗喜歡這些儀式，像是歌曲。當他們讚美事物，你知道的，就是那些普通的事物，他們說你的所作所為都是神聖之舉。我不知道呢，其實我頗喜歡這樣子。」星說，有點自我防禦。盧洢思點頭贊同。「但是，當他們開始閱讀那本書上的怪玩意，像是『旅程』真正攸關著何等任務，『探索號』真正的意義是什麼，我就開始滋生幽閉恐懼症。基本上，他們的意思是說，外界一無所有，宇宙的一切都在星船內部。這真是太瞎了！」

「他們是對的。」

「喔？」

「對於我們而言，他們算是對的。在星船之外別無他物，唯有真空，塵埃。」

「可是，星星們——還有銀河們！」

「這些是螢幕上的光點。我們無法碰觸它們，無法企近它們，我們沒有誰可以做到，至少不是在我們這一輩子。我們的宇宙就是這艘星船。」

這說法熟悉到顯得陳腐，但又如此奇怪，這讓星感到很不安。她陷入沉思。

「而且，在此的生活很完美。」盧洢思說。

「是這樣嗎？」

「此處的充滿和平與豐饒，光與溫暖，安全與自由。」

是啦，當然啦，星想，而且她的面容彰顯出她的思緒。

盧洢思繼續進逼——「你研讀過歷史。你知道那些浩劫苦痛。零世代的人們可有誰的生活與我們同等品質，或是及得上我們的一半好？他們的生命大多時候處於恐懼，處於痛楚。他們活在無知之境。他們為了金錢與宗教自相殘殺。他們死於疾病、戰爭與糧食短缺。這些場景彷彿是『內城市兩千年』或『叢林』等遊戲程式活脫脫演出的劇情。那是地獄般的生命。而此處就是天界。鈦瑞天使是對的。」

星對於盧洢思蒸騰的張力感到困惑。「所以呢？」

「所以，難道我們的先祖就是要將我們從某個地獄送到另一座地獄，抄捷徑取道天界？你可從那樣的論證看出潛在的危險性？」

「嗯。」星這樣說，考量盧洢思使用的隱喻。「嗯，對於第六代而言，這大概會顯得有些不公平，但這點對我們而言根本就沒有差別。到了抵達終點星的時候，我們已經老態龍鍾到無法進行皮層勘測嘍，我是這樣覺得啦。雖然我還是想要雙腿抖顫地到室外瞧瞧，即使那是另一座地獄。」

「這就是你並非天使的緣由啦，因為你接納著我們的生命、我們的行旅除了自身之外，還有別的目標。也就是說，我們的確有個終點星站。」

「我是這樣啊？我不覺得耶。只是我有點希望我們真的有個終點星。來到他方會是很有意思的哪。」

「然而，天使們相信，外界空無一物呢。」

「那麼，當我們抵達欣狄秋時，他們可要準備大吃一驚嘍。」星這樣說：「然而，到時我想我們全都會大吃一驚……好啦，我得去製作卡納樊指派給我的圖表作業，到時在課堂上見嘍？」

當星與盧洢思進行這場對話時，他們是大學二年級的學生，時值十九歲。他們可不曉得，大二學生總是在討論信仰與非信仰，以即所謂的存在目的喏。

來自地球的話語

在第一象限與第四象限，有些學派在討論解碼地球相關的訊息，尤其是那些顯著的衝突，像是明顯的哲學宗教思惟論戰，或是國家族裔之間的征戰。這些爭論與戰役（以阿拉伯文）被稱呼為「真實的追隨者與正宗的追隨者」。上千萬的狄秋人口——傳遞的訊息符碼顯示為上兆人口，但這應該是傳輸過程的符號扭曲使然——總之，就是數目繁多的狄秋人相互殘殺，原因竟然是信仰或思惟的差異。在探索號星船，人們會對於理念、信仰、衝突等議題展開暴烈的爭論。這些爭論可以進行上好幾十年之久。但是，沒有誰會因為這些爭論而死。

到了第三世代與第四世代，從狄秋傳來的訊息內容變得艱澀難解，只有從事這方面的人士會緊密追隨、閱讀這些訊息。大多數的星船人們不再留意狄秋的訊息。倘若在狄秋發生了重大莫名的事件，某人應該會注意到，而且，無論人們有無留意，傳送來的訊息都會好好儲存在檔案窖呢。或許該這樣說：人們都以為它們都妥善地被儲存在檔案窖裡。

第四代的卡納樊·博司

當星來到大學註冊處，準備登記她的大一課程，她赫然發現導航學的教授，第四代的卡納樊·博司留下指示，說她可以跳過第一年的初級導航學，直接修第二年的課程。「倘若我根本就不想修導航學呢？」她質問註冊登記的職員，對於那高傲的指示感到惱怒。然而，她同時感到被讚賞的喜悅。很顯然，卡納樊·博司有留意到星在中學時代的數學與天文課程成績，而且很注意她。於是，她還是修了導航學第二級。

導航是非常受到敬重的職業，但並非絢麗花俏的行業選項，不像是皮層勘測師或是內部演藝人員。對於許多人而言，導航這概念顯得有點威脅性。他們嘗試如此解說：對於別的職業來說，你可以犯錯，而且當然這個錯誤會造成麻煩（任何在玻璃器皿內部造成的錯誤都會影響到玻璃器皿生態的一切！），但是就大氣控制或導航之類的職業，只要微小的疏失就會傷害或殺死人，殺死很多人。

系統內部充滿的備份、防禦失誤、多餘元件等等以應不時之需的玩意，但是對導航而言，很恐怖的是沒有防禦失誤這種設計的可能。當然，電腦照說是毫無失誤性可言，但它們必須由人類來操作。

航線系統必須三不五時地重新調節。導航員所能做的就是永無止境地檢查再檢查自己的演算，檢查再檢查電腦的演算與操作，檢查再檢查輸入與回饋，檢查再檢查有無失誤，而且沒完沒了地永續檢查再檢查。倘若這些演算與操作系統彼此吻合，倘若一切都檢查完善，那就不會有狀況發生。你就是終其一生地檢查再檢查。

導航這行業的魅力，大約與計算病毒差不多，後者也是個不受人歡迎的職業。而且，要成為一個導航員所需的數理天分與訓練是非常駭人的程度。沒幾個學生會選修必修第一年之外的導航二，更別說將它視為日後的專業主修。如同他的某些學生所言，第四代的卡納樊．博司總是目光如炬地尋找候選人，或者說是受害者。

導航這個職業的不受歡迎有部分肇因於它導致的深層不適，也就是它必須處理的項目——航行於真空的旅程，星船的絲毫律動，星船的航線與目的地。然而，鮮少有人談論這些。但是，星偶而會思考這些議題。

第四代的卡納樊．博司大約四十多歲，身材嬌小，背脊挺直，有一頭亂糟糟的黑髮與坦率、不假辭色的面容。他長得很像照片庫的那些禪宗導師，星這樣想。他與盧泙思算是親戚，是半個表親。有時候，星會在他身上看到兩者的類似處。課堂上的卡納樊．博司態度粗暴、毫無耐性，無法容忍失誤。學生抱怨四起，只要你在電腦模擬作業犯下某個小失誤，卡納樊．博司就把這份工程給丟棄，這是花了好幾小時的成果耶！「一文不值！」卡納樊．博司當然是個傲慢且執迷的傢伙，但星會在人們控訴他是個瘋子時為他辯護。「這不是他的自大狂使然。我不認為他有什麼自我，他只有工作。而且，這份工作的確要求零失誤。我的意思是說，倘若我們太接近某個重力沉降圈，無論是以秒或公里計的失誤，會有什麼差別哪？」

「好吧，可是毫釐的誤差應該不會怎樣吧？」明說，他剛辛苦做好的一張星船導航圖表被嗤之以鼻為「分文不值」，然後被刪除。

「此時的毫釐，就是十年後的秒差嘛。」星顯得有些偽君子地辯護。她看著明翻了白眼。她並不介意。其餘的人們似乎都不明白，他們不覺得卡納樊．博司的工作有何刺激之處，那種讓工程毫無瑕疵的悸動。並非近乎無誤差，而是完全無誤差。完美。這樣的工作非常美麗，充滿抽象性，但也非常人性，甚至非常謙虛，因為你的思緒無關緊要。而且，你不能毛躁求快，你得要讓所有的細節都精緻無缺，照料所有的小細節，為的是成就偉大的工程。這是有規則可循的志業，你必須經常、毫無間斷、警醒敏銳地給予全然注意力，好讓航道保持精確。這工作無關乎你的意願或意志，而是遵從必須被遵從的法則。保持覺醒，無時不刻地警覺，保持核心。天體導航也就是朝向天界的航弋，通往無限的航程。透過導航，只有唯一精確的航線。

到了第三年的導航學，卡納樊．博司照例會提出這樣的問題當成作業：倘若電腦必須關閉維修五秒鐘，運用以下的程式與演算數值，在沒有電腦輔助的情況下算出這五秒該有的航線。學生通常會弄個幾小時就放棄，或是弄個好幾天，然後當作浪費時間的活動而棄守。星一直都沒有把作業交回給老師。到了學期末，卡納樊．博司要求她交作業。

「但是，我想要在假期繼續演練這課題。」星回答。

「為什麼？」

「我喜歡電腦演算，而且我想知道我究竟可以玩的極限是多久。」

「到現在為止，多久了？」

「四十四小時。」

他的點頭讚美是如此的輕微，幾乎等於沒有點頭。然後，他轉身離去。他是個沒有好生表示嘉許能耐的人。

不過呢，他倒是有能力可以享受愉悅，而且對著他認為好玩的事物開懷嘻笑，尤其是單純的事物、滑稽愚蠢的事物，笨拙的閃失。他的笑聲嘹亮，彷彿孩童的那種哈哈大笑！在他笑夠之後，通常洋溢微笑著說：「蠢啊，真是蠢哩！」

「他真的是個禪宗導師耶。」在點心鋪子，星告訴盧泇思：「我的意思是說，貨真價實地。他的坐姿也是修禪模樣。他清晨四點起床然後坐禪，整整三小時。我真希望自己也可以這樣修煉。但這樣的話，我得在晚上十點就入睡，這樣我什麼都做不完的啦。」她留意到盧泇思缺乏回應，於是說：「最近你的擬像屍體怎樣啦？」

「它降級為一具擬像骷髏了。」盧泇思這樣回答，但他看起來還是有些心不在焉。

在他們三年級時，大學部的學生得選好自己的專業主修。星的主修是導航，盧泇思則是醫學。他們現在沒有任何共同的課程，但是他們會天天在點心鋪子碰面小聚，或是在健身房，或是圖書館。這段時間，他們不再造訪對方的部屋。

玻璃器皿之內的性愛

情人們無法遠走高飛。（「高遠之處」是在哪兒？）情人們的聚首是公共議題。你的生殖能力是非常重大且迫切的社會利益與關注。對於已經成長的人們，避孕藥劑會保證在每二十五天注射一次；成人的意思是指初經到來的女孩，以及由醫護人員取決、判斷已經成年的男孩。倘若你竟沒有在應該的日期與時段到診所報到、接受避孕注射，接下來就是茲事體大的公開尋人活動。診所的人員會到處奔走，來到你的居家空間、你的課堂、你的健身房、你的居住區域、你所屬的居住廊道，清晰洪亮地宣告你的名字與你的犯行。

在以下的條件與法則，人們可以選擇不去實行避孕注射：已經絕育者、月經停止的人、表態自己是絕對禁慾或絕對同性戀傾向的人們，或是有意要生育小孩的人——這兩名生育夥伴必須正式表達自己的意圖。倘若某個女性並未遵守禁慾宣稱、或是她與任何一位並非締結生育宣言的男性從事性行為，因此懷孕，她可以接受事後的流產注射。不過，如此她與她的性愛伴侶就必須遵照常態的避孕注射程序，起碼遵守兩年。並未得到官方許可的懷孕，必須實施流產。在你接受教育的過程，老師會將這等殘忍無情的規章法則的社會性與基因性緣由解說清楚。不過呢，倘若你能夠將自己的情慾生活保持絕對的隱私，這些理由就都不適用了。問題是，你無法保有自己的情慾隱私。

你的廊道鄰居知情，你的家人知情，你的居住區域知情，你的祖先知情。你居住的全象限都知道你是何許人也、你在搞些什麼、與誰一起搞。而且，他們暢快談論這些。羞恥心與榮譽感是相當有力的社會驅動引擎。倘若將這兩者聯繫強化至公共性與理性化的需求，而非聯繫於充滿階級性位階的幻想、宰制的意志，羞恥心與榮譽感可以讓某個社會保持漫長的穩定狀態。

到了青春期，你可以搬離雙親的居住空間，在另一個廊道、甚或到另一個區域選自己的獨居單位，就連更換象限也可以。然而，這還是老樣子。你新的居住廊道、區域、象限的左鄰右舍還是會知道誰進出你的房間。這些八卦的傢伙觀察力強，趣味盎然，興致勃勃，充滿好奇，大多數都沒有惡意，而且總希望能窺見點色膻腥好物。而且，他們會彼此喋喋不休交換情報。

瓦區——或稱為瓦倫地域的地方——是許多年輕人搬離雙親家居空間後的首選。這是由一群第四象限的廊道組合而成，鄰近大學區。所有的居住單位都是單人空間。由於主要加速器的形狀使然，瓦倫地域的居住空間形態並非都是對的角度，而且某些房間甚至不到標準尺寸。這些大學生把區隔組件拆下來，組構成一座充斥小房舍與共享空間的迷宮。瓦區嘈雜異常，毫無章法，而且你聞得出髒衣服的味道。在瓦區，睡覺與性愛都是輕鬆隨意的。不過，每個人都乖乖地按時向診所報到，接受避孕注射。

盧洢思生活在離瓦區不遠處，與另外兩位醫學系學生共享家居空間。他們是譚賓笛與歐提茲・愛音絲坦。星還是住在第二象限的老家，與她的爸爸遙共居。每天她都有二十分鐘的步行運動，往返於家與大學之間。

經過青春期狀態的到處實驗，星開始上大學的時候就宣告禁慾。她表示，自己不想經由避孕注射來控制肉身的循環週期；而且，她也不想讓情緒控制自己的心靈。這樣的情境至少要維持到大學畢業為止。

盧洢思持續進行每隔二十五天的避孕注射，並未宣稱禁慾，但他並沒有與任何自己的朋友上床。他從未與特定的誰上床過。盧洢思的性愛經驗僅止於青春期多人雜沓的性愛派對。

由於這是公共知識，他們倆對彼此的狀態心知肚明。當他們在一起時，他們並不會談論這些。他們共有的沉默與對話同等深邃，同等舒服。

同樣地，他們之間的情感也是公共議題。他們共同的朋友自在地揣測，何以星與盧洢思迄今尚未上床做愛，他們究竟幾時才會豁出去呢？

在他們的友情底層，有些什麼並非公開的知識，甚至不僅是友情。那是並非由語言形成的祕契、經由身體塑造，某種形成深刻處境的不作為。他們是彼此的隱私所在。經由對方，他們找到了「遠走高飛」之所在。通往遠方彼處的鑰匙，就是沉默。

然而，星打破了這個祕契。她打破了沉默之約。

「它降級為一具擬像骷髏了。」盧洢思心不在焉地回答，顯然正在思考與那具教導他解剖學的擬像屍體無關的事情。這具擬像屍骸是由同等如鬼似精的作者所創造，會在解剖時程引導、戳刺、指責那些見習生解剖者。「白癡啊，這是髓質啦！」從它毫無驛動的嘴唇與失去肺部的胸腔，這具擬像屍骸會無遠弗屆地低語嘲弄。「哎呀，你當然不會以為那玩意是盲腸吧？」星超喜歡聽盧洢思說這具屍骸製造的趣事。倘若你的解剖練習很完美，毫無錯誤，這個擬像骷髏老師偶而會以衝口而出的詩句來獎賞你。「靈魂擊掌且吟唱，更嘹亮地吟唱吧！」即使當盧洢思把它的喉頭取下，擬像骷髏老師還是高喊不已。但是，今天的盧洢思沒有準備屍骸老師的小故事好讓星開心。他只是一逕坐在點心鋪子的桌位，沉鬱思索。

她說：「盧洢思，關於麗娜——」

「別。」盧洢思說。

盧洢思如此飛快地舉起雙手，姿勢如此安靜，星不禁也安靜下來，只來得及說出名字。

「聽我說，盧洢思，你是自由的。」

他再度高舉雙手，阻擋話語，捍衛自己的沉默。

星堅持下去。「我想要知道，你是——」

「你無法讓我取得自由。」

盧洢思說。他的聲音由於憤怒或某種別的情愫而深沉。

「沒錯，我是自由的。我們兩個都是。」

「我只是想——」

「別說了，星。不要說了！」

在那瞬間，盧洢思的雙眼看入星的眼眸。接著，他站起來。「別提這檔子事了。」他說：「我得先走了。」他大步掠過店裡的桌椅，人們對他打招呼：「你好啊，盧洢思。」但他並沒有回應。於是，人們嗅到一場吵架。我跟你說喔，今天在點心鋪子，星與盧洢思吵架了耶！唷，為什麼，星與盧泂思怎麼鬧彆扭啦？

陰陽

某個年輕女子會發現，要抗拒居於權力高位之年長男子的熱切性愛追求並非易事。尤其，倘若她覺得這位年長男子深具吸引力，她的抵抗會愈發弱化。她很可能會否認抵抗的困難度與那份吸引力，希冀維繫自己的選擇自由，以及所有女性的選擇權。倘若她渴望獨立自主的心意強大且清明，她會抵禦這男子慾望所造就的壓迫感，她更會抵禦自身的渴望，為的是要讓自己的委身與男子的激昂進攻顯得相得益彰，雙軌並進。她的抵禦會讓她將他納入自身懷裡，同時一邊哭喊著：「侵犯我吧！」

又或者，她倒是恰巧在委身的情境攫住自己的自由。畢竟，陰性是她安身立命的原則。陰性被稱為否定性原則，但也是陰性的化身啟齒抉擇：「好的。」

在事態發端之後，星與盧泂思再度於點心鋪子見面，兩人都處於密集受訓的狀態，鍛鍊各自選擇的專業課程。盧泂思在中央醫院擔任實習醫生，星在船橋小組擔任見習導航員。他們的工作造成各自的困惑，這兩人已經二、三十天沒有見到彼此。

星告訴他：「盧泂思，我將與卡納樊同居。」

「某人說，你是要這麼做。」盧泂思還是含糊其詞，心不在焉，某種掩飾底下堅硬且義無反顧事物的柔軟遮蔽。

「我是在上星期下決心的。我想要告訴你。」

「這對你來說是件好事。」

「是的，他希望我們可以結婚。」

「這樣很好。」

「博司——他就像是星船的核融合爐心。與他在一起是件很刺激的事。」星的話語誠摯，試圖解釋自己的感受，希望盧洴思可以明白。對她而言，他能夠明白是很重要的。突然間，盧洴思抬頭注視，微笑著。星的臉龐泛著暮色般的紅暈。「無論在智識層面，或是情感層面都很刺激。」

「喂，小扁平臉，這樣很好啦，很棒的。」盧洴思挨近，親吻星的鼻子。

「那麼，你與麗娜會——」星熱切地說。

他的笑容轉化為另一種微笑。他的回應顯得安靜、柔和且絕對。「不。」

整合性

博司並未匱乏什麼，並未少了哪些失落的碎片。他是自我統合的完整體——或許這正是他所欠缺的事物。他少的是某些別的博司碎片，像是閱讀小說的博司，自己玩接龍遊戲的博司，早晨賴床的博司，或是從事任何這個博司不做的活動的博司，或是成為任何這個博司所不是的博司。

博司只是從事他所從事的，如此作為造就了如今的博司。

當他們結婚之前，如同年輕女子可能的想像，星認為自己會擴展博司的世界，改變博司的世界。當星與博司一起生活沒多久，她隨即領悟到，實際上是自己的生活遭致劇烈的改變，而博司一點兒都沒有變化。她成為博司所作所為的一部分。當然，她是博司非常要緊的一部分：因為他只進行最本質重要的活動。只是，星從未真正理解博司究竟在做什麼。

這樣的領悟讓星的思惟與生命軌道改變得非常決絕，遠比她與博司一起生活、共享魚水之歡更徹底。這並不是說做愛的愉悅、張力與對於性的探索並未讓她充分沉浸、充盈喜悅，而且不時讓她感到驚訝；然而，她發現性愛如同飲食，都是綺麗美妙的肉身活動，但這活動未必需要她投注自己的心靈，甚至無須她的情緒涉入。她的心靈與情緒都被工作所占據。

至於那些探索與發現，那些博司帶給她的啟示，似乎並不攸關他們的搭檔關係。最重要的關注是他的工作，他們一起從事的工作，他們整體的生活，以及生活於這艘世界星船的每個人。

「你把我帶入你的生活，為的是讓我與你成為同路人？」大約半年前，星告訴博司。

博司以他慣常的誠實回應。雖說他的一切行止都是為了隱藏或成就長時期的欺瞞，他還是努力地嘗試不要欺騙他的朋友。「並不是，我信任你。但這樣的安排讓一切都更單純了，不是嗎？」

星笑了起來。「對你來說是更單純了，對我而言，之前的一切才是單純，現在每件事都是雙份耶！」

博司注視著星，好半晌沒有說話。接著，他執起她的手，輕柔地將自己的嘴脣按在她的掌心上。

博司是個非常正式且禮節周到的性愛伴侶，而他全然投注的激情總會讓星感到一股溫柔的悸動，於是，他們之間的做愛總是非常讓人安心，而且經常是讓她驚異的喜悅。不過，她同樣明瞭，對於博司來說，自己終究只是點燃核融合爐心的燃料——她是他焚膏繼晷、戮力執著的志業的重要元素之一。星告訴自己，她並未感到被博司所利用，或被他的狡計矇騙。因為她知道，對於博司而言，這一切都只是燃料，包括博司自己。

錯誤演算

星與博司已經結婚三天了。在第四天的早晨，博司告訴她，他畢生的志業之所在，也就是他過去這幾年的所作所為。

「在一年前，你詢問我關於某項加速記錄的不精準對位。」他們在自己的家居空間吃飯，這就是蜜月啊，人們說。這個字眼在現在的世界並沒有激起太多漣漪餘波，因為既沒有蜜蜂與蜂蜜，也沒有月球好來度量月份。然而，這是個很棒的習俗。

她點點頭。「當時你對我顯示出某個我遺漏的因素，但我不記得那是什麼了。」

「偽造。」博司說。

「不是的，你當時不是說這個，而是持續性——」

博司打斷她。「我的說詞是偽造的推諉。」他說：「那是刻意的欺騙，為的是讓你被誤導，讓你以為你的演算出現失誤。你的電腦算式是毫無瑕疵的精準，你沒有遺漏任何元素。事實上，的確有某種不對位性，而且比你發現的更重大。」

「就在加速度的記錄庫內？」星愚蠢地發問。

博司立即點頭。他已經停止用餐。她知道，當博司以如此沉靜的姿勢講話，他非常緊繃。

但是星很餓。在她放下筷子之前，她撈了一大把麵條，然後邊吃麵邊說話。

「好吧，所以你想要讓我知道的是什麼？」

他的臉色憂煩苦惱，與她四目相對。博司的表情顯得窮途末路，甚至飽含乞求——如此不像平常的他，星感到非常震驚。這樣的他讓星感動，就像是在做愛時他展現出的脆弱。「怎麼了呢，博司？」她低語。

「星船已經在降速狀態下航行四年了。」他說。

她的心靈充斥著精彩的快速演算，跑遍各種應用狀態、解釋，以及場景。

「出了什麼問題呢？」最後星這樣問，相當穩定。

「沒有問題，降速是在控制範圍之內，這是刻意的操作。」

博司一直盯著他自己的碗，此時他抬起頭注視著星，隨即又低下。星終於發現，博司恐懼的是她的裁決。也就是說，博司畏懼她。雖然他並不會因為這恐懼而影響自己的行動或他告訴她的話語，星如此思索。

「刻意的？」

「四年前做的決定。」他說。

「經由？」

「四名在船橋的導航員。之後，兩名在行政管理部門的成員。如今，另外四名在維修部與工程部的人也知情。」

「為什麼？」

這個問題似乎讓博司感到鬆一口氣。或許，因為她是以安靜的音調發問，並沒有抗議或挑釁之意。他回答的語氣比較類似平常的自己，甚至還夾雜著講師的自我確信與艱澀質地。「你問的是哪兒出錯了？沒有任何出錯，一切都沒有出錯。我們總是在既定的航程軌道，幾乎沒有任何差錯。然而，某個演算失誤的確發生了，某個出類拔萃的巨大錯誤。這個錯誤讓我們有機會去運用它，讓自己這方得到優勢。失誤就是機運，奇拉克與我留意到這一點。這是個基礎性、持續進行的航道毗鄰性之演算錯誤，自從我們經過CG440沉降點就發生了，也就是說，五年前、星船曆一五四年。在那一次的航行裡發生什麼事了呢？」

「我們失去原先的速度。」星幾乎是自動回答。

「事實上，我們增加了速度。」博司說。他抬起頭來，面對她難以置信的神色。「我們的加速度劇烈且突兀，於是電腦假設某個第十項錯誤因素滋生，於是對它施行補償。」他暫停下來，好確認星有搞懂自己正在講的東西。

「**第十項**因素？」

「當奇拉克帶著圖表來找我時，我體認到唯有電腦補償性的演算錯誤才可能解釋這個狀態。我們加速到光的百分之八十二，會提早四十年抵達終點星。」

對於博司的玩笑，星感到憤慨不已。他只是想要戲弄她、愚弄她，訴說這些巨大的玩意。「點八二的近光速速度絕不可能發生。」星冷峻地回應，置若罔聞。

「喔，其實是可能的。」博司帶著笑容，同樣冷峻地說。「這是可能的，這是實際狀況，而我們做到了。我們在點八二的速度航弋了九十一天。你所熟知的所有加速度演算，吉佳的計算法、質量增值極限——這些理論全都錯了！這就是演算錯誤之所在，就在基本的假設命題之內！錯誤就是機運。這些都再清楚不過，只要你取得記錄，丟入電腦算式去跑。當我們抵達欣狄秋，我們可以告訴狄秋的物理學家這些狀況，告訴他們出錯的地方，告訴他們如何利用一個沉陷狀態，把某個物體的速度鞭笞到光的百分之八十二。這的確是充滿新發現的航程哪，沒錯。我們可以在八十年內抵達終點。」博司的面容因為勝利而顯得冷硬，這是一張征服者的面容。

「在五年後的此刻，我們會抵達標靶星系。」他說：「就在星船曆一六四年上半年。」

星只感到憤怒。

「倘若這些都是實情，」最後她開口。「為何你直到現在才告訴我？甚至為何你要告訴我？你隱瞞這個重大狀況、不讓任何人知道；為什麼？」

不光是博司告訴她的事實帶來巨大衝擊，重點是他充滿勝利感的神情、他充滿勝利感的語氣，這些激起星內在的狂怒——這是他起先所畏懼的反對之聲，就是那個「你怎敢如此！」的反問。然而，現在她的怒火已經無法影響到博司。如今他無所動搖，由於自身充滿正確性的信念而堅毅寧定。

「這是我們僅有的權力。」他說。

「我們？誰是我們？」

「所有不是天使的人。」

數落天使的數目

當盧洢思被告知，第六代的教育方針目前無法閱覽，因為正在進行修繕增補，他說：「但這就是我在八年前提出閱覽要求時，他們給我的說法啊！」

透過螢幕，教育部的女性職員顯得充滿母性，她滿懷同情地搖搖頭。「哎，總是不斷地進行修繕與調整，天使。」她說：「因為他們得讓教材不斷更新。」

「我懂了。」盧洢思說：「謝謝你。」然後他關上螢幕。

譚老已經去世兩年了，但他的孫子譚賓笛是個充滿潛能的替代商榷對象。「賓笛，」就在他們共享的居住空間，盧洢思說：「聽我說，人頭登記系統是否有記載天使？」

「這我哪知道勒。」

「你們圖書館員總有一堆有用的瑣碎資料咩。」

「你的提問是說，天使是否以天使的身分登記在案嘍？沒有啊，他們幹麼這麼做？古老的宗教派系也沒有這樣登記，登記註冊會造就分裂。」賓笛說話的速度不似他的祖父那麼緩慢，但兩者的節奏韻律頗類似。每個句子之後，都會伴隨某個微小且深思熟慮的安靜停頓，四分音的停歇點。「我認為狂喜是某種宗教系派，否則我不知道該認為它究竟是啥。不過，我也不能說自己很懂宗教的定義就是。」

「所以說，若想要知道天使的數目，並沒有法子嘍？或者換句話說，我們無法分別誰是天使、誰不是天使。」

「你可以開口問。」

「當然，我會的。」

「你會從此廊道走到另一個廊道，走遍這個世界。」賓笛說：「詢問每一個與你擦肩而過的人，請問你是否是天使？」

「可我們不都是天使嘛？」盧泮思說。

「有時，看起來是這樣沒錯。」

「的確是。」

「你是搞懂什麼狀況了嗎？」

「就是我搞不懂的地方才讓我擔憂哩。例如說，第六代的教育課程。」

賓笛看起來有點驚異。「難道你打算要製作一個第六代寶寶嗎？」

「不是啦，我想找的是關於欣狄秋的資料。第六代要在那兒登陸，既然如此，預設他們得接受相關的教育學程是很合理的推測。像是可能會見識到些什麼、如何應付外界的環境、在行星表面從事長時期皮層作用的訓練，等等之類的。畢竟，這些都會是第六代要面臨的工作啊！第零代必然會在第六代的教育課程涵蓋這些東西吧？你的祖父說他們有放進去，那這些東西跑哪兒去了？誰要去訓練第六代呢？」

「嗯，可是根本還沒有幾個第六代開始穿衣服啊。」賓笛說：「現在就去以未知世界的傳說去恐嚇這些小麵條兒，是不是太早了點？」

「寧可早，總比從未發生得好。」盧洢思說：「降落終點星的時間是從現在算起的四十四年後。我們也可能想在欣狄秋從事皮層活動，遲緩邁步，如同星的說法。」

「我可否在幾十年後再來思考這些呢？」賓笛說：「此時此刻，我需要先完成這點兒零星瑣碎的玩意。」

賓笛轉向他的螢幕，但緊接著，他回頭瞪視盧洢思。「這個議題與天使數目的激增有無任何關連？」他這麼說，提問的聲音來自於赫然窺知答案的自身。

狂喜之敵

星並不熟識第五代的青．拉姆，雖然他隸屬於博司的內部小圈圈。拉姆擔任管理委員已經有一年了，星沒有投票選他。他自我認同為直系中國先祖後裔，居住於松叢山聚落，那兒大多數的居民都是青家與李家的人。許多青家的人從很早就成為天使。如同他們預料，拉姆在狂喜教派竄升得很快。他看上去是個沒有血色、形容平凡的男人，如同大多數的男天使，拉姆對待女性的姿態混合了防衛、疏離，以及滑稽的禮數，星對此相當鄙夷。她同樣很不愉快地發現，拉姆竟然是隱祕的十人眾——現在變成十一個人啦——知曉唯有他們知道的祕辛，也就是星船正在減速，朝向提早抵達的終點星站。

「所以，在那些人們並不知情的情況下，你錄製了這捲帶子？」星詢問拉姆，並不想把她話語聲調裡飽含的輕蔑與不信任給隱藏起來。

「是的。」拉姆說，面無表情。

如同博司所言，拉姆的良心產生危機。第五代的伽特吉．烏瑪對星這般解釋。星向來喜歡且欣賞烏瑪，她是個聰慧優雅的嬌小女子，在四年前的選舉被遴選為管理委員長。星必須聽聽烏瑪的說法。烏瑪解釋著，拉姆被選入派特爾．陰歡愉的內部小圈圈，也就是大天使群。拉姆在那兒所知所聞的事情讓他驚駭到打破自己的祕誓守約原則，將大天使們的話語記錄下來，並將這些資料送交給烏瑪。烏瑪將拉姆的報告帶給博司與其他人參詳。他們要求拉姆證明自己所指控的狀況，於是他就鬼鬼祟祟地錄製了一場大天使們的聚會，作為憑證。

「你們怎麼可以信任會做出這種事情的人！」星質問。

「這是他唯一可以提供憑證給我們的方式啊。」烏瑪同情地凝視星：「像是偏執的疑慮——謠言四起，諸如有誰想要奪取導航權限、朝我們的基因藍圖搞鬼，將未經安全測試的藥物放入水中——我們不知道聽過多少這些危言聳聽了！這是拉姆唯一能做到、讓我們知道他並非只是在疑神疑鬼，或是純粹地表達惡意。」

「影音帶是很容易偽造的。」

「但是，偽造的痕跡也很容易被揪出來。」第四代的賈希亞．泰歐微笑道。他是個高大、模樣俊俏、仁厚和藹的人。縱使星努力地想要不信任在場的每個人，就是很難不信任泰歐。「是這樣沒錯。」「聽聽他怎麼說吧，星。」卡納樊說。

她點頭同意，但心情相當不悅。她討厭這些，這些鬼祟、說謊、隱藏、密謀。她不想成為這些的一部分，不想與這些人同流共謀。她絲毫不想與他們同流、分享他們所攫取的權力——因為不得不攫取，他們持續這樣說。但是，沒有誰一定要說謊啊，沒有誰有權力去做他們正在做的事情：在未經告知的前提下，控制每個人的生活。

錄音帶流洩出來的聲音對於星一點意義都沒有。某些男人的聲音，談論著她並不理解的事務，根本沒有她的事啊！讓那堆天使去偷偷摸摸祕議吧，讓卡納樊與烏瑪去執行他們的小圈圈機密吧！就讓我脫身吧，星想。

然而，她畢竟還是被派特爾．陰歡愉的聲音攫取了注意。柔和古老的聲音，柔軟但鋼鐵般的聲音，她從出生以來就熟稔的聲音。縱使星萬般不情願、厭惡成為這場偷聽大會的一員，她感到不可置信，聽見派特爾．陰歡愉這樣說：「在我們進攻船橋之前，卡納樊必須被趕下權位。伽特吉也是。」

「還有泉。」另一個聲音說，那是指第五代的泉．葛羅。此人也是委員會的一份子，總在上演某種「多謝你啦」的狡黠啞劇小劇場。

「你部署的策略為何？」

「要把伽特吉弄下臺很容易的。」另一個聲音說，低沉的聲音。「她行事相當不謹慎，而且性情傲慢。低語四伏的謠傳很容易讓她威望下滑。至於卡納樊，我們得利用的是他的健康狀況。」

星感到一股奇異的冷顫。她看往博司，但他毫無異動地端坐，彷彿處於早晨的冥思時段。

「卡納樊是狂喜之敵。」蒼老的聲音，派特爾．陰歡愉的聲音。

「而且他占據了獨特的權威位置。」另一個聲音說，對於此點，低沉的聲音回應。「他必須被替換下來。不但是在船橋，還有在大學的位置。我們必須把一個優秀的男人送往這兩個位置。」那個低沉聲音的腔調顯得柔緩，充滿頭頭是道的確定性。

討論繼續進行。大多數的話題在星的理解範圍之外，但現在她專注地凝神傾聽，試圖理解這些。突然間，在某個句子的一半，錄音帶跑完了。

星環顧四周，凝視這些人們的形貌：烏瑪、泰歐、葛羅，以及藍達斯，這些都是她認定是朋友的人。至於青．拉姆以及兩名女子，其中之一是工程師，另一位是評議委員，這幾人是她標誌為祕密黨羽成員但並非自身朋友的人。當然，還有博司，他仍然處於禪定狀態。他們都在烏瑪的居家空間，裝潢格調是「遊牧民族風」。這是近來流行的風格，沒有筆直的家具，只有地氈與枕頭，色澤搭配都是鮮豔的沛絲麗風貌。

「關於你的健康情況？」星質問：「他們正在談論什麼心臟瓣膜的。」

「我有先天性的心臟缺陷，」博司回答：「在我的H文件夾有記載。」

每個人都擁有自己的H文件夾：基因地圖，健康記錄，學習記錄，工作歷程。倘若你把鎖碼加在文件夾前，除非有你的同意，沒有人可以窺見你的私人記錄。當你死去時，你的H文件夾就會從記錄庫轉到檔案窖。某種堂皇的祕辛意味環繞著這些檔案的私密性。除了親代或你的醫師，不會有誰要求閱覽你的H文件夾。說到底，誰都可能破解或偷取你的鎖碼，並輕易地觀看H文件夾，但這是難以想像的冒犯。既然她與博司並沒有計畫要立即生小孩，星並沒有想到閱覽博司的H文件夾，也從未要求這麼做。對於博司赫然說出這話，她感到莫名其妙。

「檔案記錄庫的人員有百分之九十都是天使。」見到星空白茫然的表情，拉姆如此提示。

星非常厭惡拉姆這樣逼迫她，逼迫她去恍悟博司的話語究竟蘊含什麼言下之意。她非常討厭拉姆，討厭他過於柔和的嗓音，他緊繃、堅硬的臉龐。只要拉姆在他的近距離範圍，博司就會顯得很緊張，封口不語，瘋魔執著於那些天使們要篡奪權力的玩意。現在，拉姆就連她也想要逼入陣營，強迫她成為共犯，傾聽錄音帶，聽取那些被拉姆背叛、給予他信任的人們所錄下的資料。

星覺得很痛惡，她竟然難受到想要哭出來。她已經有好幾年沒哭泣了，到底是想要哭個什麼勁哪？伽特吉．烏瑪充滿同情的凝視落在她身上。「星，」別人開始紛紛交談，烏瑪安靜地說：「當拉姆把他偷偷錄製的帶子給我看時，我叫他滾出去。聽完這些之後，我嘔吐了一整晚。」

「但是，」星這樣說：「但是，但是——為何他們要做這些事情啊！」她並沒有調節音量，聲音大刺刺衝口而出。其餘的人們轉頭看她。

她誰也沒有看。她只注視著主席閣下，期待這位身為主席的女性給予一個合理的說法。

「因為——倘若我沒搞錯的話——」烏瑪說：「派特爾．陰歡愉教誨他的天使眾，我們將要抵達的終點星球並非真正的停駐點，那甚至根本不是一個地方。」

星瞪大眼睛。「你的意思是說，他們聲稱欣狄秋並不存在？」

「除了星船之外，別無存在。除了永續航弋之外，別無使命。」

靈魂哪，汝稱死為何物？

從這場生命航弋感到歡騰吧，從生命航向生命。

生命無邊際，狂喜無邊際。

我們正在飛翔。哎，我的天使們，我們將會飛翔。

所有的禮讚者唱出歌曲的最後一行，甜潤且歡亢，接著羅絲轉頭面對盧洢思，朝他微笑。他們坐在同一排，盧洢思與羅沙與她的寶寶潔利卡，她的丈夫路茲．詹的膝蓋上坐著他們兩歲大的孩子，喬喜。天使們相當力陳「整體家庭」的重要性，以及「真正的同胞情誼」，也就是兩個實踐一夫一妻伴侶制的人帶著他們共同生養的兩名小孩。珍惜甜美的母親，父親堅毅擔任引導，小男孩與小女孩共同成長。盧洢思的腦袋瓜子漲滿了標籤、旋律，以及箴言。大概迄今的四十天左右，他只是專心閱讀天使眾製造的文本。他讀完了《引導天使眾的天使》，而且讀了兩回。他也讀了派特爾．陰歡愉著述的《新註釋》，共讀了三回。他還讀了林林總總的天使學文本。他向身為天使的朋友與熟人請教，傾聽的時候遠超過發言。他詢問羅沙，是否可以偕她一起參加狂喜祝禱。當然嘍，她滿懷喜悅地告訴他，再也沒有別的會讓她更開心的事情嘍。

「我不是要成為一名天使，羅沙。」他告訴對方：「這並非我意欲前往祝禱儀式的目的。」但羅沙只是笑著，握著盧洢思的手。「哎呀，你向來就是一個天使，盧洢思。別擔憂這些，我很高興能夠帶你去參加狂喜儀式。」

讚美歌唱完之後，接下來就是和諧分享的時段。在這段時光，禮讚者會沉默圍坐，直到其中一人禁不住自身的感動而自行發言。盧洢思很是期待這些分享時段。分享的話語通常很短暫——諸如分享自己的喜樂，或是擔心自身的憂愁，參與者充滿信任的同感期待著這些言語。當他第一次與羅沙參加和諧分享聚會，她站起來發言：「我真是滿心歡喜，因為我的朋友盧洢思就在這兒。」人們轉身看著他，對著他與羅沙微笑。有些是客套或乾燥的場面話，像是感恩致詞，或是請大家記取保持歡愉之心，然而，泰半的人們都是打從心底真摯發言。上一回的和諧分享聚會，某個痛失伴侶的年老男性發言：「我知道艾妲如今飛翔於狂喜，但沒有她在，我孤身行走於廊道好生寂寞。倘若有人知曉，請指引我該如何停止哀悼，為她歡喜。」

在今天，人們談得很少，或僅是講些泛泛之詞。大家會顯得羞澀，因為有一位大天使在場。大天使會不定期造訪家居空間或聚落的狂喜祝禱儀式，給予短短的演說或教誨。某些大天使是歌手，演出的曲子類型稱呼為「讚頌樂」，禮讚者會全神凝注地傾聽大天使的歌唱演出。盧洢思認為這些歌曲在音樂性與智識性都顯得豐美且複雜。當第五代的大天使梵羽翼被引介出場，他準備好傾聽，興致盎然。

「我將會吟唱一首新的曲子。」羽翼以天使特有的單純模樣發言，稍稍停頓，然後開始高歌。他的獨唱是一股強烈且充滿自得的男高音。他所吟唱的讚頌樂是盧泖思向所未聞的歌謠。音律自在、迷狂歡騰，顯然是自然而然毫無預演而成就。這首歌曲的音樂構築於某些相互聯繫的格式，然而歌詞卻與音樂相互扞格。歌詞顯得充滿寓意，簡短且綽約。

眼瞳哪，汝窺見何物？
闇黑無端，虛曠無邊。
耳朵哪，汝聽得何物？
沉寂，無聲無息。
靈魂哪，汝稱死為何物？
沉默，闇黑，外域。
且讓生命得以純淨！
永恆無邊，飛往歡樂無互
哎，狂喜的載體哪！

最後三行的音樂浮升，宛如歡暢的音律相互對話，然而這整首歌陰鬱地駐留於歌詞的文字情境，重複多次。歌手將歌詞灌入恐懼的戰慄，身為聆聽者的盧泖思與其他聽眾一樣，感受沁入體膚。

這確實是一場了不起的表演，而大天使梵羽翼是一位不得了的藝術家。盧洢思認為。

他體認到自己湧現出如許的情感。於是他捍衛自己，抵禦這首歌，試圖讓這些歌詞加諸於他身上的效應顯得瑣碎微小。

靈魂哪，汝稱死為何物？

沉默，闇黑，外域。

當他行經擁擠的廊道、回到自己於第四象限的居家空間，那些字眼仍然在他的頭顱內裡吟唱著黑暗之歌。當他在翌日清晨醒轉，終於領悟到那些字眼對於他的意義。

坐在自己的床上，盧洢思開始在一本星於他們十六歲時做給他、當做生日禮物的筆記本上書寫札記。雖然他珍惜地使用這本筆記，經年以來，大多數的紙頁已經從頭到尾密密麻麻布滿他清晰嬌小的字體，僅有些許空白頁面。扉頁銘刻著以下文字：「這是一個用以裝盛盧洢思心靈的盒子，以愛意製作，星。」她並非以英文字母、而是古老的表意文字來鐫刻「星」這個字。無論何時他打開這本筆記本，都會先讀一次這段致詞。

他開始寫：「生命／星船／載體／旅程：有限生命展開通往不朽（真正的狂喜）。終點站是某種隱喻——終點（Destination）其實是命運（Destiny）的轉譯。所有的意義都在內部，外部純屬虛無。外部是無，否，虛妄，空曠：死亡。生命就是星船內部。通往外部等於實踐否定性，這是冒瀆。」他瞪著最後一個字（冒瀆）看了半晌，然後從自己的生活螢幕叫出百科辭典，研究冒瀆這個字的起始與定義好一陣子。然後，他檢閱「異端／異端者／異端行止」，然後查閱「正統教典」。接著，他突兀地停止查閱，繼續在空白的紙頁書寫。「人類心念，擁有超高的適應力！狂喜身為某種心念隱喻的轉移適應模式，為的是讓過渡時期得以合理。近乎完美的內部動態平衡。遵循規矩，等同生活於星船內部，等同於永生。對於抵達的後設性轉移模式。抵達等同於物理性與精神性的雙重死亡。」他暫停片刻，然後繼續寫：「如何抗衡反制，但造就最微小的爭論，系派分裂，以及憂懼？」

盧洢思停止書寫，好長的一段時間只是坐著沉吟，鬱鬱思索。他居住空間內的大氣攝入器將柔軟、穩定、毫無變化的攝氏二十二度氣流吹入室內，讓細柔的書頁顫動。他輕柔地將筆記本放於右側，再度展露出扉頁：「用以裝盛盧洢思心靈的盒子。」那個寫著「愛」的字。那個寫著「星」的表意符號。那個代表「星辰」的名字。除了她之外，還能找誰傾訴討論呢？

她並沒有回應盧洢思的第一封訊息，當他終於找到星，她聲稱自己非常忙碌，說了些「真是抱歉，目前的情勢忙亂不已，我就是無法從工作脫身」之類的遁辭……她不可能變得一副妄自尊大的模樣吧！卡納樊才是那個自大的傢伙，雖然他的自傲具備充分的合理性。但是星變得浮誇？星變得閃爍其辭？不可能。忙碌，為何如此忙碌，有怎麼樣的工作會讓你忙碌到無法回應一個朋友的訊息？或許她還是在害怕他。這一點讓盧洢思感到傷痛，但這是個古老的傷痛。而且，星真正害怕的是她自己，而非盧洢思，這只能是由她自己來處理的問題，他無法做什麼。於是，他堅持下去，他拒絕被官方說法擋在門外。「在明天十點，我將前往造訪你。」到了翌日十點，他真的就在星的居家空間門口。她在家，不過卡納樊不在。星顯得唐突且彆扭。他們坐在在碧爾錫的沙發椅，面對彼此。「有什麼狀況嗎，盧洢思？」

「我想與你討論，我從天使群那邊得知的事情。」

在長達半年的沉默不交談，這的確是很古怪的開場白，他知道。然而，他覺得星的反應比他的開場白更古怪。她起初顯得驚奇，同時非常厭惡。她嘗試遮掩自己的震驚，想要開始講話，但又停止，最後她的說法似乎充滿疑慮。「為什麼是我？」

「不然我要找誰談？」

「你覺得我會與那些人有什麼關連嗎？」

迂迴閃爍的反問，盧洢思想。「我不覺得你與他們有任何關連，而且這樣的人愈發希罕了。這是非常重要的事，所以我需要與你對談來釐清自己的思緒，我想知道你對此事的看法，你的判斷。當我與你討論時，我的思索總是進行得最為犀利。」

星並沒有因此放鬆。她還是非常緊繃，充滿戒心，她不甘願地點點頭。她說：「你要不要喝茶？」

「不用，謝了。我會盡量講得快速，請在你認為我講得含糊不清時隨意打斷我。聽完之後，請告訴我是否覺得我的論點有任何可信度。」

「近來我已經很少發現有啥不可置信之事了。」星以乾澀的語氣說，但她並沒有注視盧洢思。

「請開始吧。但是我得在十點四十分到船橋，很抱歉。」

「半個鐘頭很夠了。」

在那段時間，半數的工夫他用於告訴星，他必須講述的東西。他起始於自己在教育委員會發現的狀況，也就是說這個評議會在過去二十年來，早已被大多數穩定身為天使的成員給牢牢把持。如今，要真正找出第零代的先輩為第六代準備的教育教材是哪些事物已經不可考。那些計畫顯然有意地遭到刪除——很可能直接從檔案窖的載點就被刪掉。

每一回考量這樣的可能性，盧泇思總還是覺得震驚，而且他並沒有減低自己的關注。星持續隱藏自己對於這些事端的反應。盧泇思開始懷疑，是否星早就知道他正在敘述的這些狀況？倘若如此，星並沒有透露出來。他繼續訴說下去。

自從星與盧泇思的世代，小學與中學的教育課程素材鮮少遭到更動。然而，最讓他驚駭的變動是完全刪除關於狄秋與欣狄秋的相關資訊與討論。此世代正在接受教育的孩童，他們能獲得原初星球與終點星球的相關資料非常稀少。攸關這些星球的語言非常模糊，間雜著某種奇異的太古語氣。在兩則近來的文本，盧泇思發現這樣的描述：「行星假說」。

「然而，就在四十三點五年後，我們就要降落在其中一個假說的軌道上。」盧泇思說：「到時我們要怎麼辦呢？」

星顯得大受打擊，甚至害怕。盧泇思也無法搞懂她的反應，他只好繼續說下去。

「這段時間，我努力嘗試理解天使學理論或信仰的元素，想知道這些論點為何會引導它們去否定我們起源之星與終點之星的重要性——不，事實性。狂喜是某種具備一致性的思想體系，它幾乎完美地自身成立，而且對於我們這樣的生態而言，它的確是個完美的信仰體系。事實上，狂喜的完美度正是它的問題所在。狂喜是某種自我印證的提論、封閉的系統；它是某種心念層面的適應狀態，適應的是我們的生活——星船生活——也就是某種對於自給自足系統的適應，此系統是毫無變化的人工生命環境，總是隨時提供生命所需的一切事物。我們這些中間世代的人們並沒有目標可言，只除了好好活著，並且讓星船保持在它的航道上。倘若要達成以上的課題，我們只消遵守規矩就行了，也就是遵照星船的法令。零世代認為這是某個崇高的責任、絕頂的義務，因為他們看得出中間世代是整趟世代星船之所以能成立的不可或缺元素——也就是說，我們是被目的所榮耀的法門。但是，對於那些根本看不到目的的人們，成為法門這一點並沒有帶來任何榮耀感。自我保存似乎就是以自我為核心。此系統不但是封閉的，而且讓人感到窒息。這就是金・鈦瑞的洞見——要如何讓法門顯得充盈輝煌的榮光，也就是星航本身充滿榮光；如何讓遵循規矩成為某種自身的目的性。如同他所見，我們真正的旅程並非只是抵達某個外於太空的某處世界，更是抵達某個洋溢歡騰的精神世界——只消藉著活在此時此際，我們就會擁有這兩種世界。」

星點點頭。

「就在最近的十幾二十年，派特爾・陰歡愉逐漸改變這項神性遠見的最重點。這兒就是一切，星船之外別無他——純粹地無物，精神層面亦是無誤。如今，起源與終點都只是隱喻罷了。它們不代表任何現實事物，星航旅程才是純粹全然的現實，航弋本身就是它自身的終點。」

星仍然顯得無動於衷，彷彿盧泇思告訴她的事物都是她早就知道的玩意。但是她保持高度警覺。

「派特爾並非理論家，他是個踐行者。他的行動透過那些大天使與他的門徒們得以滋長。我相信，就在距今十到十五年間天使群在評議委員會做出許多決議，大多數的決議攸關教育。」

星再度點頭，但還是充滿警戒。

「學校所教授的學習材料呢，幾乎完全沒有關於這趟跨星際航程的原初目的——研究，甚至在這個終點星安頓下來。文本與相關課程還是涵蓋了宇宙的資訊——星辰圖表、星星的類型、行星資訊，那些我們在十年級學的玩意——然而我與教師們交談，他們告訴我其實他們跳過大多數的宇宙相關教材。孩子們並不感興趣，他們覺得這些古早的科學理論材料造成相當程度的困惑。你可知曉，幾乎所有的學校執行長與大約百分之六十五的教師——在第一象限則是百分之九十——都是狂喜宗派的成員？」

「這麼多？」

「至少有這麼多。我最感震懾的是某些天使刻意隱藏他們自身的信仰，為的就是不讓這種主導性顯得太過明顯。」

星顯得非常不安，相當反感，但不發一言。

「同時間，就在大天使們的教導下，外界等同於危險、物理性與精神性的雙重危險——原罪、邪惡之類的——而且攸關死亡。除此之外，外界啥也不是。在星船之外，任何一切都是壞東西。內部是正面的，外部是負面的，純粹的二元論——如今，沒有多少年少的天使出外進行皮層勘測，但某些年長者還是會這麼做。一旦他們回到空氣艙，他們會立即進行某種淨化的儀式，你可知道？」

「我不知道。」星說。

「這儀式稱為『去除汙染』，這本來是個古老的物質科學理論字彙，但如今他們賦予它新的意義。靈魂被沉默的闇黑的外界所汙染。嗯，除此之外，天使們熱切地遵守規矩，因為我們過著美好的生活，這樣的生活直接引導我們通往永恆的幸福。他們也熱切地希望我們全體都要遵守規矩。我們生活於狂喜的載體內，不可能錯過狂喜之境，除非我們打破新的規矩。新的規矩也就是宏大的規矩：星船不可以停止航行。」

盧泖思暫停說話。星顯得非常生氣，當她憂慮、困惱，或害怕時，她就會顯得很生氣。

對於盧泖思而言，他逐漸發現天使教導的改變、天使對於諸多委員會的控御力讓他感到驚覺，但他並不害怕。他將此狀態視為某種問題，非常嚴重的問題，必須說出來。要解決這問題，就必須將它納入公共的場域，才能迫使天使眾解釋他們自身的政策，同時，要讓非天使的人們意識到派特爾・陰歡愉意圖更改遊戲規則，並且以極大的權力來行此改造。這樣並不必然是個危機。

「我們還有四十三點五年的時間。」他說：「還有許多時間，好讓事情公開談論。這是要讓事物回到原來比例的議題。更激進的天使們必須同意，我們確實有個終點行星要抵達；人們必須要在那兒進行皮層性勘測，而且他們必須得到恰當的訓練，而非看待外界皮層勘測是一種原罪。」

「比這更糟糕。」星說，那抹緊繃、遭受打擊的神情又回返她的面容。她跳起來，穿過房間——某個乾淨且一絲不苟的房間，不像她之前居住的亂糟糟鳥巢——並且背對著盧泖思。

「嗯，是這樣。」盧泖思說，並不確定星的話語含意，但因為她終於發言而感覺受到鼓舞。「我們需要接受訓練，當我們抵達終點星，都已經超過六十歲了。倘若行星可以居住，我們得開始習慣想像某些人至少會生活在那兒——永久居住於那個行星。或許，我們當中的某些人會返回原初的狄秋……天使們從未提及這點，順帶一提。派特爾．陰歡愉所能設想的，似乎只是呈現直線狀的永續航行下去。在他的論點裡有個重大瑕疵，就是他誤以為這具載體有能耐承擔永恆無間的星航。看來，熵並不屬於狂喜的一部分喏。」

「是哪。」星回應他。

「大概就是這樣了。」空白片刻後，盧洢思如是說。他被星的近乎無反應而感到困惑且擔憂。他稍等一下，然後說：「我認為，這個問題必須公開談論。所以我來找你，來談論這個問題。我覺得你可能也會想與非天使系派的人們，像是管理層與船橋的人們討論。他們必須得知，我們身負的使命正在被某人修訂。」他停頓了一下，然後說：「或許，他們早就知道了？」

「是的。」星說，還是沒有轉身面對他。

盧洢思的性情包含非常稀少的憤怒，而且他從未陷入激怒的發作狀態。但是，此時他對星感到無比失望。星的背部，她粉紅色的旗袍，她沒有臀部可言的短腿身材（這是她描述自己的中國式身材），她閃亮筆直披覆的黑髮，在肩膀處剪出銳利的造型。他同時感到痛，那是某種堅硬、深沉且痠疼的心痛。

「在我的論點裡，也存在某種瑕疵。」他說，接著站起來。

星轉身過來，她依然顯得憂忡無比，遠超過他原先的任何預期。盧洢思花了好長一段時間方才發現，天使派系的思惟變得多麼強大有力，而他竟然將自己的探索一股腦就扔到她身上——然而，這些似乎都沒有讓她感到訝異，所以這樣的反應究竟是什麼意思？而且，為何她就是不願意談論？

「什麼樣的瑕疵？」她問道，但還是充滿不信任感，毫不開放自身。

「沒什麼。我很懷念與你交談的歲月。」

「我知道，但導航員的工作就是這樣，似乎沒完沒了。」

她看著他，但沒有真正注視他。他再也受不了了。

「所以，就是這樣啦。只是分享我的憂慮，如同他們在和平課程所言。謝謝你的時間。」

當他來到門口，星開口了。「盧洢思。」

他停下腳步，但沒有回頭。

「或許晚一些時候，我想與你多談談這件事。」

「當然好，別讓它太操煩你。」

「我得與博司商討這件事。」

「當然嘍。」他再度說，然後走到門外的廊道。

他想要到別的地方去，並非四－四廊道，並非任何廊道，並非任何房間，並非任何他知曉的地方。然而，並沒有他不知曉的地方。在這個世界，一切都已然被知曉。

「我想要突圍而出。」他對自己傾訴：「外－界。」

沉默，闇黑，外域。

船橋一景

「告訴你的朋友，無須驚恐。」博司告訴星：「天使眾並沒有取得控制權，只要我們還能運籌帷幄，他們就沒輒。」

接著，他就轉身繼續工作。

「博司。」

他並沒有回答。

星在導航員工作站駐留一陣子，企近博司的座位。她的凝視聚焦於探索號唯一的「窗戶」：約一公尺見方的螢幕，從星船皮層各處蒐羅的資料得以在這塊平面上以可見的光點樣式現形。闇黑，燦亮的光點，黯淡的幽點，陰霾。鄰近的星域，以及在左下角處，呈現著遠端中央銀河盤圖的些許方寸。三年級的小學孩童被帶到導航員工作站，前來參觀這扇「窗戶」。

或者，應該說他們之前都有這項觀摩活動。

「這圖形顯示的當真是我們現今所處的地域？」不久之前，星詢問泰歐，而他微笑著說：「其實並非如此，這是我們已經航弋行經的地域。這是我製作的電影，用以呈現倘若我們按照原先時程應該處於的座標處，以防有誰發現不對勁之處。」

她瞪視這扇電影化的窗戶，赫然想起盧洢思的語彙。VU，模擬虛境。

星開始說話，並未注視博司。

「盧泇思認為天使群正在奪取控制權。你認為你還擁有控制權，我認為天使群控制著你。你不敢告知人們，我們遠比預計的航程還快了數十年之久，因為你認為倘若那些大天使得知此事，他們會掌控導航權柄、改變航道，終究錯失了終點星球。然而，倘若你繼續隱瞞實情，就等於是在助紂為虐、保障他們得以在抵達終點星球時奪取權力。到時你打算怎麼做？嗨各位，我們到站嘍！大驚喜！那些大天使只消說，這些導航員已經心神狂亂，他們造就了某項導航層次的失誤，並且試圖欲蓋彌彰。我們才沒有抵達欣狄秋呢——時程提早了整整四十年——這是另外一個太陽系。最後，他們會取得船橋控制權，而我們只得持續航弋，航向無處。」

漫長的時間經過，星認為他可能沒有在聽，根本沒有聽見她所說的話。

「派特爾．陰歡愉的黨羽勢眾，不可小覷。」最後博司開口，聲音低沉。「正如同你的友人所發現……這並不是個容易的抉擇，星。除了堅實的事實之外，我們並沒有群眾力量，這兩造分別是實際情況與一廂情願。最後，當我們抵達終點行星，進入星球軌道，到時我們可以這麼說：這就是我們的終點行星。這就是真實。我們的工作是將星船上的人們帶往這個行星。但是，倘若我們現在就宣告大眾……無論是提早四年或四十年都無甚差別，派特爾的黨眾會讓我們失去可信度、取代我們的位置，改變航道，然後，就如同你所說……航向無處。航向狂喜。」

「倘若你到最後一刻都還隱瞞實情，要怎麼期待人們能夠相信你、支持你？我指的是一般人，並非天使群。你有什麼自我合理性，可以不告訴這些人真實的情況？」

博司搖頭。「你太過低估派特爾了。」他說：「我們不能把自己僅有的優勢往外拋捨。」

「我認為的是，你低估了那些原本可能支持你的人們。你低估他們到儼然是輕蔑他們的地步。」

「我們必須把人格特質這回事暫時放到一邊。」博司的聲音突然顯得嚴峻。

星不可置信地瞪著他。「人格特質？」

星船全體評議委員會

「感謝主席閣下，我的名字是超新星・盧泭思，在此提出一項臨時動議的提案要求：籲請委員會諸位討論某樁關於宗教言論操縱的調查提案，將此臨時動議相關的提案用於調查教育方案內容與存在於記錄庫、檔案窨等處的某些文件素材之可企及性。同時，我請求此臨時動議相關的行動包括調查十四位委員，以及列在螢幕上的這些特定人士。」

第四代的非利思・金立即起立發言。「根據現行的法令規章，宗教性言論操縱的調查評議會只能進行關於『立法相關部門之選舉或成立』的相關調查行動。至於學校的教育素材、保存於記錄庫與檔案窨等處的文件，以及列在螢幕上的這些評議委員與諮詢委員名單，這些項目都無法被定義為立法性質的部門。是以，以上這些項目應該豁免於宗教言論操縱的相關調查。」

「憲政委員會將進行討論，決議此論點是否有效。」主持議會的烏瑪主席說。非利思坐下來，神色顯得滿意。

盧浰思再度起立發言。「既然我們提出臨時動議申請調查案的可議宗教主體，就是稱為狂喜的教義，我是否可呼籲請求評議委員會，請考慮憲政委員會可能本身即充滿偏見的立場，因為六位委員當中有五位就是在遵循並實踐狂喜的教義信條。」

非利思亦立即再度站起來反駁。「教義？宗教？這是怎麼樣的誤解哪！在我們的世界並沒有教義或教典崇拜之類的玩意。這些字眼只是太古歷史的回音，這些字眼是我們早就棄捨在身後的諸多雜沓謬誤。」他深沉的聲音顯得淳厚且柔和。「你是否會稱呼空氣是某種教義，醫師，只因為你呼吸它？你是否會稱呼生命是一種宗教，就因為你活在生命之內？狂喜是我等存在之奠基與目標。我們當中的某些成員由於這樣的知識而感到喜悅無邊；對於其他人而言，喜悅存在於未來。但是，在我們這兒並沒有宗教之類的東西，並沒有相互征戰的教義。我們全體都由於生活於『探索號』而綸結為同體大合的連續體。」

「那麼，對於我們『探索號』與這些在星船之內生活的旅者的基本規章而言，其目標就是在這艘星船實踐航程，穿越某些距離的太空，抵達某個特定的行星、研究此行星，並判定是否可能傳送或攜帶此行星的資訊回到我們的原初母星，狄秋，也就是地球。我們都是在實踐此目標的堅定信念之下綸結為連續體，您是否同意呢，非利思委員大人？」

「當然嘍，星船全體評議會並不是用來狡言爭辯語言學或智識理論的場所吧？」非利思以溫和的非難神色回報盧浰思，轉向主席。

「提出某項宗教性言論操縱的指控與動議並非狡言辯論爾爾，委員大人。」主席烏瑪從事結論：

「我會與我的諮詢委員會商榷這項提案。這會是下一次星船全體評議會的討論議題之一。」

一鍋逐漸濃稠的湯

「嗯哼，」賓笛說：「我們果然是把便便放進湯鍋裡去了耶。」

他們兩人正在跑步機演練，賓笛跑了二十週，盧洢思只跑了五週，但他的速度已經逐漸遲緩，呼吸沉重。「這不就是一鍋狂喜之湯嘛。」他喘息著說。

賓笛也降緩速度，盧洢思吸氣且停止跑步動作。他停頓半晌，然後吼叫出聲。「去他的！」

這兩人走向長椅，欲拿毛巾擦洗。

「你告訴她狀況時，星怎麼說？」

「啥也沒說。」

經過一陣子，賓笛開口。「你知道的，那票船橋人士與烏瑪的諮詢委員會，他們本身就與大天使團一樣故步自封，他們只與自己人交談，才不甩別人呢。他們本身就是一股黨派，如同大天使群。」

盧洢思點頭贊同。「是哪，所以說我們是第三黨派。」他說：「便便黨派。湯逐漸變得濃稠啦，太古歷史持續重複自身的模式。」

星船曆一六一年八十八日，偉大的歡喜無邊儀式

就在星船全體評議會宣告，將成立一個委員會來調查相關的宗教言論操縱與其教育法令的意識形態成見、壓制了傳閱並毀壞記錄庫與檔案窖的相關資訊，大天使教主派特爾·陰歡愉呼籲大家前來參加一場偉大的歡喜無邊儀式。

神性割地體被供奉於儀式之內。每個人都說：「當零代的金大人離世時，必然如同今次盛況。」這名年長的男子站起身，走向演說臺。他的臉龐陰暗、毫無縐褶，骨骼透過細緻的肌膚顯得明晰突出。他的模樣籠罩於每個居家單位的全相螢幕。他舉起雙臂，擺出狂喜祝禱的姿勢。

擁擠盛大的群眾隨之嘆息，聲音如森林之風。然而他們並不知道這一點，他們從未聽過森林的風聲，除了他們自身與周遭機器的聲響嘆息，他們並未聆聽過別的聲音。

大天使教主的祝禱大約進行了一小時。起先，他諄諄訴說學習與遵從生命律令的重要性，遵照星船法令與學校教材所指引的方針來生活。他充滿激情地堅定強調，唯有充盈虔誠地遵循這些規則才可能獲致全體的正義、和平與幸福。接著他開始談論清潔、再循環、身為親代的責任、運動、教師與其教導、特定殊異的研究，以及某些樸素不起眼的工作如實驗室工程、清潔工程，以及照護嬰兒等。他講述著在他稱呼為「勤儉生命」所能尋獲的幸福。他顯得年輕許多，黑色眼睛閃亮發光。「無處不皆是狂喜之所在。」

接著，此序言引向他的主要命題。這艘被稱為「探索號」的星船，充盈生命的世代太空船，其旅程行經死湮空無之處。這艘星船是狂喜的載體。

就在這艘星船，每個有限生命的人們可以藉著學習生活於塵世和諧與幸福，提供生命的規則與律令與其道行。如此，我們也可能學到「真正歸宿」的道行。

「並沒有死亡這一回事，」年老男人說，如森林風勢的嘆息再度吹拂過充滿生命的大廳堂。「死亡即無，死亡就是虛冥，死亡即是空乏。生命是全之所在。有限的生命往前方航行，總是往前航弋，筆直且真實地在自身的航道，通往永恆不朽的生命，通往光與歡喜。我們的起源處是黑暗，遭逢痛苦與受難。就在邪惡的黑土，就在恐怖的地域，我們充滿智慧的先祖窺見真實生命的所在，看往真實的自由。於是，他們送我們來此，送他們的孩子們往前航行，揮別黑暗、土地、重力、負面性，讓我們永恆無邊地往光之處航行。」

派特爾．陰歡愉再度為眾人祈福，某些人以為他的祝禱儀式將告一段落。然而，彷彿被自己的話語賦予能量，他繼續說下去：「切勿搞錯我們探索的目標地域，我們生命的目的！切勿將象徵與隱喻誤植為現實！我們的先祖之所以將我們送往這趟偉大的行旅，並不是要我們回到原初之地。他們將我們從重力的枷鎖解放，並不是為了讓我們再度沉淪入枷鎖之境。他們讓我們從古老的地球中解脫，並非為了讓我們永恆天譴地淪往另一個地球！這是直接錯謬主義——科學基本教義論——糟糕透頂的心靈近視。我們的起源處是一個行星，籠罩於黑暗與悲慘，沒錯，但這不可能是我們的終點！怎可能如此呢！

「吾等之先祖稱呼終點為某個世界，因為他們並不知曉任何別的說法。他們只生活於黑暗、汙穢、恐懼，被重力拖曳往下墜落。當他們試圖揣摩狂喜之境，他們只可能設想某個更好、更亮麗的世界，於是他們稱呼它為『新地球』。然而，吾等可清晰看穿朦朧象徵之內的意義，將之翻譯為真實：

那並不是一個行星，並非一個世界，並非黑暗之域，並非恐懼、痛苦與死亡——而是有限生命進入光亮的星辰之旅，進入無亙的生命，進入永無終結、永續如常的朝聖，藉此來到永恆無邊的狂喜境地。哎，我的同儕天使們！我們的行旅是至聖之旅，是永恆之旅！」

「喔喔喔喔。」信徒群眾嘆息如風中綠葉。

「呴！」盧泭思說。他在自己的家居空間，與賓笛和某些朋友觀看布道大會。這些人互相自稱為「便便黨派」。

「哼！」博司說，他與星一起在他的家居空間觀賞此節目。

星船曆一六一年一〇一日，船橋

「戴門特昨天詢問我，他注意到加速圖形的某種異常處。他已經注意這異常狀態好幾十天了。」

「將他從這個方向引開吧。」博司如此說，一邊比較兩組星航圖表。

「我不會這麼做。」

經過幾分鐘，他問道：「那，你會怎麼做？」

「啥都不做。」

他的雙手在工作檯上熠熠生光。「那，就留給我來做吧。」

「倘若你選擇如此。」

「我沒有別的選擇。」

博司繼續工作。星繼續工作。

驟然間，星停止工作，開始敘說。「當我還是個十歲小孩時，做了個非常恐怖的噩夢。我夢見自己正處於貨艙的其中一層，到處漫遊，突然間我警覺到船艙的牆壁上赫然出現一個破洞，就在星船的皮層！這是世界本身的破洞，儘管它非常細小。當時還沒有任何事端滋生，但我知道，空氣會逐漸從洞口被吸汲出去，因為外界就是純粹真空。虛無就是星船之外的天地。於是，我把一隻手按在破洞之上，我的手掌遮蓋了破洞。倘若我把自己的手掌移開，我知道空氣就會逐漸流失。我不斷呼喊，但沒有人在鄰近處，沒有人聽見我在求救。最後，我終於認為自己應該要去求援，但是當我想把手掌從洞口移開時，我已經辦不到了。我的手掌就被箝制在洞口，被星船外的空無牢牢貼緊。」

「真是個恐怖的夢境。」博司說。當星在敘說夢境時，博司從工作檯停下來，雙手放在膝蓋上，背脊挺直，面無表情。「你會回想起這場夢境，是由於如今你認為自己處於類似的位置嗎？」

「不，我認為是你處於夢中的我的位置。」

他考慮沉吟半晌。「那麼，你可曾瞥見脫離這位置的辦法？」

「大叫求援。」

他非常微弱地搖頭。

「博司啊，某個學生或是工程師總是會發現你正在做的事情，而且在你能夠誘導他們分心、合作共謀，或讓他們保持安靜之前把這狀況給談開來。事實上，我認為航行速度的異常狀態已經被談開來了。戴門特一直盯著這些異常點，彷彿他要證明什麼似的。他非常聰穎，而且擁有相當反權威的個性——我與他上同一個班級。他不是那種會被輕易誤導或提供合作態度的類型。」

博司並沒有回話。

「可我卻是那種類型。」她語氣枯燥但沒有怨恨，最後補上這一句。

「你所謂的大叫求援的意思是？」

「告訴他事實。」

「只有戴門特嗎？」

她搖搖頭。她以低沉的聲音說：「說出實情。」

「星，」博司說：「我知道，你認為我們的戰略是錯誤的。我非常感激你鮮少將你的不同意講出來，而且只在我面前倡言。我希望我們可以對於何謂對錯有所共識，但我就是不能把改變航道的權力交給那些狂熱的教典份子，必須等待到他們想做任何更動也太遲了的地步為止。」

「這並非是你能做主的。」

「你會把作主的權限從我身上取走嗎？」

「某個人會的。當他們這麼做的時候，情勢會變成彷彿你說謊了好幾年，你與你的朋友們，為的是將權力掌握在自己這一方。難道你不明白嗎？你會被他們所侮辱，失去你的榮譽。」星的聲音聽起來依然低沉且粗啞。經過片刻，她咬著嘴脣，加上這一句：「你丟給我的這個提問就是非常不榮譽的事物。」

「那只是某種話術。」博司說。

他們之間出現另一陣漫長的沉默。

最後，博司說：「這的確很不榮譽，請原諒我，星。」

她點頭示意，坐下來，低頭看著自己的雙手。

「你會建議我採取些什麼行動呢？」博司說。

「與某些人交談，像是譚賓笛，超新星．盧洢思，庫普塔．蓮鈉——也就是臨時動議調查委員會。這群人就是想要讓派特爾．陰歡愉的權謀得以揭櫫。無論你選擇用什麼說法、如何告訴他們這異常情況是如何發生的都沒有關係，只要讓他們知道我們將在未來的三年內抵達最終點，除非派特爾．陰歡愉阻擋這件事的發生。」

「或是戴門特？」他說。

星顯得退縮。她接下來的話語更謹慎，更充滿耐心。「危險份子並非戴門特這樣的人，博司。危險份子是某個天使狂熱份子得以企及船橋，只要兩分鐘的時間就足以造成危害，讓航線電腦完全失能——這樣的可能性向來存在，但現在有個確切的理由讓某人想要這麼做。天使教派想要的是永不抵達終點，起碼自從派特爾．陰歡愉的公開布道以來就是如此。於是，如今我們應該公布我們即將抵達終點站的事實，因為我們需要所有我們可以取得的支持，好讓這件事情實現。我們必須取得支持。你不能夠一直持續讓自己的手遮蓋著世界的破洞！」

當她說出超新星．盧洢思的名字時，她感受到博司往內裡退卻了。當她繼續慷慨激昂說下去時，卻逐漸失去優勢。最後，她只能夠哀求對方。她等著，但對方並沒有反應。她的論證與急迫性逐漸淡去，化為乾燥的平板無感。

她作結，乾枯且平板。「又，或許你可以一直這樣下去，但我無法繼續矇騙朋友與同事。我不會出賣你，但我也不會繼續共謀。我不會對任何人說任何事。」

「這並不是非常實際的計畫呢。」博司抬頭看著星，噙著一抹緊繃的微笑。「請以耐心對待我，星，這是我所有的請求。」

她站了起來。「這檔子事造成的惡就是我們彼此不再信賴對方。」

「我信賴你。」

「你才不。我，或是我的沉默，或是我的朋友。謊言將信賴給吸出太空外了，吸入虛無。」

博司還是什麼表示也沒有。於是星轉身，立即離開船橋。當她走了半晌，方才領悟到自己正在第二象限，二—三轉彎處，走向她的舊居家空間，這是她爸爸目前獨居的地方。她想要見遙，但總覺得此時去看遙是對於博司的某種背叛。於是她再度轉身離去，回到第四象限的「卡納樊—劉」居家空間。廊道顯得緊且窄小，非常擁擠。她與那些向她打招呼的人們交談。她記起古老惡夢的某個關鍵部分，但她並沒有告知博司。在那個世界牆垣的破洞並不是外界造成的，比方某些泥土或碎石。當她看到那個破洞，她立即洞若觀火，如同夢者在夢境的覺知。打從這艘星船建構生成時，那個破洞就恆持存在。

星船曆一六一年二〇一日，宣布無與倫比重要事件

全星船評議會的主席在通訊主道放置了一份通告，聲稱「無與倫比的重要宣告」將於晚間八點發布。上一回主席進行類似的通告是在十五年前，為的是解釋專業性引用文件的範例更動之必要性。

人們聚集於各自的居家空間、廣場、聚會空間或是工作場所，準備聆聽這場重要的宣告。這畢竟是全星船評議會的重大節目。

伽特吉．烏瑪主席準時於晚間八點出現在螢幕上，開始演說：「親愛的探索號同儕成員，我們必須為一項重大絕頂的發現而做好準備。從今夜開始，我們的生活將會非常不同——將會有極端的異變。」她微笑著，她的微笑相當迷人。

「請勿感到疑慮，這是值得歡欣喝采的時節。我們漫長星航的偉大目的點，從啟程點就由星船與我們搭乘其間的全體成員所戮力期待的最終站，遠比我們能夢想的更為毗鄰。並非我們的孩子們、而是我們自身就可能是踏足新世界的探險隊員。在此，我請卡納樊．博司、我們的首席導航員來告訴各位這項偉大的發現，這是他與他的同儕在船橋所努力從事的成果結晶；他會告訴我們這項發現的意義，以及我們應該預期的情況。」

在螢幕上，博司的面孔取代了烏瑪。他那雙深黑濃密的眉毛，給予博司混雜著充斥威脅力道與疑問的神情。然而，他的聲音卻充滿肯定，沉靜且撫慰人心，而且禮儀異常周到。他開始告訴大家，起點在於五年前的探索號行經某個星球的重力沉陷區，那個區域非常逼近某塊充斥宇宙塵埃的巨大空

間。在他們共同的居家單位單獨觀看博司的演說，星可以知道博司幾時開始撒謊。不光是因為她自己知曉精確的演算式與日期，而是當博司開始說謊，他會變得比平常更充滿權威性與說服力。他的謊言主要是關於加速與減速的頻率，發現電腦計算失誤的日期，以及領航員的反應。

博司並沒有給出細部的日期資訊，他只是陳述，開始懷疑星船加速頻率的起點與異常狀態大約是在將近一年前。電腦計算失誤之龐大，與此失誤可能彰顯的激進情境也逐漸披露。博司開始敘述某個場景：一群不可置信但無畏的領航員，決定將他們發現的隱情從電腦那兒奪取並隱藏起來，因為程式設定會讓它們抗拒任何對原始讀數錯誤之反應的複寫動作；博司更進一步描述領航員們被逼得得要巧取智勝他們的演算工具，哄騙電腦為了過度龐然的補償效應來進行再補償動作，讓星船從不可思議的高速逐漸降低航行速度。

直到這個關頭，博司說，這些領航員與電腦之間的爭鬥是如此千鈞一髮，他們充滿不確定性，無法確知到底發生了什麼狀況，所以他們認為貿然公諸於檯面是不智之舉。

「避免時機不成熟或錯誤的公布造成惶恐狀態，這是我們最關注的考量。如今，我們知曉現在已經沒有驚恐的緣由，再也沒有。我們的導航程序來到徹底的成功。直到加速度突破了所能推論的任何極限，我們可以比原本評估的可能範圍更快速地降低星船的航行速度。如今，我們平穩地待在既定的航道與航程，唯一的差別在於我們會比預估的時間更早抵達目的地。」

博司往上方凝視，彷彿看穿螢幕的藩籬，他的黑色眼眸無法被解讀。他的說話姿態非常緩慢、小心翼翼，聲調頗為平板單調，讓每個句子各自佇立。

「我們如今正在持續減速，在接下來的三點二年間，我們會持續如此的航弋狀態。

「到了星船曆一六四年後期，我們將會進入最終站行星所在的軌道，也就是欣狄秋，或是『新地球』。

「如同我們大家所知，抵達最終站的事件原本預期在星船曆二〇一年方才發生。我們的探索之旅縮短了將近整整四十年！

「我們這一代是異常幸運的世代。我們能以自身的肉眼凝注漫長星航的終結點。我們將會邁向航行的終點。

「就在接下來的這兩年，我們有許多工程需要進行。我們得要為自己的身體與心靈做好準備，因為我們即將離開這個小世界，前往廣闊新穎的土地。我們得為自己的眼睛與靈魂打磨鍛鍊，以迎接新世界的新太陽。」

真實之道

「這實在沒道理可言，盧洢思。」羅沙說：「這並談不上任何重大意義。那些零代的就是不懂，他們怎可能懂呢？他們認為我們太過罪孽深重，無法永遠居住於天界。他們是根深蒂固的地球生命，他們無法搞懂，所以他們認為我們必須要是地球型態的生命。但我們就不是哪——我們怎可能是地球生命？我們誕生於斯，誕生於航程。為什麼我們會想要在這裡以外的地方生活呢？他們讓這兒顯得如此完美，他們送我們上天界。他們為我們打造這個世界，是以我們藉由塵世的狂喜狀態，得以處於狂喜，學習永續不朽的生命之道。在一個類似地球的黑暗泥巴行星，我們要怎麼學習這些呢？來到外界，毫無保護，毫無引導！倘若我們離開真正的航道，我們怎可能持續航行於真實之道？倘若我們停駐於某個地球，我們怎可能抵達天界？」

「嗯，或許我們無法抵達天界，但我們有工作要做。」盧泖思回答。「他們送我們出航就是為了要學習關於土地的資訊，以及回報母星，我們所學得的事物。對於他們而言，學習是非常重要的，也就是探索之道。這就是為何他們將我們的星船取名為『探索號』。」

「正是如此啊！追尋狂喜的星船，探索號！學習新的『真實之道』！大天使們向來都傳送我們所學得的事物回母星，你知道的，盧泖思。我們在教導母星的人們如何獲致真實之道，也就是他們希望我們臻至的目標。這目標是精神性的，難道你不明白嗎，我們早就抵達終點站了？為何我們必須停止我們美麗的星航，前往某個邪惡、恐怖、泥巴處處的地方，去呼吸？」

星船曆一六二年一一二日：某樁選舉

第五代的超新星．盧泖思被選為星船評議會的委員長。在過去動盪迭起的半年間，他擔綱和平調解、交涉安撫等職務所贏得的大眾信賴甚豐，使得盧泖思當選主席職位之事顯得理所當然；即使在天使陣營，他也擁有相當的受歡迎度。他就任的這一年來，確實是鎮撫與療癒的年份。

星船曆一六二年二〇五日：某椿死亡

在八十七歲的晚年，第四代的派特爾・陰歡愉突然間嚴重中風，隨即瀕死。他的臨死儀式是一串狂亂、痛哭流涕的祈禱文、歌謠，以及狂歡祝禱。在他瀕死的十三日間，祝誦者環繞占據了第一象限的金家居住空間廊道，這居所是陰歡愉出生至死亡的生命所在地。在他臨死的這陣子，張力與疲乏的摩擦在這群哀悼狂歡使徒之間肅殺張揚。人們開始憂懼如同「壯麗降臨」時期的歇斯底里與暴力將會緊接著死亡而歕張。在此象限的許多非天使居民於是遷離住所，到別的象限投靠友人或親族。

最後，某位大天使宣告他們的父親已經迎向永恆的狂喜，廊道間傳出巨大的嗚咽啜泣聲浪，但甚少有暴力事件——僅有的一樁殘暴事件是某個名叫第五代蓋爾・喜樂的男人，趁著動亂將他的妻子與她的女兒打死。「如是，他們就能與父親一起通往永恆的狂喜。」這男人如此告白，但他卻饒了自己一命。

神性割地典儀物為派特爾・陰歡愉的葬禮填滿了堅實豐饒的事物。葬禮上有許多場演說，但他們的聲調顯得保留索然，死者沒有小孩可以從事最終的祝禱演說。大天使梵羽翼唱起那首攸關黑暗的讚頌樂：「哎，眼瞳哪，汝窺見何物？」這首歌是典禮的終點。在沉靜的極度疲憊情態裡，參加葬禮的眾人就地解散，當晚的廊道沉寂無人。

星船曆一六二年二二三日：某樁誕生

第五代卡納樊・博司的孩子由他的妻子第五代劉星產下，這嬰兒的父親為這孩子取名為第六代的卡納樊・艾栗嘉。

雖然在擔綱委員長職務時，第五代的超新星・盧洢思並不同時兼任醫師的工作，但星還是要求他於誕生過程隨侍在側，他也順遂照辦。這是一場毫無狀況可言的順利誕生。

當他在第三天前來拜訪他的患者，坐著陪伴星與嬰兒一陣子。博司當時在船橋，星的母乳尚未開始分泌，但嬰兒勤奮地在星的乳頭啜吸，或是挨近任何親近他的事物。「你何必需要我在側呢？」超新星・盧洢思說：「你顯然比我更知曉要如何生出這個寶寶。」

「我想應該是我赫然發現，」星說：「**藉著實行而學習！**記得在我們三年級時，咪咪老師的說法嗎？」星在床褥坐起身子，依然顯得疲憊、充滿勝利感、臉色潮紅，而且柔軟。她低頭凝視那個被細柔黑髮籠罩的小頭顱。「這東西好細小，我無法相信它與我屬於同一個物種。」她說：「你是怎麼稱呼我正在分泌的東西呢？」

「初乳，這是這個物種現在唯一能吃喝的東西。」

「真是驚奇。」星說，非常柔和地以指尖觸摸那個黑髮小頭顱。

「的確很驚人。」盧洢思冷靜地表示同意。

「哎，盧洢思，這一切真是——有你在身邊真是好，我真的很需要你。」

「這是我的榮幸。」他說，依然顯得冷靜。

嬰兒露出些許痙攣，然後他們發現這嬰兒的腸道運動有些微小成績。「真好，真不錯。他將會成為便便集團的成員嘍。」盧泖思說：「抱他過來這邊，讓我來清理吧。哎呀，哎呀，你看看這孩子嘛？他有個小包屋耶，名符其實的小包屋。這是個良好的物種成員！」

「那是個剛包柬啦。」星反駁。盧泖思抬頭看著星，注意到她眼眶含淚。

他把換好乾淨尿布、顯得腫腫一團的寶寶交回星的懷抱。星繼續哭泣。「真是抱歉哪。」

「新手媽媽總是會哭泣啦，平板小笨臉。」

她持續苦澀地啜泣一陣子，抽氣，然後取得自我克制。

「盧泖思，那是——你可留意到博司的狀況？」

「以醫師的身分？」

「是的。」

「我有留意到。」

「他究竟是哪兒不對勁呢？」

盧泖思沉靜一陣子，然後開口。「他不願意去任何醫師那兒看診，所以你要求我光從病患神色就提出可能的診斷——是不是這樣呢？」

「我想是的，很抱歉。」

「沒關係啦。最近他是否常常特別感到疲憊？」

星點點頭。「他上星期昏倒了兩次。」她悄聲說。

「嗯，我的診斷大概會是充血性的心臟衰竭。我對這症狀還頗熟稔，因為身為一個哮喘患者，也很可能會得到這病症，雖然我有幸尚未成為心臟衰竭患者。你可以與這種病共生存活好長一段時間，有藥可服用，而且診療服藥的方式有許多可能的變化式。送他來讓醫院的雷亟思·檣達拉診治吧。」

「我會盡力嘗試。」星仍然悄聲低語。

「一定要做到，」盧洢思神色嚴峻。「告訴他，他欠自己的小孩一個父親。」

他站起來準備離去，星於此時開口：「盧洢思——」

「好好放鬆啦，不要太擔憂，博司會沒事的。醫院的那傢伙會好好照料他。」他觸摸寶寶的耳朵。

「盧洢思，當我們降落時，你可會降臨於星船外的土地？」

「當然嘍，倘若我們終究能夠降落。你難道不知道，我堅持要大家進行這些教育與訓練課程是為了什麼哪？為了要讓我們透過視頻看到一群伊媧假克穿著太空裝在真空間飄來跑去？」

「我總覺得，好多人都選擇要滯留在星船，不會降落土地。」

「嗯，我們到達之後就可鑑定實際狀況啦，這會是很有趣的情境。我們在儲藏D區發現某些玩意，本以為那是厚重的保護性衣物，但它的尺寸實在太過碩大，結果我們推斷那玩意是暫時性的生活空間。你讓它們吹氣膨脹，然後活在它裡面。除此之外，我們還找到充氣式的旅遊器物，老大認為那是用來在水面上浮游的裝置。是船。想像一下，在那兒有足夠的水讓船能夠浮游！才不呢，我才不會拿一切與這光景交換……明天我會再來探訪。」

抵達星球前的意願登記

就在星船曆一六三年的第一季，所有星船上年滿十六歲的人們被當局要求，你得要在登陸辦事處填寫自己對於登陸新世界的意願。人們可以隨時改變先前的決定，直到最終決定的時刻，目前的意願並不具有約束力。直到我們徹底調查將抵達星球的可居住性，做完所有的可能測試之後，才會宣告最終意願決定的時刻。

人們被登陸辦事處詢問：

倘若此星球是可居住的地域，你可願意成為勘測行星表面、汲取資料的小組成員？
當星船還在軌道上環繞，你是否就願意生活於此行星的表面？
倘若星船離去，你是否願意駐留於此行星，成為殖民者？

同時，船上的成員被要求提出自己的意見：

星船應該在軌道駐留多久，為行星第一批新住民提供支援？

最後的問卷部分攸關此行星萬一無法居住，或是填寫問卷者不願意拜訪此星球、成為此行星的殖民住民：

倘若星船離去，你認為它應該回返我們的原初星球，或繼續航向無亙太空？

根據第五代的卡納樊．博司與相關人士，返航回地球的旅程會接近七十五年，只要重力沉降的鞭笞效應得以重複。某些工程師表示懷疑，但是航弋員們信心滿懷。「探索號」能夠在一輩子或二世代之間回到地球。這樣的堅定宣稱只有在航弋員之間得到熱烈的擁戴。

抵達殖民星球前的公開意願登記，隨時歡迎人們到辦事處來填寫，此登記情況形成有趣的波動局勢。最初的一段時間，數目不少的登記者表示他們願意在星船尚環繞軌道時造訪此行星、在表面生活一段時間——以訪問者的身分。他們被貼上此標記。鮮少有人表示，即使星船已經離去，他們還願意繼續居住在此行星。這些頑固的人們被標籤為局外者，並接受此名稱。

然而，迄今最大多數的登錄者表示，他們完全不想要踏足於此星球表面，希冀能夠在星船再度啟航時趕快繼續這趟跨星際旅程。有兩千名以上的人士立即登錄為航行者。

天使陣營的投票聲勢是如此強大，沒有誰質疑最後的決議會是如何。「探索號」並不會在它的目的地環繞一段時間，也不會回返原初母星，只會航向無邊無涯的永恆。

某些激烈的爭辯——例如關於設備的消耗度、使用與更換性、意外狀況與熵指數等等——讓某些航弋員感到搖擺不定。然而，大多數的人們意志堅定，他們就是想要生活於無涯狂喜，而後死於無邊狂喜。

當這樣的情況變得明顯，意欲永久停留於此星球的登記人數開始上升，而且持續上升。很明顯地，大多數的天使眾渴求盡快持續這趟神性的旅程，星船並不會被束縛於軌道太長的時間。少數天使成員甚至提議，想要降臨地表從事探索性質的造訪。許多遵從大天使教誨的好天使們極力勸阻他們的朋友，告誡他們說離開星船是一樁難以想像的險惡之舉——並非身體層面的冒險，而是此舉乃罪之化身，是藉著淪喪永世不朽靈魂的代價去取得無需要性的知識。

逐漸地，這些選項變得愈發狹隘。要不就是前往黑暗的土地，停留駐足；否則，就是持續湛亮且永不停止的星際航程。不可知，以及已然知曉。冒險，或是安居。

在這一年間，從造訪者轉變為局外者的數目持續增加，突破了千人之多。

在星曆一六三年的後半段，欣狄秋星際的主要黃色星星成為負二級的星等，出現於人們的視域。學校的孩童被老師帶領到船橋的「窗戶」觀看這顆星星。

教育指南也得以激進地從事改寫。雖然身為天使的教師們相當不熱中、甚至對於新的教材懷抱敵意，卻被要求不得干涉「新手老師」教導孩童們，訴說即將抵達的航程目的地究竟是怎麼一回事。古老地球的模擬實境——「叢林」、「內城市兩千年」等等——逐漸凋零敗壞，最後徹底銷毀。然而，許多教育性的影片仍然保存完好，許多別的材料存放於儲藏區，等待可能的使用者前來。

登錄為訪問者或局外者的人們組成讀書小組，他們一起研讀這些影片與教材性書籍。在這些時段，字典不時被傳喚出來解決誤解與某些字詞造成的爭議，雖然某些時候，這些爭議就是沒完沒了地持續。究竟「溝峪」是某種非常飢餓的狀態，或是地基下沉通往的洞穴？字典提供許多可能的類似字詞，像是峽谷、裂縫、塹、斷層、深淵。好吧，那意味著地板底下的地底區域。當你非常渴求食物，那樣的字詞是饑腸轆轆。但是，為何你竟然會如許渴望食物呢？

某位實務主義者

「是的，我並不想要離開星船。」

盧洢思瞪視著登錄資料，他方才發現譚賓笛的名字是在「航行者」的名單上。他望向好友，然後視線返回螢幕。

「你不想離開星船？」

「我從不想啊，怎麼啦？」

「你不是天使耶。」盧洢思最後擠出這話，很愚蠢的話。

「我當然不是天使。我是一名實務主義者。」

「但你戮力工作，為的就是……讓這些道路得以開啟……」

「當然嘍。」過了半晌，譚賓笛開始解釋：「我不喜歡爭吵、分離主義、強迫性的抉擇。這些東西會搞壞生活品質。」

「但你不會感到好奇嗎？」

「不會。倘若我欲想知道生活在行星表面是怎麼一回事，我可以觀看訓練錄影帶與全相視頻；我也可以讀遍圖書館收藏的古地球相關書籍。然而，為何我會想要知曉生活於某個行星表面是何等境況？我生活於斯，而且我向來喜愛這兒的生活。我喜歡我知曉的事物，也知曉我喜歡的是什麼。」

盧泖思還是顯得非常驚恐。

「你擁有某種責任感，」賓笛充滿愛意地告訴他：「像是祖先給予你的使命，去找到某個新世界吧……或是科學屬性的責任感——尋覓新的知識。倘若某道門開啟，你會認為你與生俱來的責任就是通往這扇門，前往彼方。倘若某道門在我眼前開啟，我會毫無置疑地立即關上它。倘若生命狀態很好，我不希冀改變它。在此的生命狀態很好，盧泖思。」他的說話方式如常，在句子之間會稍作歇息。「我會非常想念你與遷移定居的許多人。我會被那些天使搞得很無聊，但你在下面那顆土壤球體的生活決不會無聊。然而，我並沒有責任感，也可以享受無聊的生活。我想要平和地生活，並不造就也不承受傷害。而且呢，從這些影像與書籍資訊來判斷，這艘星船很可能是在這個宇宙最適合過這種生活的地方。」

「所以，說到底，這就是關於控制的議題嘍。是這樣嗎？」盧泖思說。

賓笛點點頭。「我們需要擁有控制感，天使們與我都是。你並不需要。」

「我們誰都沒有擁有控制感，誰都沒有。」

「我知道。但我們獲致某種良好的模仿控制狀態，在星船上的生活就是如此。對我來說，虛擬實境就足夠了。」

星船曆一六三年二〇二日：某楕死亡

經過不時復發的病症折騰，航弋員卡納樊．博司死於心臟衰竭。他的妻子劉星、他們尚在襁褓中的兒子、許多親友、全體航弋員、星際評議會的大多數成員都參加了他的葬禮。

他的同儕，第四代的帕托．藍達思在葬禮時訴說博司出色的專業技藝，結束時他哭泣了。第五代的伽特吉．烏瑪說到博司會對愚蠢的笑話發笑，同時說出某個讓他發笑的愚蠢笑話。她也道出，博司是多麼高興能擁有他與星剛出生的孩子，雖然他認識這孩子的時間頗為短暫。最後的祝禱詞由他的某位學生負責，這名學生稱呼博司是一名嚴厲的師父，但卻是個偉大的人。

之後，星隨著技師，陪伴博司的遺體來到生命中心的回收循環區。在葬禮上，星並沒有發言。技師們留給她與死者些許獨處時光，她非常溫柔地撫摸博司的面頰，感受到死亡冰寒的溫度。她的告別詞只是一句簡潔的低語：「再會了。」

航弋終點站

星船曆一六四年八二日，「探索號」進入了欣狄秋、新—地—球，或稱為「新塔拉星」的軌道。時值星船從事它的首度四十回軌道繞行，送往星球表面的偵測器提供了豐碩的資訊。然而，對於星船接收端的人們而言，大多數的資料都是難以辨識、或是幾乎無法辨識的東西。

然而，他們很快就得到確認：人們可以在星球表面實踐呼吸動作，無須呼吸器或是太空裝的輔助。逐漸增生的證據顯示，此行星相當適合長時程的人類居住模式。意味，人們可以在此生活。

就在星船曆一六四年九三日，首艘降臨地表的運輸裝置成功降落於此行星，登錄在暫時設計為第八次象限的行星表面。

就在這個瞬間之後，本故事不再有標題。因為，世界已然改觀，名字已然不同，時間測量的形式不再如同往昔，地表的風將一切都吹散殆盡。[1]

離開星船：從空氣封印艙移動到降落小艇，這是可被理解的行動——恐怖驚悸，狂怒刺激，絕頂。這是某種逾越的行動，反叛的行動，取得確認的行動。最終的行動。

離開登陸小艇：走下五步，來到行星的地表。這將會把理解拋諸腦後；失去理解性，將會進入瘋狂之境。此舉將把你翻譯入某種語言，在那道語言網羅裡，諸如地表、空氣、逾越、確認、行動、實行等等，這些都不再有什麼意思。沒有語彙的世界，沒有意義的世界，尚未被定義的宇宙。

驟然間感知到牆的存在，受祝福者需要牆壁。就在登陸小艇的某一側，她背對著牆壁，把自己的臉龐藏在牆壁間，於是她能夠看到牆壁，光滑弧形的金屬牆，堅實，擁有侷限。看到牆壁就看不到彼方，也就是牆壁之外的他處，無互處。

1 譯注：原文中，作者為呈現定居新地球住民的語言適應，以錯字或錯誤文法呈現，本節之譯文也相應處理，不修正為全然通順、正確。

她把她的寶寶摟向自己，他的面頰緊貼著她的胸部。

這兒有人們陪同她，就在她身邊，一起靠著牆壁。然而，她只是依稀感受到他們的存在。即使人們都蜷縮攏靠成一團，他們還是顯得咫尺天涯。她聽到人們嘔吐與抽氣的聲音，她自己感到暈眩，難受。她無法呼吸，通風系統似乎崩潰瓦解，風扇的風勢太強烈，關上風扇吧！某道巡弋燈光落到身上，她可以感受到光的熱度籠罩自己的頭與頸部。當她張開雙眼，她看到峻烈的光之視線落向牆壁的皮層。

牆壁的皮層，星船的表皮。原來星是在從事呼吸哪。原來如此，當她還是個小孩時，她總想要成為一個可在外界呼吸的太空人。她正在進行呼吸，當這一切結束時，她就能夠回返這個世界。她試圖攀附這世界的肌膚，但那皮層的質地顯得光滑、陶瓷質感，拒絕讓她攀著自己。這是個冷漠的母親，嚴苛的母親，死去的母親。

她再度睜開雙眼，從她寶寶的柔絲黑髮頭顱看往自己的腳，她正佇立於泥壤之上呢。她移動，試圖離開泥壤地，因為你不該在泥壤上走動。當她還非常幼小時，父親告訴她，不行，行走於泥壤花園是不好的行為，因為這些植物需要所有的空間，你的腳可能會危害到細小的植物。於是，星試圖從牆壁的一端移開，離開泥壤花園。但是這兒全都是泥壤花園，全都是泥土、植物，她所駐足之處，所有的一切。

她的腳傷害到小植物，而泥壤傷到她的足底。她絕望地環顧四周，尋覓走道、廊間、天花板、牆壁。她從牆壁這邊掉轉視線，看到壯麗眩目的藍綠光景，這光景的事物都環繞著難以忍受的核心光照。由於視線受阻且平衡失調，星跌落在地，將自己的臉龐藏在她寶寶的臉旁。她由於羞愧而哭泣。

風勢，氣流急速移動，冷硬且無止境地吹拂。風勢讓你感覺寒冷，所以你顫抖、抖瑟，彷彿發燒。風勢暫息而後重啟，無止歇地，愚蠢的風，不可預期，無可理喻，充滿狂躁，令人憎惡，某種折騰。把它關掉，讓它停止吹拂！

風勢，氣流柔軟遷移，將山脈間細長的草叢吹拂成波狀，從遠方攜帶各種氣味，於是你抬起頭來，嗅聞探勘，將這些氣味吸入體內。這些奇異的甜蜜的苦澀的氣味，世界的氣味。

森林間淙淙流轉風的音色。

風勢在氣流之間移動色澤。

某些先前不大受到重視的人士，在新的地盤搖身成為角頭老大，得到眾人的敬重，隨時都有人需要他們。第四代的超新星・愛德對於「時態」們（tenses）相當熟稔，他是第一個知曉要如何流利駕馭它們的使用者。充滿神蹟地，那些塑膠布團與繩索於是浮升起來，轉化為牆壁，阻擋風勢的牆壁——這些物體進而生成變化為房間，將你包裹於充滿神奇熟悉感的親近表層：近在頭頂的天花板、平滑的地板、安靜的空氣，某道平穩且並不閃爍明滅的燈光。這玩意造成絕對的差異性，它讓生活顯得可能。擁有一個時態就等於擁有一個家居空間，知道你自己得以進入內部，進入，活在內裡。

「這是『帳篷』（tent）啦！」愛德說，但大家都聽過更熟悉的字眼，依然持續稱呼這玩意為時態，是時態啦。

某個十五歲的女孩，李梅利，她記得在某部太古電影當中，包裹腳的東西該怎麼稱呼。人們先試著使用症狀緩和短襪，但這些短襪很薄，而且很快就不堪使用。於是李梅利繼續在儲藏大戶裡翻搜物件，這是許多龐大且持續滋生的商店迷宮，登陸者持續從星船把各式物件攜帶下來，直到她搜尋到標誌著「鞋子」的紙盒們。這些鞋子弄痛人們細緻的足底，這些人們終其一生都在地氈上行走，腳無著物；但當他們穿上鞋子，地面弄痛他們的程度得以減輕。謹記地表，石頭，岩石。

然而，第四代的帕托．藍達思並不輕言放棄。他的技術引導探索號航向星球軌道，讓第一艘登陸小艇降落於地表。他拿著一把探照燈，另一隻手握住管線與插頭，凝視那座宛若城牆、深黯皺縮的巨大植物表面。這是一株樹木，在樹蔭下，藍達思架設自己的帳篷。他尋覓可能形成的發電地基，視線隱諱憂傷。沒多久，藍達思站挺身子，表情顯得輕蔑。帶著那盞燈，他走回倉儲室。

第五代的龍泰沙。當她在工地勞動時，她三個月大的寶寶躺在土地上。當泰沙前往哺乳，她尖聲大叫。「寶寶瞎了！」寶寶的瞳孔變成兩個小盲點，全身發燙紅熱，臉頰與頭皮都起了疹子。他呈現痙攣狀態，昏迷瀕死。那一夜，小嬰兒死了，大家必須將他放入土地深處實行再循環儀式。泰沙躺在包裹寶寶的土地表面，就在寶寶的上方。她大聲抽噎，嘴巴貼緊土地。她的面容沾滿褐色的土壤，這是一張泥土圖畫成的可怕面孔。

太陽，並非星辰。我們所知的星光：安全，親切，遙遠。太陽是一顆過度毗鄰的星辰。這顆太陽過於靠近。

「我的名字是星辰。」在心底，星如此自語。星辰，並非太陽。

在黑夜週期，她從帳篷外出，獨自凝視深夜群星，這些賦予她名字的星體。閃耀的星，閃亮的小星星，亮晶晶的小光點，無數，無數，無以數計。並非一體，而是各自獨立……她的思惟渙散，實在太過疲累。無以數計的星辰，浩瀚廣渺的天際。她爬回內裡深處，進入帳篷內，挨近睡鋪的盧洢思。盧洢思處於疲憊不堪的沉睡狀態。星以自動的態勢，傾聽他的心跳好一陣子；柔軟，無罣礙的心跳聲。她將艾栗嘉抱到胸前，攬在懷裡。她想到龍泰沙的嬰兒，沉眠於土地內，埋骨於這顆巨大土球。

她想到白晝時分，艾栗嘉狂奔於草地上的光景。他在陽光下狂恣奔跑，由於奔跑的喜悅而大吼大叫。星急忙呼喚他回到陰涼處，但是，艾栗嘉就是熱愛溫暖的陽光。

自從離開星船，盧洢思的哮喘沒再發作過，他說，然而偏頭疼卻變得愈發嚴重。許多人出現頭痛、靜脈竇不適的症狀。或許，空氣的組成物、土壤的組成顆粒、植物的粉塵、星球本身的質素與分泌物、星球吐出的氣息，都可能造就這些症狀。在漫長炎熱的白晝，盧洢思躺在帳篷內，躺在漫長抽搐的劇痛裡，思索星球本身的諸多祕辛。他遐想自己吸取星球吐出的呼吸，彷彿彼此互為戀人，彷彿吸取星的呼吸。吸取，飲取，成為那份呼吸。

位於山脈的高處，居高臨下，靠近河流但並不貼近，起初呢，這兒看似是個適合建構首度殖民地基的地域。如此，距離安全無虞，孩童們不會隨時掉入那股洶湧奔騰、深不可測的水流汪洋域。藍達斯測量水域與地基之間的距離，一點七公里。然而，輸送清水的人們為一點七公里找到新的定義：一點七公里這樣的路途，是漫長路遙遙的盛水距離。地底並無水管，岩石之間並無水龍頭。當你既無水管、水龍頭亦缺乏的當下，你赫然發現，水啊，可是無比要緊的玩意：隨時隨地都無比要緊的物體！水是最最美好、最值得崇拜的聖神之物，天使從未夢想過的神聖至福體。你發現了「焦渴」這回事。當你的喉嚨乾渴，你必須飲水解渴！同時間，你還發現了「清洗」這檔子事——變得乾淨！變成你向來欲求的狀態，不再是滿身泥濘、沾滿髒泥巴的黏兮兮模樣，而是乾淨如昔！

星與她的父親一起走回田地，遙的步伐顯得顛滯，雙手變得黑烏烏，粗糙長繭，滿是土壤的痕跡。星還記得，遙在星船上的花園工作，細柔輕盈的塵土在他的雙手十指間；當他工作時，粉塵連結他的指尖與手指骨節。之後，遙清洗雙手，他的手掌乾淨如新。

當你沾到髒東西時，能夠盡速清洗，隨時都有足夠的清水可飲用，這是何等美妙的狀態！舉行例行會議時，大家投票表決，決議將帳篷移向水源處，距離儲藏倉更遠一些。比起工具器物，水源更加重要。孩童們必須自己學習，謹慎細心地行動。

每個人都要學習。無時不刻，隨處隨地，大家都要學習：小心行事，謹慎行動。汲取清水，煮沸再飲用，真是煩哪！然而，採集水源分析的醫生們毫不妥協。某些在地的細菌會經由人體分泌物為觸媒，大肆活躍綻放。感染可是很容易就旺盛蔓延的呢！

掘通廁所、挖取化糞池，真是艱鉅的工程，煩死了！然而，手持指導冊子的博士們可是毫不通融哩。關於排水溝與化糞系統的手冊頗難理解（兩個世紀前在新德里製作，以英文印刷），裡頭充滿一堆必須從各種脈絡來搞清楚的字眼：排水溝，碎石灘，基礎岩床，水渠。

真是煩透了！小心行事，行事小心翼翼，不辭勞苦，遵守規則。絕對不可如何如何！總要如何如何！切記如何如何！別這樣！別忘記這忘記那！不然就慘了！

會是怎樣的慘法？

你總是會掛掉的嘛。這個星球討厭你們，它討厭異來者的身體。

現在又多了三個死亡的嬰兒，一個青少年，兩個成年人，共計六具屍體。它們全都在泥土地底下，挨近第一具屍體。泰沙的嬰兒是這些死者的冥府導遊，引領它們進入地底，進入萬物的內部。

食物應該非常豐富。當你凝視儲藏倉庫的糧食陣營，牆面上一排排、走道上一列列的糧食箱子，似乎足夠成千上萬的人口食用到時光的盡頭。天使群讓大家擁有這些豐沛存糧，天使的慷慨大度讓你感到炫惑動容。然而，你見識到土地綿延不絕的景象，穿越儲藏倉庫，穿越新的棚子，天空廣渺無邊際。然後你回眸，望向那些儲藏的糧食箱子，驟然間，它們變得萎縮渺小。

在例行會議，你聽到盧雅不時疾呼，「我們必須不斷測試在地植物的可食用性。」你也聽到邱荻．艾維德的發言：「我們應該開始經營耕作園地，在這個革命性——在這個年度，現在是最佳時節，萬物生長的時節！」

你終於明白，其實食物並不是豐足無缺，食物可能永遠匱乏不足，食物很可能會不夠大家食用。（豆子可能不會開花綻放，稻米可能不會從土壤冒出來，基因實驗可能永遠無法成功。）時間到了，就會變得如此：愈發稀少，終究匱乏。在這個星球，時間的概念不同於星船的時間系統。

在這兒，萬事萬物皆有屬於自身的時節。

第五代的超新星·盧洢思，職業為醫師。這位醫生就坐在同屬第五代的巴爾托·張的屍身旁邊。巴爾托·張由於腳踝的某個水泡感染，造成血液中毒，傷口嚴重感染，因此不治身亡。突然間，醫生對張的同營夥伴大吼：「他忽略了傷勢！你們也都忽略了他！你們應該看得出來，傷口感染了，但為何棄之不顧？難道你們還以為，如今我們依然活在無菌安全的環境！你們總是學不乖聽不懂嗎？你們就是聽不進去，這裡的泥土是危險物質！你們難道以為我可以行使神蹟嗎！」然後，他開始哭泣。巴爾托的同伴全都目瞪口呆，茫然站立，陪伴死去的同伴與啜泣的醫生，全體籠罩於恐懼、羞愧、愁苦慘澹的氛圍。

生命體。此星球充斥各色各樣的生命體，遍野各處淨是豐美多樣的生命體。唯一並不是有機生命體的事物，便是岩石。除此之外，這個星球充塞活絡、森羅百態的生命。

植物覆蓋地表的土壤，盈滿水域，世界的四面八方淨是形色繽紛、朱紫並奪的植物。（第四代的劉雅在臨時搭建的植物測試實驗室工作。她不時覺得，處在持續性的疲累迷霧陣，三不五時會驀然湧現一股難以言喻的喜悅之情，得到貧者瞬間致富的滿足感，某種想要狂喜呼喊的衝動——看哪，看看這個玩意，真是個特殊奇妙的事物哪！）當然，這星球也充斥了各式各樣的動物，林林總總沒完沒了的豐沛動物種類。（第四代的史丹蔓・潔兒，她是第一組自願簽署為外域探索成員的人士。後來，她終於受不了生物大軍，只得回到星船。主要原因是她難以承受壅塞地表與天際，宛如蝗蟲過境、恆河砂礫似的汪洋飛行小蟲陣。由於無法克服蟲蟲恐懼，無法目睹、更難以承受經常性的肢體接觸，潔兒時常情緒失控地爆發，難以克制恐懼的尖叫與戰慄。）

起初，人們傾向稱呼這些動物為牛兒、狗狗，獅子……人類命名這些生命體，試圖與地球書本與影像記錄保存的那些生命相互串連。讀過動物圖鑑的人們堅持反對此舉：比起牛、犬、獅子等生物，這些新狄秋星的原生生命體，它們的體型小上許多；況且，新狄秋星的生命體更類似狄秋星的昆蟲、節肢生命，以及爬行蟲。「此星球的生命體並未發展出脊椎骨，」年少的嘉西亞・安妮塔表示。她被這些林總新鮮的生命體所蠱惑，在從事電力工程師的正職之餘，只要得到一些空閒，就會戮力研究古地球的生物檔案庫。「至少，在這塊地域範圍的生命體，全都沒有脊椎。然而，它們卻發衍出非常美妙的防護殼。」

體型大約毫米長、具備綠色羽翼的這些生命體，它們執著地跟隨人類，喜歡攀附在你的皮膚表層，讓你覺得身體有點癢癢的。這種生命體被命名為「狗狗」。嗯，它們的行止相當友善，況且，狗兒不正是人類最要好的友伴嗎？安妮塔表示，這些生命體喜愛人體肌膚汗水所分泌的鹽分，而它們智力頗高，能夠以親善的模式表達心意。然而，人類還是毫無悔改之意，持續稱呼它們為「狗狗」。嗐，在我脖子上那個東東是啥玩意？喔，沒事，只是一隻狗狗嘛。

這顆行星環繞著熾烈的恆星，恆持地運轉。

傍晚薄暮，驕陽西沉。雖是老哏，但質地大相逕庭。沉落的那些時刻，太陽周遭染抹色暈，此乃雲叢風湧環繞夕陽的色彩光譜。

破曉時刻，旭日東升，隨同冉冉上升的是隨時流變、熾烈、微妙的世界諸色澤。這些色彩重新現身降世，重返生命之所在，重生。

在這個行星，週而復始的恆持性並不需要人類來維繫。然而，人類必須依賴天體運行的恆持循環。這是一樁與星船生涯恰好相反的事蹟。

星船再度航弋。如今，星船已然遠離行星。

那些試圖生活在戶外的局外者，泰半於剛開始的十來天就改變心意，回返星船。全向度議會的現任領袖、第五代的羅絲·米赫正式宣布，就在第一百六十四星船年的第二百五十六日，探索號星船即將再度啟航，展開無終點的永恆旅程。某些定居於殖民星地基的人們回心轉意，要求星船讓他們回歸。他們無法承受漫長永恆的流放，有的人則是不堪忍受戶外生活的艱辛困厄。反向亦然，數目相當的星船居民要求下船，加入殖民星團的在地生活。他們無法再承擔漫長茫然、永無止境的無終點朝聖行旅，或者，有些人不願意再忍受大天使團的宰制。

當星船終於再度啟程，行將遨遊星海，九百零四名的人們留在這個行星定居。他們將老死於此星球，其中的某幾個人早已葬身於此。

大家不怎麼談論這則星船啟航的壯舉。值得談論的事情甚少，何況，要是你無時不刻都操勞疲累得半死，你最想做的活動就是吃飯，然後鑽入睡袋內狂睡。星船再度飛翔的契機，乍聽之下是樁大事件，實則不然。橫豎，從星球表面看不見星船起飛的景觀。飛翔之日之前，廣播系統與串連網絡再三苦口婆心，輸送狂喜旅程的相關懇談，勸喻在地者：你們全都是天使，歡迎大家回歸天界，共享永恆喜樂。除此之外，聯繫網絡傳達了一串串的私人訊息，包括懇求、祝禱、道別。在這些往返通訊之後，星船再度離地飛翔。

好長一段時間，「探索號」持續傳送新聞與訊息，告知殖民星的人們誰出生了，誰死去了，召喚、祈禱，以及星船航程始終不渝的狂喜。殖民星回傳的私人訊息送回星船，至於資訊與科學方面的報告，則是傳送回地球。試圖對話與相互溝通的行為，鮮少得到成功的回應，幾年之後，雙方不再嘗試。

他們遵循議會規範條例，殖民星的人們盡力採集並組織相關的星球生態資料，只要是讓欣狄秋感興趣的事物，人們會在繁重工作允許的空檔，將這些資訊送回他們起源的行星。某個小組成立，專事保存與傳輸這些殖民星的年鑑資料。除了科學資料，人們還傳送了自身的觀察思惟、影像，以及詩篇。

你不禁疑惑，在那個起源之星，究竟有沒有殘存者來傾聽這些訊息。然而，這早就不是新鮮事了。將要傳送到星船的通訊資料會在殖民星的接收端得以儲存，因為狄秋的人們得要花費好幾年，才能收取到這些訊息，回應的時間也要花費數年光陰。由於字彙與思想的劇烈變化，星船與殖民星的雙向溝通愈形艱難，通訊呈現出一如往常的混亂局勢，幾乎毫無關連性，愈來愈無法理解對方要說些什麼。什麼是退位E.O.？何以在米拉卡這地方發生動亂？什麼是遨遊花費的相關科技？在梵通基因的四：十比例係數，究竟有什麼生死交關的要緊之處？

字彙的沿革狀況早就不是新聞嘍。處於星船之內，你畢生以來所知的字彙甚少具備實質意義。那些字彙在星船內的世界並不彰顯出意指，像是「雲叢」，「流風」，「雨滴」，「氣候」等等字詞。這些是詩人的字彙，註釋會附加於篇章的末端，有些可從剪輯短片找到類似的影像，有些則是在虛擬實境室得以體驗短暫的感官觸動。這些字詞的實質性就是想像風景，或是虛擬的光景。

然而，在這個殖民星，唯一不具備意義的字眼、唯一缺乏內容的概念，就是「虛擬」這個字詞。在這兒，沒有任何虛擬之物。

雲層從西方湧現。西方是另一個實質概念：它顯示方位。在這個你可能會迷路的星球，方位是非常重要的實質狀況。

雨滴從某種長相的雲端滑落。雨滴讓你濕透，狂風吹襲，你感到冰冷。這等景況沒完沒了，因為它不是個隨時可切換抽身的虛擬程式，它是實質的氣候。它具備永在的特質，而你可不，除非你學聰明點，趕緊遠離狂風暴雨的氣候，入室躲雨。

或許，居住於地球的人類早就知曉這些資料了。

至於巨大、粗糙且高壯的植物，它們就是樹木，包含著珍貴且罕見的實質木材，這是在星船內部某些器材與裝飾物的原料。（星船內部：這在此地成為一個虛擬之詞。）木製的事物無法循環使用，它們是無可替代之物；塑膠製品的質地則是大大不同。在這兒，塑膠製品變得罕見且珍貴，反而樹木處處聳立於高山峽谷。藉由降落倉儲所提供的古老特殊器具，倒臥的樹木得以砍成小碎塊。（使用手冊拼的「鋸子」一詞，原先寫成「颶子」，其意義得以重新出土。）樹木的碎塊是紮實的木頭，它是優秀的建築物原料物件，亦可充當許多器具的原始材料。況且，木頭可以點燃起火，木頭可以創造溫暖。

「火」是這個殖民星無與倫比的重大發現。對於地球而言，它會是新聞嗎？

光焰：火炬之端點所燃放的風光。烈燄：瓦斯噴射燈的活躍端口。

絕大多數的人們，畢生迄今未曾見識過火燒的光景。他們朝火勢靠攏圍聚。切勿觸摸！氣流變得寒冷，充斥雲雨風霧的聲勢，充斥惡天候的徵兆。火光的溫熱感覺舒適。組架起殖民星第一座發電機的龍喬，蒐集樹木枝葉，堆聚於自己的營帳內，升起一把火，邀請好友前來分享光熱。然而，才沒兩下子，每個人都從棚子裡落荒而逃，被濃煙熏得嗆咳不已。這倒是好事，因為火光喜愛棚子的程度不亞於木柴，它伸出紅黃色的舌尖，火勢吞噬，直到周遭只剩餘一堆黑色焦臭的燒毀殘渣，別無它物。這真是個大災難。（又是個災難！）然而，每個人從棚內蜂擁奔逃而出，由於濃煙而狂咳流淚不止，這等景觀乍是滑稽。

濃雲，煙霧。飽滿的字詞，紮實盛載著意義，充滿多樣化的意思，生死循環的意義。字詞彰顯生命，字詞表意死亡。詩人們的字句終於不再是海市蜃樓。

宛若一朵寂寞的雲，
我孤身浪遊……

一叢鬍鬚之內的氣候究竟為何？

風大野朔，節氣怪奇……

第二期的燕麥作物從土壤生長，綻放（泉湧），暴漲而出，長滿茂密的葉子與美麗的穀物。它們由翠綠轉而金黃，堪稱豐收季。種子從你的指尖盈然滑落，彷彿晶瑩的寶珠終究墜落（秋收）為珍貴的糧食。

頗為突兀地，從星船傳送而來的訊息不再具備任何私人的連絡音訊。星船的訊息只殘存幾則反覆再三的廣播資料，包括金鈦瑞的三次錄音演說、天使之父陰歡愉的演講記錄、大天使群的天界召喚，以及一團團男聲合唱祈禱的錄音，週而復始，反覆再三。

「為何我的名字是『第六代的羅明翎』呢？」當孩子聽懂母親的解釋，她更進一步質疑。「但我們已經不在船上啦，我們住在這兒，為何我們不全都是第零代？」

第五代的羅安娜在聚會時提及這則軼事，激起社區人們的集體歡愉。這等感受便如同大家看到那些透明翅膀鑲金的有翼小生命、從眼端頭頂滑翔而去的滋味；見到這些小翅膀生物，每個人都會停止手邊的事，叫喊著：「看哪！」它們是蔓麗波紗蝶，有人稱呼，於是，大家從此沿用這個漂亮的名字來稱呼蝶兒。

在寒冷時節，工作無法持續不斷，大家的討論愈發熱烈，爭相探討事物的名字，如何為各種事物取名，像是狗狗的名字。共識達成，每個人都同意命名是一件嚴肅的工程。然而，若是在記錄庫或辭海裡頭翻山倒櫃，找出某個辭彙，像是「甲蟲」來為這個長相類似的咖啡色生物命名，這樣是不妥的。這個生命並不是甲蟲，它該有屬於自身的名字，像是爬樹高手、咖哂咖哂、食葉者。那麼，關於我們自身呢？安娜的小孩說對了！第四代，第五代，第六代——這種傳承與我們又有何關係，落地生根的我們？天使眾高興的話可以數到一百代，倘若他們可以傳承到第十代就夠幸運了……所以說，薩林的小孩該怎麼命名？它不是第六代的拉西利．帕軻瑪。她是第一代的欣狄秋—拉西利—帕軻瑪。或者，她純粹就是拉西利．帕軻瑪。我們何須數著攀爬世代階梯？我們不再遠行遷移。這孩子生於斯、長於斯，這裡就是拉西利．帕軻瑪的世界。

在西邊大院子的後方、小圓餅栽種園地，星找到盧洢思。這天是他從醫院放風的日子，美好的初夏晴日。陽光波溢，盧洢思的頭髮閃耀生光，星藉由這圈銀輪找到他的蹤影。

盧洢思坐在地上，整個人坐在泥土地。在他外出復健的日子，盧洢思在農作物的溝渠水道系統排班。這樣的工作不須勞力，但得要長時間的專注監督。小圓餅植物需要水分灌溉，但又不能灌溉過量。若是將它的根莖當成麵包來烘烤、或研磨成粉末，都是非常可口的食物——自從劉雅栽培出可食用的分支，小圓餅植物變成搶手發燒貨。對於那些無法食用當地作物、難以消化穀類食物的人們，小圓餅是他們的救星。

總計大約十來個孩童，老者，傷殘疾障者，這些人的任務大抵是挖掘溝渠系統。這種工作不需要氣力，只消有耐心即可。盧泖思坐在水門前，主水門將西溝與其餘的主運河系統區隔開來。他的傷腿顯得瘦削枯褐，直挺伸展，枴杖隨侍身邊。他以雙手臂為支點往後仰，雙掌觸摸泥土地，面容朝向太陽，雙眼闔上。盧泖思穿著寬鬆、皺巴巴的襯衫，搭配短褲。他顯得蒼老且飽受傷殘。

星來到他身邊，呼喚盧泖思的名字。他嘟噥幾聲，但沒有張開眼睛，並未移動身軀。星挨著坐在他身旁。經過半晌，盧泖思的嘴唇顯得如此美麗，星不禁俯身親吻。

盧泖思張開眼睛。

「你方才在睡覺。」

「我是在祈禱。」

「祈禱！」

「敢情是施行神靈崇拜？」

「崇拜啥東西？」

「太陽嘛？」盧泖思忐忑反問。

「別問我這種東西！」

盧泖思注視星，以註冊招牌的盧泖思式神情：溫柔的好奇模樣，並沒有論斷是非的意圖，毫無保留的坦承。打從他們五歲以來，他就以此等表情注視著星，視線透入她的內裡。

「那麼，我該問誰是好呢？」他如許問她。

「要是攸關祈禱與崇拜云云的話題，就別來問我。」

星把自己的姿勢調整得更舒適些，臀部就位於溝渠水道之間的狹窄小徑，面向盧泇思。陽光柔暖照射她的肩頭。她戴著一頂稻草帽，此為盧泇思塔不熟練的手工藝試作品。

「這些是遭到汙染的字彙。」盧泇思如是說。

「此為可疑的意識形態。」星這麼說。

驟然間，這些堂皇碩大的字眼賦予她相當的歡愉——字彙！意識形態！在此之前，談話所運用的字詞總是微小、短促，沉重的東西，諸如食物、屋簷、工具、取得、製作、儲存、存活。自從世代航程肇始，她們不再使用那些冠冕堂皇的富麗字眼，那些字詞猶如漫長輕盈的風，乘托她的心靈，它們如同蔓麗波紗蝶，遨遊於流動的風勢，高傲地曼妙飄舞。

「嗯，」他說：「其實我並不知道哪。」他陷入思索，她注視對方思索。「當我不慎摔碎膝蓋，必須躺臥終日，」他說：「當時我終於明白這一點：毫無喜悅的生命並不值得生活。」

經過半晌沉默，她語氣乾澀地說：「你的意思是指——狂喜？」

「不是，狂喜是某種模擬虛境所使用的形式，我指的是真確的喜悅。在星船上，我從未品嘗過喜悅的滋味，唯獨在此地，偶而我會感受到不時迸現的、毫無規約條件的存在瞬間。這就是我的喜悅。」

星發出嘆息。

「真是以艱難代價所獲取的事物。」她說。

「嗯，是啊。」

他們在沉默之境閒坐了半晌。南風席捲，驟止，接著柔和吹拂。風的氣息是濕潤的土地與碗豆花香。

盧泄思開始念誦：

當我成為年邁祖母之際，
她們如是說，
或許我將行走於天界，
涉足於另一個世界。

「噢！」星如此反應。

她發出另一聲深切的嘆息，一聲嗚咽。盧泄思伸手環住星的肩頭。

「艾栗嘉想與孩子一起去釣魚，就在上游處。」她說。

盧泄思點點頭。

「我擔憂至斯，」星說：「我的憂懼消解了自身的喜悅。」

盧泄思再度點頭，緊接著，他開始說話。

「然而，我在思考……當我從事神性禮讚、或任何別的活動，我所思及的事物，就是土地。」

他拾起滿滿掌心的泥土，黑色系易脆裂的土壤，然後讓滿手的土壤從掌心滑落，注視滑落之勢。

「我一直如此希冀，倘若自身行動方便，我會在真實的土地漫步起舞……請為我跳一曲舞。」他這樣說：「你可願意，星？」

她端坐片刻，然後起身——猛然從低矮的小徑站立起來。這姿勢不大容易呢，這段時間以來，她自己的膝蓋已然不如年輕時。星直挺挺地站立著。

「我覺得這有點蠢欸。」她說。

她抬起雙臂，往前延探，彷彿一雙羽翼，接著她觀看腳底下的土地。星脫下足踝的涼鞋，將鞋子推向一邊，赤足站立。她往左方移動，飄移向右方，忽焉在前，倏忽返後。她跳向盧泙思，伸出自己的雙手，掌心朝下。盧泙思握住她的手，星將他拉起來。盧泙思朗笑起來，星亦綻放隱約的微笑。她款步搖曳，雙足從地面翩然飛升，然後降落，而他始終都佇立於原點，握住她的手。如是，這兩人在新星樂土悠揚起舞。

譯後記

眾島羅列，星群構陣：《世界誕生之日》的邊緣譜系與族裔切片

洪凌

歷經四十年以上、由娥蘇拉．勒瑰恩（Ursula K. Le Guin）琢磨打造的非線性時間宇宙像是一盤刻意集結美好錯植與神來誤手的棋盤圖景。它有時被心愛但（狀似）輕忽其嚴肅位置的作者暱稱為「伊庫盟物語集」（Ekuman Tales），至於更官方些的總稱則為「瀚星諸事記」（The Hainish Cycle）。相較於較常見的科幻敘述，「瀚星諸事記」如同作者的比附，有意無意間錯亂多重的時空樣貌是一隻貓形神祇把玩絨繩線頭、耦合且精湛地織就出許多天外奇景與敘事歧路。孜孜不倦、戮力鋪陳大宇宙主導歷史結構（macro-universe master-hisrotical structure）的系列，竭盡所能讓每一則設定細節與時空造局都精確服膺編年體系的無所不包網羅，儼然是一具毫無毛孔、絕無體液滲漏可能的世界／身體完美形塑。然而，外化於此種經營模式的「瀚星諸事記」充滿絕妙的罅隙、唐突的錯置（或並置）、闕漏處處但因此勾串此起彼落的軼事、典誌、外傳、附加篇章。此種書寫形式容許作者不時返回時移事往的寓言異域，改寫或重撰等待被續接或異音合奏的始初曲調。

如同小貓嬉戲雜沓錯綜的美麗絨線圈，這些重返的姿勢與力道互異，乍看漫不經心，實則如庖丁解牛般爛漫絕頂，差之毫釐即是另一個敘說（telling）。集結了七篇伊庫盟各星球插曲，以及一篇來自外宇宙世代星航漫長箚記的本書，一方面是勒瑰恩在自身創生的既定宇宙巡弋採集的歷程、無目的式的班雅明式漫遊者（flanuer）錯落光點，但這些似乎無甚關連的星辰同時精緻媾和出物質、時空、主體、思念等交相薈萃的人類學日誌。每個故事的情感政治與咫尺天涯的「異狀」（strange manifestation）時而如一朵被小貓利爪撕裂勾勒的花朵，有時類似花紋的傷口，它們不約而同地組起宛然晶瑩、回顧與眺望並置於共時座標的星陣。

根據勒瑰恩的自序與眾聲互異的相關評論系統，此書的故事環既是對某些前作的重寫、改竄，也是某些訪客（或故事主角）闖入橫陳於天際的凌亂島嶼之復返與惦記。我將勒瑰恩的這些複合小調讀為作者銘記並修撰自從《黑暗的左手》與《一無所有》這兩部代表作出版以來的性／別、情慾、階級、主體交易、故居與外邦等遺留殘痕，這些插曲、後續或前傳既是誠懇美味的敘述補完，彌合些許讓作者惦記懸念許久的未竟未了，亦是如酷兒學者賽菊維珂（Eve Kosofsky Sedgwick）所稱的「修繕（情感）政治」（the politics of reparative affects）。此七篇故事與額外中篇的總集結狀態，既是勒瑰恩彰顯身為此宇宙締造者的迷人漏洞與其償贖，同時開採了更多值得日後檢視續寫的譜系殘章與族裔片簡。以最初二篇作品而言，我將它們視為勒瑰恩同時回應一九七〇年代性別盲男性與女性主義性別政治的兩枚不完整花瓣，脆弱如薄暮，綻放出一位思考性別科幻作者長年流盪綿延的情慾政治切片。〈成年於卡亥德〉是迄今最坦然輕盈、毫無彆扭或罣礙的冬星跨性別／酷兒情慾生態工筆圖，同時間，它無視大敘述的箝制，局部放大地探究部爐、母系氏族、雌雄身體變遷與性活動結構。此故事慧黠且舉重若輕地回應（彌補）了在《黑暗的左手》甫出版時迎接的狂歡盛讚與不留餘的責備。對應於一九六〇年代迄今的性別科幻書寫脈絡，在此際檢視《黑暗的左手》與相關外傳應同時閱讀包圍環繞它的各種成見與指教。其中最鮮明的兩股批評，前者由波蘭男性科幻小說家萊姆（Stanislaw Lem）發表於一九七一年度《科幻評論》（*SF Commentary*）雜誌，標題為〈失落的機會〉（Lost Opportunities）。在該篇評論，萊姆認定自己是高舉女性主義大旗來整肅此書的「地獄」（hellish）性別

1 「瀚星諸事記」包含多部單部小說和短篇故事。到本書為止，此連續體囊括三部曲、單部小說、中篇組曲與短篇故事集等形式，出版時間橫跨近四十年。以下是根據出版日期排序的相關書目：
「流刑與幻魅世界」（三部曲）
《羅卡南的世界》（Rocannon's world, 1966）
《流刑之星》（Planet of Exile, 1966）
《幻魅之城》（City of Illusions, 1967）
《黑暗的左手》（The Left Hand of Darkness, 1969）
《一無所有》（The Dispossessed: An Ambiguous Utopia, 1974）
《流風十二季》（The Wind's Twelve Quarters, 1975）（短篇故事集）
《名叫森林的世界》（The Word for World Is Forest, 1976）
《內陸之洋的漁民》（A Fisherman of the Inland Sea, 1994）（短篇故事集）
《四種寬恕之道》（Four Ways to Forgiveness, 1995）
《敘說》（The Telling, 2000）
《世界的誕生之日》（The Birthday of the World and Other Stories, 2002）（短篇故事集）

再現[2]。後者則是《女身男人》作者、酷兒科幻代表聲音的拉思（Joanna Russ）：其論文〈科幻小說的女性意象〉（The Image of Women in Science Fiction）提及兩個切入核心的提問與詮釋，前者攸關另類性別的社群結構，後者是狡黠且洞察了《黑暗的左手》洋溢跨性別的男同性戀情愫，這一點也是所有評論當中唯一涉及酷兒身體與性的閱讀：「你將會想像，（冬星）人的文化與機構與我們（現實地球）必然差異甚遠，當然，打從房屋建構的設施、人文風土習俗，乃至於創世神話莫不如此。然而，很遺憾，家庭結構並未有如此詳盡的解說，更糟糕的是育兒相關的層面完全付之闕如……從冬星英雄（埃思特梵）對孩童毫無興趣、專注於事業、個人屬性等元素看來，我們在本書所看到的是一部男同性戀的故事，其中的當地主角是女身男人，而來自地球的另一個主角是真男人。」（215）

從論戰遺址的此時回顧，拉思某些不失同情的批判論點（例如希望看到冬星的家居生態、情感與性的非地球直系統風貌）或許隱然促成勒瑰恩重新撿拾冬星性、身體、愛慾交換等子題，鑲嵌繡置於有別地球異性戀生理男性視線、進步史觀思惟、直線時間中心歷史的爐灶陰性家族譜誌。透過主角（愛柏氏族的索孚）酷兒化的少女視線，我們追隨她／他忐忑但躍躍欲試的卡瑪屋性啟蒙，經驗品嘗多元雜交的歡樂與箇中伴隨的憂鬱恐懼，看待身體變化如月球週期的生命模式，社群成員流轉於跨性、男女不分、既陰且陽，嫌棄「變態」地長久居留於同一種性別化身體的怪胎……以往只能充當模糊背景或一筆帶過的充沛豐美多元性別身體從噴泉與光暈的帷幕紛紛綻放於前景，大刺刺地搬演出或許只有多元跨性族群方可能成為比喻的身體與生命實踐。

無論是〈成年於卡亥德〉或以「她」為冬星人物第三人稱的改寫版《冬星之王》（*Winters King*），

皆印證了非壓迫、禮讚且歡騰的多種性愛（與性別）是讓主體生命得以完滿且找尋自我實踐的「道」，冬星的性（別）結構也鮮明暗喻身體流溢生成的週期循環與生命時序（seasonal phase）。對照之餘，〈賽亟黎星情事〉則以嚴寒慘酷的多重敘事角度說出性別壓迫的可能淵源與莫名究底，道出集體宰制並奴役某種特定性別／身體、因而敷衍演化的正當化國家機器暴虐與性／階級寓言。本篇的說故事結構彷彿亂針刺繡，揪結挪用了官方史料、旁觀者（天外訪客）不同的性別成見與政治、幾種位置互異在地主體的告白、瀚星訪問使節的洞觀視線，恍恍於黑光瀰漫的微影不完整地描繪了一場由於天災而讓生理男性成為受宰制者的星球族裔紀事。勒瑰恩對於性別壓迫的控訴並不熾烈決絕，但在隱身寄居於種種瑣碎片斷化告解體書寫的幽微溝渠，依稀分明宛然，刻印出何以不同的性別如何被脈絡化為階級部署的高位與底端，權力與宰制機器的運作如何讓系統性的身體奴役從無到有，理所當然得彷彿從星球自身的胎動紋路誕生。作者對於弱勢性別身體成為交換品的描述細膩詳盡，其活生生的幻設真實（speculative realness）如同一九七〇年代的女同志女性科幻史觀所再現的暴虐壓迫／被壓迫社群，性／別透過宰制機器的運作而成為主體內部的創傷與武器。在最後一段的敘述，作者讓現實受制

2 由於篇幅有限，只能簡短重點節錄萊姆誤讀且惡意套用女性主義批判方法論的評論：「（作者）無法創造，或是不知道如何創造個體命運的冷酷嚴厲。處於冬星這樣的系統，這些性別曖昧的個體在性分化期無法預先知道自己會成為男性或女性，這是何等殘酷的狀態！冬星人無法事先預料到自己究竟會使人懷孕或自身懷孕，必然讓他們長期處於極度的心理壓力。要是某個人變成男性，愛上另一個變成女性的人，而在下一度性別分化期，兩者都變成男性或女性，這可怎麼辦？他們是否就勞燕分飛？關於長期的愛意，愛情關係又是如何？這必然如同地獄一般！……她寫出了一個沒有女人只有男人的星球，這些人無論衣著、講話態度、道德操守、行為等等都是男性（陽剛）的，男性的元素戰勝了女性的元素！」（22-24）

的邊緣性別實體憑依於賽亟黎前男奴的手記，痛楚無解地思索自由的可能餘裕、其生存淵藪經由政治干涉與主體培力（empowerment）所爭得的一絲洞天。故事在在回眸橫征暴斂的受壓迫狀態，不啻道盡其綸結曖昧的「解放」不可能藉由拋捨過去的受難與傷勢而得以成形。

人類學系統的相關培訓與浸潤造就勒瑰恩研發並探究邊緣族裔的強烈興趣。她的伊庫盟眾行星再現且比附了光點森羅狀的南太平洋諸島嶼，每個小島（星球）皆是活靈活現綻發出特定部族生態的培養皿。在一九九四年的同名合集〈另一遭故事，或內陸之洋的漁民〉（Another Story or A Fisherman of the Inland Sea），作者形容自己彷彿誤打誤撞來到化外奇域的遊客，悉心描繪瀚星周遭的殊異鄰居歐星（the planet O）結構精巧的晨夕雙族的四人婚姻形態。締造歐星的晨族與夕族雙重婚姻的前提，「同族者不可進行情慾活動」的圖騰取代了常態（地球人類）視為內化禁忌的生理血緣交合與同性戀的性慾。在本合集當中，兩篇精湛耙梳（跨）性別、半族、家族譜系、荒遠邊陲生活等元素的創作更深入描摹了歐星的情慾結構與其歧異走調情境。〈別無選擇之愛〉的敘述楔子鉅細靡遺地陳述何謂「灑多瑞圖」這四人雙族的愛情／婚配公式，其獨特的性質與效應驅離了性別與單獨婚配（monogamy）可能凝聚的階級暴力。套用故事內導讀者的說明，我們得知「在這全套的灑多瑞圖制度之內，蘊藏四套情慾配對模式：兩套異性結締的婚伴，分別稱為夕族伴侶（夕族女性與晨族的男性）與晨族搭檔（晨族女性與夕族男性）。晨族女性與夕族女性的情愛，稱為日婚；晨族男性與夕族男性的搭配，稱之為夜婚。」此故事的底蘊可稱為雙婚結構內的雙重支配性、同性戀人霸凌（lover as bully），以及曲折奇妙的溫存和解。透過主角哈地里的視角，我們看到內建於歐星特定部族婚配的頑強直拗；經由跨越人世與現實的引路使者，哈地里終於在他忐忑憂懼、無法安定就範的四人婚配系統找到有別於情愛對手的友誼與慰藉。

如同作者自稱，〈荒山之道〉與〈別無選擇之愛〉都是「（調侃）禮儀成規的喜劇」。前者的劇情焦點在於禮儀與性別藩籬的雙重跨越（crossing gender/manner boundary），情節趣味洋溢地揉雜酷兒性別與族裔成規，可謂一齣溫柔歡愉模式的《藍調石牆T》（Stone Butch Blues）與《男孩別哭》（Boys Don't Cry）混血版本。倘若就勒瑰恩的創作編年有所認識，讀者可能會發現從一九九〇年代以來，她不但在論述文字反思自己先前的異性戀中心與生理男性視角，在這十幾年間寫出了不少讓性別研究者與酷兒讀者為之驚喜的人物——例如《地海故事集》的跨性法師、化身為龍的爽朗英姿女性，又如《敘說》的主角是一位坦然出櫃的女同志。本篇故事的基礎點或可與拉思的〈某位年輕紳士的祕辛〉（The Mystery of the Young Gentleman）互文參照。拉思以犀利不容情的筆力刻畫出強迫二分的性別之為霸權核心，而她筆下的「年輕紳士」則是跨時空連續體調查局的一位諷世不馴T，在一場短暫的地球之旅，他／她極盡所能地穿刺且諧擬了形色不等的陽剛肉身符碼。同樣以跨性別T為主人翁，在〈荒山之道〉所欲表達的卻是性別翻覆成為顛覆族裔成規的關鍵，並讓不同性身分的角色得到微弱但可能持續交流的理解與同感。

倘若就酷兒學者鶴柏斯坦（Jack J. Halberstam）的說法，異服的跨性別T可能是所有酷兒性別（queer genders）當中最具內省質地但也充滿閉鎖性（mostly blocked）的，勒瑰恩透過幻設性的社會裝置讓這位跨性別T找到安身（體現自身多重性別）立命（滲透並改寫了僵硬石化的自身與三位伴侶）之所在。阿卡爾／伊恩諾的身世與情愛經歷為他／她自身砌造了一位既是異服者（passing woman）、亦是跨性別T與跨性男性的多樣性別模本，他／她以男性身分嵌合於日夜雙婚的四組模型，其跨了生理性別的存在既是吊詭的逾越（但在歐星的社會規範，最強烈的冒犯並非性別翻牆而是打亂日夜部族兩兩配對的公式），但也對於其餘三者的婚配伴侶打通耿耿於懷的芥蒂，不但與厭惡生理男性的男性婚伴敖多拉取得同感政治（affinity politics）的默契，對於另一位女性婚伴曇麗而言，阿卡爾／伊恩諾成為無可取代的家人。至於另一位主角、務實且充滿主導性的沙赫絲可被讀成一位從一九六〇年代地球酷兒社群轉譯到歐星的悍婆（tough femme）。她支撐且引領跨性別T學者情人的啟蒙過程，同時也是內視自身生命與性愛主體性的起承轉合。

直到目前，勒瑰恩對於伊庫盟肇生者的瀚星、瀚星人與其社會文化皆著墨甚少，似乎以含蓄的避諱將這個設定為遠古文明創生者的長老行星遮蓋於一層迷離滄茫的薄霧中。在本書之前，我們透過罕見的幾則短篇小說如〈簫碧星船族說書〉（The ShobiesStory）、〈某位為民服務的男性〉（A Man of the People），稍微窺見了些許瀚星文化的幾許眉目與線索。瀚星的奠基史早於三百萬年，擅長基因操控與生命培植，並運用相關的「屯墾」技術將改造特定生體屬性以適應環境的人類種子，散播於日後成為伊庫盟眾會員的各色行星。對於瀚星與伊庫盟的設定，作者的態度相當有別於黃金世代科幻以降的男性科學主導模式：瀚星人並無性別或情慾層面的位階排序，他們更擁有在不適當狀態封鎖生殖機制（進入沉潛狀態）的肉身特質，此為勒瑰恩對於物種生殖中心的性別政治回應。在政治層面，瀚星堅持婉拒將自身居於宇宙上王（overlord of the universe）的位置，其運作的跨文化交會方式與殖民擴張形態的軍武攻略反其道而行，柔和且姿態從容，派遣「搭配共時通訊機的單獨使節」（one envoy with one ansible）進行第一度的文化撞擊儀式。

卸除自身文化與種族的優位姿態是瀚星的外交首要法則，透過移情共感（empathy）與使節熔接在地生態的接觸法門，瀚星人與各個子代世界的關係一方面沾染近乎神祕主義的引路使徒角色，另一方面則介於「自身沉穩之萬象推動者」（the first unmoved mover）與文化參照系統（cultural referential system）撰寫者的雙重位置。難得的是，本合集收錄的〈孤絕至上〉與〈老音樂與女性奴隸〉直接取樣了兩名瀚星主體的成長故事與觀照視角。前者是瀚星人類學家後裔的異族成長史，將內省性、孤自主義（solipsism）、劫後殘世（post-holocaust）次文類、類似魏晉男性隱士哲學的處世姿態，準確且跨越性別刻板地翻譯為女性主體觀視自身冷沉內在性的荒蕪世界行旅。後者的主角「老音樂」實則是瀚星男性使節伊思達頓・阿雅的意譯，他在彼此激烈拉鋸於奴役／宰制關係的雙星維瑞爾與亞歐威，扮演著不只是觀察者的在地化歷程[3]。在前作《四種寬恕之道》（*Four Ways to Forgiveness*）的故事鏈結，老音樂既是演員亦是觀眾，穿梭於追求解放主體與咬緊韁轡不放前殖民主（維瑞爾星政府）之間的不對等沉痛糾葛；這篇最新的故事讓老音樂更直接地重置自身生命處境，與亞歐威行星的前奴隸女

3 勒瑰恩雖然將被奴役社群的範圍移植且翻譯為整個星球，但在《四種寬恕之道》與〈老音樂與女性奴隸〉的核心主題，莫過於取得制度層面自由的主體將如何面對與處置昨非今是的歷史敘事、個體汙名、體制與慾望的摩擦齟齬等命題。在這個界面，或可比較閱讀女同志女性主義科幻作品如布蕾利（Marion Zimmer Bradley）的《拒絕枷鎖者的誓約》（*Oath of the Renunciates*）、查納思（Suzy McKee Charnas）的《霍德費斯紀事》（*The Holdfast Chronicles*）、布特勒（Octavia E Butler）的《異種創世紀》（*Xenogenesis*）等系列。女同志性別科幻藉由經營社群與處境同體性來培育顧及個體差異的身分傳承，這些書寫觀點顯然深切影響了勒瑰恩從一九八〇年代末期的政治視野。

性進入艱難的解放後體系，處理彼此如鏡中內外「異／己」的不同與類比。

本書的最後二篇體現出遠古起始（神性時間）的終結，以及正啟動新章（後人類星球殖民時間）的航弋終點。〈世界誕生之日〉沿用埃及、馬雅、印加帝國等古王朝的家族內部通婚與「帝王即神」（the Monarch as God）概念，優美蒼涼地鋪陳了現代性的竄起與神人同形世代的寓言性殞落。此篇稍微平反了作者在書寫《黑暗的左手》時期無法盡情敞開的某些議題，諸如概念性第三人稱（尤其是神）的性別、雌雄共有的超越性存在如何坐落於有限肉身，對比於常態時間（地球異性戀男性時間觀）的神話時間如何運作於現實場景。〈世界誕生之日〉讓「君王／神」即臨肉身（divine-emanated incarnation）的模本為複數（陰陽雙身）形式，並讓女性成為「君王／神」的主位，清澈明晰地訴說了一個矗立於伊庫盟版圖邊陲或早於瀚星滋生文明的界限概念神話（limit concept as mythology）。

至於充當漫長夜曲的七重奏外一章〈逝樂園〉，作者套用世代星船（generation starship）、出走伊甸園（exile from Eden）、天界征戰（heavenly war）等跨類型文本模型，展演出反面或另種的天使（浪跡後人類）身世族裔。勒瑰恩以沉靜抒情的描繪，揣摩世代星船的生命群從被迫浪遊到逐漸回返，重構陌生家園的時空重置（spatio-temporal relocation）樂章。從樂園出走的比附改寫為科幻文類的星際後殖民流離演義，此番追尋明顯駁斥了統一性的原鄉（基督教父老模式尊崇且禁絕知識的「原初樂園」）。我們追隨顯然是華人後裔的主角星[4]的視線、情感生成與身體流變，目睹並共享世界從追尋者內觀（introspection）與各色細碎的枝節宛然誕生。世代生死循環，世代移民船的終點是星綻放於陌生故鄉的翅膀（生命與體悟），樂園（典範）的轉移借喻了跨文化主體書寫自身後設史料的樂趣與愛意。在情愫政治重構、轉輪更迭的彼方，伊庫盟的諸世界物語行將再度增生轉化，如同天河星陣，如同汪洋列嶼。

4 應該是巧合，但萩尾望都於一九八〇年出版的漫畫作品《赤色之星》（スター・レッド，中譯本標題為《銀河嬌娃》）的主角亦是名字為「星」的火星第五代後裔，星與她的火星同族同時為原生正港地球人所恐懼、監控、實驗。藉由星這個人物與她的種種經歷，萩尾望都以超絕的世界構築（world-building）技法從事寓言化的邊際位置、喬裝通關（passing）、國族流離（diaspora）等議題。

繆思 016

世界誕生之日：諸物語
The Birthday of the World and Other Stories

作者　娥蘇拉・勒瑰恩（Ursula K. Le Guin）
譯者　洪凌
社長　陳蕙慧
副總編　闕志勳
行銷企劃　廖祿存
特約編輯　張立雯
封面設計　沈佳德
電腦排版　極翔企業有限公司

社長　郭重興
發行人兼出版總監　曾大福
出版　木馬文化事業股份有限公司
發行　遠足文化事業股份有限公司
地址　231新北市新店區民權路108之4號8樓
電話　02-2218-1417　傳真　02-8667-1065
email: service@bookrep.com.tw
郵撥帳號　19588272　木馬文化事業股份有限公司
客服專線　0800221029
法律顧問　華洋國際專利商標事務所　蘇文生 律師
印刷　成陽印刷股份有限公司
二版三刷　2022年8月
定價　新台幣420元

ISBN 978-986-359-636-3

國家圖書館出版品預行編目(CIP)資料

世界誕生之日：諸物語 / 娥蘇拉・勒瑰恩（Ursula K. Le Guin）著；洪凌譯. -- 初版. -- 新北市：木馬文化出版：遠足文化發行, 2019.03
面；　公分. --（繆思；16）
譯自：The birthday of the world and other stories
ISBN 978-986-359-636-3（平裝）

874.57　　107022567